KB153064

랑야방

동가장림

랑야방

풍기장림

하이옌 海宴 지음 — 전정은 옮김

3

마시멜로

풍기장람

차
례
◉

风起长林

피눈물의 비가(悲歌)

—
01
—

임해는 따뜻한 탕약을 조심조심 들고 엷은 서리가 깔린 섬돌을 밟으며 총총히 장림왕부 서재 안마루로 들어갔다. 소평정은 남쪽 벽에 걸린 지도 앞에서 책상다리를 한 채 고개를 들고 꼼짝 않고 앉아 있었다.

그가 혼절해 쓰러지던 날 문밖 나뭇잎은 황금빛으로 물들고 드문드문 떨어진 낙엽이 바람에 휘날렸는데, 다시 깨어난 지금 정원에는 어느새 헐벗은 나무들과 초겨울의 스산함만 자리하고 있었다.

북쪽 국경에서 벌어진 갑작스런 변고를 처음 들었을 때, 소평정은 잠시도 더 누워 있을 수 없어 일어나려고 발버둥을 쳐댔다. 그런 그를 만류하다 못한 임해는 연일 환자를 돌보느라 쌓인 피로와 슬픔을 이기지 못하고 왈칵 화를 내며 그의 뺨을 올려붙였다.

"당신 목숨을 살리려고 모두 얼마나 고생했는지 알기나 해요? 제대로 서 있지도 못하면서 북쪽으로 간들 어쩌려고요?"

따귀를 맞은 소평정은 뻣뻣하게 굳었다가 한참 만에야 겨우 속삭이듯 해명했다.

"당장 북쪽으로 가겠다는 게 아니라 서재에 가서 지도를 보면서 전황을 추측해보려는 거요. 그래야 몸이 나았을 때 적어도 어디로 가야 가장 도움이 될지 알 수 있잖소."

임해의 얼굴에서 핏기가 가셨다. 그녀는 잠깐 동안 눈을 내리뜨고 있다가 그를 서재가 있는 원락까지 부축해주었다.

그날 여 노당주가 단호하게 떠난 것은 자신의 원칙을 지키기 위해서였지, 완전히 손을 떼겠다는 뜻은 아니었다. 두중이 장림세자를 따라 경성을 떠나자, 그는 혼자 남은 임해가 너무 무리할까 걱정되어 종종 찾아와 돕곤 했다. 본래 튼튼하던 소평정은 몸속의 독이 가시고 두 사람의 정성어린 치료를 받자, 보름이 조금 지나 거의 회복되었다.

11월 하순, 북쪽 국경의 최신 소식이 경성에 날아들기 며칠 전, 소평정과 임해 두 사람은 간단하게 행장을 꾸려 금릉성 밖으로 말을 타고 나갔다. 비록 형이 보낸 전황 보고자와 길이 엇갈렸지만, 그는 여전히 그 누구보다 전방의 상황을 잘 알고 있었다. 삼월만도는 어려서부터 익히 공부한 터라 어떻게 흘러갈지 짐작이 갔다. 그는 성을 나가자 지체 없이 노새로 달려갔다.

두 사람은 밤낮을 가리지 않고 길을 재촉했다. 북쪽 국경에 속한 다섯 개 주의 경내에 들어섰을 때는 이미 동지가 지나, 밤이 되면 물이 꽁꽁 얼 정도로 추워 금릉성과는 비할 바가 아니었다. 길고 급한 여정이라 매일 밤 숙소를 구할 수 있는 것도 아니어서, 야외에서 노숙을 할 때마다 소평정은 임해에게 모닥불 옆을 내주고 자신은 한쪽에서 검을 들고 겉잠을 자거나 불이 꺼지지 않도록 살폈다.

이제 이틀만 더 가면 노새에 도착할 수 있었는데, 연일 맑던 하늘이 갑자기 어두컴컴해지며 북풍이 축축한 습기를 머금은 눈발을 몰고 불어닥쳤다. 세찬 바람은 자정이 지나면서 더욱 격렬해졌다.

바람이 가려진 곳에 피운 모닥불에는 장작이 넉넉해서, 씽씽 부는 바람 속에서도 활활 타오르며 편히 잠들 수 있는 온기를 전해주었다. 그런데 숨 고르게 자고 있던 소평정이 갑자기 화들짝 놀라 눈을 번쩍 떴다.

악몽. 하지만 모두가 꿈은 아니었다.

꿈속에서 지난날 감주에서 벌어진 장면이 보였다. 형이 가슴팍에 화살을 맞아 말에서 떨어지고, 그 자신은 얼음같이 차갑고 딱딱한 형의 두 손을 움켜쥐었다.

바람이 거칠게 울부짖고 사위는 캄캄했다. 소평정은 이마를 축축하게 적신 식은땀을 닦으며 일어나 마음을 가라앉히려고 혼자 걸었다.

며칠 전 그와 임해는 길에서 장림부 막남영(莫南營)의 금(金) 장군과 마주쳤다. 5백 명의 소규모로 이루어진 그 부대는 명을 받들어 본대와 연결이 끊긴 대유군의 선봉을 측면 공격하기 위해 가는 중이었다. 이런 명령이 떨어졌다면, 녕주 남쪽 전선 상황은 예상보다 훨씬 낙관적이라는 것을 짐작할 수 있었다.

이성적으로 생각해볼 때, 노새의 싸움에서 장림군이 안팎으로 공격하면 확실히 우세했다. 게다가 부왕 곁에는 원숙이 있고 형 곁에는 형수가 있으니 당연히 아무 탈이 없어야 했다.

……당연히.

임해가 모닥불 옆에서 일어나 앉아 일렁이는 불길 너머로 소평정에게 시선을 던졌다. 무겁고 불안해 보이는 그의 눈동자에 그녀는 입을 달싹였지만 아무 말도 할 수가 없었다.

하늘을 뒤덮은 눈보라는 다음 날 정오쯤에야 가라앉았지만 완전히 그치지는 않고 드문드문 이어졌다. 이틀간 눈보라를 헤치며 달리자 은빛 옷을 덧입은 변경의 성시가 모습을 드러냈다. 눈으로 새하얗게 뒤덮인 성은 매우 맑고 투명하며 고요하고 평온해 보였다. 성벽 꼭대기에 휘날리는 장림군의 깃발은 이번 혈전의 승자가 누구인지를 분명하게 알려주었다. 큰 싸움의 흔적은 새하얀 눈에 뒤덮여 희미하게 흐려지고 거의 보이지 않았다.

소평정이 노새에 온 것은 이번이 처음이나 변경 성시의 구조가 거의 비슷하기 때문에 중심가를 따라 나는 듯이 달리자 곧 소박한 군아의 대문 앞에 도착할 수 있었다.

겨우 삼중으로 이루어진 원락이지만 둘 앞에 나타나는 문은 영원히 끝나지 않을 것만 같았다. 문을 지키던 문지기든 도중에 만난 장림부의 장수나 병사, 하인이든 하나같이 낯빛이 어두웠고 고개를 푹 숙인 채 허리를 숙이며 가능한 한 그의 눈길을 피하려 했다.

한 걸음씩 나아갈 때마다 소평정의 마음은 점점 더 불안하고 어지러워졌고, 마침내 정원 안에 무릎 꿇은 동청을 보았을 때에는 거의 폭발하기 직전에 이르렀다. 그 순간 귓가에 들려오던 소리가 싹 사라지고 멍하게 묻는 자신의 목소리만 들렸다.

"왜 울어? 동청, 왜 여기서 울고 있는 거야?"

동청은 대답이 없었다. 사실 소평정도 대답을 들을 용기가 나지 않았다.

안방 문이 열려 있었고, 장림부의 장수 10여 명이 고개를 숙인 채 바깥마루에 꿇어앉아 있는 것이 보였다. 안은 쥐죽은 듯 고요했다. 그는 마루로 뛰어올라 안쪽 문을 홱 열어젖히고 병풍을 돌아 들어갔다.

널찍하고 간소한 방 안에는 나무 평상 하나가 놓여 있었는데, 반듯하게 덮어놓은 하얀 천 아래로 사람의 윤곽선이 어렴풋이 드러났다. 소정생은 홀로 평상 머리맡에 앉아 있었다. 본래 희끗희끗하던 머리카락에서는 이제 검은 부분이라곤 한 오라기도 찾을 수 없었고, 멍하니 빛을 잃은 눈으로 보아 누군가가 들어온 줄도 모르는 것 같았다.

일순 소평정은 생각이 툭 끊겨 병풍 옆에 우뚝 섰다. 랑야각주에게 영리하고 기민하다는 칭찬을 듣던 머리도 그 순간에는 눈앞에 펼쳐진 이 단순한 장면이 무엇을 의미하는지 이해하지 못했다. 그의 시선이 덧없이 방 안을 뒤지듯 조금씩 움직이며 낯익은 모습을 찾으려고 했다. 온몸에 흐르는 피가 끈적끈적하게 굳은 듯하고 다리가 휘청거려 더 이상 서 있을 수 없는데도 그는 고집스레 제자리에서 무릎을 꿇을망정 평상에는 한 걸음도 더 다가가지 않으려 했다.

평상 옆에 앉은 소정생이 늙고 메마른 손을 뻗어 천천히 하얀 천을 장남의 가슴팍까지 끌어내렸다. 그의 손끝은 아들의 머리카락과 이마, 뺨을 지나 마지막으로 어깨를 감은 붕대에 닿았다. 극도의 슬픔에 잠긴 늙은 왕은 도저히 이해할 수가 없었다. 그의 평장이, 작년 위험천만하게 가슴팍에 박혔던 그 화살도 견뎌낸 평장이 어째서 이렇게 가벼운 외상을 견뎌내지 못했는가.

북쪽 국경의 겨울철 방 안은 화로를 놓지 않아 얼음골처럼 싸늘했다. 얼음조각상 같은 소평장의 창백한 얼굴은 무척이나 평화로 웠다. 오로지 다시는 펴지지 않을 미간의 주름만이 떠나기 전 그가 품었던 근심과 미련, 아쉬움을 보여줄 따름이었다.

소평정은 힘겹게 차가운 공기를 들이마신 뒤, 이를 악물고 억지로 가까이 다가가 형의 손을 꽉 잡았다. 아무리 힘주어 잡아도 손바닥에서는 온기가 전혀 느껴지지 않았고, 차갑고 딱딱하기만 했다. 그래도 그는 한 줄기 희망을 품은 채 고개를 돌려 옆에 있는 임해에게 도움을 청하는 눈길을 보냈다.

임해는 그 시선을 피하지 않기 위해 갖은 용기를 끌어내야 했다. 그녀는 말을 할 수가 없었다. 그럴 필요도 없었다. 두 눈에서 쏟아지는 눈물이 바로 소리도 흔적도 없지만 그 무엇보다 잔인한 대답이었다.

장군 가문의 아들로서, 소평정 역시 전쟁터에서 완벽한 안전이란 없다는 사실을 모르지 않았다. 하지만 그 불행한 일이 정말로 벌어지자 본능적으로 거부하고, 불신하고, 받아들이지 않으려 했다. 그는 식어버린 형의 몸을 두 팔로 부둥켜안은 채 덧없이 흔들고 쉰 목소리로 부르짖으면서 절망적으로 애원했다. 마지막 기회, 다시 한 번 그 눈을 들여다볼 기회를 달라고.

그의 울음소리에 바깥마루와 복도에 꿇어앉은 장림부의 장수들도 한동안 억눌렀던 울음을 터뜨렸고, 방 안팎은 순식간에 슬피 우는 소리로 가득 찼다.

임해는 눈물을 참으며 조용히 평상 옆에서 물러났다. 이미 넋이 나간 소평정과는 달리 그녀는 몽천설과 두중이 근처에 없다는 것을 알아차리고 불안하고 의심스러운 마음에 그들의 행방을 찾으러 나서려던 것이다. 그런데 그녀가 몸을 일으키기 무섭게 두중이 병풍을 돌아 들어왔다. 표정이 무척 복잡해서 슬픔과 기쁨을 가늠할 수가 없었다.

"소설은 어찌되었소?"

비통함과 근심 걱정에 잠겼던 소정생이지만 즉시 두중이 들어온 것을 알아차리고 걱정스러운 목소리로 물었다.

두중이 급히 다가가 허리 숙여 인사를 올렸다.

"세자비께서는 슬픔이 과한 나머지 심기가 어지러워져 혼절하셨을 뿐, 큰 병은 아닙니다."

그는 잠시 말을 멈추고 눈시울이 빨개진 채 평상에 누운 소평장을 돌아보았다.

"그 외에 전하께 긴히 드릴 말씀이 있습니다. 소인이 방금 맥을 짚어보니 세자비께서…… 회임하신 지 석 달째입니다."

방 안에 있던 사람들은 하나같이 깜짝 놀랐고, 심지어 목 놓아 울던 소평정마저 번쩍 고개를 들었다.

소정생의 이미 말라버린 늙수그레한 눈에서도 다시금 눈물이 솟구쳤다. 그는 몸을 숙이고 떨리는 손으로 장남의 차디찬 얼굴을 감싸 쥐며 가라앉은 목소리로 중얼거렸다.

"애야, 평장아, 들었느냐. 걱정 말아라. 이 아비가 있는 한 소설과 아이는 추호도 괴롭힘 당하지 않을 게다. 영령이 있거든 안심하고 가거라."

후세에 삭월만도(朔月彎刀)라고 불리게 되는 이 전투는 소평장이 때맞춰 응전한 덕분에 연말이 되기 전에 대승을 거두고 끝났다. 대유 황속군의 원수 완영은 혼자 힘으로 전략을 이끈 일대의 명장답

13

게 음산을 통해 들어간 남쪽의 인마가 포위되자 뼈를 깎는 심정으로 전군 철수를 결단했고, 덕분에 비록 선봉의 8만 정예병은 꺾였지만 10만에 달하는 북쪽의 주력군을 무사히 보존함으로써 국경을 지키고 간신히 싸움을 끝낼 수 있었다.

승전보와 비보가 잇달아 경성에 전해진 그 시각, 랑야산 상공에도 새하얀 전서구가 날아들었다. 그 소식을 노각주에게 전했을 때, 세상의 정세를 모두 헤아리고 있다 자신하며 언제나 차분하던 린구의 손도 통제를 벗어나 바들바들 떨렸다.

손가락 두 개 너비만 한 조그마한 종잇조각에는 작은 글씨로 한 줄 간략하게 쓰여 있었다.

'대량 노새에서 북쪽 국경 전쟁 종료됨. 장림세자 전사(戰死)'

눈을 내리뜨고 묵묵히 그 내용을 읽는 노각주의 허연 턱수염은 바람도 없는데 바르르 떨렸다. 긴 세월 낡은 우물처럼 흔들림 없던 그의 마음에도 또다시 미약한 물결이 일었고, 오래전 희미하게 잊혔던 옛일이 다시금 눈앞에 떠올랐다. 지금 노새에 휘몰아치는 찬 바람 같은, 그해 매령에 쏟아지던 폭설 같은 차디찬 기억이었다.

소리 없는 랑야각의 애도와는 달리 황제 소흠은 훨씬 더 분명하게 비통함을 드러냈다. 그는 비보가 전해지자 그 자리에서 통곡했고 조례에 나갈 수도 없을 만큼 병이 깊어졌다. 그런데도 그는 억지로 내각 수보와 예부상서를 직접 만나 융숭하게 상을 치르라는 어명을 내렸다.

소평장은 조정과 민간에서 평판이 무척 높은데다 왕세자라는 신분이고 또 나라를 위해 목숨을 잃었기 때문에 소흠의 어명이 없더라도 결코 소홀히 할 수 없었다. 상여를 맞이하는 의장(儀仗)은 이틀 뒤에 금릉성을 출발했고 서쪽 교외의 왕릉에도 곧바로 묏자리를 준비하기 시작했다. 다가오는 연말에도 제례의식을 제외한 일체의 연회가 황제의 병과 슬픔을 이유로 취소되었다. 궁성에서 퍼져나간 무거운 분위기가 성 전체를 뒤덮은 듯했다.

정월 말, 역참의 파발마가 달려와 장림세자의 영구가 곧 금릉성에 도착한다고 보고했다. 순백수는 자칫 실수라도 있을까 몸소 예부를 찾아가 장례 준비를 점검했다. 그리고 순비잔이 소평장과 사이가 좋았으니 고인의 취향을 잘 알 것이라 생각하고, 입궁해서 문안인사를 드리는 김에 일부러 조카가 당직을 서는 곳으로 찾아가 짬을 내어 왕릉에 가서 빠진 것이 없는지 살펴보라고 당부했다.

순비잔은 무표정하게 그 말을 듣다가 '알겠습니다'라고만 대답한 뒤 아무 말도 하지 않고 싸늘하게 고개를 돌렸다. 순백수는 두 눈을 잔뜩 찡그렸다. 가슴속에서 절로 노기가 치솟았다.

장림세자의 죽음을 들은 내각 수보의 속마음은 실로 복잡했다. 마음이 놓이고 기쁜 것은 당연했지만 애석하고 한탄스럽기도 했다. 소흠이 용좌에 제대로 앉아 있지도 못할 정도로 통곡을 터뜨렸을 때 그 역시 진심으로 한동안 눈물을 흘렸다. 이런 속마음이야 둘째치더라도, 북쪽 국경에서 전쟁이 일어난 이래 그와 내각의 모든 사람이 병부와 긴밀하게 협업하며 군수품 보급에 만전을 기했고, 상여를 맞이하기 위한 준비도 심혈을 기울여 빠짐없이 진행해 남들에게 비난받을 일은 추호도 하지 않았다고 자부하고 있었다. 그러니 조카에게 이런 대접을 받을 이유가 없었다.

"케케묵은 지난 실수 하나를 가지고 언제까지 이럴 셈이냐?"

순백수는 얼굴을 굳히며 차갑게 코웃음을 쳤다.

"설마하니 장림세자가 싸움을 치르다 전사한 일이 내 잘못이라 생각하는 게냐?"

"숙부님께서 단 한 번도 잘못을 하지 않았다 여기신다면 그렇게 생각하십시오. 저도 이제 조사하거나 물어볼 용기조차 없습니다. 너무 많은 것을 알아내어 다시는 숙부님을 마주할 수 없게 될까 두렵습니다."

순비잔은 애처로운 표정으로 담담하게 말한 뒤 먼 곳으로 시선을 던졌다. 눈시울이 불그스름했다.

아무래도 그에게 털어놓을 수 없는 비밀을 품고 있는 순백수는 두어 번 입을 벙긋했지만 결국 말하지 않는 것이 좋겠다 싶어 설레설레 고개를 저으며 한숨을 쉬었다. 그리고 양거전으로 가서 황제에게 역참에서 온 소식과 장례 준비에 관해 보고했다.

소흠의 고질병은 반년 전에 재발했는데, 이후 동궁에 화재가 일어나고 금릉성이 봉쇄되고 북쪽에 전쟁이 일어나는 등 큰일이 잇달아 벌어지는 통에 마음 편히 쉴 겨를이 없었다. 장림세자의 죽음은 의심할 바 없이 그에게 또 한 번 충격을 주었고, 그로 인해 그는 벌써 한 달 가까이 자리보전하면서 밤마다 기침을 했고 안색도 몹시 나빴다. 순백수의 보고를 들은 소흠은 준비가 잘되고 있다고 여겨 별말 없이 손을 저으면서 알겠다는 뜻을 전했다.

양거전에서 물러난 순백수는 온 김에 태자를 뵈러 동궁에 들렀는데, 마침 황후가 와 있어 먼저 인사를 올렸다.

"폐하께서 친히 지으신 조문이 오늘 막 도착해 태자가 열심히 베껴 쓰는 중입니다."

순 황후가 순백수에게 일어나라는 손짓을 하며 말했다.

"정식으로 인사 올릴 필요 없이 멀리서 한번 보십시오."

순백수는 가벼운 걸음으로 전각에 딸린 동쪽 곁채로 다가가 안을 들여다보았다. 태자는 책상 앞에 단정하게 앉아 한 획 한 획 진지하게 글을 베껴 쓰다가 이따금씩 자수를 놓은 주홍색 비단 소매로 눈물을 닦곤 했다.

"태자 전하께서는 어찌하여 아직도 저리 밝은 옷을 입고 계십니까?"

순백수는 황급히 황후 앞으로 돌아가 소리 죽여 말했다.

"정오가 지났지만 혹여 폐하께서 오실지도 모르니 수수한 상복으로 갈아입으시게 하시지요."

순 황후는 다소 불쾌한 표정이었다.

"무슨 말씀입니까? 태자가 직접 소평장의 조문을 베껴 쓰는 것만으로도 성의는 충분히 보였습니다. 군신 간에 존귀함이 다르건만 태자가 장림왕부를 위해 상복까지 입어야 한단 말씀입니까?"

"경의를 표하는 게지요."

순백수는 불만스럽게 눈썹을 찡그렸다.

"세자가 사망하고 폐하의 용체가 미령하신데 어찌하여 성심을 건드리려 하십니까?"

성심이라는 말에 황후는 곧 기가 죽어 입을 다물고 소영에게 눈짓을 했다. 소영은 황급히 허리를 숙이고 물러났다가 금세 동궁의 상의(尙衣, 황궁에서 옷과 신발 등을 관리하는 관직―옮긴이)를 데리고 돌아와 태자의 옷을 은빛 바탕에 옅은 금실로 수놓은 것으로 갈아입혔다.

복양영 사건 이후로 더욱 말을 잘 듣게 된 황후 덕에 며칠간 바삐 일하느라 지친 순백수의 마음도 풀렸다. 그는 몸가짐을 신중하게 하라고 당부한 뒤 바삐 물러나와 약속대로 예부의 심서를 만나 휴일인 다음 날에 한 번 더 왕릉을 다녀오기로 했다.

장림왕릉은 무정제를 안장할 때 그 주위 부지에 규칙에 따라 마련한 곳이었다. 위치는 위산 서쪽 고개로, 석조로 된 패방과 널방 및 제당, 경야(經夜)를 하는 곳까지 갖추어놓았다. 문제는 가장 먼저 이곳에 들어오는 사람이 장림왕이 아니라는 것이었는데, 이 때문에 중앙 묘지 동쪽에 별도로 구덩이를 파고 청석벽돌을 쌓고 백옥 울타리를 둘러 새 묘지를 지어야 했다.

숙부 앞에서는 냉담하게 대답한 순비잔이지만, 사실은 무척 신경이 쓰여 당직이 끝나자마자 곧바로 서문을 나가 왕릉의 새 묘지 공사를 꼼꼼하게 살폈다. 다음 날 순백수와 심서가 찾아갔을 때 소소한 부분들은 거의 바로잡혀 있었다. 한 바퀴 둘러보고 착오가 없는 것을 확인하자 두 사람은 정문의 석상 옆에 서서 이따금씩 부는 바람에 언덕 위의 소나무들이 '쏴아아' 흔들리는 소리에 귀를 기울였다. 어쩐지 온갖 상념이 밀려들어 복잡한 감정에 휩싸인 그들은 감개에 젖어 아무 말도 하지 못했다.

2월 초이튿날, 장림왕이 세자의 영구를 거느리고 경성으로 돌아왔다. 채 병이 낫지 않은 소흠은 대신들의 권유에 따라 태자 소원시를 보내 성 밖으로 마중 나가 대신 조문을 바치게 했다. 예부와 내정사는 장례를 치르는 데 협조하라는 어명을 받아 왕부와 왕릉 밖에 제를 지낼 장막을 설치했고, 종실과 대신, 벗들이 찾아와 조의를 표했다. 천 리 먼 길을 왔기 때문에 세자의 영구는 옛집으로 돌아가 사흘간만 분향한 뒤 발인하여 왕릉에 매장하기로 했다.

세자의 죽음이 늙은 왕에게 커다란 충격을 준 나머지, 장림왕은 입궁하여 성은에 감사를 올린 뒤로 발인과 입비(立碑) 등의 대례 때를 제외하고는 일절 사람을 만나지 않았다. 세자비 몽천설은 병으로 휴양 중이기 때문에 바깥의 제례에 모습을 드러내지 않았다. 이럴 때 나서서 상황을 살펴야 할 둘째 공자 소평정도 매일같이 형의 영전에 꿇어앉아 절을 할 뿐이었다. 이 크고 복잡한 장례식에서 손님을 접대하는 사람은 황제가 파견한 태감 외에 장림왕을 모시는 원숙뿐이었다. 조문 올 자격이 있는 사람들은 겉으로는 아무 말도 못했지만, 떠난 것은 세자 한 사람뿐이나 장림왕부의 태반이 무너졌다며 속으로 탄식했다.

물론 남들의 생각이야 슬픔에 빠진 소정생에게는 전혀 마음에 둘 가치가 없는 것이었다. 다섯 살 난 평장을 안고 돌아오던 그날부터 그 아이는 눈에 넣어도 아프지 않을 보물이었다. 어릴 때에는 품속에서 어리광을 부리며 웃음 짓게 하던 사랑스러운 아이였고, 자라서는 가장 든든하고 없어서는 안 될 한쪽 팔이었다. 마음속에서 피와 살을 억지로 뜯어내는 이 고통을 약간이나마 이해할 사람은 아마도 황궁에 있는 소흠밖에 없을 것이다.

신하들은 황제가 장림왕부의 장례에 충분히 심혈을 기울였다고 생각했지만, 소흠 스스로는 늘그막의 왕형이 전쟁터의 풍상과 노고로도 부족해 자식을 먼저 앞세우는 비애까지 겪었다는 사실을 떠올릴 때마다 표현할 길 없는 불안감에 휩싸이곤 했다. 감사인사를 하러 온 날에는 일이 바빠 제대로 위로하지 못했기 때문에 소흠은 장례가 끝나기를 기다렸다가 가마를 보내 왕형을 불러들였다.

"자식은 이미 떠났는데 무얼 어쩌겠습니까?"

아직 병이 낫지 않은 소흠은 왕형의 손을 단단히 움켜쥐고 침상 옆에 앉힌 뒤 낮은 소리로 위로했다.

"평장은 효자였지요. 왕형께서 지나치게 슬퍼하시다가 몸이라도 상하면 그 아이의 영령이 편히 쉴 수 있겠습니까?"

"평장은 떠나기 전에 자신은 장림의 아들이니 나라를 위해 싸우는 것이 당연하다고 했습니다. 다만…… 아직 한창인 나이에…… 이 늙은 몸이 그 아이를 대신하지 못한 것이 한스럽습니다."

소정생도 지나치게 슬퍼하고 싶지 않아 기운을 차리려 애썼다.

"지금 가장 중요한 것은 평장의 아이입니다. 왕부에는 곳곳에 그 아이의 흔적이 남아 있어 며느리가 자꾸만 슬퍼하니 의원도 상황이 좋지 않다고 하더군요. 하여 요양을 보낼까 합니다."

소흠도 유난히 정이 깊던 젊은 부부를 잘 알기에 걱정스레 듣고 있다가 황급히 말했다.

"왕부에 머물면 상심이야 있겠지만 그래도 왕형 곁이 아닙니까? 어디로 보내시려고요? 돌봐줄 만한 사람은 있습니까?"

"랑야각으로 보낼까 합니다."

소정생의 결연한 목소리로 보아 이미 신중하게 고려하고 결심한 것이 분명했다.

"속세를 벗어난 곳이고 돌보아줄 옛 벗도 있으니 가장 안심이 되지요."

소흠은 눈을 내리뜨고 잠시 생각하다가 태아를 위해 만전을 기한 왕형의 마음을 이해하고 고개를 끄덕였다. 그가 다시 물었다.

"평정은 어떻습니까?"

오늘 소정생을 입궁시킨 것은 군주로서 신하를 위로하기보다는 가족으로서 슬픔을 함께하자는 것이었기에 손윗사람을 위로하고 미망인의 안부를 물은 다음에는 소평정의 상태를 묻는 것이 당연했다. 그런데 소정생은 한참 동안 멍하니 앉아 뭐라고 대답해야 할지 모르는 것처럼 입을 우물거렸다.

겉으로 볼 때 소평정은 비록 슬퍼하기는 해도 행동은 정상이었다. 그는 전쟁이 끝난 뒤에 남겨진 잡다한 군무를 도맡았고, 갑작스레 부원수를 잃어 불안해진 군심을 다독여 적당한 수준으로 가라앉혔다. 영구를 이끌고 경성으로 돌아오는 길에는 더욱 바쁘게 움직이며 큰 일 작은 일 가리지 않고 아버지와 형수를 보살펴, 원숙마저 그가 며칠 만에 어른이 되었다고 감탄을 터뜨릴 정도였다.

그러나 아비만큼 아들의 마음을 아는 사람은 없다고, 소정생은 어른이 된 듯한 저 허상 뒤에서 무너질 듯 말 듯 힘겹게 버티는 아이를 볼 수 있었다. 소평정은 온갖 번잡한 일을 마다하지 않으면서도, 형의 유체를 입관하는 것은 끝내 보지 않겠다고 버텼다. 장례에 관한 일은 일체 귀담아듣지 않았고, 아무도 그 앞에서 그리움이나 추억이 어린 말로 떠나간 사람을 언급하지 못하게 했다. 심지어 마지막으로 영구를 안장하고 제를 올릴 때에는 묘비에 붉은색으로 새겨진 형의 이름을 똑바로 쳐다보지도 못하고 시선을 돌렸다.

"형제간에 정이 무척 깊었으니 평정은…… 아마도 좀 더 시간이 지나야 차차 괜찮아질 겁니다."

한참을 생각하던 소정생은 결국 병든 황제가 공연히 마음을 쓸까 염려되어 가능한 한 평온한 목소리로 간단히 대답했다.

뼈를 삭히는 아픔

—
02
—

대량의 제도에 따라 소평장은 왕의 후계자로서 장례를 치렀기 때문에 삼품 이상의 관리는 장막에서 제를 올려야 했고, 오품 이상은 발인에 참가해야 했으며, 종실의 아이들과 젊은이들은 묘까지 따라가야 했다.

사촌동생인 소원계도 당연히 발인 행렬에 끼어 있었다. 하지만 중요한 자리인 만큼 자격이 있는 사람은 모두 몰려드는 바람에 곧 주류에서 밀려났다. 이런 일에 익숙해진 그는 처음부터 끝까지 장례에 참석해 애도를 다하고 왕릉 근처에서 하룻밤 머물기도 했지만, 소평정을 찾아 말을 건넬 기회는 얻지 못했다.

묘지를 닫고 비석을 세운 뒤 장림왕은 경성으로 돌아갔지만, 형의 상을 당한 소평정은 이레 동안 묘를 지켜야 했다. 날짜를 꼽아본 소원계는 아침부터 서문 주위를 맴돌다가 멀리 관도 쪽에서 말 몇 마리가 달려오는 것을 보고 우연인 척 다가가 소리 높여 불렀다.

"평정!"

효복을 걸치고 낯빛이 어두운 소평정이 살짝 고삐를 당겨 말을

22

세웠다.

"너도 참, 며칠 새 이렇게 야위다니. 백부님께서는 어떠셔?"

소평정은 그런 이야기를 할 기분이 아닌지 간단히 대답했다.

"버틸 만하셔."

"상심이 크시겠지. 하지만 평장 형님은 장군 가문의 아들이고 나라를 위해 전쟁터에서 싸우다 돌아가셨으니 충과 효를 모두 이루신 거야."

소원계는 탄식하며 슬픈 목소리로 별 뜻 없는 척 자연스럽게 말을 이었다.

"백부님 입장에서는 그쪽이 좀 더 받아들이기가 쉬우시겠지."

소평정은 묵묵히 말을 모느라 그 탄식을 귀담아듣지 못했다가 한참 후에야 뭔가 이상하다는 생각이 들어 고개를 홱 돌리고 사납게 물었다.

"뭐라고?"

소원계는 깜짝 놀란 표정을 지었다.

"응? 내, 내가 뭐랬는데……?"

"형님은 전쟁터에서 싸우다 돌아가셨어. 그런데 그쪽이 좀 더 받아들이기가 쉬울 거라니?"

"아…… 내, 내가 말주변이 없어서 그렇지 절대 다른 뜻은 없었어. 그냥 평장 형님이 다쳤는데 때맞춰 치료를 하지 못했다고 생각해서……."

형이 팔에 입은 창상을 치료하지 못한 일은 줄곧 소평정의 가슴에 가시처럼 박혀 아무도 건드릴 수 없는 금기가 되어 있었다. 소평정은 즉시 말에서 뛰어내려 소원계의 멱살을 움켜쥐고 끌어내렸다.

"소원계, 똑똑히 말하지 않으면 여기서 벗어날 생각 하지 마!"

소원계는 곤란한 듯 얼굴을 찌푸렸다.

"정말 말실수한 거야. 그냥 내 마음대로 추측한 거였어."

"아무 이유도 없이 그런 추측을 했겠어?"

"이, 일단 놔. 다 설명할게, 응?"

소원계가 우물쭈물 늘어놓는 것을 보면 무심결에 털어놓은 것을 후회하는 게 분명했다.

"네가 중독된 후에 무슨 일이 있었는지는 들었겠지? 그때 평장 형님은 산을 포위하고 현리사의 간을 얻으려고 했어. 나도 조금 도왔는데 가장 중요한 순간에는 그 자리에 없었어. 그래서 내 마음대로 추측한 거야. 참, 임 낭자…… 낭자는 줄곧 함께 있었으니 분명히 나보다 잘 알 거야."

소평정은 그를 한참 노려보다가 손을 홱 놓고 돌아서서 말에 올라 곧바로 말머리를 돌려 주작대가로 달려갔다.

평소 제풍당을 찾는 사람은 오전에는 한번에 두세 명 정도가 최대였기 때문에 두중과 다른 의원들이 감당하기에 충분했고, 그 사이 여건지와 임해는 약방이나 처소의 다실에서 책을 읽곤 했다. 2월 중순은 꽃샘추위로 쌀쌀했지만, 임해는 추위를 타지 않는데다 바람이 통하는 것을 좋아해서 다실 안에 있던 화로를 치우고 탁자 옆의 조그만 차 화로에만 새빨간 숯을 넣어 열기가 퍼지게 해놓았다.

소평정이 벌컥 문을 열고 뛰어들어왔을 때 임해는 차 탁자에 기대 앉아 멍하니 넋을 놓고 있었다. 바깥의 찬 기운이 소평정의 어지러운 발걸음을 따라들어와 그녀의 긴 머리카락을 흩날리고 옷깃 속으로 스며들어 오슬오슬 한기를 불러일으켰다. 물을 필요도 없었고, 숫제 고개를 들 필요도 없었다. 소평정의 그림자를 처음 본 순간부터 임해는 앞으로 무슨 일이 벌어질지 알아차렸다. 심장이 쿵쿵 뛰는 동시에 안도감이 들었다.

소평장은 경성을 떠나기 전, 모든 사람에게 아무 말도 하지 말라고 당부했다. 그녀 역시 당시에는 반대하지 않았지만 당사자인 소평정은 사실을 알 권리가 있고 언젠가는 알게 되리라 생각했기 때문에, 언제든 그가 알고 싶어 하면 추호의 거짓도 없이 대답해주겠다고 남몰래 결심하고 있었다.

"일단 앉으세요, 둘째 공자. 가져올 것이 있어요."

젊은 의녀는 탁자를 짚고 일어서서 다실 구석에 있는 책장으로 다가가 쪽빛 수건으로 싼 조그마한 보따리를 꺼냈다. 그 보따리를 탁자에 놓고 싸개를 풀자 안에는 두 손바닥으로 쥘 수 있을 정도의 조그마한 단향목 상자가 들어 있었다.

소평정은 한 손으로 탁자 모서리를 붙잡았다. 별안간 심장 깊숙한 곳에서부터 전율이 일었다. 임해는 마치 그가 찾아온 이유를 당연히 아는 것처럼 아무것도 묻지 않았다. 이런 태도는 그를 안심시키기는커녕 도리어 가슴을 쥐어짜듯 격렬한 고통을 일으키고 누군가가 목을 틀어쥔 것처럼 숨이 턱 막히게 했다. 그는 차라리 문을 박차고 달아나버리고 싶은 심정이었다.

"당신의 독을 치료할 수 있는 약은 이 세상에 단 하나뿐이고 바로 이 상자 안에 들어 있었어요. 세자께서 친히 복양영에게서 받아

오셨죠."

임해는 마음의 준비는 했지만 일단 입을 열자 한 자 한 자 꺼내는 것이 몹시 어려웠다. 그녀는 소평정의 어깨 너머 먼 곳을 바라보며 말을 빨리 하려고 애썼다. 어떤 수사도 덧붙이지 않았고, 특히 그의 반응을 살피려 하지도 않았다. 그저 가능한 한 빨리 말을 끝내 두 사람 모두가 괴로운 이 상황을 끝내고 싶을 뿐이었다.

모든 이야기를 하기까지 얼마나 걸렸을까? 일각? 아니면 반 시진? 소평정은 전혀 느낄 수 없었다. 심지어 임해의 말소리가 끊기고 방 안에 정적이 무겁게 내려앉았다는 사실조차 알아차리지 못했다.

눈앞에 놓인 조그마한 나무상자의 까만 칠 위에는 검붉은 피가 엉겨 있었다. 형의 손이 한 치의 망설임도 없이 예리한 칼날 사이로 들어가고, 새빨간 피가 방울방울 나뭇결에 스며드는 장면이 눈에 보이는 것 같았다. 한때 그렇게도 붉었던, 그렇게도 뜨거웠던 핏방울.

딱딱하고 텅 빈 표정 밑으로, 근심 걱정이라고는 거의 모르고 자라온 이 젊은이의 마음이 천천히 무너져내리기 시작했다. 슬픔과 고통마저 떠나버렸는지, 지금 그의 가슴을 마구 두드려대는 것은 이름 모를 분노뿐이었다.

"왜 그랬소? 난 당신이, 당신이 나를 가장 잘 안다고 생각했는데……."

임해는 남이 아니라 그의 벗이요, 그의 지기였다. 설령 세상 모든 사람이 알지 못한다 해도, 그녀만은 그 자신의 마음을 알아주어야 했다. 지옥의 불길 위에서 천 년 동안 몸을 불태우는 한이 있어도 형의 목숨을 빨아먹으면서 살아가고 싶지 않은 그의 마음을.

"형님은 살 수 있었소. 당신이 노당주처럼 버렸더라면…… 형님도 어쩌면 함부로 위험을 무릅쓰려 하지 않았을 수도 있소."

소평정은 그녀의 얼굴에 시선을 단단히 못박으며 절망적으로 추궁했다.

"왜 형님을 도왔소? 왜……."

임해는 그의 시선을 피하지 않았고, 자신의 행동을 변명하려는 기색도 없었다. 흐리멍덩해진 머릿속으로 그날 밤의 광경이 떠올랐다. 소평장은 아우의 침상 옆에 앉아 그의 흐트러진 머리카락을 쓰다듬으며 숨죽여 속삭였다.

"미안하구나."

어쩔 수 없는 일이었든 하늘의 장난이었든, 이번 일에서 소평장은 자신의 선택을 했고, 몽천설도 자신의 선택을 했다. 임해 역시 자신의 마음이 하자는 대로 따랐다. 오로지 소평정만이 선택할 기회도 없이 수동적으로 그 결과를 받아들여야 했다. 자신의 평생을 짓누르기에 충분한 부담스러운 결과를.

소평정은 떨리는 손으로 탁자에 놓인 나무상자를 움켜쥐어 품속에 넣고 비틀비틀 일어나 부실한 걸음으로 문을 나섰다. 임해의 얼굴 위로 눈물이 펑펑 쏟아졌다. 정원에 있던 노당주의 달램도, 한동안 뒤를 따라온 두중의 보살핌도, 소평정은 볼 수도 들을 수도 없었다. 머리와 몸이 텅 비고 마비된 것 같다가 다음 순간 정신을 차렸을 때는 그는 홀로 장림부 동쪽 원락 중정에 우두커니 서서 밤하늘을 멍하니 바라보고 있었다. 지금이 언제인지도 모른 채.

경성으로 돌아온 첫날부터 소정생은 며느리가 부군의 유품을 보고 눈물바람을 할까봐 처소를 남쪽 곁채로 옮기게 했다. 소정생의 분부로 그녀는 매일 제풍당에서 진맥을 받았고, 그 외에 출산에 대해 잘 아는 아주머니 두 명이 곁에서 시중을 들었다. 몽천설 자신도 뱃속의 태아에게 문제가 생겨 세상을 떠난 부군을 볼 낯이 없게 될까봐 전전긍긍했다. 의원이 슬픔으로 몸이 상하면 태아에게도 좋지 않다고 하자, 그녀는 밤낮으로 꾹꾹 참으며 눈물 흘리거나 통곡하지 않으려 애썼다. 하지만 그럴수록 그녀의 얼굴은 점점 더 야위고 창백해졌다.

소평정은 남쪽으로 난 샛문으로 들어가 정원에 있던 시녀에게 통보하지 말라고 이른 뒤, 처마 그림자에 숨어 안을 들여다보았다. 형수는 창가에서 멀지 않은 탁자 앞에 앉아 힘겨워하면서도 억지로 보약을 마시고 있었다. 아직도 메스꺼움을 느끼는지 두어 모금 마실 때마다 잠시 멈추곤 했고, 이따금씩 손수건으로 입을 꼭 틀어막으면서 쏟아지려는 눈물을 억지로 삼켰다.

소평정은 더 이상 볼 수가 없어 달아나다시피 허둥지둥 광택헌으로 돌아갔다. 정원 앞 오래된 나무의 높이 뻗은 가지로 올라간 그는 나뭇가지 사이에 모습을 숨겼다.

한밤중이 되자 부슬부슬 가랑비가 내렸지만 그는 꼼짝도 않고 축축하고 차가운 빗방울이 몸을 때리도록 내버려두었다. 빗물이 피부에 스며들어 몸이 서늘해지고 피마저 꽁꽁 얼어붙을 지경까지 끝내 버티던 그는 마침내 절망적인 사실을 인정할 수밖에 없었다. 언제나 숨어버린 그를 찾아내어 위로해주고 집으로 데려가주던 사람이 이제는 절대로 오지 못한다는 사실을.

다음 날 정오가 되자 차가운 비에 흠뻑 젖은 소평정은 벌겋게 부은 눈을 한 채 효복을 갈아입고 부왕의 처소로 갔다. 정원은 쓸쓸했고 방 안에는 아버지의 모습이 보이지 않았다. 문을 지키는 호위병들만 섬돌 앞에 엄숙하게 서 있을 뿐이었다.

소평정은 잠시 생각하다가 곧바로 몸을 돌려 사당으로 향했다. 과연 칠흑 같은 사당의 문이 반쯤 열려 있었다. 검은 장막 아래에는 소정생이 등을 살짝 굽힌 채 제사상 앞에 서서 감실에 새로 더해진 조그마한 나무패를 조용히 응시하고 있었다. 얼마나 저렇게 서 있었던 것일까.

문가에 시립해 있던 원숙은 통보하지 않았고, 소평정도 공연히 소리를 내어 방해하려 하지 않았다. 그저 아버지 뒤에 묵묵히 무릎을 꿇고 벽돌을 깐 바닥을 뚫어져라 내려다볼 뿐이었다. 아직도 형의 위패를 똑바로 바라볼 수가 없었다.

한참 후, 소정생이 한숨을 푹 내쉬더니 고개를 돌리지도 않고 말했다.

"아비는 네 형수를 랑야각에 보내 휴양을 시키기로 했다. 날짜가 정해지면 네가 호송을 하거라."

"예."

처음 듣는 소식이지만 아주 뜻밖도 아니어서 소평정은 조용히 대답했다.

"한 가지…… 부왕께 드리고 싶은 말씀이 있습니다."

그가 무슨 말을 하려는지 이미 아는지 소정생의 하얀 눈썹이 파르르 떨렸다.

"오냐, 말해보아라."

"소자는 경성을 떠나 북쪽의 군으로 가고자 합니다."

소정생은 잠시 침묵하다가 느릿느릿 몸을 돌렸다.

"잘 생각해보았느냐?"

기실 소평정은 자신이 무슨 생각을 했는지도 몰랐고 어떻게 해야 잘 생각하는 것인지도 몰랐다. 다만 본능적으로 자신이 해야 할 일, 할 수 있는 일을 찾아내어 없앨 수도 없고 받아들일 수도 없는 이 고통을 피하려는 것뿐이었다.

"그렇습니다. 소자는 지금껏 형님이 짊어지고 있던 책임을 넘겨받을 때가 되었다고 생각합니다."

소정생은 제사상을 짚고 굽은 허리를 꼿꼿이 세우면서 눈동자 깊숙이 솟구치는 슬픔을 숨겼다.

"네가 원한다면 감주영으로 가거라. 동청이 옆에서 도우면 경험을 쌓을 수 있을 게다."

세자비와 둘째 공자가 같은 날 왕부를 떠난다는 소식이 전해지자 오랫동안 침묵에 잠겼던 왕부도 조금이나마 분주해졌다. 행장을 꾸리고 소식을 전하고 수행 인원을 선발하는 일은 원숙이 맡았고, 소평정은 입궁하여 황제에게 인사를 올린 뒤로 모든 시간을 장서각에서 보내며 가져갈 책과 도감을 두 상자나 챙겼다. 지금껏 작위도 직위도 없는 장림부의 차남으로서 경성 사람 누구도 그의 행적을 특별히 눈여겨보지 않았는데, 소평장이 세상을 떠나면서 상황이 바뀌었고, 또 황제가 특별히 병부에 명해 임시로 감주영을 통솔할 수 있는 문서를 발급해주도록 했기 때문에 예전처럼 사람들의 주목을 받지 않기란 거의 불가능했다.

다만 최신 동향을 민감하게 느낄 수 있는 사람들은 대부분 신중하고 영리했다. 장림부는 상중이었고 죽은 형의 유지를 이어받는 것은 명예로운 일이었으므로, 조정 사람들이 속으로는 무슨 생각을 하든 적어도 겉으로는 만장일치로 지지를 보냈다. 순 황후조차 좌우를 물리고 오라버니 앞에서 몇 마디 원망을 털어놓는 것이 고작이었다.

"한 사람이 죽으니 또 다른 사람을 보내는군요. 장림왕은 북쪽 국경의 병권이 다른 사람 손에 떨어지는 것이 두려운 모양이지요?"

실망스럽게도 순백수는 눈을 찌푸리며 반박했다.

"마마, 그런 말씀은 상대에게도 마마께도 좋지 않습니다. 설사 사적인 자리라고 해도 부디 다시는 그런 말씀 마십시오. 만에 하나 폐하의 귀에 들어가면 마마와 태자 전하께 좋을 일이 어디 있겠습니까?"

매일 장림부로 사람을 보내 진맥을 하던 제풍당은 곧 이 두 소식을 접했다. 북쪽 국경에 다녀온 적이 있는 두중은, 이 번화한 경성에서는 남아대장부의 기개를 펴기 힘들다고 여겨 다시 변경에 다녀오겠다고 노당주에게 청했다. 평소 몽천설의 조리를 도맡고 있던 임해도 마음이 놓이지 않아 동행하기로 마음먹고 묵묵히 약상자를 쌌다. 그녀는 적어도 랑야산까지는 함께 가서 직접 안전한 사람에게 넘겨주어야 안심이 될 것 같았다.

장장 이틀간 바삐 준비한 끝에 모든 것이 갖추어지자 마음이 무겁던 소평정은 더 기다릴 수가 없어 부왕께 보고하여 모레 출발하기로 결정했다.

그동안 동청은 묵묵히 몽천설의 호송 준비를 하고 출발 전날에는 말발굽의 편자가 제대로 박혔는지, 마차의 축받이에 금이 가지 않았는지 등 세세한 부분을 다시 한 번 점검했다. 완벽하게 확인한 다음에야 그는 방으로 돌아가 옷을 갈아입고 혼자 말을 끌고 조용히 왕부의 서쪽 샛문으로 나섰다.

상중에는 손님을 맞이하지 않게 되어 있었고 늙은 장림왕의 몸도 좋지 않아서 장림부 정문은 며칠째 닫혀 있었고, 서쪽의 샛문이 있는 좁은 길에는 더더욱 인적이 드물고 고요했다. 고삐를 잡아 말을 세운 뒤 등자를 밟고 오르려는데 갑자기 뒤에서 손 하나가 불쑥 튀어나와 오른쪽 어깨를 툭 치는 바람에 동청은 화들짝 놀라 돌아보았다.

새까만 상복을 입은 원숙이 눈을 가늘게 뜨고 서서 의아한 듯 물었다.

"이런 시간에 어디를 가려는가?"

동청은 잠시 머뭇거렸다. 숱한 변명과 핑계가 입속에서 수차례나 왔다갔다했지만, 그는 결국 진실을 털어놓기로 했다.

"금위부로 가서 순 통령께 금군에 자리를 마련해달라 청하려고 합니다."

"금군에 들어가겠다고?"

원숙은 깜짝 놀라 눈썹을 곤추세웠다.

"둘째 공자께서 북쪽 국경으로 떠나시는데 이런 때 자네가 감주영을 떠나겠다는 말인가? 만약 세자께서 계셨다면……."

"세자께서는 이미 안 계십니다!"

동청이 잡고 있던 고삐를 확 팽개치며 노성을 터뜨렸다.

"만약이라는 것은 없습니다. 그분은 떠나셨어요! 영원히 돌아오

실 수 없단 말입니다!'

날카롭고 격렬한 감정이 폭발함과 동시에 한동안 그쳤던 눈물
이 손쓸 틈도 없이 쏟아졌다. 동청은 울음을 그칠 수 없는 자신이
미워 손으로 힘껏 얼굴을 문질러대며 담장 쪽으로 돌아섰다.

그는 완벽한 장림세자 휘하의 완벽한 부장이었다. 기민하고 주
도면밀하고 충성심 깊고 명령에 복종하며 실행력도 발군이었다.
수년간 따르던 주장(主將)을 잃은 것은 당연히 안타깝고 불행한 일
이었지만, 세상 사람들은 그 불행을 고작 그렇게만 알고 있었다.
장림왕이 여전히 그를 신임하고 감주영에서의 지위도 약해지지
않았는데 무엇이 불만스럽다는 것일까? 부장으로서의 슬픔은 속
으로 간직하고, 전보다 더한 복종과 충성으로 표현하는 것이 마땅
했다. 동청에게 슬픔을 못 이겨 달아날 권리가 있다고 생각하는 사
람은 없었고, 가족을 제외하면 그 역시 소평장과 가장 가까운 사람
중 하나였다는 사실을 알아차린 사람은 더욱 없었다.

그러나 남들이 알아주지 않더라도 상처는 상처였다. 똑같이 피
를 흘리고 아픔을 일으키는 상처였다. 처음에는 놀란 원숙도 그간
자신이 소홀했다는 것을 깨닫고, 감정을 자제하지 못하는 젊은이
가 좀 더 편해지도록 재빨리 두어 걸음 물러나 그만의 공간을 마련
해주었다.

"둘째 공자께 유감이 있는 것은 아닙니다."

담장의 붉은빛 띠는 벽돌을 마주한 채 한참 동안 말없이 서 있
던 동청이 마침내 몸을 돌렸다.

"단지 새 주장을 모시기에는 아직 준비가 덜 된 것뿐입니다. 원
숙께서 대신 전하께 사죄를 전해주십시오."

"나도 군중에 오래 있었으니 지금 자네 마음이 어떤지도 알고 이해도 가네."

원숙은 가능한 한 차분한 어조로 강요하지 않고 끈기 있게 그를 달랬다.

"자네 솜씨라면 금군에 가더라도 앞길이 훤할 것이야. 하지만 이보게, 매우 중요한 결정이니 좀 더 여유를 갖고 생각해보는 것도 나쁘지 않네. 뭐니 뭐니 해도 세자께서 계시던 감주영이 아닌가? 정말 미련 없이 버리고 떠날 수 있겠나? 금군은 우리 장림군과는 길이 다르고, 한 번 전향하면 쉽사리 돌이킬 수가 없네. 랑야산까지 세자비를 호송하기로 했으니 다녀오기까지 시간이 있네. 그간 마음을 가라앉히고 좀 더 생각해보게나. 돌아와서도 자네 생각이 바뀌지 않았다면 전하께는 내가 잘 말씀드려보겠네, 어떤가?"

동청도 슬픔을 이기지 못해 생각한 일이지 굳게 결심한 것은 아니었기에 원숙이 이렇게까지 권하자 다소 망설여졌다. 고개를 숙이고 한참 고민하던 그는 이 복잡한 머리로 당장 결정하는 것은 좋지 않다는 생각이 들어, 결국 놓았던 고삐를 다시 잡고 묵묵히 왕부로 돌아갔다.

다음 날은 날씨가 무척 화창했다. 푸르른 하늘 위로 드문드문 구름이 떠가고 햇살은 따사로워 길 떠나기에 딱 좋았다. 소정생은 노각주에게 전할 친필 서신을 몽천설에게 건넨 뒤 서로 마음 아파하지 않도록 대문까지만 배웅했다. 소평정은 효복에 삼모자를 쓰고 손수 형수가 탄 마차를 몰았다. 막 출발 명령을 내리려는데 중문 바깥에서 발소리가 들리더니 뜻밖의 인물이 다급히 달려왔다.

소원계가 똑같이 소매를 바짝 조인 효복을 입고 검정 바람막이를 걸친 외출복 차림으로 다가와 두 손을 포개며 말했다.

"대량의 자제라면 당연히 북방에서 싸워야 하는 법. 둘째 공자의 감주행에 이 몸도 동행할 수 없겠습니까?"

소평정은 살짝 눈을 찌푸렸다.

"원계, 군에 들어가는 것은 그리 간단한 일이 아니야."

"나도 알아. 그래서 며칠 전 소식을 듣자마자 병부에 다녀왔고 폐하께도 부탁을 드려 허락을 얻었어."

소원계는 두 눈썹을 높이 쳐들고 확신에 찬 목소리로 말했다.

"안심해. 감주영으로 간다고 해서 너를 번거롭게 만들지는 않을 거야."

소평정은 그와 그의 뒤에 등짐을 진 수행인들을 살펴보며 여전히 망설이는 표정으로 말했다.

"너나 나나 똑같이 부유한 집안에서 태어났지만, 나는 장군 가문 사람이고 강호 경험도 있으니 아무래도 너와는 달라. 정말 변경의 혹한을 견딜 수 있겠어?"

"만약 내가 견디다 못해 슬그머니 달아나더라도 주장께서 쫓아와 체포하지는 않겠지?"

소평정은 그의 우스개에 입술 끝을 살짝 올리며 결국 고개를 끄덕였다.

"뜻이 섰다면 나도 당연히 막지 않겠어. 가자."

일행은 검은 덮개에 하얀 천을 두른 사두마차를 가운데 두고 정식으로 출발했다. 막 북문으로 이어지는 큰길에 올랐을 때 뒤에서 또다시 다급한 말발굽 소리가 들렸다. 소평정이 돌아보니 순비잔이 말을 몰아 달려오고 있었다. 그는 채찍을 휘둘러 빠르게 대오의 가운데로 달려들었지만 아무 말 없이 마차 주위만 왔다갔다했다.

천성적으로 올곧은 성품인 그는 헤어짐을 아쉬워하면서도 차마 속말을 꺼낼 수가 없었고, 그렇다고 진짜 타인처럼 상투적인 말만 하고 싶지도 않아 갈팡질팡했다. 그러는 사이 마음은 점점 더 아파 왔다. 마침내 그는 마차 덮개에 늘어진 까만 술만 살짝 건드리고는 소평정을 향해 말머리를 돌려 묵묵히 배웅길에 나섰다.

북문을 나와 반 리 정도 가자 정자가 나타났고, 단출한 의료 상자를 들고 길가에서 기다리는 임해와 두중이 보였다. 소평정은 고삐를 당겨 천천히 말을 멈추고 그쪽으로 시선을 돌렸다.

이성적으로는 그때 일어난 일들이 임해의 잘못이 아니라고 생각하지만, 그녀를 볼 때마다 완전히 달라질 수 있었던 결과를 생각하지 않을 수 없었다. 자기 스스로를 똑바로 마주할 용기를 얻기 전까지는 도저히 태연하게 그녀를 마주할 수 없었다.

서늘한 동풍이 임해의 긴 머리카락과 옷자락을 펄럭였다. 그녀는 뺨으로 흘러내린 머리카락을 넘기고 한 마디도 없이 대오 한가운데 있는 검은 덮개 마차에 올랐다.

몽천설은 반쯤 걷었던 마차 가리개를 내리고 푹신한 베개에 다시 기대며 나지막이 말했다.

"평정은 어릴 때부터 저랬어. 받아들이기 어려운 일이 생기면 항상 머리를 묻고 숨어서 보지 않으려고 했지. 저 아이를 원망하지 마. 그냥 시간이 좀 필요한 것뿐이니까."

임해는 입을 꼭 다문 채 흑수정같이 까맣고 차분한 눈을 들었다.

"언니도 그렇게 생각하셨지요? 그때 제가 끝까지 버텼더라면……."

"그래, 인정해. 어쩌면 마음속 깊은 곳에서는 그러기를 바랐는지도 몰라."

몽천설은 깊이 숨을 들이쉬면서 손바닥을 배 위로 가져갔다.

"하지만 그건 결국 평장의 결정이었어."

마차가 살짝 흔들렸다가 다시금 앞으로 나아갔다. 순비잔은 홀로 정자 아래에 남아 까만 덮개를 씌운 마차가 멀리 사라지는 모습을 지켜보았다. 저 멀리 우뚝 솟아 있는 금릉성도 마차가 사라지면서 빛깔이 바랬다. 이렇게 헤어지면 설령 파랑새가 되더라도 저 높디높은 산 머나먼 길을 넘어 떠나간 사람을 다시는 볼 길이 없었다. 길가 수양버들의 민 나뭇가지에는 어느덧 봄빛이 만연했지만, 그의 마음은 겨울날처럼 꽁꽁 얼어붙어 또다시 눈 녹는 계절이 찾아오기나 할지 까마득했다.

다시 이는 삭풍

—
03
—

세월은 유수처럼 흘렀다. 장림세자 사망 1주기 다음 날, 경성인 금
릉성에는 근 5년 이래 가장 큰 폭설이 쏟아졌다. 해자의 수면이 하
얗게 얼어붙어 성은 마치 옥대를 두른 듯했고, 궁궐 담장 아래에는
무릎 높이까지 눈이 쌓였다. 황제가 가장 좋아하는 어화원 연못 옆
의 홍매도 궁녀들이 사다리를 딛고 올라가 잎에 쌓인 눈을 털어낸
뒤에야 다시금 고운 빛깔을 드러냈다.

　순백수는 태감들이 급히 쓸어낸 복도를 지나 앞 전각에 있는 직
방에 도착한 뒤 처마 밑에서 발을 굴러 장화 바닥에 묻은 눈과 진
흙을 털어냈다. 발가락이 얼어 뻣뻣해졌지만 그는 곧바로 화로가
있는 직방으로 들어가 몸을 데우지 않고, 잠시 바람을 맞으며 서서
멀리 양거전 쪽을 바라보았다.

　황제 소흠의 병세는 1년이 지나도록 나을 기미가 없었다. 초가
을 쾌적한 계절에 조금 호전되나 싶었지만 겨울에 들어서자 다시
점점 무거워져 이제는 조례에 나와 일을 볼 수도 없게 되었다. 어
의들은 부정한 말을 입에 담을 수 없어 얼버무렸지만 태자가 명을

받고 양거전에 머물면서 손수 탕약을 올리게 되자 불길한 말들이
바깥에 퍼져 사람들을 불안하게 했다. 하지만 소흠은 늘 병을 앓았
고 전에도 위급한 상황에 처했다가 호전된 적이 있었다. 이 때문에
대신들은 남몰래 속으로 어떤 준비를 하고 있든 간에 신중하고 차
분한 척하려 애썼다.

이날 아침 폭설이 막 그칠 즈음, 양거전의 태감 한 명이 바삐 궁
에서 나와 내각을 거치지 않고 곧바로 병부상서 진훈을 찾아가 어
전으로 불러들였다. 소식을 들은 순백수는 매우 의심스러웠지만
차마 엿들을 수는 없어, 앞 전각에서 진훈이 나오기만을 기다렸다
가 무슨 이야기를 했는지 알아보기로 한 것이다.

줄곧 찬바람을 맞으며 기다리는 그를 하늘이 가엾이 여겼는지
오래지 않아 진훈의 모습이 굽이진 회랑 문 아래에 나타났다. 쌓인
눈 때문에 길이 미끄러워, 반백이 넘은 늙은 상서는 좌우로 어린
태감들의 부축을 받으며 조심조심 느릿느릿 걸어야 했다. 아무리
초조해도 마중을 나가면 눈에 띌 것이 뻔했기에, 순백수는 방으로
들어가 불을 쬐다가 거의 다 왔다 싶을 때쯤 다시 나가 마치 우연
히 마주친 척하며 공수를 했다.

"진 대인."

진훈은 허둥지둥 어린 태감의 손을 놓고 마주 예를 차렸다.

"수보 대인."

"폐하께서 와병 중에 대인을 부르신 것을 보니 몹시 긴요한 일
이 있으셨나봅니다."

순백수가 웃음을 지으며 지나가는 듯한 말투로 입을 열었다.

"한참 이야기를 나누실 줄 알았는데 어찌 이리 빨리 가십니까?"

진훈은 숨길 생각이 전혀 없어 보였다.

"폐하께서 기운이 별로 없으시고 단 한 가지 분부만 내리시기에 오래 머물 수가 없었지요."

"한 가지 분부라니요? 무슨 중요한 일입니까?"

"폐하께서 장림왕부의 소평정을 삼품 회화장군(懷化將軍)에 정식으로 임명하고 감주영 주장으로 삼는다는 어명을 내리셨습니다. 사흘 안에 서둘러 관련 서류와 인장을 준비하고 흠차를 선발하여 폐하의 성지를 들려 보내라 하셨습니다."

"변경을 지킨 지 1년 만에 삼품으로 승진한다고요? 게다가 특별히 관리까지 보내 인장을 하사하기로 하셨다는 겁니까?"

순백수는 저도 모르게 눈썹을 추켜올렸다.

"너무 빠릅니다! 대인께서는 병부상서신데 설마하니 이견이 없으십니까?"

진훈은 어쩔 수 없다는 표정이었다.

"폐하께서 임명하시는데 병부에 무슨 이의가 있겠습니까?"

말을 마친 그는 추운 듯이 목을 움츠린 채 손을 비비며 문지방을 넘어 화로에 다가갔다.

군에서 부자나 형제가 직위를 잇는 것은 어느 나라에나 익히 있는 일이고, 장군 가문이라는 말도 이런 관례에서 비롯된 것이었다. 소평정은 군을 이끈 지 오래지 않았지만 누가 뭐라 해도 평범한 백성은 아니었고, 군이든 조정이든 그가 아버지와 형의 뒤를 잇는 것을 묵인하고 있었다. 빠르다면 빠르지만, 결국 정해진 길을 가는 것뿐이었다. 황제의 용체가 건강하다면 내각에서 누군가 나서서 세간의 평을 들어 반대해봄직도 했으나 소흠의 병이 무거운 지금은 이런 소소한 일 때문에 심기를 거스를 수는 없었다. 순백수는 직방 입구에 서서 한참 동안 생각에 잠겼지만 내놓을 만한 핑계가 없다는 사실을 깨달았다.

걱정거리가 많은 내각 수보에 비해 진훈은 왕부의 후계자인 소평정이 삼품 장군에 임명되는 것이 그리 큰일이라고는 생각지 않았다. 더욱이 병상에 있는 황제가 친히 그를 불러 내린 어명인 만큼 잠시도 지체할 수 없어, 직방에서 몸을 녹이기 무섭게 병부 관아로 돌아가 준비를 하고 이부와 내각에 보고하여 늦지 않게 흠차를 출발시켰다.

소흠의 어명은 번갯불에 콩 볶아 먹듯 빠르게 진행되었고, 덕분에 내각도 내각이지만 소정생조차 흠차가 떠난 뒤에야 소식을 접했다. 다소 의외였던 소정생은 병문안 차 입궁하여 투덜거렸다.

"평정 그 아이는 아무래도 타고난 소질이 있어서 요 1년간 감주영에서 제법 잘해주었습니다. 허나 임명을 하시려면 노신에게 먼저 말씀을 하셨어야지요."

오전에 가장 정신이 맑은 소흠은 일어나 앉아 베개에 몸을 기대면서 콧방귀를 뀌었다.

"먼저 말하라고요? 이러니 말씀을 안 드린 겁니다."

"아직 나이가 어립니다. 그 아이 형도 이처럼 빨리 진급하지 않았는데 어찌 이리 서두르십니까?"

"평장 때와는 다르지요. 그때는 왕형도 한창때셨고 짐도 늙기 전이었으니까요."

소흠은 손으로 이마를 짚고 다소 슬픈 눈빛으로 한숨을 쉬며 말했다.

"어찌 이리 서두르는지 왕형께서도 아시지 않습니까?"

1년 넘게 병을 앓은 그가 처음으로 현 상황의 가장 미묘한 부분을 직접 거론하자 소정생은 심장을 쥐어짜는 것처럼 괴로워 본능적으로 고개를 저으려 했다.

"왕형……."

소흠이 그의 손등을 꾹 눌렀다. 손바닥이 타들어가듯 뜨끈뜨끈하고 손가락에도 힘이 있어 오래 병을 앓은 환자 같지 않았다.

"언젠가는 해야 할 이야기입니다. 늘 이렇게 피하기만 해서야 나라와 백성들에게 무슨 이득이 있겠습니까? 왕형께서 짐을 믿는다면 괜한 생각 마시고 짐의 계획을 따르십시오."

태의원에서 황제를 진맥한 결과를 여건지에게 보여준 적이 있는데, 여건지는 연말까지는 큰 문제 없을 거라고만 했고 소정생도 차마 캐물을 용기가 없어 스스로를 위안하며 황제의 건강이 다시 좋아지기만을 기원했다. 그런 와중에 소흠이 평소답지 않게 이런 말을 하자 소정생은 심장이 쿡쿡 찌르는 듯이 아파 그 손을 꼭 잡은 채 한동안 말을 하지 못했다.

그때 전각 문밖에서 다급한 발소리가 점점 다가오더니 태자 소원시가 뛰어들었다. 열세 살 소년이 된 그는 키가 훌쩍 자라 더 이상 어린아이의 모습이 아니었다. 소흠은 태자에게 양거전의 편전에 머물며 병수발을 들게 했지만, 탕약을 먹거나 차를 올리는 등 내시들이 할 일을 빼앗게 하는 대신 경험을 쌓게 하려고 매일 상주문을 요약하고 대신 비답(批答)을 쓰도록 했다. 태자는 오늘도 부황이 시킨 오전 일을 끝내자마자 장림왕이 입궁했다는 소식을 듣고 옷을 갈아입고 달려온 참이었다.

소정생은 어지러운 마음을 다잡으며 다가가 인사를 올렸다.

"노신이 태자 전하께 인사 올립니다. 요즈음 늘 내각에서 정무를 배우고 계시는데, 게으름을 피우거나 말썽을 부리는 것은 아니시겠지요?"

"저도 이제 어린아이가 아닌걸요."

소원시는 황백부를 부축해 일으키고 조그마한 입을 삐죽이며 변명했다.

"분명 예전에는 노는 것을 좋아했지만 지금은 어서 빨리 배우고 싶어요. 그래야 병환 중이신 부황께서 국사 때문에 노심초사하지 않으실 테니까요."

반 시진 동안 앉아 있던 소흠은 몹시 피로해 보였다. 소정생은 그가 지칠까봐 좀 더 가벼운 화제로 바꾸어 랑야산에 있는 손자 이야기를 꺼냈다.

작년에 경성을 떠난 몽천설은 산속의 고요함이 마음을 가라앉히는 데 도움이 되었는지 점차 태기가 안정되었고 산달이 차자 여덟 근이 조금 넘는 튼튼하고 귀여운 남자아이를 낳았다. 소정생은 랑야산을 찾아가 며칠간 함께 지냈고, 보물처럼 애지중지하며 '책(策)'이라는 이름을 지어주었다. 떠날 때가 되니 영 발길이 떨어지지 않았지만 두 모자가 한 몇 년 산속에 머무는 것이 더 좋겠다 싶어 일부러 데려오지 않았다.

그가 사랑스러운 손자 이야기를 꺼내자 소흠의 얼굴에 미소가 번졌고, 태자 역시 드디어 자신도 손윗사람이 되었으니 좋은 선물을 준비해놓겠다고 큰소리를 쳤다. 덕분에 전각의 분위기는 금세

43

가벼워졌다. 그렇게 한담을 나누다가 어의가 진맥하러 오자 소정생은 일어나 물러갈 뜻을 표했다.

황백부를 문밖까지 배웅하고 돌아가보니 아직도 진맥 중이었고 부황은 깊이 잠들어, 태자는 소리 죽여 조심조심 침상 앞에 앉았다. 소원시는 어려서부터 병환이 잦은 아버지를 보며 자란 데다 아무도 깊은 이야기를 해주지 않아 심각한 상황도 모른 채 그저 단순하게 힘닿는 데까지 일을 돕겠다는 생각뿐이었다. 그는 좌우에 명해 탁자를 가져오게 한 뒤 부황을 대신하여 새로 올라온 문서를 조용히 정리했다.

겨울에 접어들면서 황제의 기침이 심해져 복용하는 약이나 음식, 전각 안에 피우는 향도 폐를 안정시키고 숙면을 취하는 데 도움이 되는 것들로 채워졌다. 덕분에 두 시진 정도 잠을 잔 소흠은 머리가 제법 맑아진 것 같아, 일어나 앉아 태자에게 맡긴 일을 확인했고 일솜씨가 크게 정진한 것을 보자 다소 안심했다. 어스름이 내린 뒤 순 황후가 뵙기를 청했지만 그는 공연히 마음을 쓰고 싶지 않아 소원시를 정양궁으로 보내고, 혼자 팔을 쭉 뻗어 굳은어깨를 풀어주면서 착 가라앉은 눈빛으로 침상 저편을 바라보았다.

황제의 침상은 남쪽을 향해 있는데 서쪽 창 아래에 단향목으로 만든 고전적인 시렁이 있었다. 시렁 위에는 붉은 산호초 화분과 투명한 옥그릇, 금색 무늬를 새긴 솥 등의 장식물이 진열되어 있으나 맨 위층에는 튼튼하고 꾸밈없는 나무상자 하나만 덩그러니 놓여있을 뿐이었다.

장림세자를 안장한 후 순비잔이 선제께서 하사하신 저 나무상자를 바치며 소평장이 출정하기 전에 직접 쓴 상주문을 함께 올렸다. 상주문에는 죄를 청하는 내용 외에도 전장은 위험한 곳이니 만에 하나 부자가 함께 돌아오지 못하면 부왕을 잘 돌보아달라는 부탁이 쓰여 있었다.

당시 여전히 상심해 있던 소흠은 상주문을 읽은 뒤 한바탕 통곡했지만, 깊이 생각하지는 않고 태감을 불러 침상 발치에 있는 시렁을 가리키며 상자를 올려두게 했다. 그 후 그는 선제의 영패에 관해 아무런 명도 내리지 않았고, 자연히 아무도 손대지 못한 채 줄곧 그 자리에 놓여 있었다. 올 겨울 들어 병이 깊어져 한번에 며칠씩 자리에 누워 있어야 했던 소흠은 몸은 허해도 머리는 맑았기 때문에 시렁 꼭대기에 놓인 나무상자를 바라보며 점차 이상한 생각이 들었다.

소평장이 남긴 간단한 글에는 마디마디 부왕을 염려하는 마음이 스며들어 있었다. 장림왕은 지위가 높고 커다란 권력을 쥐고 있는데, 단순한 걱정을 넘어선 이 두려움은 어디에서 온 것일까? 게다가 당시 황실 우림영을 움직인 것은 상황이 급박해 어쩔 수 없었고 나무랄 문제가 아니었다. 그런데도 영패를 내놓고 사죄의 글까지 올렸으니 이런 신중함은 어디에 기인한 것일까?

소흠은 바깥쪽으로 몸을 돌리고 나무로 된 침상 가장자리를 힘껏 움켜쥐었다. 소평정을 장군으로 봉한 것은 이 마음속에 자리한 근심을 해소하려는 첫걸음이었지만, 이것만으로는 부족했다. 너무 부족했다.

"여봐라."

가까이에서 시중드는 태감이 허둥지둥 다가와 엎드렸다.

"찾으셨사옵니까?"

"내일 아침 일찍 녕왕을 찾아뵙고 양거전으로 오시란다고 전하여라."

아흔이 넘은 고령의 녕왕은 이미 숱이 줄고 이가 빠지고 남은 머리카락도 하얗게 세어, 부중에서 편히 쉬면서 바깥일에 관심을 두지 않은 채 1년에 많아야 세 번 외출하는 것이 고작이었다. 형제들 가운데 유일하게 증조모에게서 장수의 피를 이어받은 그는 고령의 나이에도 몸이 아직 쓸 만했지만, 나면서부터 다리에 병을 앓아 거동이 편치 않았다. 양쪽에서 태감의 부축을 받아 절을 올리는 동안 녕왕의 두 다리가 후들후들 떨렸다.

막 일어나 앉은 소흠은 그 모습을 보자 황급히 만류하며 좌우에 명해 평상에 앉히게 한 뒤 부드럽게 사과했다.

"왕숙(王叔)의 연세가 지긋하신데 몸소 입궁하시게 하여 짐의 마음이 몹시 무겁습니다."

"노신도 진작 폐하를 뵈러 오려던 참이었습니다."

녕왕은 황제의 안색을 꼼꼼히 살피며 한숨을 꾹 눌렀다.

"폐하께서는 저보다 서른 살도 더 젊으시니 별일 아니지요. 요양만 잘하시면 이런 병이야 금방 나으실 겝니다."

"요 며칠 침상에만 누워 있다보니 전에는 생각도 하지 않은 것들을 많이 생각하게 되었습니다."

소흠은 빙그레 웃으며 눈짓으로 좌우의 사람들을 물렸다.

"종실에서 왕숙의 항렬이 가장 높으시니, 이런 이야기를 드릴 분도 왕숙밖에 없고 짐의 근심을 풀어주실 분도 왕숙밖에 없습니다."

평소 한가롭게 생을 즐기는 녕왕은 조정 일에 나서지 않은 것은 물론이고 선제 재위 때에도 종실에 관한 일만 몇 번 맡았을 뿐이어서, 그 말을 듣자 고개를 갸웃했다.

"어찌 그런 말씀을 하십니까? 분부가 있으시면 시원하게 말씀해보시지요."

소흠은 늙어서 다소 흐리멍덩해진 그의 눈을 똑바로 들여다보았다.

"짐의 병은 아무리 미룬다 한들 오래가지 못할 것입니다. 솔직히 말씀드려서 훗날 불길한 일이 생겼을 때 짐은 아무래도…… 장림왕 형이 염려됩니다."

"무슨 말씀이십니까?"

녕왕은 말 그대로 깜짝 놀라 상반신을 뒤로 홱 젖혔다. 이만한 나이와 항렬에 구태여 말조심을 할 까닭이 없던 그는 곧바로 눈살을 찌푸리며 말했다.

"근자에 노신이 비록 왕부에서 휴양하며 크고 작은 일을 모르는 척하고는 있으나, 이 두 눈은 아직 멀쩡합니다. 장림왕은 폐하와 태자께 결코 두 마음을 품지 않았습니다!"

소흠은 베개에 기대어 꼼짝하지 않고 그를 지그시 바라보았다. 한참 후에야 녕왕도 그의 진짜 뜻을 깨달았다.

"아니, 설마 제가…… 반대로 생각한 겁니까?"

"사람들이 보는 장림왕부는 튼튼해서 절대 쓰러뜨릴 수 없는 곳이지요. 허나 짐은 잘 압니다. 왕형은 수십 년간 군마의 고삐를 놓은 적이 없고 무신은 정치에 참여하지 못하는 법도 때문에 경성의 조정 상황을 잘 알지 못합니다."

소흠은 눈앞이 어지러워지는 것을 느끼고 잠시 숨을 골랐다.

"예전에는 평장이 조정에 있으면서 예민하고 꼼꼼한 성품으로 아버지를 보살폈고 이상하다 싶은 일이 생기면 즉시 처리하곤 했지요. 허나 이제…… 왕형은 한 팔을 잃으셨고 심장을 갉아먹는 그 고통에 나날이 정신이 약해지시는데다 하나뿐인 아들은 아직 변경에 있습니다."

녕왕은 잠시 넋을 놓고 앉아 있다가 나지막이 물었다.

"폐하의 말씀을 들으니 참으로 마음이 아픕니다."

"짐이 세상을 떠난 후에 금릉의 조정이 어떻게 바뀌어갈지, 태자의 심성은 또 어떻게 변할지 그 누가 확신할 수 있겠습니까?"

소흠은 녕왕의 손을 꼭 붙잡고 그에게로 몸을 살짝 기울였다.

"어린 군주가 조정을 맡았으니 태자를 먼저 걱정해야 한다고 생각하는 사람도 있겠지요. 허나 짐은 압니다. 가장 염려되는 사람은 왕형이라는 것을 말입니다. 왕형은 어려움 속에서 태어나 평생 나라를 위해 전쟁을 치르셨습니다. 이제 말년에 접어들었는데 만에 하나 그 끝이 좋지 못하다면 짐이 무슨 낯으로 구천에 계신 선제를 뵐 수 있겠습니까?"

소흠이 감정에 북받쳐 입을 가리고 기침을 하자 녕왕이 황급히 다가가 가슴을 쓸어주며 차분하게 권했다.

"노신은 젊을 적부터 총명하지 못했고 식견이 높은 적도 없으나, 남들보다 뛰어난 점이 하나 있다면 바로 오래 살아서 사람들을 많이 겪어보았다는 것이지요. 장림왕의 지위가 높고 명망이 있는 것은 부정할 수 없는 사실입니다. 아무리 겸양하고 양보한들 남들의 시기를 사지 않기란 불가능한 일입니다."

"조정은 통제하기 어렵고 사람 마음은 바뀌게 마련이지요. 짐도

왕숙과 생각이 같습니다. 이미 그 자리에 오른 왕형이 어찌 물러날
수 있겠습니까?"

소흠은 눈동자를 빛내며 녕왕의 눈을 들여다보았다.

"작금의 상황에서는 나아감이 물러남보다 낫습니다. 이것이 짐
이 왕형을 위해 할 수 있는 마지막 일이겠지요."

녕왕은 노쇠하고 흐려진 눈을 가늘게 떴다. 마치 기나긴 세월
어려움을 겪으며 쌓아온 평생의 지혜를 이용해 그 진실됨을 판단
하려는 것 같았다. 잠시 후, 세 명의 황제를 겪은 이 늙은 왕은 힘
껏 허리를 펴고 정중하게 고개를 끄덕였다.

"안심하십시오, 폐하. 잘 알겠습니다."

소흠과 녕왕의 밀담이 있고 며칠 뒤, 밤낮 길을 재촉한 흠차 일
행이 마침내 감주성 밑에 도착했다. 이번에 성지를 받아 인장을 들
고 온 사람은 병부의 종사품 좌승(左丞) 채제(蔡濟)였다. 경성에서
직무를 맡기 전 장림군의 주 영채가 있는 녕주의 통판이던 그는 북
쪽의 군대와 인연이 깊었고 성품도 조용하고 침착해서, 성에 들어
온 후에도 병부의 공문만 보여주었을 뿐 흠차랍시고 거들먹거리
지도 않았다.

성문에 있던 참령은 부절을 확인한 뒤 곧바로 사람을 보내 군아
에 알리는 한편 몸소 그를 안으로 안내했다. 조금 걷자 정면에서
말 몇 필이 달려왔다. 앞장선 사람이 고삐를 당기며 웃는 얼굴로
인사를 건넸다.

"아니, 채 대인 아니시오?"

채제가 흠차라는 사실을 알리지 않았지만 누가 뭐라 해도 병부

의 고관이기에 감주영에서는 주장(主將)을 제외한 모두가 예를 갖추어야 했다. 그런데도 나타난 사람이 이렇게 편안하게 말을 건네는 것을 보면 스스로 신분이 낮지 않다고 생각하는 모양이었다.

"아니…… 래양후 나리셨군요!"

한참 만에야 알아본 채제가 말을 멈춰 세우면서 웃음을 지었다. 그는 소원계와 본래부터 얼굴만 겨우 아는 사이였고, 낡은 전포를 걸친 눈앞의 젊은이는 비단 옷을 입고 떵떵거리던 지난날의 황실 자제와는 딴판이었기 때문에 뒤늦게나마 알아본 것만 해도 눈썰미가 대단하다고 할 수 있었다.

"소관의 손으로 래양후께서 감주영에 들어가시는 것을 허가하는 문서를 써놓고도 까맣게 잊을 뻔했습니다! 그동안 잘 지내셨습니까?"

소원계는 미소를 지으며 대답한 뒤, 성문 참령을 돌려보내고 몸소 채제 일행을 군아로 안내했다. 가는 동안 그는 경성의 근황만 궁금해하고 무슨 일로 왔는지에 대해서는 한 마디도 묻지 않았다.

변경의 성시인 감주는 백성의 반이 군인이라 성안을 오가는 행인들마다 힘차고 기운이 넘쳤으며, 군아 밖에서 극(戟)을 들고 지키는 병사들은 하나같이 엄숙하고 자세가 곧았다. 군아 안의 장수들도 소식을 들었는지 정문에 도착한 채제가 말에서 내리자 너덧 명이 마중을 나왔다. 맨 앞에 선 사람은 예순 정도 되는 나이에 귀밑머리가 희끗희끗하지만 원기 왕성한 노장(老將)이었다. 그가 한 걸음 다가와 두 손을 포개어 올리며 말했다.

"경성에서 이곳까지 오느라 고생이 많으셨습니다. 둘째 공자께서는 방금 성을 나가셨는데 동청 장군이 통보하러 갔으니 반 시진

이면 돌아오실 것입니다. 부디 탓하지 마시고 차 한잔 하면서 여정의 피로를 씻어내시지요."

채제는 나이나 소평정을 부르는 호칭으로 보아 그가 감주영 사품 참장 위광(魏廣)이라 확신했다. 위 노장군은 대대로 군에 몸담은 집안 출신으로, 장림군이 처음 섰을 때부터 장림왕 휘하에 있으면서 수십 년간 군막을 집 삼아 생을 보냈다. 원수의 재목이라기에는 부족한 점이 있지만, 경험이 풍부한 용장으로서 소평장이 감주에 없을 때 영채의 일상 군무를 맡아 처리하기에는 충분했다. 소평정은 영채의 주장으로서 북쪽에 왔지만 아직 정식으로 임명되지는 않았기 때문에 위광은 여전히 지난날 군의 선배로서 대하던 것처럼 그를 불렀는데, 무례하게 느껴지기는커녕 더욱 사이좋고 친밀해 보였다.

"급히 오느라 미리 사람을 보내 알리지 못했으니 당연히 길이 어긋날 수 있지요."

채제는 허리를 숙여 예를 갖추고 웃으면서 말했다.

"위 장군께서도 너무 신경 쓰지 마시고 같이 들어가서 기다리시지요."

위광은 황급히 옆으로 비켜 길을 터준 뒤 함께 군아 대청으로 올라가 자리를 잡고 다른 장수들을 소개해주었다.

무릇 장림군에서 장군 자리에 올랐다면 하나같이 전쟁터에서 피 흘리며 적을 쳐부순 사람이었다. 채제 같은 병부의 고관에게 특별히 악감정은 없지만 그래도 귀한 분 모시듯 떠받들고 싶지는 않은 탓에, 와서 인사를 올리라는 말에 몇몇 사람은 재빨리 핑계를 대고 물러가려 했다.

"둘째 공자께서 반 시진이면 돌아오신다고 하지 않았습니까?"

체제는 찻잔을 내려놓으며 빙그레 웃었다.

"장군들께서는 조금만 참아주십시오. 둘째 공자께서 오신 후 다시 모이려면 공연히 힘만 들지 않겠습니까?"

그 말에 위광을 비롯한 대청 안에 있던 사람들의 안색이 살짝 변했다. 병부에서 보낸 공문은 아무리 중요하다 해도 장수들을 모두 불러 모을 필요가 없었으니, 이 말은 그가 성지를 가지고 있다는 뜻이 분명했다. 이 사실을 알아차리자 다소 시끌시끌하던 대청이 순식간에 조용해졌다. 다행히 소평정은 성 밖에서 오래 머물지 않았다. 채 이각이 되기 전에 침착한 발소리가 들리자 채제는 황급히 일어섰다.

변경의 풍상 때문인지 아니면 영채를 이끄는 무거운 책임 때문인지, 소평정의 활달하고 생생하던 기색은 짧디짧은 1년 만에 씻은 듯이 사라지고 없었다. 걸을 때도 눈을 내리뜨고 입을 버릇처럼 꾹 다문 데다 거무스름하고 거칠어진 피부에 튼튼하고 유연한 몸이 더해진 그의 모습은 마치 담금질한 철검처럼 날카로우면서도 묵직해 보였다.

경성에서 장림부 둘째 공자의 명성은 아버지와 형에 미치지 못했으나 '작은 임수'라 불린 그의 성품에 대해서는 조정 대신들도 제법 알고 있었다. 특히 그가 열 서너 살 때 한번 만나본 적이 있는 채제는 자신감 넘치고 활달한 소년의 모습을 기억하고 있어서, 다소 우울해 보이는 이 청년 장군의 모습이 낯설어 잠시 어리둥절하다가 겨우 정신을 차리고 손을 들며 높이 외쳤다.

"소평정은 성지를 받으시오."

그에게 장군직을 수여하고 정식으로 감주영을 맡기는 것은 뜻밖의 소식이 아니었다. 하지만 황제가 친히 인장을 내리는 일은 남다른 영광이었기 때문에 장내의 장수들은 흥분해서 저마다 웃음꽃을 활짝 피웠다. 소원계도 대세를 따라 억지로 웃음을 짓기는 했지만 마음속에는 씁쓸함이 짙게 퍼졌다. 똑같이 무정제의 황손이고 똑같이 변경에서 1년을 보냈는데, 황제 폐하는 그의 생각은 반푼어치도 하지 않는 것이 분명했다.

"축하드립니다, 회화장군."

채제는 소평정에게 성지를 건네고, 그가 머리를 조아린 후 일어나자 다가가 다시 예를 갖추었다.

누런 비단 두루마리는 무게가 느껴지지 않을 만큼 가벼웠지만 두 손으로 칙서를 받는 소평정의 동작은 느리고 묵직했으며, 돌아서서 가까이 거느리는 부장 노소(盧昭)에게 맡길 때는 무슨 까닭인지 위광 옆에 선 동청에게 슬쩍 시선을 주었다.

원숙의 충고대로 몽천설을 랑야산으로 호송한 동청은 결국 감주영과의 인연을 완전히 끊어버리지 못하고 장림왕의 분부를 따랐다. 처음 북쪽 국경에 온 소평정은 인사며 군무를 파악할 필요가 있었는데 동청의 도움을 받아 하나둘 정리해나갔다. 하지만 공무 때문에 만나는 일이 잦아지면서 사적인 관계는 점점 소원해졌다. 두 사람 모두 상대방을 볼 때마다 깊은 상처를 헤집는 것 같아 서로 피하고 깊이 이야기하거나 접촉하지 않으려 한 것이다.

"채 대인, 폐하와 부왕의 건강은 어떠십니까?"

정신을 차리고 손님과 마주 앉자 소평정은 맨 먼저 안부부터 물었다.

"장림왕 전하께서는 그간 백발이 성성해지셨으나 아직 기운이 있으시고 건강하십니다."

두 사람에 관해 물었는데 한 사람 이야기만 했으니 소평정도 그 의미를 모를 리 없었다. 마음이 무거워진 그는 장수들을 해산한 뒤 서둘러 캐묻는 대신 노소에게 환영연을 준비하라 분부한 다음 채제를 후원의 다실로 안내했다. 채제가 흠차로 뽑힐 수 있었던 것은 할 말과 하지 말아야 할 말을 알기 때문이었다. 차를 마신 지 한 시진도 못 되어 소평정은 경성의 상황을 확실하게 알 수 있었다.

저녁 연회의 명목은 환영연이었지만 사실은 회화장군을 축하하는 자리였다. 참석한 장수들은 흥에 겨운 나머지 연신 큰 그릇에 술을 따라 권했고 분위기도 따라서 무르익었다. 채제는 아까 차를 마시며 나눈 이야기 때문에 지금 소평정의 심정이 몹시 무겁다는 것을 잘 알았다. 태연자약한 척하며 추호도 속마음을 얼굴에 드러내지 않았지만 잠깐잠깐 멍해지는 그를 보자 채제는 저도 모르게 흠잡을 데 없던 그의 형이 떠올랐다.

변경의 성에서는 밤새 풍악을 울리는 일이 없었기 때문에 아무리 흥겨운 연회도 삼경 즈음이면 자리가 파하곤 했다. 소평정은 노소를 시켜 흠차 대인을 역관으로 모시게 한 뒤 평소대로 성루에 올라 마지막 순찰을 돌았다.

주 성루 위 초소는 삼엄했고, 네 모서리의 횃불은 바람에 빨간 불길을 토해내고 있었다. 소평정은 갓돌을 짚고 아득하고 어둡게 가라앉은 먼 곳을 바라보았다. 눈동자에 깊은 근심이 떠올랐다.

소원계가 다가와 옆에서 한참 동안 묵묵히 서 있다가 물었다.

"폐하께서 이번에는…… 견뎌내지 못하실까봐 걱정이야?"

소평정은 눈을 내리깔고 대답하지 않았지만 부인을 하지도 않았다.

"지금 변경은 평온한 편이니 걱정되면 한번 다녀오는 게 어때? 네 신분이라면 호위병 몇 사람만 딸리고 경성에 가서 문후 드리는 것쯤 미리 허락받을 필요도 없잖아."

"아니."

소평정은 단호한 눈빛으로 고개를 저었다.

"상황이 이렇기 때문에 아무리 걱정되어도 여기 남아야 해."

소원계는 눈썹 끝을 추키며 잠시 생각하더니 그 말뜻을 알아들은 것처럼 소리를 낮춰 말했다.

"하긴 그래. 폐하의 병세가 깊으니 경성의 민심이 혼란스럽겠지. 백부님께는 네가 밖에서 병사를 이끌고 있는 것이 돌아가는 것보다 훨씬 나을 거야."

"저곳을 봐. 강력한 나라들이 엿보고 있고 위기는 아직 가시지 않았어. 그들에게는 우리 대량의 황위가 교체될 때가 가장 공격하기 좋은 시기지."

소평정은 그의 말을 듣지 못한 듯 성벽을 따라 더 높은 망루로 올라갔다.

"장림군은 국토를 지키는 군대야. 이런 때일수록 추호도 흐트러져서는 안 돼."

신임 회화장군의 말은 소원계의 생각과는 너무나 동떨어진 내용이었다. 젊은 래양후는 한참 멍하게 있다가 결국 자조하며 한숨을 내쉬었다.

"그래…… 우리는 방금 같은 이야기를 한 거야."

한 시대는 가고

황제의 병을 두고 '연말까지는 문제없다'고 했던 여건지의 판단은 옳았다. 근 두 달간 소흠의 몸은 나날이 허약해졌지만 병세가 눈에 띄게 악화되지는 않았다. 태자가 연말 제전을 대행하기 위해 출궁하면서 절을 올렸을 때에는 부축을 받고 일어나 앉기도 했다.

상황이 나빠진 것은 정월 스무이렛날이었다. 약을 먹고 잠든 소흠이 갑자기 경련을 일으켰고, 밤이 되자 피를 반 그릇이나 토하더니 약이나 미음조차 삼키지 못했다. 억지로 인삼탕 몇 모금을 마셨지만 호흡이 짧고 때때로 멈추기도 하면서 죽음이 찾아오는 징조가 뚜렷하게 나타났다. 명을 받은 소정생은 한밤중에 입궁하여 내내 용상 옆을 떠나지 않았다.

소흠이 일찌감치 후궁에 문안인사를 생략하라는 명을 내렸기에 며칠째 가까이 오지 못한 순 황후는 초조하고 화가 나 순백수를 입궁시켰고, 양거전에서 무슨 음모를 꾸미고 있다며 노골적으로 불만을 표했다.

그녀에 비해 훨씬 침착한 순백수가 좋은 말로 달랬다.

"염려 마십시오. 공연한 걱정이십니다. 무엇보다 태자께서 내내 어전에서 병수발을 들고 계시고 폐하께서도 태자 전하를 멀리하신 적이 없습니다. 또한 금군이 아직 비잔의 손에 있습니다. 비록 약간의 의견 충돌은 있지만 속마음은 믿을 만한 아이니 태자께 조금이라도 불리한 일이 생기면 결코 수수방관하지 않을 것입니다."

순 황후는 순비잔이 정양궁과 태자를 너무 가까이하지 않으려 한다고 불만스러워했지만 그의 충정은 믿었기 때문에 그 말을 듣자 다소 표정이 누그러졌다. 그녀가 가볍게 콧방귀를 뀌며 말했다.

"솔직히 말씀드리면 신은 태자께서 등극하지 못하리라는 생각은 해본 적이 없습니다. 문제는 등극하신 다음이지요."

순백수가 긴 수염을 쓰다듬으며 천천히 말을 꺼냈다.

"지금이야 서로 사이가 좋다한들, 폐하께서 아니 계시면 어린 군주가 나라를 맡게 되는 것은 사실인데 '군주가 어리면 나라가 어지럽다' 했으니 이로 말미암아 수많은 백골이 쌓인 일도 사서에 많이 보입니다. 과거의 실패가 있으니 만전을 기하려면 역시 먼저 움직여서 제압해야 합니다."

순 황후의 몸이 살짝 앞으로 기울었다.

"어찌 움직일 생각이십니까?"

장림왕부의 세력을 억누르고 와해시키는 것은 순백수의 마음속에서 늘 최우선의 목표였다. 소평장의 죽음이 이 목표가 멀지 않았음을 말해주었고, 황위가 교체되는 지금은 계략을 꾸미기에 좋은 기회였다.

"솔직히 말씀드리지요. 요 며칠 신은 이미 조정의 몇몇 대인과 상의를 했습니다. 생각해보십시오. 폐하와 장림왕께서는 정이 두

터우시니 불길한 일이 생기면 장림왕은 슬픔에 빠질 것이 틀림없습니다. 경성에 계시면 마음이 아프실 터이니 차라리 재궁(梓宮, 황제의 관—옮긴이)을 발인할 때 태자 전하께서 친히 장림왕께 위산의 황릉에서 요양하시면서 형제의 정을 기리는 것이 어떠냐고 청하시는 것입니다. 조리에 맞는 청이니 누가 반대할 수 있겠습니까?"

순 황후는 긴장한 듯 침을 꿀꺽 삼켰다.

"장림왕이 거절하면요?"

"신이 내각의 수보로서 대신들을 대표해 태자께 건의할 것입니다. 그때 태자께서는 대량의 새로운 군주시니 그분이 대신들과 선제의 영전에서 제안하시는데 장림왕이 어찌 모른 척할 수 있겠습니까? 세자는 금릉이 아니라 머나먼 변경에 있어 소식을 들으려면 한 달은 걸릴 것이고, 또한 칼부림을 한 것도 아니니 소식을 들어도 아무 소용이 없을 것입니다. 장림왕이 어쩔 수 없이 위산으로 가기만 하면, 장림왕부가 조정에 미치는 영향이 절반은 꺾일 터, 그 후의 일은 순조로울 것입니다."

순 황후는 멍한 얼굴로 그를 바라보다가 다시 물었다.

"그럼…… 만약에 태자가 원치 않는다면요?"

"태자께서는 효자가 아니십니까?"

순백수는 빙그레 웃었다.

"특히 상중이니 어머니의 뜻을 거역하지 못할 것입니다. 더욱이 황백부의 비통함을 염려하는 것은 나쁜 일이 아닙니다. 마마께서 잘 위로하고 설명하신다면 태자께서 어찌 싫어하시겠습니까?"

오라버니의 차분하고 듬직한 말투에 순 황후는 크게 위로가 되었다. 하지만 이 가설이 성사되려면 황제 폐하의 붕어라는 전제 조건이 필요하다는 데 생각이 미쳤고, 수십 년 부부의 정이 사무쳐 저도 모르게 소매로 얼굴을 가리고 흐느꼈다.

2월 초사흗날, 황제의 병이 악화된 지 엿새째, 오래도록 침묵과 긴장에 잠겼던 양거전에서 갑작스러운 명이 떨어졌다. 가까운 종친과 이품 이상 대신들에게 속히 입궁하라는 내용이었다. 순부는 궁성에서 가깝지 않았기에 순백수가 서둘러 달려갔을 때는 올 만한 사람은 태반이 도착해 있었다. 태자와 소정생은 본래 황제 곁에 있었고, 순 황후는 둘째 황자 원가(元嘉), 셋째 황자 원우(元佑) 및 품계 높은 후궁들을 데리고 달려와 용상에 바짝 다가섰다. 순 황후는 얼마나 울었는지 두 눈이 퉁퉁 부었고 목소리도 푹 잠겨 있었다. 황자와 황후, 후궁 외에 몇몇 종실의 왕과 후들도 녕왕의 인도 아래 조그맣게 반원을 이루고 꿇어앉았고, 대신들은 품계순으로 전각 입구까지 빽빽하게 도열했다.

며칠 전 혼절했던 날에 비하면 소흠은 마지막으로 기운을 차렸는지 훨씬 정신이 맑아 보였다. 그는 한 손으로 소정생의 손을 잡은 채 다른 손으로 태자를 손짓해 불렀다. 며칠 전에야 무슨 일이 일어나려는지 알아차린 소원시는 부황의 품으로 뛰어들어 온몸에 경련이 일도록 울음을 터뜨렸다.

어느새 볼품없이 야윈 소흠은 눈물을 글썽이며 느릿느릿 태자의 손을 잡아 소정생의 손에 쥐여주었다.

"원시야, 네가 아직 어리니 군주이자 아비로서 책임을 지려면 몇 년 더 보살펴야 하겠지. 허나 구천에 계신 선제께서 외로우신지 서둘러 짐을 불러들이려 하시는구나. 짐이 떠나면 황백부의 가르침을 따라 부지런히 배우고 익히며 삼가 군주의 덕을 쌓도록 해라."

여기까지 말한 뒤 소흠은 잠시 멈추었다가 숨을 깊이 들이쉬면서 마지막 남은 기운을 끌어 모아 전각 안의 사람들을 돌아보았다.

"짐이 오늘 종친과 대신들을 입궁하게 한 것은 그대들 앞에서 탁고(託孤)하기 위해서요. 장차 새 군주가 즉위하면…… 장림왕이 정무를 보좌할 것이오."

마지막 한마디를 하기가 몹시 힘들어 보였지만 한 자 한 자에 힘이 있었고, 놀란 순 황후가 '헉' 하고 숨을 들이켜며 휘청거리는 바람에 뒤에 있던 소영이 부축해주어야 했다. 순백수도 처음에는 어리벙벙해서 미리 입을 맞춰둔 대신들의 시선이 날아드는 것을 느끼면서도 어떻게 응답해야 할지 갈피를 잡지 못했다. 좀 더 확실히 말하자면 그에게는 애당초 응답할 시간조차 없었다.

황제의 말이 떨어진 후 아주 잠깐 정적이 흘렀지만, 곧바로 녕왕이 백발이 성성한 머리를 부들부들 떨면서 고개를 들고 높이 외쳤다.

"어명을 받들겠나이다!"

항렬 높은 늙은 왕이 앞장서자 종친들도 즉각 우렁차게 대답했고, 여러 대신도 놀라 얼떨떨해진 가운데 정신을 차리고 차례차례 고개를 숙였다.

"신, 어명을 받들겠나이다!"

황제가 임종을 앞두고 남긴 공개적인 유언은 황권이 극도로 약해진 상황에서나 이의를 제기할 수 있었다. 순백수도 지금은 그런 상황과는 한참 거리가 멀다는 것을 알기에 감히 반대하는 기색을 드러내지도 못한 채 다른 대신들과 함께 허둥지둥 바닥에 엎드려 대답했다.

소흠은 천천히 눈을 감았다. 전각을 가득 채운 대답 속에서 팽팽하게 당겨진 뺨도 편안하게 풀렸다. 태자가 잠긴 목소리로 울음을 터뜨렸고, 그것을 신호로 여기저기에서 애처로운 울음소리가 터져나왔다. 그때까지 버티던 순 황후는 숨이 턱 막혀 뒤로 스르르 무너지며 소영의 품속에서 반쯤 정신을 잃었다.

소정생의 눈에도 눈물이 차올랐지만 다른 사람들을 따라 울지는 않았다. 그는 소흠의 손을 천천히 가슴 위에 놓아주고 한 걸음 물러나 깊이 절했다.

궁성의 부음을 전하는 금종 소리가 금릉성 상공에 메아리쳤고, 그 소리와 함께 대량 전 국토가 어두운 국상 기간에 들어갔다. 천자의 상은 절차 하나하나에 규칙이 있었지만, 태평성세인 대량은 일찌감치 필요한 것들을 준비해놓아 전혀 허둥거릴 필요가 없었다. 큰일을 겪어본 적 없는 소원시는 다소 겁을 먹었으나 소정생이 이끌어주고 예부에서 도운 덕에 실수 없이 장례를 치러냈다. 도리어 단정하고 예의바르다고 자부하던 순 황후는 정양궁에서 통곡하며 원망을 쏟아냈다.

"폐하, 폐하, 임종을 앞두고 그런 유조를 내리시다니요. 한 번이라도 태자 생각을 해보셨습니까……."

이제 그녀는 태후였고 또 구중궁궐 안이기 때문에 곁에 있던 사람들은 이런 부적절한 말을 듣고도 모른 척할 뿐 끼어들거나 바깥에 전하지 못했고 덕분에 풍파가 일지도 않았다.

소흠이 임종 전에 선포한 유지의 참뜻은 녕왕 외에는 아무에게도 말한 적이 없었다. 그와 평생 서로를 믿으며 살아온 소정생은 비통한 나머지 깊이 생각해볼 여유도 없었고, 문자 그대로 어린 아들을 부탁하며 곧 즉위할 새 황제를 성심성의껏 보살펴달라는 뜻으로만 받아들였다.

발상, 애도, 입관, 시호를 지어 바치는 의식이 끝난 뒤에도 재궁은 아흐레 동안 조양전에 안치되었다가 경성을 떠나 위산의 문릉(文陵)에 안장되었다. 황릉에서 돌아온 소원시는 태묘로 가서 조상들께 알리고, 궁궐 문을 닫아건 채 스무이레 동안 상을 치른 뒤 황제로 등극했고 어머니 순씨를 황태후로 격상했다.

중궁(中宮) 소생의 적출 장자로서 소원시는 늘 후계자로서 길러져왔다. 덕분에 아무것도 모르는 어린아이와는 달리 만리강산을 다스리는 일이 어떤 것인지는 알고 있었다. 하지만 군주가 된다는 것의 의미를 알기에 용좌의 외로움과 차가움이 더욱 두려웠다. 열세 살이라는 나이는 아무래도 아직 어렸고, 느닷없이 아버지의 보살핌을 잃어버린 소원시는 자신이 아직 준비가 되지 않았다는 것을 잘 알았다. 전각에 가득한 대신들의 만세 소리는 비할 데 없이 영광스러웠지만, 그보다는 질식할 것처럼 숨이 막혔다. 그나마 계단 아래에 선 황백부의 익숙한 얼굴만이 긴장한 마음에 한 점 위로가 되어주었다.

저 품은 어려서부터 지금껏 그를 보호해주었고 부황이 돌아가시기 전에 마지막으로 그에게 준비해준 것이었다. 불안에 빠진 소년 황제는 아무런 잡념 없이 그 유지에 따라 생전에 아버지가 그랬던 것처럼 완전하게 믿고 의지할 준비가 되어 있었다.

선제의 서거 소식과 새 황제 등극 조서는 방방곡곡으로 빠르게 퍼져나갔고, 두 소식은 거의 동시에 소평정의 손에 전해졌다. 어려서부터 숙부인 황제의 지극한 편애를 받아온 그는 이루 말할 수 없이 슬펐지만, 소흠이 병을 앓은 지 오래라 이미 마음의 준비를 한 덕에 억지로나마 마음을 가라앉힐 수 있었다. 그는 전령을 보내 전 영채에 삼끈을 두르고 흰 천을 내걸도록 지시한 뒤 국상의 예가 끝나자 아무도 없는 곳에서 홀로 통곡했다.

예로부터 군주가 교체되면 많건 적건 조정이 흔들리게 마련이어서 비록 겉으로 드러내지는 않았지만 소평정 역시 부왕의 근황이 몹시 걱정스러웠다. 안타깝게도 간략한 보고 두 통에는 상세한 내용이 쓰여 있지 않았는데, 참을성 있게 며칠 기다리자 마침내 장림왕부에서 보낸 서신이 도착했다.

절기는 어느덧 곡우(谷雨)를 지나 회의장 앞 정원의 나무에는 신록이 가득했다. 장수들은 그날 조회가 끝난 뒤 모두 흩어지고, 소원계만 남아서 소평정이 서신을 읽는 것을 지켜보다가 허물없이 물었다.

"백부님께서 뭐라고 하셔?"

소평정은 대답하지 않고 서신을 직접 그에게 건넸다. 재빨리 받아 훑어본 소원계는 굳었던 표정을 풀고 설핏 웃으며 말했다.

"폐하…… 아니, 선제께서 임종 때 탁고를 하신 것은 백부님을 온전히 신임하셨다는 말이야. 그분께서 떡하니 경성을 지키고 계신데 걱정할 게 뭐 있어?"

소평정은 잠시 생각에 잠겼다가 살짝 고개를 저었다.

"신임도 신임이지만 그보다는…… 보호하려 하셨던 거야."

소원계는 이해가 가지 않았다.

"보호?"

"부왕께서는 사실 조정 정세에 관해 잘 모르셔. 선제께서는 부왕의 보좌가 필요하셨던 게 아니라, 늙은 신하에게 탁고라는 명목으로 함부로 건드릴 수 없는 신분을 마련해주시려던 것뿐이야."

소원계는 실소를 했다.

"백부님의 지금 신분으로도 부족하다는 거야?"

소평정은 심장이 날카로운 것에 찔리는 듯해 일어나서 입구로 걸어갔다. 크나큰 군공을 세운 부왕은 늘그막에 여생을 즐기며 살아야 마땅했지만, 조정에서 형이 사라지자 선제마저 염려하기 시작했던 것이다.

"원계, 위 노장군과 다른 사람들 좀 불러줘. 경성으로 돌아가기 전에 준비를 해야 할 것 같아."

경성으로 돌아가기 전에 준비를 하겠다는 소평정의 말투가 워낙 평이해서 소원계는 그래봤자 감주영의 수비를 점검하는 정도겠지 하고 생각했다. 하지만 사실상 이 신임 회화장군은 장장 보름이라는 시간을 들여 한시도 쉬지 않고 감남 지방을 순찰한 뒤 녕주와 비산에 들러 각 영채의 주장들을 돌아가며 차례차례 만난 다음에야 다시 감주성에 돌아왔다. 그가 훨씬 야윈 모습으로 돌아오자 군아 밖에서 영접한 위 노장군은 한바탕 불평을 해댔다.

"아무리 젊고 튼튼해도 사람이지 쇳덩이는 아니지 않습니까? 이제야 돌아오시면 어쩝니까? 겨우 하룻밤 쉬고 경성으로 출발해야 하는데 가는 길에 쉬면서 조리를 할 수 있는 것도 아니고. 이런 모습을 장림왕 전하께서 보시면 얼마나 마음이 아프시겠습니까?"

소평정은 그의 잔소리에도 반박하지 않고 곧바로 중문 안으로 들어간 뒤에야 걸음을 멈추고 미소를 지었다.

"장군의 호의는 잘 압니다. 하지만 경성에 다녀오려면 적어도 석 달은 걸릴 텐데 잘 대비해두지 않으면 마음을 놓을 수가 있어야 지요."

함께 마중을 나온 소원계도 이해가 가지 않는 얼굴로 물었다.

"최근에는 국경이 조용하지 않아? 대체 무엇이 불안한지 나는 도통 모르겠어."

"조용하지. 너무 이상할 정도로 말이야."

소평정의 눈빛이 살짝 굳었다.

"미세한 흔적은 놓치기 쉬운 법이야. 지금은 다른 영채들도 조심해야 하지만 특히 우리 감주영은 두 눈 크게 뜨고 지켜보아야 할 곳이 많아."

"어쨌든 내 눈에는 아무것도 보이지 않는걸."

소원계는 곁에 있는 위광과 동청을 돌아보며 웃었다.

"하지만 장군께서 분부하신다면야 남아 있는 우리가 두 눈 크게 뜨고 지켜볼게."

소평정은 다소 뜻밖이었다.

"뭐, 여기 남겠다고? 함께 금릉으로 돌아가지 않을 거야?"

"네게야 늙으신 아버지가 계시는 경성이지만, 내게 무슨 의미가 있겠어? 그저 옛집이 있는 곳일 뿐이지."

소원계의 웃음은 쓸쓸해 보였다.

"가끔 꿈에서 집을 보곤 해. 벌써 폐허가 되어 말이 아니었지."

"네가 없더라도 관리하는 집사가 있는데 설마 폐허가 되기야 했을까? 그런 꿈을 꾼다는 것은 역시 마음에 걸린다는 뜻이야."

"우리 집 집사가 큰 문제는 없지만 너무 게을러서 탈이지. 솔직히 말하면 확실히 걱정되기는 해."

소원계는 쓸쓸한 얼굴로 싱긋 웃었다.

"하지만 천 리 길을 달려가서 살펴볼 정도는 아니야. 그럴 바에야 네 편에 사람을 딸려 보내 집사를 자극하는 서신을 전하면 얼마쯤 효과는 있겠지."

소평정은 눈을 찡그렸다.

"감주에 온 지 1년이 넘었는데 경성에 서신을 보낸 적이 없어?"

"서신을 보낼 사람이 있어야지. 경성에는 내 소식을 기다리는 사람도 없으니 백부님께 드릴 문안 서신 말고 쓸 것이 뭐 있겠어?"

젊은 래양후는 귀하게 자라왔지만 북쪽 국경에 온 뒤로 고생을 마다하지 않았고 장수들과도 잘 지냈기 때문에 소평정도 그를 달리 보게 되었다. 그의 울적한 기분을 헤아린 소평정은 어깨를 두드리며 위로했다.

"이곳에서 1년을 지내는 동안, 너는 더 이상 너 자신이나 누군가에게 무언가를 증명할 필요가 없어졌어. 이번에 나와 함께 가든 안 가든 잘 생각해보길 바라. 앞으로 어떤 길을 가고자 하는지 언젠가는 결단해야 해."

소원계는 고개를 숙인 채 미소를 지을 뿐 더 이상 그 화제를 이어가지 않았다. 사람들을 따라 묵묵히 회의장으로 들어간 그는 주장이 떠나기 전에 남기는 당부에 귀를 기울이려 애썼지만 시간이 갈수록 가슴속의 답답함을 억누를 길이 없어 차츰차츰 딴생각에 빠져들었다. 금릉성의 옛 저택과 변경의 성 중에서 훗날 그가 진정으로 돌아갈 곳은 어느 쪽일까? 사실은 끊임없이 생각해온 일이지만 지금까지 꼬박 1년을 생각하고도 여전히 뚜렷한 답을 찾아내지 못한 것이 문제였다.

종군 이래 이날까지 소원계는 견문을 넓히고 경험을 쌓았고, 군공도 조금씩 제법 많이 쌓았다. 하지만 군에서 얻을 수 있는 직위는 그 길이 아무리 순조롭다 해도 결국 한계가 있었고, 그가 가고자 하는 조정의 핵심이라는 목표와는 거리가 있었다. 이곳은 그저 시작일 뿐이었다.

하지만 지금 금릉성으로 돌아간들 무슨 소용이 있을까? 부모가 지은 죄는 여전했고 달리 기댈 곳도 없었다. 선제는 종실 자제에게 관용을 베푸는 편이었지만 기껏해야 보잘것없는 주변인으로 살게 해준 것이 전부였다. 거의 모르는 사람이라 해도 좋을 새 황제와 이미 크게 변해버린 경성의 조정에서, 그가 과연 두각을 나타낼 기회를 잡을 수 있을까?

"열흘 뒤에는 우리가 대유에 보낸 첩자가 소식을 가지고 올 것이오. 지난번 원계가 나와 함께 가서 만나보았으니 길이나 얼굴을 알고 있소. 그러니 원계, 이번에도 네가 가는 것이 좋겠어."

그사이 다른 임무를 나누어준 소평정이 그를 돌아보며 말했다. 소원계는 가물거리는 정신을 재빨리 되돌려놓으며 두 손을 포개어 들고 명을 따르겠다는 뜻을 표했다. 연일 말을 달린 탓에 몹시 지친 소평정은 그가 정신이 딴 데 팔린 것을 눈치 채지 못하고 대충 몇 마디 당부한 뒤 장수들을 해산하고 후원으로 돌아가 내일을 위해 휴식을 취했다.

변경의 성이다보니 감주 군아의 규모는 관아 못지않았다. 회의장에서 북쪽으로 난 복도 하나 건너에는 주장의 처소가 있고, 그

외 고급 장수들의 처소는 그곳에서 동북쪽으로 뻗어나간 커다란 부속 저택에 있었다. 소원계는 군에서 직위가 높지 않았지만 작위 덕분에 청기와를 덮은 이 저택에서 독립된 조그마한 원락을 가질 수 있었다.

호위병이 자물쇠를 채우지 않은 원락 문을 열자 '끼익' 소리가 났다. 안방 처마 밑에 앉아 있던 그림자가 퉁기듯 벌떡 일어나 쏜살같이 달려나오며 두 손을 포개어 예를 올렸다.

"하성(何成)이 래양후께 인사 올립니다."

소원계는 우선 손을 저어 호위병들을 물리고, 방에 들어가 구석에 놓인 대야에서 얼굴을 씻고 깨끗이 닦은 뒤에야 고개를 돌려 내내 옆에 서 있는 청년을 바라보았다.

경성을 떠나면서 그가 데려온 사람은 하인 네 명뿐이었고 군에 들어온 뒤 규칙에 따라 가까이 부릴 호위병 스무 명을 휘하에 받아들였다. 1년 동안 고르고 또 바꾼 덕택에 지금 곁에 남은 이들은 대부분 그의 심복이라 할 수 있었다. 일부러 길러낸 심복들 가운데에서도 지금 옆에 있는 하성은 소원계가 가장 믿는 사람이었다.

"회화장군께 말씀드렸다. 내일 일행을 따라 출발해서 경성에 서신을 전하고 래양후부를 살펴보고 오너라."

소원계는 긴 눈썹을 추켜올리며 부드럽게 물었다.

"금릉성 모습은 아직 기억하고 있겠지?"

하성의 얼굴이 시뻘겋게 달아올랐다가 순식간에 가셨다. 하지만 호흡은 다소 가빠져 있었다.

다른 호위병과 달리 하성은 본디 경성의 관리 집안 출신으로 금이야 옥이야 귀하게 자라다가 열한 살 때 갑작스러운 변고를 겪었다. 아버지가 죄를 지어 참수당하면서 집안 전체가 연루되어 춥고 가난한 변경으로 유배되었는데, 어머니는 풍상을 견디지 못하고 도중에 병으로 죽었고 얼어 죽기 직전이던 그는 지나가던 군대의 도움으로 살아났다. 이듬해 조정에서 대사면령을 내려 겨우 군에 들어갈 기회를 얻은 그는 이리저리 옮겨다니다가 장림군 휘하에 들어왔다. 기억 속에 희미하게 남은 금릉성은 그에게 영원히 잊을 수 없는 뿌리이자 필사적으로 되찾고 싶은 지난날의 영광이었다.

소원계도 이를 잘 알고 있었다. 하성은 책을 많이 읽지 않아 남달리 영리하지는 않았으나 어떻게든 위로 기어오르려는 야심과 끈기는 지금 소원계 자신에게 가장 필요한 것이었다. 이런 사람에게 진정한 기회를 준다면 충성을 얻을 수 있었다.

"래양후께서 발탁해주신 덕분에 다시 금릉성을 볼 기회를 얻었습니다. 집사에게 전할 서신은 주신 그날부터 내내 몸에 지니고 있습니다. 반드시 무사히 전달하겠습니다."

소원계는 눈꼬리로 그를 훑어보다가 별안간 고개를 젖히고 웃음을 터뜨렸다. 한참 그렇게 소리 내어 웃던 그가 이윽고 입을 열었다.

"저택 하나쯤 폐허가 되건 말건 내가 신경이라도 쓸 것 같으냐? 저택을 살펴보라느니 집사를 자극하라느니 하는 말은 핑계일 뿐이다. 내가 너를 통해 경성에 전하고자 하는 서신은 아직 쓰지도 않았다."

하성은 이해가 가지 않아 어리둥절한 눈으로 그를 바라보았다. 소원계는 설명해줄 마음이 없는 듯 돌아서서 방의 맨 안쪽에 놓인 탁자 앞에 앉았다. 정식 서재는 아니지만 간단하게나마 문방사우가 갖추어진 곳이었다. 그는 하성에게 손짓해 들어와서 먹을 갈게 한 뒤, 끝이 뾰족한 가느다란 붓을 들고 종이를 펼친 채 잠시 생각 하다가 빠르게 손목을 놀려 금방 서신 한 장을 완성했다. 그런 다음 먹물을 말리고 거칠거칠한 당지(唐紙) 봉투에 넣어 조심스럽게 봉한 후 하성에게 건넸다.

"이 밀서는 내각 수보이신 순백수 대인께 전하거라. 명심하거라. 반드시 직접 전해야 하고, 다른 사람을 통해 전하면 안 된다, 알겠느냐?"

하성은 곤란한지 바보처럼 눈을 껌뻑껌뻑했다. 그에게 조정의 내각 수보란 거의 저 높은 구름 위에 있는 위대한 인물이었다. 저택을 찾아가 서신을 전하는 것은 어렵지 않지만 문신들의 수장인 그를 직접 만나는 것은 아무래도 불가능하게 느껴진 것이다.

"걱정 말아라."

소원계도 그가 무엇을 걱정하는지 알고 빙그레 미소를 지었다.

"감주영에서 보낸 서신이라고만 하면 다급히 너를 만나보려 할 테니……."

다시 금릉으로

—
05
—

금릉성의 궁성은 승건전(承乾殿), 조양전, 무영전 세 곳이 주축을
이루었고, 평소 황제가 머무는 양거전은 동북쪽에 있었다. 서쪽으
로 은수거(銀首渠) 수계를 끼고 돌아 창랑지(滄浪池) 남쪽을 지나면
수양버들이 둘러선 함안궁(咸安宮)이 나오는데 대대로 수많은 태후
가 거처로 삼은 곳이었다. 조상들의 규칙을 따르는 것을 영광으로
여기는 순 태후는 국상이 끝난 뒤 이 함안궁을 거처로 선택했다.
오랫동안 백신을 신봉한 그녀지만, 복양영 사건으로 환멸을 느껴
대신 동쪽 편전에 작은 불당을 만들어 밤낮으로 향을 피우게 했다.
　조서를 받고 입궁한 순백수가 허둥지둥 편전 옆 회랑을 돌아서
는데, 새하얀 피부와 고운 얼굴의 흰 치마를 입은 소녀가 불당에서
나오다가 그를 발견하고 황급히 치맛자락을 들어올리며 다가가
허리를 숙였다.
　“안여가 숙부님께 인사 올립니다.”
　순안여는 순씨네 둘째아들의 장녀로, 어머니가 난산으로 죽자
강보에 싸인 채 금릉성 순부에 왔고 올해로 꼭 열여덟 살이 된 묘

령의 소녀였다. 순씨 집안은 대가족으로 고조부부터 현손에 이르기까지 여자아이가 무척 많았는데 대부분 경성에 잠시 머물면서 당시 황후를 배알한 적이 있지만 멀리 있는 사람이 가까이 있는 사람만 못하다고 순 태후가 가장 예뻐한 사람은 순부에서 자란 이 조카딸이었고 평소에도 종종 내원으로 불러들여 하루 이틀 함께 지내곤 했다. 이제 태후가 되자 더욱 꺼릴 것이 없어진 그녀는 숫제 조카딸을 함안궁으로 데려와 곁에 두었다.

"태후마마께서 다급히 찾으시는데 무슨 일이 있느냐?"

순백수는 조카딸에게 일어나라고 손짓하며 다정하게 물었다.

순안여는 대답할 말을 찾지 못하고 멍하니 생각하다가 말했다.

"죄송해요, 숙부님. 여쭤보지 않아서 잘 모르겠어요."

부중과 달리 이 내원 안에서는 꼬치꼬치 캐묻지 않는 조카딸의 온순한 성품이 낫다고 생각한 순백수는 탓하지 않고 고개만 끄덕이고는 모퉁이를 돌아 전각으로 향했다. 당직 시녀가 통보하자 그는 안으로 들어가 태후좌 앞에서 예를 올렸다.

국상 기간이기 때문에 순 태후는 온통 하얀 옷을 입고 장신구도 전혀 하지 않은 채 하얗게 칠한 은비녀만 꽂은 모습으로 긴 베개에 기대어 앉아 있었다. 순백수가 예를 마치자 그녀는 오라버니에게 자리를 내주면서 다소 불만 섞인 말투로 입을 열었다.

"황제가 오늘 문안이 늦기에 물어보았더니, 소평정이 돌아와 기쁜 나머지 조양전에서 시간 가는 줄 모르고 이야기를 했다는군요. 오라버님께서는 그 소식을 모르셨습니까?"

순백수는 차분한 표정이었다.

"물론 알고 있습니다. 회화장군이 경성에 돌아온다는 것은 감주에서 일찍이 보고를 올렸고, 성안에 들어온 뒤에도 맨 먼저 병부를 찾았기 때문에 병부에서 곧바로 내각에 알려주었지요."

"소평장이 죽었으니 장림왕부는 절반이 꺾였다고 하지 않으셨습니까? 이 틈에 움직여야지, 설마하니 소평정에게 날개가 돋아날 때까지 기다리시려는 겁니까?"

순 태후는 노기를 띠며 이뿌리를 꽉 물었다.

"무신이 정무를 보좌하다니 이 얼마나 어마어마한 금기입니까? 선제께서야 임종 전에 정신이 없으셨다지만 오라버님께서는 멀쩡하지 않으셨습니까? 어째서 지금껏 한 마디도 없으십니까? 이렇게까지 참으시다니요!"

"태후마마, 너무 염려하지 마십시오. 선제와 장림왕은 정이 남다르고, 또 폐하께서 즉위하신 지 얼마 지나지 않아 모두 세상이 조용하기를 바랍니다. 신 또한 대세를 거스를 수 없으니 지금은 조용히 있는 편이 낫습니다."

소원시가 등극한 후 조당은 어김없이 선제의 유지를 따랐고, 큰일을 결정 내려야 할 때는 먼저 장림왕의 의견을 물었다. 기실 이런 상황에 초조한 것은 순 태후뿐만이 아니었다. 순백수도 일찍부터 걱정이 태산이었지만 지금은 드러내놓고 일을 꾸미기에 적당한 때가 아니었기에 일단 태후의 불만을 달래놓는 수밖에 없었다.

"폐하의 보령이 아직 어리시고 갓 용좌에 오르셨으니, 처음에는 다 그리하는 법이지요. 하지만 장림왕은 선제가 아니니 완전히 뿌리를 내리지는 못할 터, 반드시 차츰차츰 돌이킬 수 있을 것입니다. 다만 인내심을 발휘하여 때를 기다려야 합니다. 솔직히 말씀드리면, 신도 장림왕부의 세력을 꺾을 방법을 몇 가지 생각해두었으나 결국 모두 폐기했습니다. 선제께서 임종 전에 내리신 유지 탓에 본래 생각해둔 계획들을 쓰기가 적절치 않습니다. 준비가 되지 않았는데 서둘러 밀어붙이면 도리어 정반대의 결과를 얻을 수 있습니다."

순 태후는 차갑게 코웃음을 쳤다.

"나는 모르겠습니다. 소정생은 여태 정사에 개입한 적이 없고 오라버님께서는 10여 년간 내각 수보를 맡고 계시는데, 설마하니 이런 조정 일에서도 장림왕을 이기지 못하시는 겁니까?"

"마마께서는 너무 단순하게 생각하고 계십니다. 당면한 문제는 그것이 아닙니다."

순백수는 고개를 저으며 한숨을 쉬었다.

"상세한 정무를 처리하는 일이라면 장림왕께서는 신의 적수가 되지 못합니다. 허나 신분이 있지 않습니까? 그런 자리에 있는 사람을 털끝 하나라도 건드리려면 어찌되었든 폐하의 성지가 필요합니다. 우리 대량은 인과 효로 나라를 다스려온 지 오랩니다. 선제께서 탁고하신 늙은 신하를 건드리면 폐하의 명성이 어찌되겠습니까?"

순 태후에게 소원시의 이익보다 더 중요한 것은 없었다. 그녀는 순백수의 설명을 듣자 잠시 할 말을 잃었다가 한참 만에야 입을 열었다.

"그 말씀대로라면 선제께서 우리 손발을 꽁꽁 묶어놓으셨군요. 풀 수나 있는 겁니까?"

순백수도 속으로는 아직 자신이 없었지만 겉으로는 확신에 찬 얼굴로 빙그레 웃어 보였다.

"낙심하지 않으셔도 됩니다. 짧은 시간에 이루지는 못하더라도 참고 기다리면 천천히 도모할 수 있습니다. 신은 내각의 수보로서 당연히 폐하를 우선적으로 생각할 것인즉, 반드시 꼼꼼히 헤아려 적절한 해결책을 찾아 이 금릉성의 조정을 안정시킬 것입니다."

순 태후가 함안궁에서 오라버니에게 불만을 털어놓은 것이 너무 예민한 반응이라고 볼 수는 없었다. 소평정이 입궁하자 열세 살의 새 대량 황제는 확실히 평소답지 않게 흥분하고 기뻐했던 것이다. 바야흐로 활발하고 움직이기 좋아하는 나이인 소원시는 아버지를 잃은 슬픔과 군주라는 부담감에 짓눌려 몇 달째 편히 쉴 수도 없고 답답함을 풀 길도 없었다. 소평정은 그가 가장 좋아하는 사촌 형이고 항상 구중궁궐에서는 얻기 힘든 유쾌한 시간을 만들어주었다. 자연히 그 기분이 오래 이어지기를 바라는 그는 저도 모르게 두 사람의 만남을 예전과 똑같이 바꾸고자 하는 마음에 소평정이 계단 아래에서 예를 끝내자마자 지체 없이 일어나 늦봄의 풍경을 구경하러 가자고 졸랐다.

그러나 북쪽에서 돌아온 회화장군은 더 이상 아무것도 겁내지 않고 내키는 대로 행동하던 지난날의 장림부 둘째 공자가 아니었다. 형이 떠난 후 그는 형의 자리를 대신하는 습관을 들였다. 한 귀로 듣고 한 귀로 흘리던 형의 가르침과 타이름도 지금 생각하면 한 자 한 자 무겁기 짝이 없어 마음이 배로 아팠다. 지난날처럼 달려와 팔에 매달리는 어린 황제를 대하자 소평정은 한 걸음 물러서서 예를 차려 공수했다.

"폐하께선 이제 천하의 주인이십니다. 군신의 구분이 엄격한데 입조하여 군무를 보고하는 신이 어찌 방자하게 굴 수 있겠습니까?"

소원시는 그 자리에 우뚝 멈추어서 입을 삐죽이며 잔뜩 실망한 표정이 되었다.

"평정 형님, 형님까지 다른 대신들처럼 그럴 줄은 몰랐어요. 모두 늘 단정해야 한다느니 하며 숨도 못 쉬게 하잖아요."

갓 등극한 아이에게 황제라는 자리가 주는 압박과 두려움이 어떤 것인지 소평정도 모르지 않았다. 그래서 빙그레 웃으며 말투를 바꾸어 북쪽의 풍토를 이야기해주고 감주에서 가져온 장난감들을 바치며 밖으로 나가 놀자는 어린 황제의 마음을 돌려놓았다.

소원시는 이런 쪽으로 쉽게 만족하는 아이였기 때문에 금세 기분이 좋아져 장난감을 가지고 놀면서 사촌형에게 정무를 보는 답답함을 호소했다. 그러다가 전각을 지키는 환관이 시간이 늦었다고 알려준 다음에야 아쉬워하며 회화장군을 물러가게 했고 자주 입궁하라고 당부했다.

감주영에서 온 일행은 그날 진시 말경에 성에 들어왔는데 소평정은 먼저 병부에 들렀다가 입궁했고 조양전에서 오래 머무르다 보니 서화문 밖으로 나왔을 때는 이미 해가 기울어 어스름이 내리고 있었다.

주작대가 양쪽으로 부산스럽게 문을 닫는 점포들을 지나 반 리를 더 가면 제풍당의 간판을 볼 수 있었다. 소평정은 말머리를 돌려 번잡한 큰길을 피해 작은 거리로 돌아갔다.

사실 임해가 경성을 떠난 지도 벌써 1년이 지나, 더 이상은 흰 벽을 두른 세 칸짜리 약방의 문밖에서 버들가지처럼 호리호리한 그녀의 모습을 볼 수 없었다.

그래도 소평정은 피하고 싶었다. 보지 않고, 생각하지 않고, 그리워하지 않고, 언급하지도 않고, 접촉하지도 않으려 했다. 물처럼 흐르는 세월이 가느다란 바늘땀이 되어 갈라진 상처를 단단히 봉합하고 가슴속 깊이 숨겨주기를, 그래서 상처가 다 나은 양 가장하며 처음처럼 고통스럽고 아프지 않기를 바랄 뿐이었다.

장림왕부에도 이미 둘째 공자가 돌아온다는 소식이 전해졌으나 소정생은 별다른 표정 없이 서재에 단정하게 앉아 평소처럼 등불을 켜고 병서를 읽었다. 오히려 원숙이 가만있지 못하고 몇 번이나 후원에서 앞쪽 대청까지 나가 먼 곳을 살피곤 했다.

"평정은 예전에도 1년 내내 바깥을 떠돈 적이 많았는데 자네가 이렇게 기다리는 것은 처음 보는군."

마침내 소정생이 병서를 내려놓으며 그를 흘끔 바라보았다.

원숙은 움찔하더니 감개무량한 듯 대답했다.

"그러게 말입니다. 무엇 때문인지 올해는 예전보다 훨씬 긴 것처럼 느껴지는군요."

두 사람이 이런 이야기를 할 때 정원 밖에서 둘째 공자가 왕부에 들어왔다는 보고가 들려왔다. 소정생은 묶은 머리카락을 가다듬고 뺨을 살짝 당겨 엄숙한 표정을 지었고, 원숙은 재빨리 두어 걸음 물러나 옆에 섰다.

가장 먼저 들려온 것은 정원을 지키는 시위의 인사 소리였다. 이어서 문 열리는 소리가 들리고 가볍지도 무겁지도 않은 발소리가 점점 가까워졌다. 고개를 살짝 숙이고 들어온 소평정은 입궁을 위해 갈아입은 관복을 걸친 채 책상 앞으로 다가와 절하고 정중하게 머리를 세 번 조아린 다음 고개를 들고 꿇어앉았다. 부자가 묵묵히 서로를 바라보자 방 안에는 잠시 정적이 흘렀다.

"일어나거라."

한참 후 소정생이 손을 살짝 들며 말했다.

"우리가 서로를 보면서 이리 슬퍼하면 구천에 계신 선제와 네 형의 마음이 좋지 않을 게야. 자, 이리 와서 아비와 함께 차나 마시며 피로를 씻거라."

소평정은 말없이 몸을 일으켜 아버지를 따라 다실로 들어가, 자리에 앉는 아버지를 부축해주었다. 원숙도 다가와서 예를 올리고 간단히 안부를 물은 뒤 저녁 식사를 준비하기 위해 물러갔다. 소정생은 화로에 놓인 쇠주전자로 손을 뻗는 아들을 만류하고, 손수 다기를 놓고 찻잔을 데우고 세차를 한 뒤 올해 만든 명전차(明前茶, 청명절에 딴 잎으로 만든 차―옮긴이)를 끓여 건넸다.

파란만장하다고 볼 수 있는 이 늙은 장림왕은 일생 수많은 죽음을 보았고 무수히 많은 것을 잃었지만, 자신이 소평장과 소흠보다 오래 살아남아 뼈를 삭히고 심장을 도려내는 고통스러운 이별을 두 번이나 겪게 될 줄은 정말이지 생각지도 못했다. 지극한 고통이 때로는 평온의 출발점이 되기도 했다. 새 황제가 즉위한 지 닷새째 되는 날, 대청의 섬돌을 내려가던 그는 별안간 가슴이 답답하고 찌르는 듯이 아파오는 것을 느꼈고, 생전 처음으로 부축하는 원숙의 손을 뿌리치지도 않고 늙은 부하가 허둥지둥 여건지를 불러들이는 것도 만류하지 않았다. 늘그막에 상심하고 병까지 얻은 그는 자신의 앞날이 얼마 남지 않았다는 것을 알 수 있었다. 더는 슬픔에 빠져 시간과 힘을 낭비할 수 없었다. 가슴속에서 훨훨 불타오르는 유일한 바람은 한 점 부끄러움 없이 이 세상 마지막 여정을 완수하고, 누구보다 그리워하고 아끼던 영혼들을 떳떳하게 마주하는 것이었다.

소평정은 부왕이 내민 찻잔을 받아 꽉 쥐었다. 뜨거운 찻잔이 손바닥을 지지는 통증이야말로 지금 그에게 꼭 필요한 것이었다. 찻물 위로 모락모락 피어오른 하얀 김이 그의 눈동자에 어린 쓸쓸함을 때맞춰 희석해준 덕분에 그는 마침내 찻잔을 내려놓고 고개를 들어 아버지의 눈을 똑바로 볼 수 있었다.

"오늘 입궁해 폐하를 뵈니 어떻더냐?"

"폐하께서는 1년 동안 많이 변하셨고 더는 어린아이가 아니셨습니다."

소평정은 생각을 더듬으며 빙긋 웃었다.

"하지만 가끔씩 하시는 말씀이 아직도 예전의 원시 같더군요."

소정생은 그의 눈동자를 지그시 들여다보았다.

"나는 네 형만큼 너를 잘 알지는 못한다만, 부자지간이니만큼 네 속이 어떤지는 안다. 선제께서 떠나시고 새 황제께서 즉위하셨으니 네가 경성에 올 이유는 충분하다마는 그것이 전부는 아니겠지, 그렇지 않느냐?"

소평정은 이런 질문을 예상한 듯 두 무릎에 올린 손바닥에 살짝 힘을 주며 예의바르게 몸을 숙였다.

"그렇습니다. 장림군이 북경을 지킨 지 수십 년이니 부왕께서도 느끼고 계실 것입니다. 그래서 돌아오기 전에 각 영채의 방어 체계를 다시 한 번 다듬었는데, 여기 진채의 내용을 적어 왔으니 한번 살펴봐주십시오."

소정생은 눈썹을 살짝 찌푸린 채 아들이 내민 문서를 받아 등불

쪽으로 몸을 돌렸다. 시력이 많이 약해진 그는 눈을 가늘게 뜨고 몹시 애를 써서 글을 읽느라 향 한 대가 타 없어질 때쯤에야 겨우 문서를 덮고 손으로 두 눈을 비볐다.

"북쪽 국경의 대략적 상황이 그러합니다. 혹시 더 하문하실 것은 없으십니까?"

"우리 대량이 국상을 당했으니 크건 작건 기회가 되겠지. 북연은 내정을 돌볼 틈이 없으니 그렇다 치더라도 대유마저 도발 한번 없이 이렇게 잠잠하니 아무래도 조금 이상하구나."

소평정은 고개를 끄덕였다.

"소자는 그동안 대유에 적지 않은 첩자를 보냈고, 그 전에 심어둔 사람들에게서도 여러 소식을 얻었습니다. 지금 대유가 이상한 동정을 보이는 것은 조정에 내분이 있기 때문일 것입니다."

소정생은 자못 흥미로운 듯 눈썹을 추켰다.

"내분?"

"1년 전 삭월만도에서……."

소평정은 심장을 쥐어짜는 듯한 통증을 느끼고 이를 악물었다.

"대유는 성공을 눈앞에 두고 물러가야 했고 8만의 병사를 잃었습니다. 그 일로 완영은 파직되고 황속군 원수 자리는 공석이 되었습니다. 감주를 떠나기 전에 검증되지 않은 소식을 들었는데, 대유의 강왕(康王) 담릉석(覃淩碩)이 1년 동안 필사적으로 싸운 끝에 그 자리를 손에 넣었다고 합니다."

'담릉석'이라는 이름을 듣자 늘 차분하던 소정생마저 저도 모르게 주먹을 움켜쥐었다. 강왕은 당금 대유 황제의 가장 어린 숙부로, 살육을 좋아하는 것으로 유명했다. 10여 년 전 병사를 이끌고 북진하여 북적국(北狄國)을 집어삼킬 때 그의 발길이 닿는 곳마다 초목이 남아나지 않을 정도였다. 당시 그의 총애를 받던 조카가 무리하게 행군하다가 실수로 생포되었다. 절망에 빠졌던 북적국 국왕은 그를 인질로 담릉석과 담판하려 했으나 뜻밖에도 양군이 대치한 곳에서 인질을 끌어냈을 때 강왕이 직접 활을 쏘아 죽여버렸다. 그 후 북적국의 성이 함락되자 족히 사흘 동안 살육이 벌어졌고 피가 강이 되어 흐를 지경이었다. 대유의 신하들조차 차마 두고 보지 못했고 황속군의 원수 완영이 탄핵 상소를 올리는 바람에 결국 담릉석의 북벌 공적은 무효로 돌아갔다. 그로 인해 두 사람은 양립할 수 없는 철천지원수가 되었다.

"그자라면 네가 경성에 오래 머물 수는 없겠구나."

소정생은 심호흡을 하며 다시 평정을 되찾았다.

"대강의 흐름은 이미 예측해두었겠지?"

"담릉석은 호전적인 성품인데다 새로 원수가 되어 위엄을 보이려고 할 것이니, 빠르면 반년, 늦어도 1년 안에 북쪽에 변고가 생길 것입니다."

아버지의 귀밑을 덮은 백발을 지나 얼굴에 칼자국처럼 새겨진 주름으로 시선을 옮기는 소평정의 눈시울이 빨갛게 물들었다.

"소자는…… 전쟁의 불길이 일기 전에 부왕을 한번 뵙고 싶었습니다."

소정생의 주먹 쥔 손이 탁자 위에서 바르르 떨리고, 마음속에서는 말로 다 할 수 없는 슬픔이 와락 솟구쳤다. 랑야산에서 자란 아들, 평생 자유롭게 살고 싶어 한 아들이지만 장림왕부에 태어났기에, 또 천부적인 재능을 지니고 있기에 낙인과도 같은 숙명을 짊어질 수밖에 없었다.

"남아대장부가 국토를 지키는 것은 당연한 일입니다."

젊은 회화장군은 부왕의 마음을 들여다본 듯 허리를 곧게 세우며 말했다.

"형님이 그랬으니 소자 또한…… 그럴 것입니다."

오늘은 소평정이 금릉성에 돌아온 첫날 밤이었다. 아직 못다 한 말이 수없이 많았지만 장림왕은 오랜 여행에 지친 아들아 염려되어 함께 저녁 식사를 한 뒤 일찌감치 쉬라고 보냈다.

그와 동시에, 그를 따라 경성에 들어온 하성은 임시 숙소에서 살그머니 나와 밤을 틈타 장림부와 성의 너비 반쯤 떨어진 또 다른 저택의 문 앞에 도착했다.

래양후 소원계는 본래 조당에서 아무 존재감이 없는 젊은이였기 때문에 '감주에서 온 밀서'라는 중요한 말이 없었다면 그가 보낸 사람은 순부의 대문을 들어설 수도 없었을 것이다. 다행히 지금 순백수는 감주영의 첫 번째 소식에 목말라 하고 있던 터라 직접 보고 서신을 전하겠다는 무례한 요구에도 하성을 불러들였다.

소원계가 반드시 직접 만나서 전해야 한다고 당부한 것은 도중에 다른 사람이 이 서신을 읽는 것을 방지하기 위해서였다. 별달리 전할 말도 없고, 이렇게 높은 대신을 직접 만나는 것도 처음인 하성은 몹시 긴장하여 서신을 건네자마자 전전긍긍하며 물러났다.

순백수는 눈을 찡그린 채 얇은 봉투를 열어보았다. 사실 할 일 없는 종실 자제가 자신에게 직접 말을 전할 자격이 있다고는 생각지 않았지만 어찌되었건 안 보는 것보단 낫겠지 싶었고, 가소로워

하면서도 감주영에 대체 무슨 일이 벌어졌기에 한 번도 왕래가 없던 래양후가 서신까지 보내왔는지 약간 호기심이 일기도 했다.

하지만 곧 방향을 완전히 잘못 짚었다는 것을 알 수 있었다. 소원계의 서신에는 감주에 관한 이야기는 한 마디도 없었다. 얇디얇은 종이 한 장에 담긴 내용은 오로지 지나간 이야기뿐이었다. 2년 전에 있었던, 이미 대부분 잊어버린 지난 이야기.

그 이야기를 처음 들은 순백수는 전전반측하며 오경이 가깝도록 잠을 이루지 못했다.

"나리, 어찌 이러십니까?"

잠들었다가 깬 순 부인은 남편이 여전히 눈을 뜨고 있는 것을 보고 걱정스러워 일어나 앉았다.

"반 경이 지나면 일어나실 시간인데, 여태 주무시지 않다니요?"

순백수는 길게 한숨을 내쉬고는 반쯤 몸을 일으켜 베개 두 개를 쌓아 허리를 기대며 침상 가리개 끝에 늘어진 술을 올려다보았다.

"금릉성에 역병이 돌던 날 장림세자가 산을 수색해 복양영을 체포할 때 황실의 취풍 우림영 인마를 동원했다오. 한데 내각 수보라는 나는 오늘날까지 그 일을 몰랐으니…… 아마 선제께서 그 일을 숨겨주셨을 것이오."

전형적인 규방의 귀부인인 순 부인은 이런 성질의 일에 관해서는 전혀 알지 못해, 단순히 남편의 말투와 안색만 보고 놀란 듯 눈을 휘둥그레 떴다.

"장림세자가 그런 대담한 일을 하다니요? 선제께서는 어찌하여 그런 일을 숨겨주셨을까요?"

당시 소평장과 황제가 어떤 생각을 했는지, 순백수는 잘 알지 못했다. 무정제의 영패는 일을 성사시킨 도구에 불과할 뿐, 취풍영이 병사를 움직인 연유를 곰곰이 짚어보면 경성 주변 장수들이 장림왕부에 바치는 존경심이 장림세자가 군주의 권한을 대표할 수 있다고 믿을 만큼 강하기 때문이었다.

황실 우림영은 경성에서 하루거리에 주둔하며 오로지 황제의 명을 받드는 곳으로, 금군과 함께 안팎에서 대량 황제의 최후 보루 역할을 했다. 변경의 군권이 아무리 강하다 한들 천 리 먼 곳에 있으니 천천히 견제해나갈 여지는 있었지만, 그 영향력이 우림영까지 미치면 발등에 떨어진 불이나 마찬가지였다. 하물며 지금 제위에 있는 사람은 덕과 명망이 높은 선제가 아니라 어린 군주였으니, 조금만 더 깊이 생각해보면 오싹 소름이 돋고 온몸에 식은땀이 솟았다.

멀리서 오경을 알리는 경고 소리가 아득하게 울렸다. 그 소리가 마치 심장을 두드려대는 것 같았다. 잠 생각이 없던 순백수는 이불을 걷고 일어나 창가로 다가가서 창문을 반쯤 올렸다. 금세 새벽녘의 상쾌한 공기가 쏟아져 들어와 방 안이 서늘해졌다.

순 부인이 황급히 시렁에서 겉옷을 꺼내 그의 어깨에 덮어주며 권했다.

"나라를 걱정하시는 것은 당연하지만 그래도 몸 생각은 하셔야지요. 한창 나이는 아니시지 않습니까?"

순백수는 대답하지 않고 밤빛이 무겁게 내려앉은 정원을 바라보았다. 눈빛이 차츰차츰 가라앉기 시작했다.

"새 군주가 섰으니 경성의 우림영을 재편해야 할 때가 왔소."

이슬 무거워 날갯짓 어렵구나

—
06
—

하룻밤 고심 끝에 결심을 내린 순백수는 조정의 누군가에게 곧바로 자신의 생각을 알리는 대신 시일을 들여 꼼꼼히 검토한 뒤에야 함안궁의 태후를 찾아가 상의했다.

오라버니의 갑작스러운 제의에 순 태후는 처음에는 상황을 파악하지 못하다가 한참 후에야 그 진정한 의미를 깨닫고 놀라 어쩔 줄을 몰랐다.

"어째서 경성의 우림영을 재편하시려는 겁니까? 설마…… 황실에 소속되어 황제의 명만 따르는 우림영을 의지할 수 없다는 것입니까?"

순 태후가 냉정을 잃는 것을 가장 우려하는 순백수는 황급히 손을 내저으며 위로했다.

"안심하십시오, 태후마마. 장림왕이 지금 당장 모반을 계획하고 있는 것도 아니니, 설령 장림왕이 취풍과 위산의 우림영과 돈독한 관계라 하더라도 이렇게 놀라실 필요는 없습니다. 신은 단지 폐하의 장래를 위해 장림왕부가 금릉성 주변에 미치는 영향을 제거하

85

려는 것뿐입니다. 오로지 어명에만 복종하는 새로운 우림영을 세우는 것은 반드시 해야 할 일입니다. 이왕 할 일이라면 미루기보다는 먼저 해두는 편이 낫지요."

순 태후가 조심스레 물었다.

"나는 잘 모르겠으니, 그 제안이 가능성이 있는지만 말씀해보십시오."

"새 황제께서 등극하여 우림영을 새로 세우는 선례는 많이 있으니 당연히 실현 가능성이 있습니다."

순백수의 말투는 자못 엄숙했다.

"허나 선례가 있다는 말이 반드시 해야 하는 관례라는 뜻은 아닙니다. 기존의 군영을 없애고 새로운 군영을 세우는 것은 작은 일이 아닌데다 폐하께서 아직 성년이 아니시고 장림왕이 유지를 받들어 보좌하고 있으니 쉽게 허락하지는 않을 것입니다."

순 태후의 눈썹 위로 노기가 떠올랐다.

"내 아들이 어전 직속 우림영을 만드는 것까지 장림왕의 동의를 얻어야 한다는 말씀입니까?"

"마마, 화풀이밖에 되지 못하는 그런 말씀이 무슨 소용이 있겠습니까?"

순백수는 차분하게 그녀를 흘끔거렸다.

"폐하께서 하고 싶은 대로 하실 수 있다면 마마와 제가 이렇게 근심할 까닭도 없지요. 당장 시급한 일은 폐하께서 친히 장림왕에게 말씀을 꺼내실 방법을 모색하는 것입니다."

조정의 일은 많이 알지 못하지만 황제를 구슬리는 일에는 자신이 있던 순 태후는 순백수에게 대강 설명을 듣자 어렵지 않다고 생각하고 그 자리에서 승낙했다.

이틀 후는 때마침 조정의 휴일이라 정무를 볼 필요가 없는 소원시는 마음 편히 남원으로 나가 한동안 말을 타다가 함안궁으로 문안을 올리러 왔다.

순 태후는 여느 때처럼 상냥하게 웃으면서 안부를 물은 뒤, 너무 오래 앉아 있어 답답하다며 함께 전각 회랑을 잠시 걷자고 청했다. 소만(小滿)이 지나면서 기후는 나날이 따뜻해져, 회랑 아래를 느긋하게 걸으면 시원한 바람이 살랑살랑 불어와 기분이 몹시 상쾌했다. 잠시 걷던 순 태후가 갑자기 걸음을 멈추고 먼 곳을 바라보며 길게 탄식했다.

효심이 깊은 소원시가 얼른 물었다.

"모후, 어찌 그러십니까? 무슨 걱정거리라도 있으신지요?"

그를 돌아보는 순 태후의 눈동자에 눈물이 살짝 비쳤다.

"어젯밤 꿈에서 선제를 뵈었는데, 황제가 그간 강산을 어찌 다스리고 있느냐 물으시더구나. 내 평소 조정의 일에 간여한 적이 없어 대답을 못했더니 선제께서 실망이 이만저만이 아니셨단다."

그녀는 이렇게 말하며 소매로 눈가를 닦았다.

그 말을 들은 소원시도 몹시 마음이 아팠다.

"소자도 늘 부황 생각을 하다보니 가끔씩 꿈에서 뵙곤 하는데 그런 말씀은 묻지 않으셨어요."

"다행히 황제가 오늘은 이렇게 틈이 났으니 이 모후에게 말 좀 해주려무나. 그러면 다음번에 선제께서 하문하실 때 대답할 수 있지 않겠니?"

소원시는 의심하지 않고 곰곰이 생각을 더듬으며 설명했다.

"일상적인 정무는 내각에서 상의해서 결정한 뒤 소자에게 보고하고, 동시에 장림왕부에 보냅니다. 의아한 부분이 없으면 소자가 부절령(符節令, 직인과 병부 등을 관리하는 직책-옮긴이)에 명해 옥새를 찍지요."

"스스로 결정을 내리는 일은 없느냐?"

"조정의 일은 모두 나라의 대사인걸요."

소원시의 목소리가 가라앉았다.

"소자는 가능한 한 많이 보고 들으며 배워야 해요."

순 태후는 실망한 표정을 고스란히 드러내며 차갑게 말했다.

"아직 정사를 완전히 맡을 수는 없지만 신하들이 끼어들지 못하는 일도 있는 법이란다. 일례로 우리 황실의 우림영은 어전 직속 군대이고 어명만 따르게 되어 있으니, 다른 일과는 달리 처리해야 하지 않겠니?"

여기까지 말한 그녀는 다시 천천히 걸음을 옮기며 지나가듯이 물었다.

"참, 원시야, 언제쯤 경성의 우림영을 재편할 생각이냐?"

그런 이야기를 들은 적이 없는 소원시는 깜짝 놀라 멍한 얼굴로 되물었다.

"무슨 말씀이신지요?"

"새 황제가 등극하면 별도 우림영을 만드는 것은 관례가 아니더냐?"

순 태후도 놀란 얼굴로 묻고는 다소 자신이 없는 듯 눈썹을 찌푸렸다.

"모후는 내원에만 있다보니 모르는 것이 많구나. 확실하지 않으면 외숙부께 여쭤보려무나."

그녀는 마치 모두가 아는 일처럼 자연스럽게 화제를 던졌고, 비록 나중에 주워 담기는 했지만 그 덕분에 우림영 문제는 소원시의 마음속에 낙인처럼 선명하게 찍혔다. 이튿날 조회가 끝나자 어린 황제는 일부러 순백수를 편전으로 청해 사사로이 물어보았다.

"황실 우림영 말씀입니까? 어찌 갑자기 그 생각을 하셨습니까?"

순백수는 몹시 의외라는 듯이 눈썹을 추켜올렸다.

"갑자기 생각난 것은 아닙니다. 어제 모후께서 하문하셨기에 궁금해서 묻는 것입니다. 선조들께서는 어떻게 해오셨는지요?"

순백수는 전례를 잘 알고 있는지 생각해보지도 않고 대답했다.

"태조께서 나라를 여신 이래 헌문제(憲文帝), 현광제(顯光帝), 소평제(昭平帝) 세 분을 제외한 역대 황제들께서는 모두 우림영을 설치하여 금군과는 별도로 어전 직속으로 삼으셨습니다. 새로이 즉위한 군주들은 저마다 추구하는 방식이 있어 어떤 분은 옛 제도를 따르려 하시고, 어떤 분은 새로운 군영을 세우기도 하시고, 또 어떤 분은 단순히 호칭만 바꾸거나 임무를 교대하여 재편하시기도 했습니다. 오로지 성심에 따라 이루어졌을 뿐 특별한 규칙은 없었지요."

소원시는 그제야 깨달은 듯했다.

"그랬군요. 모후께서 언제쯤 우림영을 재편하느냐고 직접적으로 물으시기에 짐은 즉위한 뒤에 반드시 해야 하는 일인 줄 알았습니다."

"아, 태후마마께서 그리 하문하신 것은 무정제 폐하와 선제께서 등극하신 후에 모두 그리하셨기 때문일 것입니다. 잇달아 두 황제께서 그리하셨으니 관례라고 생각하신 모양입니다."

그가 한 말은 소원시가 여태 들어본 적이 없는 이야기였기 때문에 자연스레 어린 황제의 호기심을 자극했다.

"구체적으로 어떻게 하셨는지 상세히 설명해주세요, 외숙부."

순백수는 허리를 살짝 숙였다.

"신이 방금 말씀드렸듯이 소평제 시절에는 황실 우림영이 없었으나 무정제 폐하께서 동궁이 되시기 전에 구안산에서 내란이 일어난 적이 있습니다. 즉위하신 무정제 폐하께서는 그 일이 반복되지 않도록 경성 주변 모든 둔전군을 해산하고 남안(南安) 우림영으로 재편하셨지요. 그 후 선제께서 강산을 이어받으시면서 남안 우림영을 위산과 취풍으로 분리하여 지금껏 이어져온 것입니다."

무정제와 부황은 소원시가 늘 마음속으로 흠모하며 본받고자 하는 황제들이었다. 그 두 황제가 즉위 후 우림영을 개편했다는 말을 듣자 그는 곧 마음이 동해 두 눈을 반짝반짝 빛냈다.

이 뚜렷한 표정 변화를 놓치지 않은 순백수는 웃으며 말했다.

"이치대로라면 이 일은 진행 여부를 떠나 마땅히 내각에서 주청을 올려 성심을 여쭈어야 했습니다. 허나 신은 어차피 장림왕께서 동의하지 않으실 것인즉, 공연히 말을 꺼낼 필요가 없다고 생각했습니다."

소원시는 이해가 가지 않았다.

"어째서 황백부께서 동의하지 않으신다는 말씀인가요?"

순백수는 입을 꾹 다물고 한참 망설이다가 신중하게 단어를 골라가며 말했다.

"그것이…… 새 황조가 들어서면 의당 새로운 기상을 세워야 하나 장림왕께서는 연세가 많으시니 아무래도 '새로움'이 반갑지 않으실지도 모릅니다. 그 어르신께서는 위산영과 취풍영에 익숙하시니 수월하게 움직이기 위해서라도 바뀌는 것을 원치 않으시는 것도 당연하지요."

비록 열심히 감추고 겉으로도 난처한 표정을 지어 보였지만 그 말뜻은 명확했다. 후계자로 자라온 소원시가 황실의 금기를 모를 리 없었다. 그는 곧바로 얼굴을 굳히며 물었다.

"황백부께서 언제 우림영을 움직이셨다는 말입니까? 순 경의 억측이 아닙니까?"

호칭마저 바꾼 것을 보면 무척 불쾌한 것이 분명했다. 순백수도 그의 반응을 떠보려는 심산이었기에 상황이 좋지 않은 것을 보자 재빨리 엎드리며 연신 사죄했다.

"예예, 옳으신 말씀입니다. 신이 부적절한 추측을 했으니 부디 용서해주십시오."

소원시는 그제야 얼굴을 풀며 일어나라는 손짓을 했다.

"황백부께서는 필시 짐처럼 그 일을 생각하지 못하신 것입니다. 이왕 이렇게 되었으니 짐이 황백부를 청해 여쭈어보겠습니다."

"급한 일도 아닌데 어찌 이리 서두르십니까?"

순백수는 웃으며 차분하게 권했다.

"회화장군이 어렵사리 경성을 방문했고 선제의 능묘를 찾아뵙느라 내일쯤 돌아올 것이니 부자가 회포를 풀 시간을 주어야 하지 않겠습니까? 장림왕께서 휴가를 내신 것도 그 때문이겠지요. 신의 생각에는 방해하지 않는 것이 좋을 듯합니다. 더욱이 우림영을 세우는 것은 하루 이틀 안에 되는 일도 아니고 조목조목 상의할 필요도 있습니다. 차라리 내각에서 숙고하여 상주문을 지어 올리고 폐하께서 살펴보신 뒤 장림왕 전하의 의견을 물으시는 게 어떨지요?"

세심하면서도 적절한 제안이었기에 소원시는 당연히 즉시 허락했다. 이렇게 해서 이 일은 자연스럽게 내각이 맡게 되었다.

소평정의 요 며칠 행적은 확실히 순백수가 말한 대로였다. 왕부로 돌아간 그는 이틀을 쉰 뒤 위산으로 가서 황릉을 참배하며 닷새를 보내고 형의 묘에 제사를 지낸 다음 성으로 돌아왔다. 하지만 위산에서 돌아온 후 한 달간은 순백수의 말처럼 단순히 부자간에 회포를 푸는 나날이 아니었다. 그보다는 부자가 함께 적국의 동향을 헤아리고 북쪽 국경의 정세를 분석하며, 아직 명확히 드러나지 않은 전쟁을 미리 준비하는 데 시간을 들였다. 특히 소평정은 매일 병부와 호부 등의 관아를 찾아 전쟁에 대비하여 전선의 군자금을 조정하고 후방 보급 방법을 계획하기 시작했다.

북쪽 국경의 군무는 본디 장림왕부가 맡아온 데다 지금은 소정생이 유지에 따라 정무를 보좌하고 있기 때문에 각 관아에서는 적극적으로 협력해주었다. 다만 관련된 일이 너무 많고 소평정이 경성에 머무는 기한은 정해져 있어 쉴 틈 없이 움직여야 했다. 그러느라 아침저녁으로 아버지와 함께하는 시간 외에는 왕부를 비워 진료를 하러 오는 여건지와 마주칠 틈이 없었고 아버지의 몸이 매일 약을 먹어야 할 정도로 쇠약해졌다는 것도 알아차리지 못했다.

여름, 특히 복날이 지나면서 날씨가 찌는 듯이 더워지자 소정생은 점점 버티기 힘들어지는 것을 느꼈다. 그는 소평정이 눈치를 챌까봐 몰래 치료를 받고 몸조리를 하면서 조정에는 계속 휴가를 냈다. 그러다보니 소원시도 그를 만날 일이 크게 줄었고, 순백수가 초안이 마련되기 전까지 장림왕을 귀찮게 하지 않는 것이 좋겠다고 권해 우림영을 신설하는 문제에 관해서는 장림왕에게 한 마디도 하지 않았다.

6월 말은 소평정이 돌아가기로 예정한 때였다. 그는 법규에 따라 경성을 떠나겠다는 상주문을 올리고 다음 날 양거전을 찾아 어린 황제에게 작별인사를 했다.

소원시는 손가락을 꼽아보고 다소 불만스런 목소리로 말했다.

"회화장군은 경성에 온 지 두 달도 되지 않았는데 어째서 돌아가려는 거예요? 좀 더 경성에 남아 있으면 좋겠어요."

소평정은 빙그레 웃었다.

"신이 경성에 남아 있으면 누가 폐하를 위해 북쪽 국경을 지키겠습니까?"

"다른 사람을 보내면 안 돼요?"

"폐하께서는 천자시니 당연히 되지요. 하지만 누구를 보낼 것인지, 그 사람이 잘해낼 것인지는 간단한 문제가 아닙니다."

용좌의 계단 밑에 선 소평정의 시선은 소원시의 눈을 들여다보기에 딱 좋은 높이였다.

"선제께서 폐하께 말씀하신 적이 있으실 것입니다. 용좌에 앉은 사람의 가장 중요한 본분은 바로 사람을 선발하고 적재적소에 쓰는 것이지, 하고 싶은 대로 하는 것이 아니라고요."

당연히 그 도리를 잘 아는 소원시는 실망한 듯 고개를 숙이더니 한참 만에야 입을 열었다.

"짐은 군무를 잘 모르지만, 황백부께서 회화장군더러 감주로 돌아가라고 하셨다면 그럴 만한 이유가 있을 테니 억지로 붙잡아둘 수는 없겠지요. 그럼 내일은 조회에 나올 거예요?"

"신은 과분하게도 삼품의 무관 자리에 있으니, 경성을 떠나기 전에 당연히 조회에 나와 폐하께 절을 올릴 것입니다."

등극한 지 몇 달이 지나 제법 경험을 쌓은 어린 황제는 태자 시절에 비해 감정 조절에도 능숙해져 더 이상 투덜거리지 않고 고개를 끄덕였다.

이튿날 아침, 소평정은 하늘이 희끄무레하게 밝아올 때 일어나 아침 수련을 하고 관복으로 갈아입은 뒤 안채로 달려가 부왕을 맞이했다. 그리고 지난날 형이 그랬던 것처럼 부왕과 같은 마차를 타고 조회에 나갔다.

소흠은 생전에 종종 전각에 장림왕의 자리를 내주었고, 소원시도 '황백부를 공경하라'는 아버지의 명에 따라 신하들의 반열 첫머리에 특별히 팔걸이의자를 놓아두고 예를 마치자마자 자리를 권했다. 순백수는 그 맞은편 몇 자 뒤에 서서 두 손을 가지런히 모으고 있다가 소평정이 용좌 앞으로 나아가 절을 올리고 경성을 떠나도 좋다는 조서를 받은 뒤에야 소정생에게 다가갔다. 먼저 허리를 굽혀 인사한 그는 소매에서 접은 문서를 꺼내 두 손으로 받쳐 올리며 미소를 지었다.

"지난달에 폐하께서 우림영을 개편하는 일을 의논해보라고 내각에 분부하셨습니다. 이것이 폐하의 뜻에 따라 작성한 안건의 사본이니 부적절한 부분이 있는지 전하께서 살펴봐주십시오."

"우림영을 개편하다니?"

소정생은 의아한 듯 눈썹을 추키며 문서를 받아 재빨리 훑어보았다. 두 눈썹이 점점 찌푸려지는가 싶더니 마침내 그가 일어나서 소원시에게 물었다.

"위산과 취풍의 우림영은 오랫동안 경성 주변을 지켜왔고, 적어도 노신은 그 일에 실수가 있었다는 이야기를 들은 적이 없습니다. 폐하께서는 어떤 이유로 이렇게 완전히 바꾸려 하시는지요?"

소원시는 즉시 마음이 불안해져 우물거리며 물었다.

"왜요? 황백부께서는 동의하지 않으세요?"

소정생이 대답하기도 전에 뒤에 있던 순백수가 허허 웃으며 나섰다.

"전하, 새 군주가 즉위하여 옛 군영의 이름을 바꾸는 것은 우리 대량에서 대대로 있었던 일입니다. 설령 폐하께서 즉흥적으로 결정하셨다 하더라도 특별히 반대하실 만큼 큰일도 아니잖습니까?"

별일 아니라는 듯한 그의 말투에 소평정도 절로 눈살을 찌푸렸다. 하지만 그는 무신이고 어전에서 정사를 논할 때 황제의 하문이 없으면 끼어들 수 없기에 굳은 얼굴로 부왕의 뒤에 서 있을 수밖에 없었다.

"내각의 이 안건에 따르면……."

소정생은 그나마 평온한 얼굴로 손에 든 문서를 가리키며 말을 꺼냈다.

"군영의 고급 무관들을 모두 교체하고 군호(軍戶, 대대로 사병으로 복무하는 백성-옮긴이)를 재분배하여 병사의 공급처를 조정한다고 똑똑히 나와 있소. 이것이 어찌 군영의 이름을 바꾸는 것과 같다는

95

말이오?"

"전하께서 다르다 하시면 다른 것이지요."

순백수는 다시 허리를 숙였다.

"허나 폐하께서는 즉위하신 이래 무슨 일이든 전하의 말씀을 따르지 않으셨습니까? 그저 선조들의 선례를 따라 근위대인 우림영을 새로 만들고자 하시는 것뿐이고, 이는 본디 성심에 따라 단독으로 결정하실 수 있는 일입니다. 대관절 어떤 점이 전하의 마음에 들지 않는지 도통 모르겠습니다."

소정생의 시선이 순백수의 얼굴을 훑고 지나갔다. 그는 순백수에게 직접 대답하지 않고 다시 소원시에게 돌아서서 진지하게 설명했다.

"황실 우림영은 어전에 속해 있으니 노신이 반대를 하고자 하는 것은 아닙니다. 허나 옛 군영을 폐지하고 새 군영을 세우는 것은 말처럼 그리 간단하지 않습니다. 위산과 취풍 우림영의 병사 수는 도합 7만에 이릅니다. 설령 육품 이상의 장수만 전임시키고 군호 절반을 바꾼다 하더라도 그에 따른 업무며 필요한 인력과 물자가 적지 않은데 하물며 전부 바꾼다면 어찌되겠습니까?"

소원시는 그 점을 생각하지 못했는지 잠시 할 말을 잃고 순백수를 바라보았다.

"그 점은 안심하십시오, 전하. 지금은 조정이 평안하고 국력은 튼실하며, 폐하께서는 천하의 주인이시니 아무리 큰일이라도 이겨내실 수 있습니다. 소소한 군영 하나 세우는 일은 말할 것도 없지요."

순백수는 돌아서서 뒤에 있는 대신들을 가리켰다.

"보십시오. 호부와 병부, 이부 등 관련 관부에서도 아무런 이의를 제기하지 않는데 무엇을 걱정하십니까?"

경성 주변의 병력 배치는 평범한 정무가 아니어서 그 속에 담긴 민감하고 미묘한 점을 파악하기란 쉽지 않았다. 황제는 아직 어리지만 아무래도 지존하신 천자였고, 7만의 우림영을 재편하는 데 소비되는 물자는 확실히 조정에서 충분히 부담할 수 있었다. 반대할 말도 없을뿐더러 어차피 장림왕이 최후의 목젖을 틀어쥐고 있으니 대부분의 중신들은 나서지 않는 쪽을 택했고, 개중에서 가장 반대하는 병부상서 진훈마저 고개를 푹 숙인 채 입을 다물고 있는 소원시를 보자 한숨만 내쉴 뿐 아무 말도 하지 않았다.

소정생은 신료들의 침묵에는 신경 쓰지 않았다. 그가 알기로도 황실 우림영 문제는 황제 스스로 결정해야 할 일이었기 때문에 여전히 참을성 있게 소원시에게 권했다.

"폐하께서 경성의 우림영을 재편하고자 하시는 것은 아무 문제가 되지 않습니다. 신이 반대하는 것은 이렇게 서두르시는 까닭을 알 수 없기 때문입니다. 폐하께서는 아직 성년이 되지 않았고 이제 막 정무를 배우기 시작하셨으니……."

"폐하께서 아직 성년이 아닌들 어떻다는 말입니까?"

별안간 날카로운 목소리가 용좌 비스듬히 뒤쪽에서 들려오더니, 내전으로 통하는 주렴이 어지러이 갈라졌다. 순 태후가 소영의 손을 잡고 거의 주렴을 집어던지다시피 열어젖히면서 씩씩거리며 나타났다. 뒤에는 겨우 태감 네 명만 따르고 있었다.

그날은 작은 조회였지만 전각에 모인 신료의 수는 백을 헤아릴 정도였고, 그들 중 누구도 후궁의 사람이 이곳에 발을 들인 것을

본 적이 없기에 하나같이 깜짝 놀라 그 자리에 굳어 어찌할 바를
몰랐다. 소원시마저 이상한 것을 깨닫고 벌떡 일어나 외쳤다.

"모후, 어, 어떻게 오셨습니까?"

"장림왕께서 이끄시는 북쪽 국경의 인마만 해도 각 영채를 합쳐
20만이 넘습니다. 그 군영에 사람이 필요하면 사람을 주고 양식이
필요하면 양식을 주는데 이 조정에서 언제 가타부타 말이라도 한
적이 있습니까?"

순 태후는 빠른 걸음으로 다가오며 서릿발처럼 차가운 얼굴로
말했다.

"폐하의 위명이 장림왕께 비할 바는 못 되지만 누가 뭐라 해도
일국의 군주십니다. 설마하니 나이가 어리다는 이유로 무슨 일이
든 남의 눈치나 봐야 한다는 겁니까?"

너무 지나친 말이었기 때문에 소원시는 초조하여 곧바로 어머
니의 팔을 붙잡고 만류했다.

"모후! 그런 것이 아니에요!"

소정생은 안색이 보기 흉할 정도였지만 억지로 노기를 참으며
말투를 누그러뜨렸다.

"태후마마께서는 편히 쉬시기만 하면 됩니다. 지금 논의하는 일
은 후궁과는 전혀 무관하니 마마께서 간섭하실 필요가 없습니다.
이 조양전은 폐하께서 정무를 보시는 곳이니 후궁에서 내키는 대
로 드나드는 것은 다소 부적절하지 않나 생각됩니다."

순 태후는 코웃음을 쳤다.

"흥, 후궁이 어떻고 간섭이 어떻고, 그런 권위적인 말로 압박을
가하시는군요. 내 입궁한 지 수십 년째지만 선제께서도 내 행실이

부적절하다 하신 적이 없습니다. 왜요, 만사를 장림왕 마음대로 주무를 수 있게 되니 우리 모자는 말 한 마디 하는 것도 안 됩니까?"

순백수 역시 유교를 따르는 문관으로서 후궁이 내정에 간섭하는 것을 대신들이 어떻게 생각하는지 잘 알고 있었다. 그런 그가 태후가 나타나 소란을 피우는 것을 묵인한 까닭은 그 입을 빌려 체면 차리지 않고 남들은 차마 하지 못할 말들을 직접적으로 쏟아냄으로써 소정생이 알아서 물러나도록 몰아붙이기 위해서였다. 그 불씨가 붙은 것을 보자 그는 그제야 상황을 수습하기 위해 웃으면서 만류했다.

"마마, 장림왕께서는 유지에 따라 정무를 보좌하시느라 폐하를 대신하여 몇 가지 확인하신 것뿐이지, 마마께서 말씀하시는 그런 것이 아닙니다. 그만 돌아가시지요. 보십시오, 이렇게 나오시는 바람에 폐하께서 몹시 난처해지셨습니다."

순 태후는 소매를 떨치며 홱 돌아서서 순백수에게 노기를 터뜨렸다.

"조정의 모든 일을 장림왕의 말대로 하려거든 수보 대인께서는 차라리 대신들을 이끌고 장림왕부에 가서 조례를 여세요. 무엇 하러 폐하께 정무를 보라 하십니까?"

줄곧 부왕을 부축하고 있던 소평정은 손에 닿은 아버지의 몸이 분노로 부르르 떨리는 것을 느끼고 참다못해 두어 걸음 나서며 화난 목소리로 말했다.

"태후마마, 그 무슨 말씀이십니까? 어전에서 정무를 논하는 자리에서 각자의 의견을 말하는 것은 당연한 일이 아닙니까?"

그가 나서자 순 태후는 당황한 얼굴로 황급히 물러서며, 몹시 놀란 듯 그 자리에 털썩 주저앉아 떨리는 목소리로 물었다.

"폐하 앞에서 무얼 어쩌려는 것이오? 애야! 애야! 회화장군이 나를 핍박하는 것을 너도 똑똑히 보았지? 저러고도 우리 대량의 대신이라 할 수 있느냐?"

가운데 끼인 소원시는 거의 울음을 터뜨릴 지경이었다. 그는 이러지도 저러지도 못하는 얼굴로 어머니와 소정생을 번갈아 보며 무슨 말을 해야 할지 몰라 갈팡질팡했다.

소정생은 분노했으나 조양전에서 태후와 시비를 다투면 도리어 체통을 잃는다는 것을 알기에 소평정을 뒤로 잡아당기며 소원시를 향해 허리 숙여 예를 갖추었다.

"어전에서 마마와 말다툼을 벌였으니 모자란 자식이 추태를 보였군요. 태후마마께서 계시는 이상 정무를 논하기가 적절하지 않은 듯하니 신은 이만 물러가겠습니다."

이 난감한 상황에 전각 안의 대신들 대부분도 민망함을 이기지 못하고 분분히 허리를 숙이며 입을 모아 청했다.

"신들도 물러가겠습니다."

미리 정한 목적을 이룬 순 태후도 미련 갖지 않고 소영에게 다시 부축을 받으며 얼굴을 가리고 구슬프게 말했다.

"장림왕께서는 어째서 이토록 폐하를 난처하게 하십니까? 내가 올 곳이 아니라고 하시니 이만 물러가지요."

그러면서 '폐하, 선제 폐하……' 하고 흐느끼며 태감들의 부축을 받아 후궁으로 돌아갔다.

낯빛이 누렇게 변한 소정생은 어느 쪽을 따라야 할지 몰라 하는 어린 황제를 바라보다가 지치고 황당한 마음에 할 말이 없어 예를 올린 후 물러났다.

우림영을 재편하는 것이 할아버지와 아버지를 본받는 일이라 생각하고 신이 났던 소원시는 이런 일이 벌어지자 몹시 괴로워 신하들을 마주하고 싶은 마음이 싹 사라졌다. 그래서 순백수를 향해 울적하게 소매를 내저으며 조회를 끝내게 한 뒤 말없이 돌아서서 자리를 떠났다.

보통 조회가 끝나면 중신들은 삼삼오오 모여 간단히 이야기를 나누며 궁을 나서곤 했는데 오늘은 모두 이마에 식은땀을 흘리며 고개를 푹 숙인 채 물러났고, 심지어 계단을 내려갈 때도 평소보다 걸음을 빨리했다. 순백수는 일부러 맨 마지막에 나와 전각 입구에서 소매를 정리하면서 입가에 미소를 피워올렸다.

문하생인 견(甄) 시랑이 가까이 다가와 소리 죽여 기분을 맞추었다.

"소평정은 여전히 성미가 급하군요. 화가 나면 참지 못하지 않습니까? 오늘 장림세자가 이곳에 있었다면 결코 이런 상황이 되지 않았겠지요."

그 말을 듣자 무슨 까닭인지 순백수의 득의양양하던 표정이 옅어졌다. 어느새 훌쩍 멀어진 늙은 왕의 뒷모습으로 시선을 던지는 그의 눈동자 위로 희미하게 낙담한 빛이 떠올랐다.

—

07

—

양거전으로 돌아온 어린 황제는 한참 동안 울적해했고 전각 안의
내관들도 이 분위기를 느끼고 숨죽이며 아무 소리도 내지 못했다.
한 시진 정도 흐르자 순 태후가 순안여만 데리고 발소리를 죽이며
들어왔다. 그녀는 문가에 잠시 서서 황제를 바라보다가 시중드는
사람들을 모두 물러가게 했다.

소원시가 움직임을 알아차리고 고개를 들더니 일어나서 예를
차리며 조용히 불렀다.

"모후."

"황제가 남들 손바닥에서 놀아나는 것이 보기 싫어 충동적으로
나섰을 뿐이란다."

순 태후가 다가와 두 손바닥으로 소원시의 손을 감싸 쥐었다.

"우리 아들의 기분이 좋지 않으니 앞으로 다시는 조양전에 나가
지 않겠다고 약속하마."

"황백부께서는 유지를 받들어 정무를 돕고 계시고 당연히 이견
을 내실 수 있어요. 그런데 짐을 손바닥에서 가지고 놀다니요!"

소원시는 불쾌한 얼굴로 손을 빼며 여전히 어린 티가 나는 얼굴을 찡그렸다.

"예전에 선제께서 계실 때에도 황백부께서는 여러 가지 반대를 하셨어요. 그때와 무엇이 다르다는 말씀이세요?"

순 태후는 잠시 아들을 지그시 바라보았다.

"선제께서 계실 때 내가 언제 장림왕에 대해 한 마디라도 나쁜 말을 하던?"

"그래서 더 이해할 수가 없어요! 예전에는 잘 지내시다가 어찌 갑자기 공연한 생각을 하시는 거예요?"

"아들아, 선제께서는 동궁 시절부터 감국(監國)을 맡으셨고 성년이 되어 등극하셨단다. 네가 어떻게 생각하든 장림왕의 마음속에서 너와 부황이 어찌 같을 수 있겠느냐?"

소원시는 어리둥절한 얼굴로 순 태후를 돌아보았다.

"모후, 무슨 말씀이세요?"

순 태후는 장탄식을 하며 방 안을 서성거렸다. 얼굴 위로 살며시 노여움이 떠올랐지만 그보다는 슬픈 기색이 더욱 짙었다.

"오늘 일은 내가 너무 서두르다가 우리 아들의 낯을 깎고 말았구나. 허나 장림왕이 만조백관 앞에서 네가 아직 성년이 못 되었다고 하다니…… 도저히 참을 수가 없었단다!"

"그 말이 어때서요? 짐도 늘 스스로 그렇게 말하는걸요?"

"네 입으로 말하는 것과 장림왕이 말하는 것이 같겠느냐?"

순 태후의 목소리가 절로 높아졌다.

"원시야, 너는 성품이 순하고 착해서 모르는 것이란다. 하지만 네 외숙부께 물어보렴. 그 자리에 있던 대신들 중 장림왕의 말뜻을 알아듣지 못한 사람이 있느냐고 말이야. 장림왕이 너를 두고 아직 성년이 되지 못했다고 한 것은 네가 어려 결정을 내릴 권한이 없다고 대놓고 선언한 것이란다. 그런 말을 여러 번 하다보면 모두 자연스레 받아들이게 되고, 그러다보면 결국 유지를 받들어 정무를 보좌하던 사람이 유지를 받들어 직접 정치를 하게 되지 않겠니?"

그 말이 떨어지자 내내 고개를 숙이고 감히 한 마디도 하지 못하던 순안여마저 '헉' 하고 찬 숨을 들이쉬었다. 소원시는 더욱더 놀라 소맷자락을 홱 떨치며 노한 소리로 말했다.

"모후, 말씀이 지나치세요! 소자는 결코 그렇게 생각하지 않습니다!"

순 태후는 옆에 놓인 의자에 천천히 앉으며 칼날처럼 예리한 눈빛으로 말했다.

"나는 후궁의 여인이라 확실히 아는 것이 많지 않다. 믿지 못하겠거든 마음대로 하려무나. 시간이 지나면 사람 마음을 알게 될 터, 나도 제발이지 내 생각이 틀렸으면 좋겠구나."

조양전에서 일어난 일에 함구령을 내린 사람이 없던 탓에 이 소식은 암암리에 밖으로 퍼져나갔다. 자연히 그 소식을 들은 순비잔은 아무래도 마음에 걸려, 오시가 되자 옷을 갈아입고 곧바로 장림왕부를 찾아갔다.

만년이 된 소정생의 몸은 노기를 견뎌내지 못했다. 전각에서는 차분하게 행동했지만 왕부로 돌아온 후 기침이 끊이지 않아 별수 없이 여건지를 불러 진맥을 하게 했다.

순비잔이 원숙을 따라 서재로 들어갔을 때 늙은 왕은 막 탕약을 마신 뒤였는데 덕분에 기침은 조금 가라앉았지만 안색은 여전히 잿빛이었다. 소평정은 옆에 서서 아버지의 등을 두드려주느라 순비잔이 들어와도 인사를 못하고 고개만 끄덕여 보였다.

"순 형님."

"태후마마의 말씀은 분명히 지나치셨습니다."

순비잔은 재빨리 다가와 예를 갖춘 뒤 위로했다.

"허나 전하의 건강이 가장 중요하니 후궁에서 하는 말은 너무 마음에 두지 마십시오."

소정생이 앉으라는 손짓을 하며 쓸쓸하게 말했다.

"이 늙은이는 변경의 병권을 쥐고 있으니 의심받을 일을 해서는 아니 된다. 금군과 순방영, 두 우림영같이 경성 주변을 지키는 군대에 대해서는 폐하의 하문이 있지 않는 한 한 번도 간여한 적이 없다. 무정제께서 계실 때에도 그리했고, 선제 재위 때 또한 그리했지. 허나 오늘 조양전에서는…… 그만 참지 못하고 끼어들고 말았구나."

순비잔은 눈을 찡그렸다.

"오늘은 다릅니다. 전하께서는 유지를 받들어 정무를 보좌하고 계시니 폐하께 진언하는 것은 당연한 일입니다."

"금군은 안을 지키고 황실 우림영은 바깥을 지키며, 성지가 있어야만 움직이고 오로지 어명만을 따라야 하는 군영이다. 폐하께서 그럴 마음이 드셨다면, 해산을 하건 새로 모집을 하건 새 주인의 위엄을 세우고자 하는 목적이니 이 늙은이가 반대할 까닭이 어디 있겠느냐?"

소정생은 설레설레 고개를 저었다.

"허나 진정 그리된 것일까? 아마도 그렇지는 않을 게야."

"어리석은 저도 알 수 있습니다. 까닭 없이 이 문제를 거론한 것이 어찌 폐하를 위해서겠습니까? 그저 장림왕부를 노리고 한 일이겠지요. 사실 폐하께서는 아직 결정을 내리지 않으셨으니 전하께서 진력으로 반대하신다면 자연히 없는 일이 될 것입니다."

소정생은 그런 그를 바라보며 쓴웃음을 지은 채 아무 말도 하지 않았다.

소평정이 차갑게 말했다.

"말이야 쉽지요. 허나 일부러 부왕을 노리고 벌인 일이기에 오늘 그토록 난감한 장면이 연출된 것입니다."

순비잔은 잠시 어리둥절하다가 그 의미를 깨닫고 민망한 듯 고개를 숙였다. 오랫동안 조정의 핵심에 있던 그는 누군가 설명해주지 않아도 스스로 알 수 있었다. 단순하게 보았을 때 우림영 문제는, 황제가 명을 내리고 내각에서 초안을 작성해 올린 뒤 어전의 논쟁에서 장림왕이 고명대신이라는 신분으로 이의를 제기한 것에 불과했다. 그러나 순 태후가 소란을 피우는 바람에 장림왕이 독단으로 결정하며 황권을 억누르는 모양이 되고 말았다. 더욱이 최종 결정이 나지 않은 상황에서 저의가 의심스럽다는 오해를 산 장림왕은 직접적으로 반대 의견을 내세우기가 어려워졌다.

"제 생각에는 폐하께서 정말 우림영을 재편할 마음을 품으셨다면 원하시는 대로 내버려두는 것이 좋겠습니다."

소평정은 아직도 화가 가라앉지 않아 노기 섞인 목소리로 부왕에게 권했다.

"시험 삼아 해보시도록 하시지요. 설사 무슨 문제가 생기더라도 훗날 바로잡을 수 없는 것도 아니니까요."

이 상황에서는 더 좋은 방법이 없다는 것을 잘 아는 소정생도 고개를 끄덕이며 지친 듯이 눈을 감았다.

부자간에 작별인사를 나눌 시간이 필요하다는 것을 아는 순비 잔은 건강을 챙기라는 인사를 몇 마디 남긴 채 더 방해하지 않고 물러났다.

그를 원락 문밖까지 배웅하고 돌아온 소평정은 창가로 나와 어두운 눈빛으로 깊은 생각에 잠겨 있는 부왕을 보자 심장이 와락 죄어드는 듯했다.

"다른 것은 그렇다 해도 오늘 전각에서 보여준 태후의 의심을 생각하면 도저히 마음 놓고 부왕 곁을 떠날 수가 없습니다."

"경성을 떠나라는 조서가 내렸으니 지체하지 말고 반드시 오늘 출발해야 한다."

소정생은 고개를 돌리며 위로의 웃음을 지어 보였다.

"아비는 평생 많은 일을 겪었고 비방하는 풍문도 적지 않게 들어왔다. 이깟 일이 뭐라고, 곧 해결할 방법이 생길 터이니 신경 쓰지 말거라."

웃음을 짓는 부왕의 늙은 얼굴 위로 허약한 기운이 느껴졌다. 덕분에 차분하고 자상해 보이기는 했지만, 이를 본 소평정은 칼날같이 날카로운 생각이 번개처럼 심장을 휘저으며 피가 철철 흐르고 뼛속까지 통증이 느껴지는 것 같았다.

만약…… 만약 지금 형님이 계셨다면…….

소정생도 그가 무슨 생각을 하는지 아는 것처럼 애처로운 눈빛을 지었다.

"너는 발이 빠르니 가는 길에 랑야산에 들러 네 형수와 조카를 만나보거라. 그리고 아비 대신 노각주께 문안을 여쭙고 가족들을 보살펴주어 감사하다고 전해다오."

"부왕, 형수님께 돌아오라고 할까요? 책이를 한 번밖에 보지 못하셨으니 무척 보고 싶으시지요?"

소정생은 한참을 망설이다가 천천히 고개를 저었다.

"폐하께서는 아직 어려 흔들리기 쉬우시다. 조정이 이렇게 복잡하고 너는 멀리 변경에 있으니 이 늙은 몸으로 두 사람을 잘 보살피지 못할까 실로 두렵구나. 랑야각에 있는 편이 도리어 마음이 놓이겠다."

오늘 일 때문에 소평정도 부왕의 마음을 이해했고, 그럴수록 마음은 더욱더 무거웠다.

"됐다, 곧 떠나야 하니 여기까지 하자꾸나."

소정생은 정신을 가다듬고 서재 안방으로 들어갔다.

"자, 네게 줄 것이 있으니 따라 들어오너라."

소평정은 의아한 얼굴로 뒤따르다가 아버지가 긴 책상을 돌아서가 옆 비밀 공간을 여는 것을 보자 무슨 일인지 깨닫고 황급히 외쳤다.

"부왕……."

늙은 왕의 서재 북쪽 벽에는 서가가 두 개 있고 그 사이에는 사람 눈썹 높이의 제사상이 놓여 있었다. 무정제의 영패도 본래 그곳에 보관되어 있었다. 제사상 바로 아래에는 벽 안쪽으로 들어간 비밀 공간이 있는데 반 자 길이의 정방형 공간에 자단목으로 문을 달아놓은 것이었다. 문을 열자 안에는 붉은 칠을 한 목갑이 덩그러니 놓여 있었다. 목갑에는 묵직한 철제 영패가 들어 있었다. 무정제의 어필(御筆)로 '장림'이라는 글이 새겨진 영패였다.

"부왕."

소평정은 황급히 무릎을 꿇으며 당황한 눈빛으로 말했다.

"장림군령(長林軍令)은 태산처럼 무겁습니다. 소자는 아직 감당할 수가……."

"4년 전, 네 형이 장림군 부원수로 봉해졌을 때 아비가 친히 이 군령을 건네주었느니라."

소정생은 손가락으로 영패를 쓰다듬었다. 가볍고 부드러우면서도 무척 애지중지하는 손길이었다.

"이 군령이 그 아이 손에 있는 동안 장림군의 위세는 추호도 꺾이지 않았다. 네 입으로 평장이 짊어지던 것을 모두 이어받겠다고 하지 않았더냐? 한데 왜, 이것은 못 받겠느냐?"

소평정은 고개를 들고 입술을 부르르 떨었다.

"아비는 선제께 약속했다. 북쪽으로 가는 것은 지난번이 마지막이라고 말이다. 늙어서 자식을 먼저 보내고 나니 세상살이가 더욱 덧없이 느껴져 네가 자라기까지 마음 편히 기다릴 수가 없구나."

소정생은 숙연한 표정으로 아들의 눈을 가만히 들여다보았다.

"군령을 네게 주는 것은 네 타고난 자질과 심지로 충분히 감당할 수 있다고 생각하기 때문이다. 평장도 그리 생각했을 것이다. 한데 도리어 네가 스스로를 믿지 못하는 게냐?"

여름날 정원에서는 매미가 맴맴 울고, 후끈후끈한 오후의 햇빛이 방 안으로 더위를 쑥쑥 밀어넣고 있었다. 하지만 그 순간 소평정은 부왕의 허연 귀밑머리가 첩첩이 쌓인 눈처럼 차갑게 가슴을 짓누르는 것 같아 억지로나마 더욱 굳세어지고 더욱 분발할 수밖에 없었다.

"소자, 부왕과 형님의 기대를 저버리지 않도록 반드시 전력을 다하겠습니다."

소정생은 흐뭇하게 고개를 끄덕인 뒤 묵직한 철패를 그의 손에 쥐여주며 진지하게 당부했다.

"이 군령으로 병사들을 호령하면 설령 도산검수를 뛰어넘으라고 해도 장림의 자제들은 반드시 따를 것이다. 허나 그와 동시에 너 또한 잊지 말아야 할 것이 있다. 이 군령을 지닌 이의 높은 권력에는 반드시 무거운 책임이 따른다. 네 모든 결정은 어깨에 진 책임에 부끄럽지 않아야 하며, 변경의 장사들과 대량의 백성들이 우리 장림군에 바치는 믿음에 부끄럽지 않아야 한다."

"부왕의 가르침 깊이 새기겠습니다."

군령을 힘껏 움켜쥐면서, 젊은 회화장군은 솟구치는 눈물을 애써 삼키고 소리가 나도록 이마를 힘껏 청석 바닥에 대었다.

소평정이 장림군령을 받고 금릉성을 떠난 이튿날부터 천둥번개를 동반한 폭우가 내리기 시작해 며칠째 이어졌다. 소정생은 더위로 위장병이 생겨 칭병하고 조정에 나가지 않았다. 내각에서는 사람을 보내 건강 상태를 확인하는 동시에 우림영 개편안을 다른 문서에 끼워 장림부로 보냈다. 이틀 후 다시 사람을 보내 받아와 보니 그 위에는 읽어보았음을 뜻하는 '열(閱)' 자만 쓰여 있었다. 늙은 왕이 별수 없이 묵인했다는 의미였다.

사실 순백수는 한 달 전부터 이 일을 진행해온 터라 최후의 난

관을 넘자 더욱 속도를 내었다. 그리하여 여드레도 되지 않아 상세한 재편 방안의 사본이 다시금 장림왕의 책상에 올라왔다. 원숙이 약 쟁반을 가지고 들어갔을 때 소정생은 막 그 문건을 읽은 뒤 책상에 내려놓으며 걱정스러운 표정을 짓고 있었다.

"전하, 둘째 공자 말씀대로 이번 일은 연습 삼아 폐하께 맡기기로 하지 않으셨습니까? 그들 마음대로 하도록 내버려두십시오. 지금은 요양이 중요한데 어찌 마음에 두십니까?"

원숙이 약그릇을 건네며 권유했다.

소정생은 약을 꿀꺽꿀꺽 마신 뒤 그릇을 내려놓고 숨을 돌렸다.

"우리 장림부는 경성의 어떤 병력도 손에 넣으려 한 적이 없으니 옛 군영이든 새 군영이든 무슨 차이가 있겠나? 중요한 것은 경성의 초입을 지키는 우림영은 결코 누군가에게 이용되어서는 안 된다는 것일세."

원숙이 사본을 뒤적이며 어리둥절한 표정으로 물었다.

"폐하께서 허가하신 재편 방안에 부적절한 곳이 있습니까?"

"군영을 새로 만들고 재편하고 훈련하는 것은 사소한 부분에 지나지 않네. 병부에는 능숙한 이가 많아 십중팔구 제대로 할 것이니 내가 끼어들 필요가 없네."

소정생의 눈빛은 깊이 가라앉았고 말투에는 무력감이 젖어들어 있었다.

"허나 자네도 알다시피 황실 우림영은 어명만을 따르는 곳일세. 듣기에 따라서는 단순해 보이지만 말처럼 단순한 것이 아닐세. 대대로 입은 은혜로 말미암아 마음속에 '충성'이라는 글자가 깊이 새겨져 내려와야 하는 것이야. 뿌리를 내린 오랜 군호들 태반을 이 동시키고 병력을 새로 모집하면 아무리 훈련을 시킨들 어찌 단시일 내 폐하께만 충성을 바치도록 만들 수 있겠나?"

원숙도 오랫동안 군에 몸담은 사람이라 자연스레 고개가 끄덕여졌다.

"그렇군요. 새로 만들어진 군영은 장악하기가 어려우니 쉽사리 남의 손에 흔들리겠지요. 임시로 전향하여 갓 군에 들어온 보통 병력이라면 그 명목은 황실 우림영이라 해도 일반 둔전병과 무엇이 다르겠습니까? 군관들이 군영의 통령이라도 알아보면 다행인 마당에 폐하께서는…… 너무도 아득한 곳에 계시지요."

소정생은 고개를 돌리고 정원 가득한 녹음을 바라보며 한참 동안 생각에 잠겼다가 마침내 한숨을 쉬며 중얼거렸다.

"총명함을 논하자면 이 경성 높은 곳에 있는 이들을 따를 사람이 없네만, 그들이 군을 다스리는 법을 어찌 알겠는가?"

장림왕의 마음속 깊이 자리한 이 근심을 당시 순백수는 당연히 알지 못했다. 지금은 그의 기분이 가장 좋을 때였다. 그간의 근심을 훌훌 털고 몸도 훨씬 가뿐해진 그는 함안궁에서 태후와 산책하는 동안 얼굴에서 웃음이 떠나지 않았다.

"심혈을 쏟아부은 끝에 마침내 위산영과 취풍영을 해산하고 새로 동호(東湖) 우림영을 세울 수 있었습니다. 비잔이 다소 고집이 센 편이기는 하나 그 아이가 금군을 다스리고 있으니 궁성은 안심할 수 있지요. 이렇게 안팎을 손에 넣었으니 비록 다리 뻗고 잘 수 있을 정도는 아니나, 폐하께서 완전히 조정을 손아귀에 넣기 전까지 경성의 정세는 잠시 안정을 찾았다 볼 수 있습니다."

순 태후도 그를 따라 생긋 웃고는 다시 물었다.

"북쪽 국경에 있는 소평정은요? 그자는 지금 삼품 회화장군일 뿐만 아니라 장림군의 지휘까지 맡게 되었다지요. 특별히 방비하지 않아도 되겠습니까?"

"장림왕에게는 이제 아들이 하나밖에 남지 않았으니 그가 아니면 누구에게 군령을 주겠습니까?"

여전히 소평정을 성미 급한 젊은이로 알고 있는 순백수는 크게 개의치 않았다.

"생전의 장림세자에 비해 둘째 공자의 명성은 크게 떨어집니다. 북쪽 국경에 큰 전쟁이 일어나지 않는 이상 솜씨를 발휘하여 명성을 쌓기가 그리 쉽겠습니까? 잠시 동안은 신경 쓰지 않으셔도 됩니다."

순 태후는 그제야 안심하고 웃음을 지었다.

"오라버님께서 폐하를 대신하여 백방으로 방법을 강구하신 덕분에 이리 안정되었으니 다행입니다."

금릉성에서 감주로 가는 길에 랑야산을 지나는 것은 아니었지만 고작 반나절 돌아가는 거리여서 큰 지장은 없었다. 소평정은 노소 등의 호위병들을 랑주에 남겨두고 홀로 산에 올라 곧바로 운무에 휩싸인 뒤 전각으로 달려갔다.

노각주는 랑야산 뒷산에서 가장 조용한 남쪽 누각의 방 몇 칸을 골라 몽천설에게 주고 살뜰하게 보살폈다. 몽천설은 소평정이 왔다는 소식을 듣자마자 아들 소책(蕭策)을 안고 대청 앞으로 마중 나왔다.

그날 경성에서 헤어진 뒤로 처음 형수를 만난 소평정은 심정이 몹시 복잡했다. 하고 싶은 말은 수없이 많았지만 결국 한 마디도 꺼내지 못한 채 묵묵히 예를 갖추고 어린 조카만 품에 안았다.

어느새 돌이 지난 소책은 희고 포동포동하게 자라 매우 귀여웠다. 낯을 가리지도 않아 한 번도 본 적 없는 숙부가 품에 안고 조그마한 얼굴에 힘껏 입맞춤을 해도 울기는커녕 옹알옹알하며 통통한 손으로 거뭇거뭇 수염이 자란 소평정의 얼굴을 두드렸다.

미소 띤 얼굴로 옆에 앉아 있던 몽천설은 소평정이 소책에게 장난치다가도 흘끔흘끔 바깥을 돌아보는 것을 보자 그 뜻을 짐작하고 먼저 입을 열었다.

"임해 동생은 각국을 주유하면서 약초를 두루 맛보고 새로운 약전(藥典)을 쓰겠다며 책이가 태어나고 곧바로 산을 내려갔어."

임해는 본래부터 의약의 신이라는 신농씨의 뒤를 잇고자 하는 소망을 품고 있어 각국을 떠돌며 상세하고 실용적인 약전을 짓고자 했다. 그녀의 소망을 들은 몽천설은 감탄을 금치 못했고, 동시에 여자들이 집 안에 들어앉아 조용히 있기만을 바라는 이 세상에서 소평정같이 소탈한 남자야말로 임해에게 꼭 어울리는 반려라고 생각했다. 그러나 하늘의 장난으로 그들 사이에 변고가 생겼고, 장림왕부의 책임이 소평정의 어깨로 넘어가면서 두 마음속의 응어리는 더욱 풀 길이 없어지고 말았다. 실타래처럼 얽히고설킨 인연도 여기서 끊어질 모양이었다.

"동생은 의원으로서의 책임을 다하고 싶다고 했으니 언제 돌아올지 알 수 없어. 지금쯤 어디에 있는지……."

몽천설은 창백해진 시동생의 얼굴을 걱정스레 바라보며 조용히 물었다.

"평정, 괜찮아?"

소평정은 대답을 하려고 했지만 목이 메는 바람에 소리를 낼 수가 없어 한참 만에야 겨우 고개를 저어 보였다.

몽천설은 눈시울이 빨개졌다.

"그래, 나도 너처럼 그리 괜찮지 않아. 밤마다 잠이 들면 늘 꿈에서 그를 보곤 해."

"형님이 계실 때는 버릇처럼 형님께 의지하곤 했지요."

소평정은 소책의 보들보들한 손을 잡으며 어렵게 입을 뗐다.

"형님이 떠나신 뒤로 매일매일이 걱정이에요. 국경이 불안할까 봐 걱정되고, 연로하신 부왕도 걱정되고, 잘못을 저질러 형님의 기대를 저버릴까 걱정되고……."

"나는 영리한 사람은 못 되지만 네 형님의 인품은 잘 알아."

몽천설은 허리를 꼿꼿이 펴며 엄숙하게 말했다.

"그러니 그를 대신해 한마디 할게."

소평정은 멈칫했지만 재빨리 소책을 발치에 내려놓고 자세를 단정히 했다.

"말씀하십시오, 형수님."

"네 형님이 목숨을 바쳐 너를 구한 것은 형제간의 깊은 정 때문이었어. 그는 진심으로 네가 살아나기를 바랐지, 절대…… 절대 네가 그 자신처럼 되기를, 제2의 소평장이 되기를 바란 것이 아니었어."

소평정은 심장이 부르르 떨렸다. 부왕 앞에서도 어렵게 참았던 눈물이 순식간에 눈시울 너머로 쏟아졌지만 도무지 막을 수가 없었다.

몽천설 앞에서 한바탕 울음을 터뜨리고 나자 울적하던 기분이 훨씬 홀가분해졌다. 눈치 빠른 소도는 조용히 처마 밑에 앉아 기다리다가 방 안이 잠잠해지자 산천수를 들고 들어가 여정의 피로를 씻어내게 해주었다.

린구도 산에 오른 소평정이 맨 먼저 형수와 조카를 찾을 줄 알고, 방해하지 않고 노각주가 차를 마시는 누각으로 가서 함께 기다렸다.

"평정이 금릉성에서 한 달가량밖에 머물지 않고 급히 돌아가는 것을 보니 무슨 연유가 있나봅니다. 아마 이곳에도 오래 머물지 않겠지요?"

노각주는 주전자에 든 남은 차를 따라 버리고 새 찻잎을 넣으며 고개를 저었다.

"번잡한 세상, 바람이 그치지 않는구나. 그 아이는 어찌 아직도 눈앞을 꿰뚫어보지 못하는고."

린구는 눈썹을 추켜올렸다.

"남 말 하실 것도 없지요. 노각주께서는 눈앞을 꿰뚫어보실 수 있습니까?"

어깨 위로 백발을 늘어뜨린 노각주는 잠깐 굳었다가 자조 섞인 웃음을 터뜨렸다.

"내게 그런 능력이 있었다면 수십 년 전에 벌써 득도하여 하늘로 올라갔을 게다."

"꿰뚫어보면 어떻고 꿰뚫어보지 못하면 또 어떻습니까?"

린구는 맑고 고요한 눈빛으로 담담하게 미소를 지었다.

"우리 랑야각은 비록 방관자지만 이 세상의 정과 의리가 대대로 이어지는 것을 지켜보는 것도 홍진의 재미지요."

"안타깝구나, 안타까워. 대대로 이어지는 것이 어디 정과 의리 뿐이겠느냐. 황제의 권력과 야심, 음모와 궤계도 그렇거늘……."

옛일은 거미줄처럼 엉겨붙어 아무리 치우고 또 치워도 시간을 따라 흘러와 다시금 심장을 뒤덮곤 했다. 린구는 노각주의 시선을 따라 다실의 병풍을 바라보며 가만히 탄식했다.

그때 바깥 처마 밑으로 익숙하지만 어딘지 모르게 달라진 발소리가 느리지도 빠르지도 않게 누각 문 쪽으로 다가왔고 죽렴이 말려 올라갔다. 허둥거리며 다급하게 산을 달려내려갔던 소평정은 무거운 표정의 청년이 되어 돌아왔다. 한때 그 얼굴에 가득하던 소년티는 거의 닳아 없어져, 누구보다 날카로운 눈을 가진 사람이 아니라면 그 피부 아래 잠들어 있는 폭발할 듯한 활력을 알아차리기 어려웠다.

"네 이미 장림군령을 받았다지?"

노각주는 예를 올릴 필요 없다는 손짓을 하며 맞은편의 방석을 가리켰다.

소평정은 탁자 옆에 앉아 허리를 숙였다.

"예, 부왕께서 제가 군령을 받았다는 소식을 벌써 장림군 각 군영에 전하셨습니다."

"세상이 넓다보니 사람마다 품은 생각이 다르고 중요하게 여기는 것도 다르다. 너 자신이야 맡은 직무와 책임을 다하고 있다고 생각할지라도 다른 사람 눈에는 꼭 그렇지 않을 수도 있지."

"저도 압니다. 경성의 평온함은 언제나 겉면뿐이지요. 사람 마음은 변화무쌍하고 뒤에서 날아드는 화살은 막기 어려운 법입니다. 지금 이 순간 누군가가 무슨 생각을 하는지 어찌 알겠습니까?"

노각주는 눈을 가늘게 떴다.

"영원은 곧 한순간이요, 만물은 곧 허상이다. 네 아버지는 군영에서 평생을 보내며 그 자리를 얻었으니 경계와 의심을 받지 않을 수 없지. 싸울 뜻이 없다면 어째서 여기서 내려놓지 않느냐?"

소평정은 곰곰이 생각해보고 천천히 대답했다.

"노각주께서는 천하를 굽어보시고 고금을 두루 아시니 홍진에서 벗어날 수 있으셨습니다. 하지만 세상의 수많은 중생이 모두 그럴 수는 없지요. 보통 백성들에게 영원과 만물이란 세 끼 배부른 식사와 집안과 나라의 평화만 못합니다. 어른들께서 가르치셨듯이 장림군은 그들을 위해 있는 것이지, 조정이나 경성만을 위해 있는 것이 아닙니다."

"허나 너는 입만 열었다 하면 강호인이 되어 마음 내키는 대로 평생을 자유롭게 살겠다고 하지 않았느냐?"

"제가 먹을 것 입을 것 걱정 없이 자유롭게 살 수 있었던 것은 왕부에서 태어나 아버지와 형님의 보살핌을 받은 덕분이었습니다. 당연하게 여길 일이 아니지요."

몇 차례 문답이 오고 간 후 노각주도 마침내 캐묻기를 멈추었다. 그의 표정은 몹시 희미하여 그 마음속에 있는 것이 기쁨인지 슬픔인지 알 길이 없었다. 가만히 듣고 있던 린구가 그제야 다가와 뜨거운 차 한잔을 소평정에게 내밀며 빙그레 웃었다.

"네가 이렇게 진지한 말을 하다니 도무지 익숙해지지 않는군. 자, 차나 마셔."

이번 랑야산행은 소평정에게 고된 여정에 드물게 얻은 휴식인 셈이었다. 그는 조카를 데리고 산길을 걷거나 노각주와 린구와 마주 앉아 차를 마셨고, 심지어 소도와 함께 다시 한 번 얼음 호수에 들어가 한정석을 가져오기도 했다. 그러나 세상과 완전히 단절된 이 고요함이 번잡한 홍진의 현실을 대신할 수는 없었다. 이틀 후 그는 부득이하게 마음을 다잡고 누각에 올라 노각주에게 작별인사를 한 뒤 북쪽으로 향할 준비를 했다.

몽천설은 소책을 안고 산기슭 아래까지 배웅하며 걱정스럽게 말했다.

"평정, 부왕께서는 정말 나와 아이를 경성으로 부를 생각이 없으시니?"

"솔직히 말씀드리면 저도 연세가 많으신 부왕께서 보살펴줄 사람 없이 홀로 금릉성에 계신 게 마음이 놓이지 않습니다."

소평정은 그녀에게서 소책을 받아 안고 조그마한 얼굴을 쓰다듬었다.

"하지만 형수님께 랑야산에 남으라고 하신 데에는 분명히 그만한 이유가 있어서겠지요. 그 말씀을 따르는 것이 좋겠습니다."

그때 단풍나무 숲의 오솔길 저편에서 가벼운 발소리가 들려왔다. 발소리는 한 사람 같았지만 모습을 드러낸 것은 린구와 소도 두 사람이었다.

"구 선생의 신법(身法)이라면 발자국을 남기지 않고 눈길을 지날 수도 있겠어요."

몽천설이 찬탄한 뒤 소평정에게 물었다.

"너도 랑야각의 내공을 수련했는데 어째서 무공이 완전히 다른 거지?"

소평정은 눈썹을 추켜올렸다.

"확실히 다르긴 하지요. 간단히 말해 싸움을 하면 내가 이기고 도망칠 때는 구 형이 이겨요."

린구는 그를 흘끗 노려보고는 옆으로 몸을 돌려 소도에게 길을 내주었다. 몽천설과 소평정은 그제야 소도의 조그마한 손에 들린 쟁반과 그 위에 놓인 수놓은 비단 주머니를 볼 수 있었다. 비단 주머니 입구는 굵은 실로 단단히 봉해져 있었다.

소평정은 경악한 얼굴로 눈을 깜빡였다.

"내게 주는 거야?"

"그래, 노각주의 작별 선물이야. 북쪽 국경을 지키는 데 다소 도움이 될 거라고 하셨다."

린구는 소평정이 비단 주머니를 열려고 하자 재빨리 막았다.

"안 돼, 노각주께서 감주영에 가거든 열어보라고 하셨어."

"몇 년간 못 뵈었는데도 노각주께선 조금도 변하지 않으셨군."

소평정은 비단 주머니를 만지작거리며 실소를 터뜨렸다.

"하여간 꼭 이렇게 신비한 척한다니까."

누군가 랑야각의 노각주를 비웃는 것을 본 적이 없는 몽천설은 참지 못하고 폭소를 터뜨렸지만, 불경스러운 행동임을 깨닫고 황급히 입을 다물었다.

"너 정말……."

린구는 또다시 소평정을 흘겨보았지만, 결국 참지 못하고 소도와 함께 웃음을 터뜨리고 말았다.

다시 나타난 흑수정검

6월 한여름에는 감주성도 대낮은 찌는 듯이 더웠지만 밤낮 무더운 금릉성과 달리 저녁이면 훨씬 선선해졌다. 북쪽 국경에 온 뒤로 소원계는 이곳 장수들과 그럭저럭 잘 지냈으나 아무래도 귀한 황실의 후손이자 금지옥엽이었기 때문에 다들 특별히 신경을 썼다. 위광도 군무를 할당할 때 해가 진 후 가장 편한 성루 순찰 업무를 그에게 맡겼다.

감주성은 남부 전선에서 가장 큰 성이라 사방의 성문을 대략 둘러보는 데만 한 시진이 넘게 걸렸고, 순찰이 끝나면 언제나 하늘이 캄캄해져 보루 곳곳에 횃불이 환히 밝혀져 있었다.

장림군령 소식이 급히 전해진 이튿날, 소원계는 규정대로 순찰을 돈 뒤 곧바로 돌아가 쉬는 대신 가장 후미진 망루로 향했다. 그는 뒤를 따르던 호위병 넷을 내려보내고 홀로 계단을 올라 꼭대기 그늘진 곳에 서서 조용히 먼 곳을 바라보았다.

얼마 지나지 않아 괴상한 바람이 획 부는가 싶더니, 옆에서 활활 타오르던 횃불이 힘차게 흔들리면서 먹물처럼 검디검은 어둠 속에 호리호리한 사람의 윤곽이 드러났다. 그 사람은 먼지 하나 일으키지 않고 표표히 그를 향해 다가왔다. 소원계는 긴장 때문에 거칠어진 숨을 내쉬며 반사적으로 사방을 둘러보았다.

"혼자 있을 곳이 필요해서 이리로 오지 않았더냐? 한데 무얼 그리 두려워하느냐?"

묵치후는 눈꼬리로 망루 아래를 훑었다.

"저 아래에 지키고 있는 자들은 네 심복이겠지?"

소원계는 목소리를 가라앉히기 위해 애를 썼다.

"예, 변경에서 1년을 뒹굴었으니 충성을 바치는 부하 몇쯤은 만들어놓아야지요."

묵치후는 차갑게 코웃음을 쳤다.

"고작 몇 사람 따른다고 하여 벌써 만족하는 것은 아니겠지?"

그 말과 함께 그의 손에 있던 흑수정검이 별안간 검집에서 튀어나와 허공을 갈랐다. 하나밖에 없는 횃불이 만들어낸 희미한 빛 아래로 검 그림자가 이리저리 날아올랐다. 소원계는 사방이 완전히 제압된 상태였지만 전혀 동요하지 않고 상대방의 공세를 막은 뒤 빈틈으로 몸을 빼치면서 허공에 검을 내리찍었다. 어느 것이 허상이고 어느 것이 진짜인지 구분하기 힘든 검 그림자 세 개가 나타났다.

묵치후는 아무렇게나 검을 휘둘러 막더니 조금 더 사나워진 눈빛으로 차갑게 말했다.

"다시."

소원계는 호흡을 조절하며 다시 한 번 뛰어올라 검의 환영을 만들어냈다.

묵치후가 무표정하게 말했다.

"다시."

그의 이런 훈련 방식에 이미 익숙해진 소원계는 기죽지 않고 다시 검을 휘둘렀다. 이렇게 두 번 세 번 반복하자 그가 만들어낸 검의 환영은 다섯 개로 늘어났다.

마지막으로 그를 물리친 묵치후의 눈동자에도 드물게 웃음기가 어렸다.

"지난번 헤어진 뒤로 게으름을 피우지는 않았구나."

"누구는 나면서부터 운이 좋아 아버지와 형님이 열심히 탄탄대로를 열어주었지만……."

소원계는 숨을 고르며 검을 넣었다.

"믿을 곳이 자신밖에 없는 저 같은 사람이 게으름을 피울 여유가 어디 있겠습니까?"

"정말 소평정이 겨우 운이 좋았을 뿐이라고 생각하는 것이냐?"

묵치후는 성가퀴 쪽으로 걸어가며 차갑게 콧방귀를 뀌었다.

"변경의 군영에서 경험을 쌓는 것은 좋은 결정이었다. 허나 자고로 명장이란 운도 따라야 하지만 천부적인 재능도 빠질 수 없지. 설마 1년이 넘는 시간 동안 여태 너와 소평정의 차이를 깨닫지 못한 것이냐?"

그 말이 소원계의 정곡을 정확하게 찔렀고, 반박할 말이 없는 소원계는 어깨를 축 늘어뜨렸다.

"외당숙 말씀이 옳습니다. 확실히 제겐 소평정만 한 재능이 없습니다. 어쩌면 하늘은 이미 저를 한낱 평범한 사람으로 정해놓았는지도 모릅니다. 그간 그 평범함을 인정하지 않은 것도 스스로를 기만한 것에 불과합니다."

"아니, 아니, 그런 말이 아니다."

묵치후는 혀를 쯧쯧 차며 고개를 저었다.

"너는 장림부 둘째 공자보다 뛰어난 점이 많은데 어찌하여 부족한 점을 들어 상대의 장점과 비교하는 게냐? 이 변경이 네게 줄 수 있는 것은 이미 충분히 얻었다. 허나 변경의 군영은 결코 네가 가고자 하는 길이 아니니 기회를 보아 대량의 경성으로 돌아가거라."

소원계는 한참 동안 그의 시선을 마주하다가 의심스러운 눈빛을 지었다.

"저더러 경성으로 돌아가라 하심은 진심으로 제 앞길을 생각하시기 때문입니까, 아니면 금릉성에서 저를 이용할 일이 있으시기 때문입니까?"

묵치후는 직접적으로 대답하지 않고 연신 냉소를 흘렸다.

"예전에도 내게 동해가 너를 어떻게 이용할 생각인지 물었지. 그때 내가 했던 대답을 기억하느냐?"

소원계는 저도 모르게 이뿌리를 악물었다.

"자격이 없다고 하셨습니다."

"지금도 마찬가지다."

묵치후는 얼음 같은 목소리로 가차 없이 말했다.

"다만 그때에 비해 약간 실력이 늘었을 뿐이지. 금릉성에 새 군주가 생겼으니 기회가 차고 넘친다. 설마 내내 이 변경에 틀어박혀 회화장군의 부하 노릇을 할 생각은 아니겠지?"

"언젠가는 돌아갈 생각이지만, 이렇게 소리 소문 없이 돌아갈 수는 없습니다."

소원계는 결연한 표정으로 고개를 저었다.

"소평정이 떠나기 전에 북쪽 변경의 움직임이 심상치 않다고 했습니다. 외당숙께서도 말씀하셨듯이 타고난 재능이 있는 사람이니 그가 그렇게 추측했다면 결코 틀리지 않았을 것입니다. 경성에는 장림군의 동정에 촉각을 곤두세우는 사람이 적지 않으니 변경에서 일어나는 파란이 크면 클수록 제게도 기회가 많아지겠지요. 진정 무슨 일이 일어나는지 보기 전까지는 돌아가지 않겠습니다."

예상을 다소 뛰어넘은 대답이었지만, 묵치후는 화내지 않고 도리어 빙그레 웃었다.

"전보다 훨씬 생각이 치밀해졌구나. 의지도 강해지고. 아주 좋다. 다음 금릉에서 만날 때에는 내게 질문할 자격을 갖추었기를 바란다. 대체 내가 네게서 원하는 것이 무엇인지를."

차분하기 짝이 없는 목소리로 보아 세력을 얻은 래양후가 자신을 위해 일하려 할지 아닌지 따위는 추호도 신경 쓰지 않는 듯했다. 소원계는 절로 의혹에 휩싸여 저도 모르게 머리를 굴리며 눈앞에 있는 이 사람이 어떤 방법으로 자신을 조종하려 들지 곰곰이 생각해보았다.

"문제가 생기면 그때 가서 해결하면 될 일, 어찌 벌써부터 근심하느냐?"

묵치후는 빙그레 웃었다.

"감주성은 금릉성과는 달리 거리마다 장림군의 정예병이 가득하여 나도 이렇게 한번 보러 오는 것이 고작이다. 부디 계속 열심히 노력하도록 해라. 훗날 금릉성에서 다시 만나면 지금 그 의문들이 자연히 풀릴 것이다."

그 가벼운 한마디를 끝으로 천하제일 고수의 그림자는 소리 없이 물러나더니, 횃불 빛이 깜빡하는 순간 빠른 속도로 어둠 속으로 사라졌다. 소원계는 재빨리 주변을 살펴보았지만 다른 사람의 흔적은 찾을 수 없었다. 허리를 숙여 망루 아래에 서 있는 호위병들을 내려다보니 위쪽의 이상을 알아차리지 못한 듯 여전히 가만히 서 있기만 했다. 그는 그제야 한숨을 푹 내쉬며 떨리는 마음을 가라앉혔다.

7월 초순이 되자 먼지를 뒤집어쓴 소평정 일행이 마침내 감주 군아에 도착했다. 그는 장림왕의 막내아들로 어려서부터 군영에서 자랐고 전투에도 몇 차례 참가한 적이 있었다. 각 군영의 주장들은 그가 장림군령을 받은 것에 전혀 반감을 갖지 않고 기분 좋게 받아들였다. 하지만 소평정은 전군을 이끌고 큰 전투를 지휘해본 경험이 없는 자신이 장림군 부원수가 되기에 부족하다고 생각하여 일부러 각 군영에 평소 호칭대로 불러달라고 전했다.

소원계는 장수들 틈에 섞여 군아의 대문 밖까지 마중을 나갔고, 소평정을 만나자 윗사람에 대한 예의로 장림왕의 안부를 물었다.

"보기에는 아직 괜찮으셔."

소평정은 군아 안으로 걸음을 옮기며 대답했다.

"하지만 정무를 보좌하시다보니 매일같이 온갖 복잡한 일이 생겨 골치 아파 하시지."

소원계는 눈을 찡그렸다.

"네가 떠나기 전에 잘 정비해둔 덕택에 북쪽 국경은 평온한데, 백부님 곁에 좀 더 있다 오지 그랬어?"

장림왕 휘하에서 오래 일한 위광도 그가 걱정스러웠는지 자꾸만 고개를 주억거렸다.

"그러게 말입니다. 그간 각 영채와 방어 구역 모두 조용하고 사고도 없으니 전하와 조금 더 시간을 보내셨어야지요."

소평정은 대답하지 않고 서둘러 회의장으로 들어간 뒤 온화한 투로 물었다.

"내가 떠나기 전에 기록하라고 했던 보고서는 모두 가지고 오셨습니까?"

"이제 막 돌아오셨는데 이처럼 서두르실 필요가 있습니까?"

반대하는 투로 말하던 위광이 별안간 뚝 멈추었다. 사람들이 그의 시선을 따라가보니 회의장 밖에서 높이 쌓인 보고서를 들고 정원을 가로질러 오는 동청이 보였다. 동청은 곧 계단을 올라 회의장으로 들어왔다.

"역시 동청이 나를 잘 아는군."

소평정은 얼른 일어나 보고서를 반쯤 받아들고 옆에 있는 작은 탁자에 내려놓았다. 그리고 돌아서서 위광을 위로했다.

"당장 다 보겠다는 것이 아니라 대강 훑어볼 생각입니다. 아무래도 두 달이나 자리를 비웠으니 길다면 긴 시간이 아니겠습니까?"

옆에 있던 소원계가 웃으며 말했다.

"네가 특별히 신경 쓰라고 한 곳은 모두 기록했어. 하지만 적군의 그런 사소한 움직임이 왜 그리 중요한지는 정말 모르겠어."

적의 정황을 통찰해내는 것은 원수 된 사람이 가장 얻기 힘든 능력이었다. 소평정이 이런 판단을 내린 것은 방대하고 잡다한 소식을 분석하고 선별한 덕분이어서 한두 마디로 설명하기 쉽지 않았다. 그래서 그는 빙그레 웃기만 하며 세 사람의 수고를 치하했다.

두 달간의 기록을 모은 보고서는 그 높이가 족히 한 자는 되어, 대강 훑어보더라도 두세 시진은 필요했다. 위광은 늘 하던 군무가 있었고 소원계도 도움이 되지 못한다는 것을 알기에 함께 물러났고, 동청만 불명확한 부분을 설명해주기 위해 남았다. 하지만 두 달간 북쪽 국경의 정세는 소평정이 예상한 것과 크게 다르지 않았고, 상황을 훑어본 것도 생각해둔 바를 입증하기 위해서여서 물을 것이 그다지 많지 않았다. 옆에 앉아 기다리던 동청은 무료한 나머지 시선을 이리저리 돌리다가 소평정 뒤에 시립한 노소가 이상야릇한 표정을 지은 채 소평정의 소매를 흘끔거리는 것을 발견했다. 노소는 몹시 안달이 나는데 차마 재촉하지 못하는 얼굴이었다.

"무슨 일이냐?"

동청이 눈을 찡그리며 가볍게 꾸짖었다.

"둘째 공자를 따라 경성에 한번 다녀오더니 갈수록 절도가 없어지는구나!"

노소가 슬금슬금 그에게 다가와 귀에 대고 속삭였다.

"감주에 남아 계셨으니 모르시겠지만, 장군께서 랑야각에서 비단 주머니를 받아 오셨습니다!"

"뭐라고?"

"랑야각의 비단 주머니 말입니다! 예전에 이야기로만 듣던 것 말입니다!"

노소는 매우 기대에 찬 얼굴로 심호흡을 했다.

"감주로 돌아가면 열어볼 수 있다기에 내내 기다렸는데 이렇게 보고서나 보고 계시지 뭡니까? 보고서에 날개가 달려 날아갈 것도 아닌데……."

"이봐, 노소. 내가 듣지 못한 줄 아느냐?"

소평정이 웃음을 참지 못하고 고개를 들었다.

"오는 길에 말하지 않았느냐? 랑야각의 비단 주머니는 그렇게 신비로운 것이 아니라 사람을 겁주기 위한 것이라고."

노소는 모욕을 당한 양 눈을 부릅뜨며 랑야각의 명예를 지키기 위해 들고일어섰다.

"그럴 리 없습니다!"

"알았다, 알았어."

소평정은 턱을 쓰다듬으며 껄껄 웃고는 보고서를 내려놓고 말했다.

"네가 그렇게 초조해하니 지금 열어보마."

노소는 잔뜩 흥분한 얼굴로 허둥지둥 그 앞에 꿇어앉아 뚫어져라 주머니를 바라보았다. 동청은 노소보다 차분했지만 역시 호기심 어린 눈빛을 감추지 못했다.

소평정은 남들처럼 랑야각의 비단 주머니를 신줏단지 모시듯 하지 않고 아무렇게나 소매 주머니에 쑤셔넣어두었다. 그는 주머니를 꺼내자마자 봉한 끈을 풀고 그 속에서 몇 번 접힌 종이를 끄집어냈다. 종이를 펼칠 때만 해도 그는 여전히 우스워하면서 태연한 눈빛이었는데, 그 내용을 훑어보는 동안 점점 진지한 표정으로 변하고 주머니를 쥔 손가락에도 바짝 힘이 들어갔다.

노소는 긴장해서 아무 말도 못했으나 동청은 걱정스러워 물었다.

"둘째 공자, 뭐라고 쓰여 있습니까?"

"묻지 마세요, 물으면 안 됩니다!"

노소가 황급히 손을 내저었다.

"천기를 누설하면 안 되는 법이니 함부로 묻지 마십시오. 만에 하나 저희에게 알려주실 수 없는 내용이면 어쩌시렵니까?"

"너희에게 알려주지 못할 일은 아니다."

소평정은 결국 다시 미소를 지었다.

"단지 약간 의외였을 뿐이야. 노각주가 준 소식이 정말 쓸모가 있을 줄이야."

"랑야각의 비단 주머니이니 당연히 쓸모가 있지요!"

노소는 대뜸 큰소리를 쳤다가 곧 조심스럽게 물었다.

"그런데…… 대체 무슨 내용입니까?"

"10월 초하루 진시 이각에 녕관(寧關) 남북쪽에서 천구(天狗, 중국 전설에 나오는 짐승으로, 달과 해를 삼켜 일식과 월식을 일으킨다는 전설이 있음—옮긴이)가 해를 삼키는 이상 현상이 나타날 거라는군."

회의장 안은 정적에 휩싸였고, 동청조차 무슨 말인지 알아듣지 못한 듯 멍한 얼굴로 눈만 껌뻑껌뻑했다.

소평정이 설명해주었다.

"노각주께서 올해 10월 초하루에 우리가 있는 북쪽 국경에서 일식을 보게 될 거라고 계산하신 것이다."

"일식이요?"

동청은 화들짝 놀랐다.

"일식은 하늘이 세상에 경고를 하는 것입니다. 백 년에 한 번 볼까 말까 한데 언제 나타날지 계산해낼 수 있단 말씀입니까?"

노소도 마치 신이라도 본 듯 경모하는 표정을 지었다.

"랑야각 노각주께서는 정말…… 정말 신선 같은 분이군요."

"일식은 드물게 나타나는 현상이어서 그에 대해 아는 사람이 많지 않다. 노각주께서 내게 알려주신 것은 북쪽 군민들이 혼란에 빠지지 않도록 미리 준비하라는 것이다."

소평정은 종이를 다시 접어 비단 주머니에 넣고 분부했다.

"하지만 아직 날이 이르고 천문에 관계된 일이니 함부로 소문내지는 말아라."

갑자기 하늘의 해가 사라지면 영문을 모르는 사람들은 자연히 혼란에 빠질 것이다. 동청과 노소는 그때 벌어질 장면이 눈에 선해 황급히 자세를 바로하고 입을 모아 대답했다.

"예!"

감주에 돌아온 그날 보고서를 모두 훑어본 소평정은 이틀 쉰 뒤 사흘째 되는 날 다시 성을 나가 닷새 동안 막산(莫山)에서 감남에 이르는 국경을 꼼꼼하게 둘러보았다. 소원계도 자진해 따라나서 소평정의 생각을 헤아려보려 애썼지만, 돌아올 때까지도 이런 행동의 의미를 이해하지 못해 결국 직접 물었다.

"감주 이북은 이상할 정도로 조용하고 도리어 동안(同安) 쪽에 적병의 수가 늘고 있어. 대유는 올봄부터 석고주(錫高州)를 개간해서 3만 호에 가까운 백성을 이주시켰지."

소평정은 간략하게 대답해주었다.

"그래서 나는 담릉석이 막산 일대를 목표로 삼았을 가능성이 높다고 추측한 거야."

그가 이렇게 설명하자 소원계는 설명을 듣기 전보다 더욱 이해가 가지 않아 차분하게 듣고 있는 노소를 돌아보며 물었다.

"평정이 방금 한 말, 알아들었어?"

"아닙니다."

노소는 떳떳하게 고개를 저었다.

"저는 명령만 알아들으면 됩니다. 장군께서는 주장이시니 그렇게 추측하신 이상 틀림없을 것입니다."

소원계는 멍한 얼굴로 그를 한참 바라보다가 갑자기 쓴웃음을 흘렸다.

"하긴."

막산을 확인하고 돌아온 소평정은 그 후 사흘간 처소에서 나오지 않고 동청에게 군사 보고서와 대유 및 북연에서 온 첩보, 그리고 꼬박 1년간의 날씨 기록을 모조리 가져오게 한 뒤 한쪽에 쌓아 놓고 이따금씩 자료를 뒤적이며 생각에 잠겼다.

여름이 막바지에 이른 7월이 되자 날씨가 선선해졌다. 한 차례 가랑비가 내린 뒤 아침노을이 비단처럼 눈부시게 동쪽 하늘을 붉게 물들였다. 며칠째 혼자 보낸 소평정은 마침내 밖으로 나와 바깥을 지키던 노소에게 분부했다.

"가서 위 노장군과 막남영의 지(遲) 장군을 모셔와라."

막남영의 지 장군은 막 장년에 접어든 사람인데, 직위는 사품으로 장림군 각 영채의 주장 가운데 녕주영의 도(陶) 장군과 비산영의 진(陳) 장군 바로 다음이었다. 부름을 받고 감주로 달려올 때만 해도 신임 부원수가 장수들과 면담을 하는 자리라고 생각했던 그는 군아 회의장에 자신과 위광 단둘밖에 없는 것을 보고 고개를 갸웃했다. 소평정이 진짜 의도를 밝히자 그는 깜짝 놀라 온몸을 부르르 떨었고 정신을 차린 뒤에는 벌떡 일어나 탁자를 내리치며 흥분해 외쳤다.

"절대로 안 됩니다!"

똑같이 얼어붙었던 위광도 그 소리에 퍼뜩 정신이 들어 따라서 펄쩍 뛰었다.

"지 장군 말씀대로 안 될 일입니다, 결코 안 됩니다!"

소평정은 재빨리 손을 들어 앞에 있는 두 사람을 위로했다.

"일단 마음을 가라앉히고 천천히 제 이야기를 들어보십시오."

"주장께서 직접 막산에서 국경을 넘어 대유로 잠입하시겠다니요! 무슨 말로 설명해도 안 됩니다!"

지 장군의 얼굴은 딱딱하게 굳었고 표정은 서릿발처럼 차가웠다.

"우리 장림군은 이미 세자나리를 잃었습니다. 혹여 무슨 일이라도 생기면…… 무슨 낯으로 장림왕 전하를 뵐 수 있겠습니까?"

그 말이 심장을 콕콕 찌르는 바람에 소평정은 어쩔 수 없이 고개를 돌려야만 했다. 한참 만에야 마음을 가라앉힌 그는 두 사람에게 따라오라고 한 뒤 회의실 동쪽 벽에 높이 걸린 지도 앞으로 걸어가 나지막이 말했다.

"보십시오. 우리 장림군이 주둔하는 북쪽 국경 일대는 동안에서 비산, 녕주, 매령, 막산, 그리고 감주까지 총 18만 병사가 포진해 있고, 2년마다 신병을 보충합니다. 국경 부근의 아홉 개 주와 성, 수십 개의 작은 현과 부 가운데 대유의 습격과 노략질을 당하지 않은 곳은 한 군데도 없습니다. 이렇게 전쟁과 변란이 끊이지 않는 나날을 보내는 것이 어떤 기분인지, 두 장군께서 저보다 더 잘 아실 것입니다. 그렇지 않습니까?"

지 장군과 위광은 북쪽 국경에 상주하는 사람이라 소평정의 말에 공감하지 않을 수 없었다. 두 사람은 서로를 바라보며 아무 말도 하지 않았다.

"강왕 담릉석이 황속군 원수 자리를 꿰찼으니 양국의 싸움은 피할 수 없는 일입니다. 그가 지금 어느 정도까지 준비를 하고 있는지, 그의 검 끝이 어디를 노리고 있는지 우리는 전혀 모릅니다. 이런 상황에서 영채를 공고히 하고 지키기만 하는 것은 결단코 국토를 지키는 최선의 방책이 될 수 없습니다."

소평정의 말에 지 장군은 눈살을 찌푸리며 다소 누그러진 목소리로 말했다.

"담릉석이 우리 대량의 국상 기간을 놓치지 않을 것임은 각 영채의 주장들 모두 알고 있습니다. 허나 대유의 동정을 조사하기 위해서라면 첩자를 보내면 될 일이지, 회화장군께서 친히 가실 필요는 없지 않습니까?"

위광도 그 말에 지지했다.

"아무렴, 직접 가실 필요는 없지요!"

"첩자도 필요하지만 명확한 지령 없이는 그들이 보내오는 소식이 우리가 원하는 것이라고 장담할 수 없습니다. 직접 대유에 다녀오지 않으면 다음 계획을 세우기가 어렵습니다."

소평정이 탁자 옆에 놓아둔 패검을 들고 손가락을 퉁기자 눈처럼 하얀 검날이 검집 밖으로 살짝 튀어나와 모습을 드러냈다. 그는 웃으면서 말했다.

"다시 말하지만, 어쨌든 저는 수년간 무예를 익혔으니 위험한 상황을 맞닥뜨렸을 때 해결하지는 못한다 해도 달아날 수는 있습니다."

지 장군과 위광도 그와 대련해본 적이 있어서 일대일로 싸울 때 자기 목숨을 지킬 능력이 있다는 사실은 의심하지 않았다. 하지만 적국에 잠입했다가 발각되었을 때 처할 상황은 일대일 대련과는 완전히 달라 천하제일 고수인 묵치후라도 안전하게 빠져나온다는 보장이 없었다. 그의 이런 주장은 두 장군을 설득하기에는 확실히 부족했다. 위광은 즉시 고개를 저으며 단호하게 말했다.

"대유는 말할 것도 없고 누막(樓漠) 같은 소국조차 함부로 드나들기가 쉬운 줄 아십니까? 둘째 공자께서 비록 무예가 출중하고 담력이 크다 해도 너무 위험합니다. 단 한 번의 실수가 돌이킬 수 없는 상황을 만드는 겁니다!"

"너무 긴장하지 마십시오. 북쪽 일은 항상 형님이 맡으셨고 대유의 수도는 국경과 멀리 떨어져 있으니 나를 알아볼 사람은 없습니다."

소평정은 편안한 표정으로 싱긋 웃었다.

"위험한 일이야 있겠지만 우리 같은 군인의 삶이란 본래 안전하지 않은데, 이것도 무섭고 저것도 두렵고 해서야 되겠습니까?"

여기까지 들은 두 장군은 그가 이미 결심을 해서 달래봐야 마음이 바뀌지 않을 것임을 깨닫고 더욱 안색이 어두워졌다. 분위기가 가라앉자 소평정은 재빨리 차를 따라 두 사람을 먼저 자리에 앉히고 세부적인 잠입 계획과 데려갈 사람들에 관해 설명했다. 덕분에 화제는 구체적인 계획으로 옮겨가, 가야 하는지 아닌지에 대한 문제는 구렁이 담 넘듯 넘어가고 말았다.

"사람이 많으면 눈에 띄기 쉬우나 호위병 열 명은 충분하지 않습니다. 아무리 그래도 스무 명은 데려가야지요. 상대(商隊)로 꾸미면 그럴듯할 것입니다!"

"지 장군 말씀이 옳습니다. 스무 명으로 하시지요. 참, 데려가실 부장은 노소뿐입니까? 그 덤벙거리는 자를 어디에 쓰시려고요? 적어도 동청은 데려가셔야지요!"

"그렇군요, 동청은 세심해서 가장 쓸모가 있을 것입니다. 일깨워주셔서 감사합니다, 위 장군."

"그 외에도 이번 일은 무척 은밀하게 진행해야 합니다. 우리 막남영에서는 직접 안내와 접응을 맡은 사람 외에 다른 누구에게도 알리지 않을 것입니다. 감주영은 어찌하시렵니까?"

"우리 감주영이야 더더욱 걱정할 것 없습니다. 부장 두 명과 래양후에게만 알릴 것이고, 출발에 필요한 준비는 모두 조용히 진행할 것입니다."

세 사람이 이야기를 주고받으며 세부적인 사항을 결정하자 모든 계획이 거의 정리되었다. 지 장군은 걱정이 태산인 얼굴로 연신 차를 벌컥벌컥 들이켠 뒤 정신을 가다듬고 두 손을 포개어 작별인사를 한 다음 맡은 일을 처리하기 위해 급히 돌아갔다.

그때쯤 위광이 정신이 돌아왔는지 얼굴을 팽팽히 당기며 엄숙하게 말했다.

"기한은 최대 두 달로 미리 정하겠습니다. 둘째 공자께서 기한을 넘기시면 저는 반드시 경성에 계신 장림왕 전하께 보고를 올릴 것입니다."

소평정도 본디 속히 다녀올 생각이었고, 자신이 짊어진 책임

의 무거움을 잘 알기에 그러마고 약속했다. 위광은 그래도 마음
이 놓이지 않아 동청과 노소를 불러 오랫동안 조목조목 당부를
했다.

창서검 당성

—
09
—

대량과 대유 두 나라는 오랜 적대 관계로 국경에서는 늘 전쟁이 끊이지 않았으나 이상하게도 국교가 단절된 적은 한 번도 없었고, 제3국을 거쳐 입국한 상대를 통해 각 지방의 물품을 거래하곤 했다. 소평정은 막산에서 잠입한 뒤 상대로 변장할 계획이었다.

묵치후가 남몰래 다녀간 뒤로 무언가 해야 한다는 조급함에 시달리던 소원계는 북쪽의 동향을 파악할 기회를 놓치고 싶지 않아 당연히 따라가겠다고 적극 주장했다. 소평정도 그 부탁을 진지하게 고민해보았지만, 아직은 강호 경험이 부족하다는 생각에 감주에 남으라고 좋은 말로 권했다.

예정된 날짜 하루 전날 모든 준비가 완료되었다. 소평정이 저녁 수련 후 방으로 돌아와 씻고 일찍 쉬려는데 갑자기 침실 밖에서 문을 두드리는 소리에 이어 두중의 목소리가 들려왔다.

"둘째 공자, 계십니까?"

금릉성 제풍당의 명의로서 소평정과 함께 군영으로 온 두중은 감주에서 크나큰 환대와 신임을 받았다. 타국에 가려면 어느 정도 상비약이 필요했기에 동청은 우선 그에게 준비를 맡겼다.

"풍한을 예방하는 약과 풍토병을 완화시키는 약, 습사(濕邪, 습기로 인한 병—옮긴이)와 외상 치료약을 각각 두 병씩 챙겨 노소 장군께 드렸습니다."

두중이 들어와 예를 갖춘 뒤 물었다.

"혹시 달리 필요한 것은 없으십니까?"

어떤 약을 가져가야 할지는 의원인 그가 가장 잘 알 텐데 일부러 찾아와 묻자 소평정은 다소 이상하게 생각하면서도 웃으며 대답했다.

"상비약이면 충분하오. 신경 써주어 고맙소, 두 의원."

"별말씀을요."

두중은 목청을 가다듬으며 한참 우물쭈물하다가 입을 열었다.

"참, 며칠 전에 소식을 들었는데 저희…… 낭자가 녕주를 지나 계속 북으로 올라가고 있다고 합니다. 도중에 방향을 틀지 않았다면 지금쯤은 아마…… 대유의 경내에 들어가셨을 겁니다."

처음 듣는 소식에 소평정은 순간적으로 심장이 쿵 내려앉았다.

"임해가 대유에 있다고? 확실하오?"

"낭자가 자주 소식을 전하지 않으니 제 추측일 뿐입니다."

두중은 살짝 눈을 내리뜨며 한숨을 쉬었다.

"둘째 공자와 낭자는 인연이 있으신지 우연히 만나지기도 하니 이번에도 마주치실지 모르지요."

시간과 세월이 상실의 고통을 깎고 또 깎아 둥글게 만들어주었지만, 그 아픔을 완전히 치유해주지는 못했다. 긴장된 두 나라의 관계와 어깨를 짓누르는 장림군의 중책이 소평정의 힘과 활력의 태반을 앗아간 탓에 설령 타국에서 다시 만난다 해도 맺힌 지 오래된 마음의 응어리를 직시할 힘이 남아 있을지는 그 자신도 알 수 없었다.

"둘째 공자께서 몹시 긴요한 일로 계도(薊都)에 가신다는 것은 잘 압니다. 두 분이 마주치시든 아니든 그래도 아시는 편이 낫다고 생각했습니다."

두중은 소식을 전하러 왔을 뿐 길게 떠들 생각이 없었기 때문에 해야 할 말을 마치자 곧 허리를 숙이고 물러났다.

문이 닫히면서 공기 흐름이 바뀌며 탁자 위를 밝힌 등불이 몇 차례 흔들리자 방 안 그림자도 이리저리 움직였다. 별안간 소평정은 임해가 역병에 걸려 위험한 고비에 처했던 그날 밤을 떠올렸다. 그때도 바깥은 이렇게 까맸고, 등불은 이렇게 희미했다. 그녀는 엷은 눈물이 한 겹 덧씌운 눈동자로 그윽하게 그를 바라보면서 나지막이 말했었다.

"…… 당신은 내가 상상하던 것보다 훨씬 좋아요……."

그날 밤 이후로 소평정은 목에 건 은쇄를 슬그머니 끌러 광택헌의 작은 궤짝에 잘 숨겼다. 그 일은 아무에게도 말하지 않았고, 마음속으로만 이름뿐인 약혼녀에게 사과를 전했다. 아버지 대에서 어떤 약속을 하고 무슨 기대를 했건 반드시 짊어져야 할 책임이 있는 것도 아니요, 끊을 수 없는 인연도 아니었다. 이것은 바로 순수한 마음의 흔들림이자 한 번도 경험해보지 못한 새로운 감정이었고, 그녀의 손을 꽉 잡고 영원히 함께하고 싶은 마음이었다.

그러나 그 후 닥쳐온 운명의 거친 파도가 마음을 표현할 기회를 주지 않았다. 진상을 안 뒤 가장 고통스럽던 나날 속에서도 애를 쓰고 발버둥 쳐보았지만 그는 끝내 용기를 내지 못했다. 그에게는 부왕이 있고 형수가 있고 어린 조카가 있었다. 그리고 장림군의 책임도 있었다. 그래서 쓰러질 수 없었고 더욱이 무너질 수도 없었다. 임해를 피해 감주로 달아난 것은 어쩌면 확실한 해결 방법이 아니었는지도 모르지만, 당시 그가 찾을 수 있는 유일한 구원이었다.

등불이 흐물흐물 힘을 잃고 구리 등잔 바깥에 걸리면서 불빛이 점점 어두워졌다. 소평정은 손을 뻗어 하나뿐인 빛을 눌러 끄고, 칠흑 같은 어둠 속에서 나무 침상에 누워 억지로 잠을 청했다.

원락 바깥을 지키는 호위병들의 교대 시간이 되었는지 가벼운 발소리가 들려왔다. 차분하고 가지런하고 절도 있는 발소리 사이로 먼 곳에서 다급히 다가오는 또 하나의 발소리가 섞여들었다. 고요한 밤중이라 확연히 구분되는 소리였다.

소평정은 벌떡 일어나 부싯돌로 탁자의 등에 불을 붙였다. 노르스름한 불빛이 다시금 방 안을 채우는 동시에 바깥의 문이 활짝 열리면서 동청이 다급히 뛰어들었다. 급히 달려오느라 숨소리가 거칠었다.

"보고드립니다, 장군. 방금 석개(席鎧)가 보낸 최신 전선 소식이 도착했습니다. 강왕이 이미 계도를 떠나 반성(磐城)으로 가고 있다고 합니다."

소평정은 저도 모르게 찬 숨을 들이켰다. 반성은 대유의 남쪽 국경에 있는 최대의 성시로, 황속군 주 영채가 주둔하는 곳이었다. 담릉석이 완영과 격렬하게 싸울 때 경성을 떠났다는 것은 군의 위엄을 세우려는 결심이 굳세다는 뜻이었다. 양국의 정세는 예상보다 더 긴박했다.

"반성은 계도와는 달리 절반이 군호이니 몸을 숨기기가 쉽지 않을 것입니다."

동청은 걱정스럽게 눈을 찌푸리며 권했다.

"상황이 바뀌었으니 둘째 공자께서는 가지 않으시는 것이 좋겠습니다. 할 일을 제게 자세히 알려주시면 모두 완수하지는 못하더라도 십중팔구는 해낼 수 있습니다."

"아니."

소평정은 고개를 돌려 긴 의자 위에 놓아둔 대유의 장포를 바라보았다. 눈빛이 무겁게 번쩍였다.

"상황이 그럴수록 내가 직접 다녀와야 해."

강왕의 움직임은 적국에 잠입하려는 소평정의 결심에 영향을 미치지 못했으나 계획의 상세한 부분은 부득이하게 조정할 수밖에 없었다. 일행 스무 명은 이틀간 막산을 넘은 뒤, 본래 정했던 것처럼 계도로 비단을 팔러 온 상대가 아니라, 커다란 마차 세 대에 쌀로 빚은 술을 싣고 누막국의 술 상인으로 변장하여 관도를 따라 곧바로 반성으로 달려갔다.

대유의 조정 관제는 대량과는 크게 차이가 없으나 옷차림은 약간 달라서 소매 폭이 좁고 옷깃이 짧았다. 가장 크게 구별되는 것은 건축 양식인데, 대유의 집들은 위로 휘어진 처마나 서까래가 거의 없고 대부분 벽돌로 벽을 쌓아 평평한 나무로 지붕을 얹은 형태로 층 높이도 다소 낮은 편이었다. 반성은 당연히 계도처럼 번화하지 않았지만, 남부 군아와 황속군 원수부가 모두 이곳에 있고 성에서 채 십 리도 떨어지지 않은 곳에 주 영채가 주둔하고 있는 큰 성시였다. 이 때문에 성시 규모가 경성에 비해 그리 작은 편도 아니고 세습 군호들도 무수히 배치해두었다. 고급 군관들은 숫제 경성의 건축물을 본떠 널찍한 원락을 짓기도 했다. 성안에는 상점과 술집, 객잔이 모두 갖추어져 있었고, 심지어 불교 사찰과 백신교 사원도 있었다.

막산 북쪽에서 소평정을 접응한 사람은 스물 일고여덟 살의 젊은이로, 이름은 석개였다. 그는 5년 전에 첩자로서 계도에 잠입해 상등품 차와 술을 제공하는 큰 상점을 열었는데 이제는 기반을 닦아 인맥도 제법 있었다. 명을 받아 남쪽으로 내려온 그가 이 '상인들'에게 준 통행증과 증명서는 모두 진짜여서 반성에 들어갈 때 아무런 소란도 일지 않았고 성안에서 가장 큰 객줏집에 순조롭게 방을 구했다.

하룻밤 쉰 뒤 소평정은 일찍 일어나 간단하게 아침을 먹고 성안의 분위기를 살피기 위해 노소와 석개를 데리고 나갔다. 변경의 다른 성시들과 마찬가지로 객잔과 객줏집에는 주로 수많은 타지 사람이 잠시 머물다 가곤 했기 때문에 관부에서 관리하고 순찰하기 쉽도록 이런 장소들은 성안 곳곳에 퍼져 있지 않고 동쪽 골목에 모여 있었다. 이 구역을 벗어나 서쪽으로 골목 몇 개를 지나자 길이 훨씬 넓어졌다. 양쪽에 자리한 집들은 일괄적으로 보수를 했는지 가지런하게 배열되고 높이도 똑같았는데 지은 지 오래되어 벽을 만든 돌들이 바람에 침식당한 흔적이 보였다. 낡은 거리에 비해 중심가 한가운데 우뚝 솟은, 붉은 칠에 청기와를 얹은 관아는 유난히 이목을 끌었다. 줄지어 선 병사들이 극을 들고 관아를 지켰고, 쉼

없이 오가는 행인들은 십여 장쯤 멀리 피해 지나갔다.

석개가 소리 죽여 말했다.

"둘째 공자, 저곳이 황속군의 원수부입니다. 소식을 알아봤는데, 강왕은 이미 주 영채로 떠나 부중에는 없다고 합니다."

소평정은 말없이 고개를 끄덕이고 한가롭게 걸음을 옮겨 원수부 주 도로 옆에 있는 오래된 나무로 향했다. 나무 아래에 서서 주위를 살피려는데 별안간 큰길 저편에서 징소리가 요란하게 울리더니 정예병 두 무리가 달려와 창으로 길 가는 사람들을 가로막았다. 곧이어 눈부신 의장을 갖춘 마차 한 대가 나타나 친위병에 둘러싸인 채 곧바로 원수부로 다가왔다.

노소가 경악한 목소리로 물었다.

"기세를 보아하니 강왕이 돌아온 모양인데요?"

석개는 멈칫하더니 미심쩍은 듯 고개를 저었다.

"그, 그럴 것 같지는……."

두 사람이 이야기하는 사이 지붕 끝에 검은 깃털을 단 사두마차는 어느새 원수부 대문 앞에 멈추었다. 호위병들이 발판을 내리고 가리개를 높이 올리자 마흔 살가량의 유생 같은 남자가 시종의 부축을 받으며 마차에서 내려 느긋하게 대문으로 들어섰다.

소평정은 심장이 미친 듯이 뛰고 얼굴에서는 핏기가 싹 가셨다. 손가락이 저도 모르게 장포 속에 숨겨둔 단검 자루를 움켜쥐었다.

"담릉석이 저렇게 생겼습니까?"

노소가 궁금증을 참지 못하고 목을 쑥 뺐다.

"아닙니다."

석개가 침중한 얼굴로 입을 열었다. 목소리가 까칠까칠했다.

"저 사람은 강왕이 아니라…… 황속군 전임 원수, 완영입니다."

완영. 장림군과 북쪽 국경에서 10년간 싸워온 가장 위험한 적. 장림왕부의 대들보를 뽑아낸 그 뼈에 사무치는 삭월만도는 바로 그가 펼친 것이었다.

소평정의 기분을 충분히 상상할 수 있던 노소와 석개는 걱정스러운 나머지 동시에 좌우에서 그의 옷자락을 잡아당기며 소리 죽여 불렀다.

"둘째 공자……."

소평정은 눈을 질끈 감고 아무 말 하지 않았다. 이곳이 어디인지도 알고, 이런 상황에서 경솔하게 행동하면 안 된다는 것도 잘 알고 있었다. 그래서 그는 가슴속에 끓어오르는 혈기와 분노를 이 악물고 억누르면서 돌아설 수밖에 없었다.

예상 못한 완영의 출현에다 성안에서 살펴볼 곳은 거의 훑어보아 남아 있을 이유가 없어진 세 사람은 곧 골목으로 물러나 왔던 길을 따라 돌아갔다.

어느새 정오가 가까워 인파가 점점 늘어나고 있었다. 청장년 열에 대여섯은 병사 군복을 입고 있었고 교위 계급의 군관도 한두 명 마주쳤다. 소평정은 너무 서두르면 이목을 끌까봐 일부러 행인들의 속도에 발걸음을 맞추었고, 이따금씩 좌우를 돌아보며 한가롭게 거니는 척했다.

네거리에 이르러 수직으로 교차한 골목으로 시선을 던지는데, 골목 어귀를 쓱 지나가는 그림자가 시야 끝에 걸렸다. 그는 약간 하얘진 얼굴로 우뚝 걸음을 멈추었다. 하지만 다시 똑바로 바라보았을 때, 방금 스쳐간 치맛자락이 환상인 듯 골목 어귀는 텅텅 비어 있었다.

"둘째 공자, 왜 그러십니까?"

소평정은 대답하지 않고 제자리에서 한참을 말없이 서 있었다. 계속 되뇌어보았지만 방금 본 그림자가 임해인지 아닌지 확인할 방법이 없었다. 제풍당은 대유의 경성에도 분점이 있으니 의원인 임해가 계도에 있다면 양국이 교전을 하더라도 위험을 피할 수는 있었다. 하지만 국경 지역인 반성에 있다면 상황은 달랐다.

"이 부근에 약재상이 있나?"

석개는 뜻밖의 질문에 어리둥절해 한 박자 늦게 대답했다.

"있습니다. 저쪽으로 가면 장터와 상점이 모인 거리가 있는데, 성안의 큰 약재상은 거의 저곳에 있을 것입니다."

소평정은 즉시 그가 가리킨 골목을 향해 달려갔고, 남겨진 두 사람은 이유도 모른 채 뒤를 쫓았다. 장터가 들어선 거리 전체는 과연 석개의 말대로 약재상들이 드문드문 있었다. 소평정은 하나씩 찾아 들어가 주인에게 임해의 모습을 설명하며 누이인데 혹시 본 적이 있느냐고 물었다. 세 번째 상점에서 마침내 주인이 고개를 끄덕이고 웃으며 말했다.

"그런 낭자가 오늘 다녀가긴 했습니다. 무근자(蕪芹子)를 사겠다기에 한 상자 보여주었더니 그게 아니라 뿌리째 필요하다 하더군요. 우리 집이 무근자를 가장 많이 다루고 있습니다만, 약으로 쓰는 것은 열매뿐인데 뿌리째 가지고 있는 곳이 어디 있겠습니까? 그래서 뿌리와 잎, 꽃이 모두 필요하면 성 밖 서쪽의 사산(柔山)에 들어가 직접 찾아야 한다고 일러주었습니다."

소평정은 숨이 살짝 가빠졌다.

"그래서…… 사산으로 갔습니까?"

주인은 심각하게 고개를 저었다.

"그간 이레 내내 폭우가 쏟아져 산길이 미끄러울 텐데 그리 가서야 되겠습니까? 그 낭자에게도 적어도 내일 아침까지는 기다렸다가 산기슭에서 약초꾼을 찾아 길 안내를 받아 가라고 했지요."

임해가 랑야산을 떠난 것도 갖가지 약초를 두루 살펴보기 위해서였으니 주인이 한 이야기와 꼭 맞아떨어졌다. 소평정은 마음을 가라앉히고 두 손을 모아 감사인사를 한 뒤 돌아섰다. 뒤따르던 석개가 노소를 잡아당기면서 걸음을 늦추어 거리를 조금 벌리더니 속삭이듯 물었다.

"둘째 공자께 누이동생이 계셨습니까? 장림왕 전하 슬하에 군주가 있다는 이야기는 못 들었는데요."

"없지요."

노소는 머리를 긁적였다.

"저도 둘째 공자께서 누구를 찾으시는지 모르겠습니다. 돌아가서 동청 장군에게 물어보는 수밖에요."

앞서가던 소평정이 뒤를 돌아보자 두 사람은 허겁지겁 걸음을 빨리했다.

대량이 파견한 첩자 가운데 석개는 최고 고수라 할 수 있었으나 그의 주요 활동 범위는 계도이기 때문에 반성은 대강만 알 뿐 성 밖 황속군 주 영채에 관해서는 거의 알지 못했다. 소평정의 이번 대유행 목표는 적군의 군사 정보를 좀 더 깊이 알아내는 것이었으니 몇 년 전 적 영채에 심어둔 또 다른 첩자와 연락이 닿아야 했다.

동청이 함께 오지 않고 객줏집에 남은 것도 매우 중요한 이 임무를 완수하기 위해서였다.

며칠간 쏟아진 비 때문에 객줏집 마당에는 여기저기 흙탕물 구덩이가 생겼고, 야무지지 못한 행상인들이 곳곳에 축축한 진흙 발자국을 찍어놓아 몹시 더러웠다. 동청은 일꾼으로 변장한 친위대들과 함께 깨끗이 청소한 다음, 마당 남쪽 곁채 밖에 초막을 치고 탁자를 놓아 청자 술단지 네 개를 올려놓고 거래처를 기다리는 행색을 갖추었다.

약속한 시간에서 한참이 지났지만 만나려는 사람은 그림자도 보이지 않았고, 다른 물건을 구하러 온 현지 상인 두 명이 관심을 보였다. 그들은 멀리서 한참을 흘끔거리다가 숫제 초막으로 들어와 먼저 말을 걸었다. 쓸데없는 이야기를 하고 싶지 않던 동청은 술단지를 뜯고 두 잔을 따라 맛보여주었다.

두 상인은 기분 좋게 잔을 받아 한 모금 홀짝거리더니, 무척 마음에 드는지 입맛을 다시며 남은 술을 꿀꺽꿀꺽 들이켰다.

"술이 참 좋구려! 당신네 누막 사람들은 술 빚는 솜씨가 일품이구려!"

칭찬이 끝나자 그 중 한 사람이 호기심조로 물었다.

"낯이 선 얼굴인데 처음 왔소?"

동청은 자신만만한 얼굴로 대답했다.

"우리 집 술맛이 아주 일품이라 지금까지는 북연에서 다 팔려서 이곳에 올 일이 없었소. 그런데 올해 들어 그쪽에 전쟁도 많고 정세도 갈수록 불안해지니 장사하는 사람이라면 누가 가고 싶어 하겠소? 그래서 노선을 튼 것이오."

"그럼 대량에 가지 않고?"

동청은 콧방귀를 뀌었다.

"대량 사람들은 계집애들처럼 과실주나 좋아하지 무슨 수로 이런 독한 술을 삼키겠소? 팔리지도 않을 게요!"

대유 사람들은 독주를 잘 마시는 것을 자랑스러워했기 때문에 그 말을 듣자 와자그르르 웃음을 터뜨렸고 분위기는 더욱 화기애애해졌다.

그때 대유 황속군 복장을 한 마르고 키 큰 남자가 마당으로 들어섰다. 그는 주위를 휘 둘러본 뒤 그들 쪽으로 걸음을 옮겼다. 동청은 재빨리 개봉한 술단지를 한 상인 손에 쥐여주며 싱글싱글 웃었다.

"이렇게 만난 것도 인연이니 선물로 드리리다. 거래처 사람이 왔으니 한담은 여기서 끝내야 할 것 같소."

흥정을 해서 몇 단지 사보려던 두 상인은 군에서 온 사람을 보자 더는 말을 걸지 못하고 고맙다고 인사하며 물러갔다.

동청과 접촉한 남자는 호송(胡松)이라 했는데, 북쪽 변경에서 태어나 산에서 사냥을 하다가 부모가 난전에서 목숨을 잃자 군에 투신했다. 대유의 말씨를 쓸 줄 알고 영리하기도 했기에 첩자로 뽑혔고, 호적을 위조하여 황속군 영채에 잠입한 지 2년여가 지나 지금은 십장(什長)이 되어 있었다. 아직 고위급 정보에는 접근하기 힘든 위치였지만 그래도 기본적인 정보는 알 수 있었다.

"술 사는 일을 맡는 것은 쉬웠는데 하필이면 영채를 나오자마자 새로 온 금오자를 만났지 뭡니까?"

호송은 약속 시간에 늦은 것을 상관이 걱정할까봐 술을 맛보는 척하면서 설명했다.

"반성에 온 지 얼마 안 되어 잘 모르니 꼭 같이 나가서 길 안내를 해달라더군요. 정말 겨우 틈을 보아 떼어놓고 오는 길입니다."

대유의 조정은 군공을 중시하여 무관의 지위가 높았고, 이 때문에 계도의 권세가들은 직위를 잇지 못하는 차남들에게 호위병을 딸려 군에 보내곤 했다. 군에서 자리를 잡으면 곧 출셋길이 열리는데다 설사 적응을 못하거나 견디지 못하더라도 경력에 나쁠 것이 없었기에 이런 사람들이 점점 늘고 있었다. 황속군에서는 신분은 높지만 대부분 오래 머물지 않는 이 권세가의 공자들을 '금오자'라 부르며 별도로 관리했다.

"공교롭게 되었지만 어쩔 수 없지."

동청은 그렇게 위로하며 정보를 물으려다가 소평정이 성큼성큼 들어오는 것을 보고 움찔했다.

"둘째 공자, 어찌 이리 일찍 돌아오셨습니까?"

소평정도 군복을 입은 사람이 동청 앞에 서 있는 것을 보자 접촉한 첩자라고 짐작했다. 때가 정한 시간보다 꽤 늦었기 때문에 슬며시 걱정이 되었으나 동청이 재빨리 상황을 설명해주었다.

"금오자와 동행했다면 오래 머물 수는 없겠군. 물을 것은 많지만 짧게 끝내지."

소평정은 호송의 어깨를 두드리며 빙긋 웃었다.

"최근 강왕의 동정은 어떤가?"

하급 병사였다가 첩자가 된 호송은 이렇게 높은 상관을 보는 것이 처음이라 다소 흥분해 침을 꿀꺽 삼키고 곧장 대답했다.

"보고드립니다. 강왕이 온 지는 벌써 반달이 되었습니다. 반성이 군영보다 훨씬 편하기 때문에 일반적으로는 원수부에 머물러야 하는데, 이번에는 반성에서 딱 하루만 쉬고 이튿날 곧바로 영채로 들어가 몸소 훈련과 준비 상태를 감독하면서 바짝 조이고 있습니다. 군중에는 그가…… 분명히 대규모 행동에 나설 것이라는 소문이 돌고 있습니다."

소평정은 눈썹을 찡그리며 생각에 잠긴 채 중얼거렸다.

"직접 영채로 가서 볼 수 있다면 좋겠군."

석개 등은 그 말에 화들짝 놀랐지만, 도리어 호송은 그들보다 태연하게 받아들이며 눈을 살짝 찌푸린 채 고개를 끄덕였다.

"둘째 공자께서 분부만 하신다면 당연히 내응해야겠지요. 하지만 아무래도 저는 하잘것없는 십장에 불과하고 영채 안팎으로 초소가 겹겹이 있으니 하나하나 넘을 때마다 위험이 이만저만이 아닐 것입니다."

위험을 두려워하지 않는 소평정의 성품을 잘 아는 동청은 할 만하다는 말이나 마찬가지인 호송의 흐리멍덩한 반응에 다급히 손을 내저으며 낮은 소리로 끼어들었다.

"이는 단순히 위험의 문제가 아닙니다. 제 생각에는……."

그 말이 채 끝나기도 전에, 객줏집 마당 입구에서 또랑또랑한 소리가 들려왔다. 자못 신이 난 목소리였다.

"우와, 호송. 여기 있었군! 이쪽은 분명히 성 동쪽인데 왜 성 서쪽으로 간다고 했나? 다행히 누가 길을 알려주어 찾았다네."

호송은 안색이 싹 변했지만 재빨리 손아귀를 꽉 꼬집어 정신을 가다듬자 돌아서는 얼굴에는 어느새 웃음이 어려 있었다. 그는 허리 숙여 예의를 갖추었다.

"이곳은 너무 시끄러워 공자께서 오실 만한 곳이 못 됩니다. 복음루에서 잠시 기다려달라 말씀드리지 않았습니까? 장관께 올릴 술을 사는 데는 얼마 걸리지 않으니 오후에 백신원으로 모셔갈 생각이었습니다."

그때쯤 나타난 이가 호송이 동행한 금오자라는 것을 알게 된 다른 사람들도 순식간에 술 판매상으로 돌아갔다. 동청이 술단지를 들고 한 그릇 가득 따르며 웃었다.

"호 나리, 저분도 군의 장관이십니까? 마침 잘되었습니다. 저희 집 술맛 좀 보시지요!"

술 향기가 퍼지자 그 금오자는 코를 킁킁거리며 기분 좋게 다가왔다. 그는 스물 대여섯 살의 청년으로 군복 대신 계도에서 유행하는 옷깃을 사선으로 재단한 짧은 도포에 허리띠를 묶은 차림을 하고 있었다. 마른 몸집에 무척 준수하게 생긴 그는 초막 아래로 와서 술 한 모금을 입에 넣고 잠시 음미하더니 싱긋 웃으며 말했다.

"평정, 오랜만이야."

주위 사람들은 하나같이 펄쩍 뛸 듯이 놀랐고, 주변 공기는 바짝 얼어붙었다. 친근한 말투가 아니었다면 동청은 아마 그 자리에서 칼을 뽑았을 것이다. 놀라고 당황한 분위기 속에 오로지 소평정 혼자 느긋하게 이마를 짚고 믿을 수 없다는 듯이 고개를 저었다.

"네가 대유의 금오자? 정말 사람 놀래는 데는 일가견이 있어."

나타난 사람은 함박웃음으로 대답을 대신하며 주위를 휘휘 둘러보았다.

"트인 곳이기는 하지만 누가 엿들을 염려는 없겠군. 그래도 길게 이야기할 곳은 못 되니 안으로 들어가는 게 어때?"

소평정은 고개를 끄덕이고 석개와 호위병 몇 명에게 바깥에서
상황을 지켜보게 한 뒤, 남은 이들을 데리고 통째로 빌린 객당으로
갔다. 방으로 들어가 문을 닫자 그는 맨 먼저 영문을 모르는 부하
들에게 소개했다.

"이쪽은 내 오랜 벗, 당성(唐晟) 소협(小俠)이다."

당성이라는 이름은 평범하지 않았기 때문에 그 말이 떨어지자
마자 노소가 엉겁결에 소리를 질렀다.

"설마 그…… 그 창서검(蒼栖劍) 당성?"

타향의 옛 벗

—

10

—

백 년 가까이 전해져온 한해검이나 천천검 등과는 달리 창서검이
라는 이름은 기껏해야 20여 년 전 수차례 랑야 고수방 으뜸으로
꼽힌 창서도장(蒼栖道長)에 그 기원을 두었고, 그 의미 또한 진짜 검
법을 가리키는 것이 아니라 그저 당성이 그 절정 고수의 전인이라
는 것을 나타낼 뿐이었다.

　누막에서 출가한 창서도장은 나이 쉰에 느닷없이 강호에 나타
나 수년 동안 고수방 으뜸을 차지한 뒤 또다시 느닷없이 은퇴를 선
언했다. 강호인들의 머릿속에서 창서도장은 전설적이고 신비로운
인물이라 할 만했다. 마지막으로 오랜 친구들을 만날 때 그는 너덧
살짜리 남자아이를 데려와, 그 아이를 마지막 제자로 받아들여 성
심성의껏 가르치며 만년의 위안으로 삼겠다고 말했다.

　그날 이후로 세상에서 다시는 창서도장의 소식을 들을 수 없게
되었고, 흘러가는 세월 속에 새로운 풍운이 일면서 강호인들은 점
차 일세를 풍미했던 절세의 고수를 잊어갔다. 그러나 산에 은거한
늙은 도사는 사람들 몰래 줄곧 랑야각과 교분을 유지하면서, 오륙

년마다 한 번씩 랑야산에 올랐다. 그 덕분에 소평정도 그의 마지막 제자를 알게 되었다. 어른들과 마찬가지로 아이들 역시 몇 년에 한 번 만날 뿐 평소에는 왕래가 없었지만, 나이가 비슷하고 성정도 잘 맞아 서로 무척 마음에 들어 했고 일찌감치 상대방을 벗으로 여기고 있었다.

1년 전쯤, 당성은 정식으로 강호에 출사했다. 랑야각은 전례대로 명단을 새로 만들었고, 특출 난 이 젊은 검객은 곧바로 고수방 4위를 차지했다. 그러는 동안 거의 모든 이가 이렇게 물었다. 당성이 누구지? 누가 당성이야? 호기심 많은 사람들이 이곳저곳에서 그에 관한 소식을 캐내기 시작했고, 성미 급한 이들은 숫제 은자를 갖고 랑야산에 올라 직접 답을 얻으려 했다. 랑야각이 이 거래에 응했는지 어떤지는 아무도 알지 못했다. 사람들이 아는 것은 올해 발표된 명단에서 '당성'이라는 이름 뒤에 친절하게 주석이 덧붙여져 있다는 것이었다. '북연, 창서검.'

그 짤막한 글은 사람들에게 20년 전에 한 번 모습을 드러냈던 꼬마를 떠올리게 했고, 짙게 뒤덮였던 신비로움은 순식간에 흩어졌다. 창서도장이 은퇴한 후 길러낸 제자라는 것이 알려지자 당성의 순위는 더욱 주목을 끌었다. 사람들 입에 오르내리는 화젯거리는 곧 그의 조국, 북연으로 옮아갔다.

탁발한해검은 사막의 작열하는 바람처럼 뜨겁고, 거칠게 출렁이는 바다처럼 힘이 넘쳐 늘 북연의 검법 중 으뜸으로 꼽혔고 역대 전인들은 모두 랑야 고수방의 단골이었다. 백여 년간 그 순위에는 기복이 있었으나 북연의 고수들 사이에서는 지금껏 순위가 뒤집힌 적이 한 번도 없었다. 지금껏, 당성이 나타나기 전까지.

젊은 탁발우는 한해검을 이어받은 지 채 3년이 되지 않았으니 체면을 따지고 호승심을 부릴 만한 나이였다. 북연의 조정이 이토록 혼란스럽지만 않았다면 그 혈기 왕성한 귀공자는 벌써 당성을 찾아와 고하를 가르려고 했을 것이다.

"듣자니 랑야산 기슭의 최대 도박장에서는 두 분이 반년 안에 일전을 벌일 것인가를 두고 내기를 했다더군요. 판돈이 벌써 10만 냥이나 쌓였다고 합니다."

랑야방 고수를 처음 만나본 노소는 잔뜩 흥분한 나머지 목소리조차 훨씬 뾰족해져 있었다.

정작 소평정은 자신의 부장이 랑야각에 관한 소문에 이렇게 훤한 줄 전혀 모르고 있었다. 그는 성가신 듯 노소를 무시하고 곧장 당성에게 물었다.

"이곳저곳 둘러보며 견식을 넓히느라 바쁘다고 들었는데 언제 대유까지 온 거야? 금오자라는 신분은 또 뭐지?"

당성은 누가 청하기도 전에 스스로 차를 따라 한 모금 마신 뒤 대답했다.

"제씨 성을 가진 이 권세가의 자제분 일이라면 그야말로 우연이었지. 그자는 군공을 세우려고 시종 10여 명과 함께 변성으로 출발했는데 도중에 병을 얻어 내가 투숙하던 객잔에서 죽고 말았어. 그 혼란을 지켜보다가 순간적으로 마음이 동해 몰래 통행증과 임명서를 훔쳐 그 흉내를 낸 거야."

세심한 동청이 곧바로 물었다.

"그 금오자는 죽었어도 시종들이 있잖습니까? 설마 직접……"

그는 말을 맺지 않고 손으로 목을 긋는 시늉을 해 보였다.

당성은 웃음을 참지 못했다.

"나는 그렇게 잔인한 사람이 아니야. 주인이 죽었으니 시종들은 당연히 경성으로 보고하러 돌아갔지, 구태여 군영으로 갔겠어?"

계도에 사고를 알린 뒤 다시 반성으로 소식을 전하려면 적어도 두 달 정도는 시간이 걸렸다. 당성의 이 대답은 타인의 신분으로 군영에 잠입한 목적이 무엇이든, 예정된 기간은 두 달보다 길지 않고 오래 머물 생각이 없다는 뜻이 분명했다.

"솔직히 말씀드리면 금오자 흉내가 아주 그럴듯하셨습니다."

호송이 탄식을 불어내며 동시에 의아한 얼굴로 물었다.

"하지만 도무지 가늠이 되지 않습니다. 대체 무엇을 하시려고 고작 한 달 머물기 위해 군영에 오신 겁니까?"

"별것 아니야. 사부님의 명으로 천하를 주유하며 견식을 넓히는 중인데 지금까지는 이렇게 가까이에서 군영을 경험해본 적이 없거든."

당성은 말을 하다 말고 미간을 문지르며 소평정을 바라보았다.

"내가 이렇게 말하면 넌 당연히 안 믿겠지?"

"안 믿지."

소평정은 주저 없이 고개를 끄덕였다.

"강호를 주름잡는 너 같은 협객이 우연히 병사한 금오자를 만나 갑자기 그 흉내를 낼 생각을 했다고? 시종들이 경성으로 돌아갔다면 군영에 데려간 호위병들은 어디서 났지? 설마 그들도 갑자기 생각나서 불러 모은 건가? 뭐, 그 부분은 나중에 생각하더라도 영채에 들어간 뒤에 허점이 드러나지 않을까? 경성에서 온 다른 사람들이 이상하다고 생각지는 않았어? 이런 일은 사전에 위험을 예

157

측할 수가 없어서 말처럼 그리 간단하지 않아. 네가 시간과 힘을 들여 위험을 무릅쓰고 이 고생을 해서 얻는 것이 뭐지? 견식을 늘리고 가까이서 지켜보는 거?"

당성은 눈을 내리떴다. 입가에 걸려 있던 웃음이 서서히 사라지고 입에서는 긴 한숨이 흘러나왔다.

"너도 알다시피 나는 네 살 때 부모님과 헤어져 사부님께 가르침을 받으며 누막 산속에서 자랐기 때문에 조국에 대한 마음이 깊지는 않아. 하지만 평정, 조국은 누가 뭐라 해도 조국이야. 대연은 내가 태어난 나라이고 내 피와 살 속에 뿌리를 내리고 있어서 완전히 끊어낼 수는 없어. 그 점은 누구보다 네가 더 잘 알 거야."

당성이 대유의 복장을 하고 눈앞에 나타난 순간부터 소평정은 그가 분명 북연 읍경의 정치 상황에 휘말렸다고 짐작하고 있었다. 오랜 벗의 이런 선택에 평을 할 생각은 추호도 없었다. 하지만 함께 협객이 되자고 했던 어린 시절의 약속을 아무도 지키지 못하게 되었다는 사실에 약간 마음이 아팠다.

"북연 조정에서는 파벌이 나뉘어 불과 물처럼 싸우고 있는데 어느 쪽에 투신할지는 생각해봤어?"

당성은 살짝 고개를 끄덕였다.

"너처럼 총명한 사람이 그릇된 결정을 할 리는 없겠지."

소평정은 가슴 앞으로 팔짱을 끼며 다시 눈썹을 추켜올렸다.

"하지만 북연과 대유의 국경을 지키는 황속군 영채는 연경(延慶)에 있는데 반성 영채에는 무슨 일이야?"

"내가 연경에 가고 싶지 않은 줄 알아?"

당성은 유감스러운 듯 어깨를 으쓱했다.

"금오자가 희귀하지는 않지만 매년 새 사람이 나타나는 것도 아니야. 우연히 죽은 자를 만났는데 그 임명장에 반성으로 가라고 쓰여 있으니 난들 어쩌겠어? 적군의 원수를 가까이에서 관찰하는 것도 쉽게 얻을 수 있는 기회는 아니잖아? 내가 원하는 좋은 일만 고를 수는 없지."

"그래서 뭘 알아냈어?"

당성은 곧바로 대답하지 않고 입을 꾹 다물면서 어린 시절 벗을 향해 몸을 살짝 기울였다.

"평정, 직접 들어가서 보고 싶지 않아?"

"당 소협!"

옆에 꿇어앉아 있던 동청이 반대를 표하며 벌떡 일어났다. 그가 말을 하려는데 소평정이 만류했다.

당성이 왜 먼저 이런 제안을 꺼냈는지, 소평정은 동청보다 더 잘 알고 있었다. 지난날 대유는 북연에게 음산의 길을 빌려 대량을 공격했는데 비록 패배했으나 철군하면서 남익(南翼)을 점거함으로써 그 서남쪽 입구 한쪽을 무너뜨렸다. 국력이 정상이었을 때는 주요 골짜기와 보급선을 가지고 있어 조그마한 남익을 수복하는 일쯤 어렵지 않았지만, 북연은 장장 2년 동안이나 아무 행동도 취하지 못했다. 이로 보아 그 병력이 얼마나 약해졌는지 짐작할 수 있었다. 지금 담릉석은 반성의 영채에서 대규모 군사 행동을 준비하고 있었고 그 칼날이 겨누는 것은 틀림없이 장림군이었다. 북연의 입장에서는 먼저 움직일 힘이 없는 이상 황속군이 곧 일어날 큰 싸움에서 참패하면 할수록 땅을 수복하기가 쉬웠다. 오랜 교분이 아니더라도 지금 당성이 소평정을 도우려는 마음은 진실이라 볼 수 있었다.

"정말 나를 데려갈 방법이 있어? 얼마나 자신 있는 거야?"

"완전히 장담하지는 못하지만 성공 가능성이 8할은 되겠지."

당성은 확신에 차 있었다.

"이번에 부하 열 명을 데리고 나왔는데 초소에서는 전체 인원수만 확인하지 절대 한 사람 한 사람 얼굴을 기억하지 않아. 하지만 나올 때 반성에서 이틀 묵고 오겠다고 했으니 내일 돌아갈 수는 없고 모레나 가능해."

"잘됐군."

소평정은 도리어 안도의 숨을 쉬었다.

"내일은 꼭 해야 할 중요한 일이 있어서 어차피 갈 수도 없어."

"그래? 적군을 살피는 것 외에도 중요한 일이 있다고? 무슨 일인데?"

소평정은 눈을 살짝 내리뜨고 차분하게 말했다.

"양국에 전운이 감도는데 친구가 이곳 반성에 있어. 반드시 찾아내 빨리 떠나라고 해야 해."

"친구라면 당연히 그래야지."

시원시원한 성품인 당성은 자세히 묻지 않고 웃으며 일어나 당부했다.

"나는 복음루에 묵고 있어. 사람들에게 물어보면 알 거야. 내일 가서 할 일은 하되 반드시 저녁에는 돌아와야 해. 모레 아침 일찍 출발이야."

소평정은 고개를 끄덕이고 따라 일어나 거래처를 대접하는 상인처럼 그와 호송을 배웅했다. 주도면밀한 석개는 분부가 없었는데도 호송이 가져갈 술단지를 수레에 실어놓고 따라갈 '점원'도

정해놓고 있었다. 호송은 일부러 꼼꼼하게 점검하고 값을 치른 뒤 물건을 실은 수레를 끌고 당성과 함께 떠났다.

감주에서 출발하기 전부터 두중에게 임해가 대유에 있다는 소식을 들었던 동청은 소평정의 한마디에 상황을 눈치 채고, 객방으로 돌아간 뒤 틈을 보아 조용히 물었다.

"임 낭자가 정말 반성에 있습니까?"

"그래, 하지만 어디에 묵고 있는지는 몰라. 내일 사산으로 간다고 들었으니 찾을 수 있을 거야."

"찾을 수 있다면 좋겠군요."

동청은 살며시 안도의 숨을 내쉬다가 이내 모레 있을 일을 떠올리고 다시 눈을 찌푸렸다.

"정말 당 소협과 함께 가실 겁니까? 아무리 그래도 그분은 북연 사람이고 만나지 못하신 지도 몇 년째인데……."

"나는 당성을 잘 알아. 당성 같은 고수와 같이 움직일 수 있다는 것은 오히려 운이 좋은 거야."

"당 소협 본인이야 그렇지만, 지금 두 분이 가시려는 곳은 황속군의 주 영채입니다."

소평정은 빙그레 웃었다.

"물론이지. 적군의 상황을 살피려는데 적 영채로 가지 않고 백신원으로 갈 수는 없잖아?"

"하지만 당 소협의 말대로라면 둘째 공자 한 분만 데려가시고 저희는 갈 수 없습니다. 만에 하나……."

"동청."

소평정은 그의 말을 끊고 부드럽지만 단호한 투로 말했다.

"전에 형님을 따랐을 때에도 형님의 결정을 모두 이해하지도, 찬성하지도 않았을 거야, 그렇지?"

동청은 한참 동안 멍하게 있다가 비로소 '예' 하고 가볍게 대답했다.

"하지만 마음속으로 믿음이 있었기에 이런 식으로 반대한 적은 거의 없었어. 적어도 나는 그런 모습을 본 적이 없어, 그렇지?"

동청은 눈시울을 붉히며 고개를 숙였다.

"내가 걱정되어 좋은 마음에 그런다는 것은 알아."

입술이 바르르 떨렸지만 소평정은 애써 마음을 가라앉혔다.

"확실히 말하지만, 지금 내가 하는 모든 일은 두 번 세 번 생각해서 결정한 것이지 결코 일시적인 충동으로 마음대로 하려는 게 아니야. 동청, 정말 나를 믿고 싶은지 자신에게 물어봐."

마지막 한마디를 하면서 소평정의 목소리는 약간 잠기고 피로가 묻어 있었다. 그는 상대방의 대답을 기다리지 않고 어깨를 꾹 잡아준 뒤 곧장 자신의 방으로 들어갔다.

동청은 넋이 나간 듯 제자리에 서 있었다. 뜨겁게 타올랐던 이마가 서서히 식어갔다. 그는 감주영으로 돌아가기로 결심한 뒤부터 주저 없이 부장으로서의 직무를 다했지만, 지금껏 자신의 생각을 진지하게 다듬어보지 못했다. 소평정이 방금 한 말에 담긴 무력함과 슬픔이 별안간 그를 일깨웠고 처음으로 한쪽으로 치우친 자신의 기분을 깨달았다.

신임 장림군 부원수와 그의 형은 의심할 바 없이 완전히 다른 사람이었다. 버릇, 성격, 행동 방식까지 모든 방면에 커다란 차이가 있었다. 소평장에게 적응된 동청은 이런 다른 점을 너무 신경 쓰고 확대 해석하는 바람에 두 형제의 가장 닮은 중요한 부분을 놓치고 있었던 것이다.

바로 용기, 책임, 그리고 능력이었다.

적절한 진언을 하는 것은 부장으로서의 직무지만 주장의 결정을 끊임없이 의심하는 습관은 언젠가 선을 넘어 그를 더 이상 함께 갈 수 없는 짐과 부담으로 만들어놓을 것이다. 일단 따르기로 선택한 이상 가장 기본적인 믿음과 지지를 바치는 것이 마땅했다. 지난날 그 사람 곁에서 그랬던 것처럼.

그날 저녁 동청은 오랫동안 깊은 생각에 잠겨 밤늦도록 전전반측하다가 겨우 잠이 들었다. 이튿날 아침 날이 밝기도 전에 살그머니 일어난 소평정은 조용히 부장의 침상을 지나 물을 길어 세수를 하고 간단히 식사를 한 뒤 마당으로 나갔다. 그리고 바깥을 지키던 호위병에게 조용히 행방을 밝히고 혼자 객줏집을 떠나 사산으로 향하는 북성문으로 달려갔다.

반성의 성문은 묘시 일각에 열리는데, 변경이라 통행증 조사가 엄격하여 통과 속도가 느렸기 때문에 급한 일이 있는 여행자들은 미리 성문 앞에서 줄을 서서 기다리곤 했다.

임해가 북문에 도착한 것은 성문을 지키던 병사가 막 빗장을 풀고 있을 때였다. 초소 앞에는 벌써 스물 남짓한 사람들이 줄을 서 있었다. 특별히 서두를 필요가 없는 그녀가 조용히 맨 뒤에 서려는데 크고 힘 있는 손 하나가 불쑥 나와 그녀의 팔을 붙잡았다. 튀어나오려던 비명을 억지로 삼킨 임해는 팔을 잡아끄는 힘을 따라 순순히 중심가를 벗어나 외지고 인적 없는 골목으로 들어섰다.

소평정은 손을 놓고 주위를 둘러보았다. 만나지 못한 1년 사이 그의 뺨은 눈에 띄게 야위어 있었다. 이를 본 임해는 마음속에서 부드러운 정이 솟구치는 동시에 은은한 아픔을 느꼈다.

"감주에 있어야 하는 게 아닌가요? 어떻게 이곳으로 왔죠?"

"할 일이 있어서 왔다가…… 우연히 당신을 봤소."

임해의 입가에 애처로운 미소가 피어올랐다.

"사실은 별로 보고 싶지 않았겠지요, 그렇죠?"

"아니, 그런 건 아니오. 그리 단순하게 말할 일이 아니오."

소평정은 고통스럽게 고개를 저으며 다소 멍한 눈빛을 지었다.

"나야말로 당신을 탓할 자격이 없는 사람이오. 나도 자주 당신 생각을 하고 지난날을 떠올리곤 하오. 하지만 임해, 아무리 그리워도 당신을 보기만 하면 난도질을 당하는 것처럼 마음이 아프오. 잘못이라는 것은 알지만 멈출 수가 없소. 노력도 해보았지만 정말이지 어쩔 도리가 없었소."

임해는 살며시 손을 들고 소매로 그의 이마에 배어나온 땀을 훔쳐주며 부드럽게 물었다.

"그렇다면 어째서 일부러 나를 찾았나요?"

소평정은 심호흡을 하면서 정신을 가다듬었다.

"반드시 당신을 데리고 돌아가야 하기 때문이오."

임해는 깜짝 놀랐다. 오로지 의술밖에 모르는 그녀는 시국과 나라의 정세 변화에 민감하지 못했지만 대유의 변경에 있는 동안 전운이 몰려들고 점점 긴장이 고조되는 것은 충분히 느낄 수 있었다. 소평정이 지금 신분으로 이곳에 나타난 것을 볼 때 그 결론은 듣지 않아도 뻔했다.

"전쟁인가요?"

소평정은 살짝 고개를 끄덕이고 소리를 죽였다.

"이번에 나를 따라온 사람들 중에 당신도 잘 아는 동청이 있소. 그가 보살펴줄 거요. 내일 사람을 두 갈래로 나눌 것이오. 당신은 동청을 따라 먼저 국경으로 가서 백가역참에서 기다리시오. 나는 한 친구와 함께 성 밖 군영을 둘러볼 예정인데, 순조롭게 진행되면 하루 정도 늦게 도착할 거요."

'군영을 둘러본다'고 가볍게 설명했지만 임해는 그 진짜 의미를 알아듣고 저도 모르게 찬 숨을 들이쉬었다. 하지만 언제나 이성적이고 차분한 그녀는 재빨리 자신이 도움이 되지 않는다는 판단을 내렸다. 할 수 있는 일은 오로지 짐이 되지 않는 것뿐이었기에 그녀는 억지로 마음을 추스르며 고개를 끄덕였다.

"알았어요. 그렇게 결정한 데에는 그만한 이유가 있겠지요. 당신을 믿어요."

소평정은 심장에서 뜨거운 것이 치밀어올라 충동을 이기지 못하고 임해를 힘껏 끌어당겨 품에 안았다. 그리고 그녀의 귓가에 떨리는 목소리로 속삭였다.

"미안하오. 도망쳐도 소용없다는 걸 알지만…… 지금은 그럴 수밖에 없소. 약속하오. 감주에 돌아가거든 꼭 이야기를 해봅시다."

의녀의 손바닥이 그의 등을 부드럽게 어루만졌다. 마치 옷을 지나고, 뼈와 살을 지나고, 고통스럽고 애달프던 수많은 나날을 지나 갈라지기 시작한 상처를 치료하는 듯한 몸짓이었다.

"괜찮아요. 언제든, 어디서든, 당신이 그 이야기를 하고 싶을 때면 나는 항상 그곳에 있을 거예요."

아픔을 꽁꽁 싸매어 마음속 깊이 묻는 일에 익숙해진 탓일까, 소평정은 곧 이 잠깐의 충동에 고삐를 당기고 평정심을 되찾았다. 그는 임해를 데리고 골목을 통과해 객줏집으로 돌아갔다.

그때 동청은 상인으로서 해야 할 일들을 마무리 짓고 성안에 떠도는 최신 소문을 알아보기 위해 석개를 파견한 참이었다. 임해를 본 그는 매우 기뻐하며 서둘러 호위병들을 지휘하여 독방을 마련하고 그녀가 쉴 수 있게 해주었다. 1년 전쯤 비산영에서 감주영으로 온 노소는 장군의 '누이'라는 사람을 처음 보고 몹시 의아해하며 동청을 붙잡고 한참을 캐물었고, 이야기를 듣고 나자 탄식했다.

"둘째 공자도 참, 저렇게 곱고 연약한 젊은 낭자는 좋은 집에서 잘 보살펴야 하는데 바깥을 떠돌며 비바람을 맞게 하시다니요."

남녀 간의 일이라면 흔히 이렇게들 생각했기에 동청도 그 말이 틀렸다고는 못했지만, 그렇다고 아주 옳은 말이라고 느끼지도 않아 눈을 흘기며 차갑게 말했다.

"참새가 기러기의 뜻을 어찌 알겠나? 임 낭자의 재주가 얼마나 높은지 자네가 알 리 없지."

노소는 멍한 표정으로 물었다.

"참새가 기러기를 어쨌다고요? 제가 그런 어려운 말을 모른다는 것 뻔히 알잖아요!"

두 사람이 그런 이야기를 하고 있을 때 나간 지 한 시진도 안 되어 석개가 허둥지둥 뛰어들더니 곧바로 소평정에게 달려가 최신 소식을 전했다.

"완영의 전초부대가 막 성을 나갔다고? 확실한가?"

"분명합니다. 잘못된 소식일까봐 직접 남쪽 성문으로 가서 확인했습니다."

중군(中軍)은 전초부대보다 하루 늦게 출발하는 것이 관례였다. 완영은 경성에서부터 긴 여행을 통해 어제 막 도착했으니 지쳐 있는 것이 당연했지만, 벌써 전초부대를 내보낸 것을 보면 정적인 담릉석이 다소 서두르는 것을 알고 잠시 정비만 한 뒤 곧바로 만나러 갈 생각인 듯했다.

"잘됐군. 완영도 내일 주 영채에 간다면 장수들의 이목이 그에게 집중될 테니 나와 당성은 훨씬 여유가 생길 것이다."

소평정은 잠시 생각한 다음 동청을 돌아보며 분부했다.

"원래 계획대로 너희는 먼저 성을 나가 백가역참에서 기다리도록 해라."

동청은 고개를 끄덕이며 짧게 대답했다.

"예."

단순한 성품에 꿈도 소박한 노소가 끼어들었다.

"원수 자리를 빼앗겼으니 분명히 강왕의 발목을 잡으러 왔겠지요. 서로 사이가 틀어져서 싸움이라도 하면 좋겠는데……."

소평정은 우습다는 듯이 그를 흘끔 바라보았다.

"완영은 용병술도 주도면밀하지만 전쟁터 밖에서의 솜씨도 뛰어나다. 강왕 역시 성미는 포악하지만 아무리 그래도 조정에 오래 몸담은 사람이지. 둘 다 여간내기가 아니니 서로 맞서는 사이라고는 해도 네 말처럼 유치한 짓은 하지 않을 것이다."

노소는 다른 장림군 병사들처럼 완영 이야기만 나오면 콧대가 높아졌다.

"둘째 공자께서는 늘 완영이 어려운 상대라고 하시지만 우리와 싸워서 이긴 적이 한 번도 없는 자입니다."

그가 꿍얼거리자 소평정은 눈을 살짝 찡그리며 엄숙한 표정을 지었다.

"하지만 그때마다 얼마나 위험했는지는 너희도 직접 보았을 것이다. 감남의 싸움에서 그자는 우리 보급선이 끊어진 것을 어떻게 알았는지 그 틈을 타 공격했고, 형님은 생사의 위기에 처하셨다. 녕주의 삭월만도에서는 각 나라의 정세를 이용해 혼자 힘으로 공격을 퍼부었지. 결국 실패하기는 했지만 모두…… 모두 북연에서 정보를 미리 알려준 덕분이었다. 무엇보다 두려운 것은 그자가 병사를 소중히 여기고 공을 세우기 위해 위험을 무릅쓰지 않는다는 것이다. 일단 상황이 좋지 않으면 즉각 손해를 감수하고 물러나니 보통 사람은 따를 수 없을 만큼 심지가 굳은 인물이지. 그가 계속 황속군을 맡았다면 우리에게는 그 주력을 공격할 기회조차 없었을지 모른다."

지금까지 그에게서 이런 말을 들은 적이 없는 사람들은 순식간에 침묵에 잠겼다. 훈시가 끝나자 노소가 조그만 소리로 물었다.

"완영이 그렇게 대단한 사람이라면 어째서 대유 황제에게 내쳐졌을까요?"

소평정은 창밖을 향해 몸을 돌렸다. 그의 눈동자에 어둠이 내려앉았다.

"원수 자리에 있는 사람이 마음먹은 대로만 할 수 없다는 것은 어느 나라나 비슷하다. 제3자인 우리가 그 속사정을 어떻게 알겠느냐? 파벌 간에 얽히고설킨 이익은 고사하고 완영의 교활하고 변화무쌍한 전법만 생각해보더라도 용맹하고 사나우면서도 오만한 무적 철기군을 대유의 모든 사람이 좋게만 보지는 않겠지."

　장림군 사람들이 작은 마당에서 황속군 전임 원수에 대해 이야기하고 있을 때, 당성도 완영의 전초부대가 성을 나갔다는 소식을 들었다. 소평정과 마찬가지로 그 역시 예상 밖의 유리한 조건이며 내일 행동에 영향을 주지 않을 것이라고 생각했다. 그날 저녁 소평정이 찾아가자 두 사람은 세부 내용을 상의하면서 더욱 낙관적으로 보고 8할 정도 성공할 자신이 생겼다.

　이튿날도 날씨가 맑아 아침노을이 하늘 가득 번졌다. 오늘 완영의 행차가 출발할 테니 중심가와 성문이 통제될 가능성이 높았다. 객줏집과 복음루의 사람들은 새벽부터 움직여 첫 번째 인파를 따라 성을 나섰고 간단히 작별인사를 나눈 뒤 각자 길에 올랐다.

　황속군 주 영채와 반성은 겨우 이삼십 리밖에 떨어지지 않아 쾌마를 달리면 반 시진도 걸리지 않았다. 관도 입구에서 내려 정식으로 주 영채의 원문(轅門)으로 들어가기까지 초소가 세 군데 있어 외부인이 잠입하거나 돌파하는 것은 불가능했다. 하지만 제법 세력 있고 잘 알려진 금오자가 영채로 돌아갈 때는 검사가 무척 간단해서 두 번째 초소에서 인원수를 확인하는 동안 약간 지체된 것 외에는 순조롭게 통과할 수 있었다.

　당성은 출사한 후 각 나라를 전전한 순수 협객으로, 전쟁에 나가본 적이 없고 군무에 관해서도 잘 알지 못했다. 하지만 어젯밤 소평정이 영채에 숨어들어 어떤 것을 살펴보고자 하는지 자세히 설명해주었고, 두 사람은 이미 가장 빠른 동선을 짜놓고 있었다.

　예측한 대로 완영의 전초부대에서 통보를 받은 영채의 분위기는 다소 어색해져 있었고 고급 장수들은 원수 장막 쪽에 정신이 팔려 있었다. 두 사람은 빠르게 주변을 둘러보면서 전체 병력 규모와 병과의 비율을 셈하고, 이어서 핑계를 대고 군수품 창고로 들어가 군량과 마초, 병기, 마차, 군마 등의 비축량을 살폈다. 대충 훑었을 뿐이지만 경험 있고 눈치 빠른 소평정은 일부만 보고도 전체를 추측해 대략적인 판단을 내릴 수 있었다.

"느낌이 어때?"

마지막으로 마초를 확인하고 나오면서 줄곧 아무 말이 없던 당성이 비로소 입을 열었다.

소평정은 무척 무거운 표정이었다.

"이번에 정말 잘 온 것 같아. 담릉석은 벌써 전쟁 준비를 마쳤고 마지막 소집만 남았어. 빠르면 한 달 안에 출정할 거야."

"그 말이 아니야. 그러니까…… 이길 수 있겠어?"

소평정은 눈꼬리를 살짝 올리며 아무 대답이 없었다. 그때 별안간 멀리서 누군가 소리 높여 외쳤다.

"관서(管西)! 관서!"

제관서는 당성이 지금 위장하고 있는 금오자의 이름이었다. 두 사람은 즉시 몸을 돌려 소리 나는 쪽을 바라보았다. 유격 기마대 장군 복장을 한 중년 남자가 빠른 걸음으로 다가오고 있었다. 그는 당성과 꽤 사이가 좋은지 친근한 말투로 투덜거렸다.

"한참을 찾았네! 원수…… 아, 아니지. 완 대인께서 오신다는 것을 모르는가? 완 대인께서 직을 내려놓으신 후 군기가 흐트러졌다는 말을 듣지 않도록 모든 의종장군(儀從將軍)에게 원문 밖으로 나가 영접하라고 전하께서 명하셨네. 늦었다가 경을 치지 말고 어서 가게!"

심오한 하늘의 길

―
11
―

대유의 의종장군은 숙직 호위병과는 달리 원수를 수행하거나 중
요 군사 회의 때 영채 밖을 지키는 직책으로, 팔품 이상의 무관이
맡게 되어 있었다. 계도성에서 직접 임명하여 파견하는 금오자들
은 계급이 높고 대부분 제대로 된 일을 하지 못하기 때문에 보통
겉치레용인 의종장군을 맡았다. 인물 좋고 서글서글한 당성이 팔
품 장군의 포를 두르고 원수의 장막 앞에 서 있으면 확실히 눈에
띄어, 담릉석 역시 그를 무척 좋게 보고 처음 만났을 때부터 따로
불러 집안에 대해 물었다. 물론 결과적으로 뉘 집 자제인지 기억해
주지는 않았지만 그래도 잘 보살펴준 덕분에 보름 동안 벌써 몇 차
례나 장막 수비를 서게 해주었다.

당성이 그런 직무까지 맡은 줄은 꿈에도 몰랐던 소평정은 웃음
을 참으면서 그를 따라 원문 밖으로 달려갔다. 완영은 10여 년간
황속군의 원수였기 때문에 강왕이 의종장군들에게만 영접하라는
명을 내렸는데도 원문 밖에는 사람들이 새까맣게 모여 있었다. 고
급 장교 수십 명이 열을 지어 서자 당성은 어쩔 수 없이 문 안으로

물러서야 했고 소평정은 숫제 외곽으로 밀려났다.

길잡이를 하는 징이 울리고 여음이 메아리치는 가운데 약속한 시간이 되자 저 멀리 관도 방향에서 검은 깃털과 길쭉한 깃발이 바람에 펄럭이며 눈앞에 나타났다. 수백의 정예병으로 둘러싸인 완영의 마차가 덜커덩덜커덩 달려와 원문 밖에서 몇 장 떨어진 곳에 멈추었다. 시종들이 재빨리 발판을 갖다놓았다.

마르고 호리호리한 사람이 느릿느릿 마차에서 내림과 동시에 열을 이루고 기다리던 장수들이 일제히 두 손을 척 모으고 허리 숙여 예를 갖추었다. 완영은 온화하게 고개를 끄덕여 답하며 사람들을 둘러보듯 시선을 움직였다. 원문 아래 원수의 자리는 텅 비어 있었지만 그는 특별한 표정을 짓지도 않고 서두르거나 미적거리는 기색 없이 소매를 정리한 뒤 여유롭게 서서 기다렸다.

잠시 후 영접을 나온 사람들이 파도가 갈라지듯 좌우로 나뉘더니 비로소 담릉석이 고개를 높이 들고 나타났다. 씩씩한 걸음걸이에는 평소보다 힘이 들어가 있어 그 발에 차인 모래가 먼지를 폴폴 일으켰다.

완영이 손을 들고 허리를 숙이며 미소 띤 얼굴로 인사했다.

"강왕 전하께 인사 올립니다."

담릉석은 일부러 잠시 기다렸다가 내키지 않는 듯 가볍게 반례를 했다.

"본 왕이 군무로 바빠 손님을 맞이할 틈이 없구려. 무슨 가르침이 있어 천 리 먼 이곳까지 오셨는지 얼마든지 말씀해보시오. 내가 대인을 위해 해줄 수 있는 일이라면 거절하지 않겠소."

완영이 두어 걸음 다가가 온화한 목소리로 말했다.

"전하, 구태여 장병들 앞에서 이러실 필요가 있겠습니까? 장막으로 들어가서 이야기하시는 것이 어떻겠습니까?"

담릉석은 코웃음을 쳤지만 고집부리지 않고 먼저 몸을 돌리면서 양쪽에 손을 저어 보였다. 따르던 심복 장군들은 즉시 그 뜻을 알아차리고 재빨리 모여든 사람들을 해산해 각자 장막으로 돌아가게 한 뒤 당성같이 장막을 지키는 의종장군들만 남겼다.

그 혼란스러운 틈에 당성은 소평정 곁을 지나면서 낮은 목소리로 빠르게 말했다.

"원수 장막 동남쪽 관목 숲."

그러고는 그가 알아들었는지 아닌지 확인하지도 않고 빠른 걸음으로 사라졌다.

소평정은 담릉석의 장막에 가까이 간 적이 없지만 중요한 곳이라 무척 눈에 띄는데다 보통 사람들보다 민첩했기 때문에 강왕이 도착하기 전에 바깥을 훑어볼 수 있었다. 덕분에 곧바로 당성이 한 말의 의미를 깨달았다.

황속군 원수의 장막 주변에는 열 걸음마다 초소가 있고 초소마다 강왕부의 친위대가 두 명씩 지키고 있었다. 그 중 동남쪽 초소 한 군데는 관목 숲에 가려져 이웃 초소를 직접 볼 수가 없었다. 평소에는 영채 안에 병사들이 쫙 깔리고 담릉석이 가까이 부리는 친위대들이 자주 왔다갔다하기 때문에 바깥 초소 사이의 이 자그마한 틈은 안전에 별다른 위협이 되지 못했다. 하지만 정보를 얻을 목적이라면 숨어서 관찰하기에 좋은 곳이었다.

뒤에서 강왕이 장막으로 돌아왔음을 알리는 군례 소리가 들리자 길을 가는 척하던 소평정은 기회를 보아 초소를 기습했다. 공격하고 쓰러뜨리고 감추고 몸을 숨기는 데는 잠깐밖에 걸리지 않았고, 그곳을 지키던 친위대 두 사람은 소리 없이 쓰러져 관목 숲에 처박혔다. 나뭇잎으로 몸을 가린 소평정은 숨을 죽이고 빠르게 주위를 둘러본 뒤 운이 좋았다는 것을 깨닫고 기뻐했다. 좌우의 이웃 초소와 부근 병사들 모두 특별한 반응이 없는 것을 보면 이쪽의 미미한 움직임을 알아차리지 못한 것이 분명했다.

그의 손에 들어간 초소는 장막에서 몇 걸음밖에 떨어져 있지 않았고, 장막 덮개에 매달린 술과 주위에 빽빽하게 꽂힌 깃발, 띠 덤불의 그림자 같은 곳은 소평정이 잠시 숨기에 충분했다. 단지 관목 숲을 벗어난 뒤 몇 걸음 동안은 오른쪽 초소의 감시 범위에 들어가기 때문에 특별히 조심할 필요가 있었다. 신중을 기하기 위해 그는 먼저 제자리에서 몸을 웅크리고 머리를 반쯤 내밀어 잠깐 살핀 뒤, 감시병이 다른 쪽으로 고개를 돌릴 때까지 참을성 있게 기다렸다가 번개같이 장막 쪽으로 몸을 둥글게 말아 움직였다.

중군 원수의 장막은 빈틈 하나 없이 튼튼했다. 소평정은 안을 들여다보기 위해 허리춤에서 비수를 꺼내 조심조심 솔기를 따라 살짝 그었다. 손가락 길이 반쯤 되는 조그마한 구멍이 생기기 무섭게 안에서 분노의 외침 소리가 터져나오는 바람에 그는 화들짝 놀라 하마터면 비수를 잘못 놀릴 뻔했다.

"뭐라고? 지금 본 왕에게 잠시 병사를 안돈시키고 꼬박 두 달 동안 준비해온 계획을 멈추라는 것이오?"

"전하, 진정하십시오."

분노를 터뜨리는 강왕에 비해 완영의 목소리는 훨씬 차분했다.

"소관은 폐하의 제안을 전달하는 것뿐입니다. 아직 이야기가 끝나지도 않았건만 어찌 이리 조바심을 내십니까?"

소평정은 그가 말하는 틈을 타 숨을 죽이고 천천히 눈을 구멍에 가져갔다. 시야는 좁았지만 장막 안 태반을 볼 수 있었다.

담릉석은 뒤쪽을 등지고 서서 싸늘하게 웃었다.

"정말 폐하의 제안이오, 아니면 완 대인 그대의 참언 때문이오? 내가 모를 것 같소? 본 왕이 경성을 떠나자마자 온갖 난잡한 상소들이 폐하께 날아들었소! 포악하고 싸움을 좋아한다느니, 천리를 어긴다느니, 하나같이 케케묵은 이야기들이지. 완 대인, 대인이 수년간 싸워 이기지 못한 장림군이 본 왕의 일격에 무너질까 걱정이오?"

장막 안에 거북하고 답답한 침묵이 감돌았다. 완영의 심복이든 강왕의 부장이든 장막 안에 있는 이들은 철판처럼 표정을 감춘 채 발끝만 뚫어져라 보면서 듣지도 보지도 못하는 척했다.

오랜 침묵 끝에 완영이 천천히 한숨을 내쉬며 몸을 일으켰다.

"전하, 정말로 지금이 대량을 공격하기에 가장 좋은 때라고 생각하십니까?"

"물론이오. 명장이라고 자부해온 완 대인이 어찌 그런 질문을 한단 말이오? 대량의 황제가 죽고 어린 태자가 즉위했소. 소정생은 황권을 제어하기 위해 경성에서 한 발짝도 벗어나지 못하오. 실로 백 년에 한 번 올까 말까 한 기회인데, 어찌하여 내 앞길을 가로막고 모르는 척하는 것이오?"

완영은 무거운 표정으로 고개를 저었다.

"저는 장림군과 10년 가까이 국경에서 맞섰으니 그들을 깊이 알고 있습니다. 장림군의 전법은 표홀하고 재빠르며, 각 영채의 주

장들은 손발이 잘 맞아 결코 소정생 한 사람에게 의지하는 군대가
아닙니다."

"흥, 완 대인이야 늘 장림군 손에 깨어졌으니 체면을 위해 적의
실력을 부풀리는 것이 아니오?"

담릉석도 따라 일어나 얼굴 가득 비웃는 표정을 지어 보였다.

"소정생이 제법 솜씨가 있다는 것은 인정하나, 대량의 조정이
불안한 지금 장림왕은 아마 국경에 마음을 쓰지 못할 것이오. 공
들여 가르친 큰아들이 죽고 군공이나 얻어먹으라고 급하게 막내
를 보낸 것이 고작인데, 그대의 질투 때문에 지금 같은 호기를 헛
되이 포기하면 그야말로 세상 사람들의 웃음거리가 될 것이오."

그와 싸운 지 오래인 완영은 그 성품을 누구보다 잘 알기에 이
런 말에도 격분하지 않고 끈기 있게 권유했다.

"옛 병법에 이르기를, 지피지기면 백전불태(知彼知己百戰不殆, 적
을 알고 나를 알면 백 번 싸워도 위태롭지 않다는 뜻으로, 《손자병법》에 나오는
말―옮긴이)라고 했습니다. 전하께서는 처음 황속군을 맡으셨는데
우리 군을 완전히 아신다 하실 수 있겠습니까? 적에 대해서도 마
찬가지입니다. 장림군의 각 영채들이 어디에 있는지, 주장은 누구
인지, 어떤 전법을 잘 쓰는지, 이런 다양한 것들을 진정 모두 파악
하고 계십니까?"

"본 왕은 흉금이 넓어 군에서 힘써온 노장들을 한 사람도 쫓아
내지 않고 남겨두었소. 알고 싶은 것이 있다면 몇 마디 물으면 될
일이오."

"남에게서 듣는 것과 스스로 전체를 파악하는 것은 완전히 다릅
니다."

"완 대인, 그러니까 전체를 파악하고 있는 사람은 대인뿐이니 본 왕에게 원수의 인장을 돌려달라, 그 말이오?"

"전하께서 믿으시든 아니든 저는 결코 무언가를 되찾기 위해 온 것이 아닙니다. 하지만 전하, 우리 황속군의 전력을 들여 대량을 공격하는 것은…… 국운이 걸린 큰일이니 저로서는 무슨 일이 있어도 저지할 수밖에 없습니다."

"그렇소? 완 대인께서 무슨 이유를 들어 저지할 생각이오?"

"물을 필요도 없이 전하께서 노리는 목표가 어디인지 짐작할 수 있습니다. 막산의 막남영, 아닙니까? 확실히 그곳은 장림군에서 가장 약하니 한 싸움에 승리를 얻으실 것이고, 심지어 그 후로 몇 번쯤 이기시는 것도 가능하겠지요. 허나 그것이 무슨 소용이겠습니까? 최종적으로 대량의 북쪽 방어선을 뚫고 그 땅 깊숙이 밀고 들어갈 수 있으시겠습니까? 그렇지 못하다면 전쟁은 필시 교착 상태가 될 것입니다. 한두 번의 승리가 우리 대유에게 진정으로 가져다줄 이득이 무엇입니까?"

"한두 번의 승리가 무슨 이득이 있느냐고? 하하하, 완 대인, 대인은 군을 이끄는 동안 장림군과 맞서 이겨본 적이 없으니 승리를 손에 넣는 기쁨이 어떤지, 진정으로 얻는 것이 무엇인지 모르는 것도 당연하오."

날카로운 혀로 주고받는 동안 두 사람의 말투는 처음보다 훨씬 뾰족해져 있었다. 줄곧 침착함을 유지하려던 완영마저 미간에 노기를 떠올리며 장막 안을 계속 서성이면서 끓어오르는 감정을 누그러뜨려야 했다.

"저와 전하는 젊을 때부터 알고 지냈고 한때는 벗이기도 했습니다. 그러나 결국 맞서는 사이가 되어 오랫동안 싸워왔으니 제가 전하와의 사이에 놓인 깊은 골 때문에 이러는 것이 아니라 말씀드려도 아마 믿지 않으시겠지요."

담릉석은 무표정한 얼굴로 차갑게 말했다.

"지나간 일은 꺼낼 필요 없소. 누군들 어리고 아둔했을 때가 없었겠소. 허나 본 왕은 이제 그때처럼 아둔하지 않으니 그대가 하는 말은 한 마디도 믿지 않소."

완영은 답답한 듯 한숨을 내쉬며 그에게 다가서서 간절한 눈빛으로 말했다.

"우리 황속군의 철기는 분명 용맹하고 싸움에 능합니다. 하지만 대량의 장림군은 한두 번의 패배로 무너질 적수가 아닙니다. 여력을 남기지 않고 전군이 남하했을 때 만일의 사태가 벌어질지도 모른다는 생각은 해보지 않으셨습니까?"

"마음 놓으시오, 완 대인. 본 왕은 장림군을 조금도 얕보지 않소. 오히려 정반대요. 그들의 실력을 잘 알기에 조정이 불안하고 원수가 없는 지금이 쉽게 오지 않을 기회라고 생각하는 것이오."

완영의 입술에서 차차 핏기가 가셨다. 그는 이뿌리에 힘을 주며 말했다.

"전하께서는 이미 장림군의 약점을 손아귀에 넣었다고 굳게 믿으시는 듯하니 무슨 말을 해도 돌이킬 수 없겠군요?"

"완 대인은 이제 황속군의 원수가 아니니 군무에 대해 그대와 상의할 수는 없는 일."

담릉석은 오만하게 턱을 치켜들었다.

"본 왕은 이미 결정을 내렸고 결코 바꿀 생각이 없소."

마침내 조급해진 완영도 말투가 사나워졌다.

"허나 폐하께서 제안을……."

"폐하께서는 기껏해야 그대가 나를 만나는 것을 허락하셨을 뿐이오. 폐하께서 진정으로 병사를 안돈시킬 생각이셨다면 성지를 내리시면 될 일, 그대가 이렇게 애써가며 나를 설득할 필요가 어디 있겠소?"

담릉석은 조금도 개의치 않고 손을 내저으며 좌우에 명했다.

"군무로 바빠 더는 시간을 낼 수 없소. 여봐라, 완 대인을 배웅하라!"

장막에서 가장 가까이 있던 부장 두 명이 질풍같이 움직여 양쪽으로 가리개를 걷으며 허리를 숙였다.

"완 대인, 가시지요."

완영은 분노로 얼굴이 하얗게 질렸으나 달리 방법이 없어 소매를 떨치며 성큼성큼 밖으로 나갔다. 장막 안에서의 충돌이 제법 컸기에 문밖에 시립한 두 의종장군도 거의 다 들을 수밖에 없었고, 완영이 모습을 드러내자 재빨리 허리를 곧추 세우고 굳은 듯이 꼼짝도 하지 않았다.

변경은 바람이 많이 부는 곳이었다. 얼굴에 닿을 때는 다소 부드러운 바람도 허공에 높이 솟은 깃발을 펄럭펄럭 소리가 나도록 흔들어댔다. 완영은 장막 앞 공터에서 걸음을 멈추고 휘날리는 깃발에 쓰인 '황속'이라는 글자를 올려다보았다.

향 하나가 반쯤 탈 시간이 지나자 마침내 감정을 가라앉힌 완영은 허리를 곧게 펴고 돌아서서 다시 장막으로 들어갔다. 손님을 배웅하라는 명을 받은 부장들은 비록 강왕의 심복이지만 차마 직접적으로 앞을 가로막을 수는 없어서 어쩔 줄 모르며 뒤를 쫓았다.

장막 가리개가 다시 걷혔다가 내려앉았다. 원수 자리에 앉은 담릉석은 돌아온 그를 보고도 크게 놀라지 않고 차갑게 눈썹을 치키며 여전히 싸늘한 표정을 지어 보였다.

"젊은 시절 함께한 정을 생각하여 부디 조금만 시간을 내어 제 말을 끝까지 들어주십시오."

담릉석은 한참 동안 말이 없었지만 결국 고개를 끄덕였다.

"정말 그리하고 싶다면 어디 말해보시오."

"장수라면 누구나 알다시피 승패는 병가의 상사(常事), 크게 마음에 두지 않아도 됩니다. 이 싸움이 성공을 거두지 못하더라도 부디 마음을 넓게 잡수시어 출정 전에 남기신 호언 때문에 결사항쟁하실 생각은 마십시오. 이 완영은 하늘에 맹세코, 전하께서 장병들을 데리고 돌아오시기만 한다면 설령 패배하시더라도 그 핑계로 전하를 공격하지도 않을 것이요, 귀에 거슬리는 말 한 마디도 입에 담지 않을 것입니다."

이는 극도의 실망에 사로잡힌 그가 할 수 있는 마지막 노력이었다. 그 말에는 진심과 간절함이 묻어 있었고 불그스름해진 눈동자에는 엷게 눈물이 비쳤다. 하지만 적의에 불타오른 담릉석은 완영이 어떻게든 양보하고 타협하려는 것도 알아보지 못하고, 도리어 그 속에서 불길한 의미만 짚어냈다.

"본 왕이 출정하기도 전에 '패배'라는 말을 입에 담다니, 좋은 쪽으로 생각할 뜻조차 없소?"

두 번째로 황속군 원수의 영채에서 나온 완영의 눈빛은 얼음 같

앉고 낯빛은 어두컴컴했다. 가리개 밖에 있던 당성은 그의 뒷모습
이 점점 멀어지는 것을 보면서 까닭 없이 마음이 복잡해졌다.

때는 이미 해가 기울어 신시에 접어들고 있었다. 이각이 지나면
주위를 순찰하는 친위대들이 교대할 시간이었다. 다행히 완영이
떠남으로써 의종장군들이 계속 장막을 지킬 필요가 없자 당성은
기회를 보아 장막 뒤로 돌아가 초소의 주의를 끌어 소평정이 빠져
나갈 수 있게 도왔다.

원래 계획대로 호송을 제외한 모든 사람이 철수 준비를 마치고
집결해 있었다. 완영의 마차가 떠나고 얼마 후 당성은 강왕이 완
대인에게 급히 말을 전하라 했다는 핑계를 대고 밖으로 나왔다. 원
문을 지키는 수비병들은 지체할까 두려워 외출증을 발급할 겨를
도 없이 목책을 열어주었다.

일행은 나는 듯이 말을 달려 얼마 후에는 반성의 관도를 벗어나
인적이 드문 곳으로 돌아갔고 단숨에 고개를 두 개나 넘었다. 그사
이 추격병의 움직임이 없는 것으로 보아 일단은 위험에서 벗어난
듯했다.

백 리 가까이 미친 듯이 질주한 데다 굽이가 많은 산길을 달렸
으니 아무리 뛰어난 준마도 버텨내기 힘들었다. 당성은 바람을 등
지고 솟은 작은 언덕에서 잠시 쉬기로 하고 부하들에게 말을 먹이
게 한 뒤 소평정과 함께 옆에 있는 나무 밑으로 갔다.

"가져온 지도로 보아 앞에 있는 저 숲을 지나 조금 더 가면 큰길
이 있어. 너는 남쪽 막산으로 내려가고, 나는 동쪽으로 꺾어 고국
으로 돌아가야 하니 여기서부터는 함께 갈 수 없어."

소평정도 그런 말이 나올 줄 알고 미소 지으며 고개를 끄덕여

보였다.

"이번에 대유의 정보를 충분히 얻은 것은 모두 네 덕분이야. 이 빚은 꼭 기억할 테니 언제든지 와서 받아가도록 해."

"네가 진 빚은 여기서 끝이 아닐걸. 헤어지고 나면 나는 일부러 흔적을 남겨 강왕의 이목을 동쪽으로 쏠리게 해 기밀이 새어나갔다는 생각을 하지 못하게 할 작정이야. 이 공도 잊지 말라고."

소평정은 눈을 치켜떴다.

"좋아, 모두 기억하지."

당성은 한참 웃더니 차차 진지한 표정으로 돌아와 눈앞에 있는 벗을 가만히 바라보았다.

"기억해? 오늘 아침에 내가 한 질문 말이야. 넌 대답하지 않았지."

"그래, 물론 기억하지."

"이제는 대답할 필요 없어."

당성은 눈동자를 별처럼 반짝이며 그의 어깨를 툭툭 쳤다.

"넌 분명히 이길 거야. 난 알아."

어스름이 내리면서 그의 등 뒤로 붉은 태양이 느릿느릿 떨어져 골짜기 속으로 반쯤 몸을 감추었다. 마치 사방으로 빛을 뿜는 황금 원반이 비스듬한 산등성이에 한쪽이 싹둑 잘려나간 것 같았다.

별안간 소평정이 눈을 가늘게 뜨고 떨어지는 해의 노을빛을 응시하더니 차츰차츰 시선을 고정했다.

"또 왜 그래?"

"얼마 전에 있었던 일이 생각났어. 반성에서 절과 백신원을 보았을 때 노소가 깜짝 놀라면서 대유 사람들은 거칠고 호전적이어서 신을 믿지 않는 줄 알았다고 했지."

당성은 그가 왜 그 일을 꺼내는지 몰라 눈을 찌푸렸다.

"똑같이 세상을 사는 중생들인데, 대량인이든 대유인이든 북연인이든 무슨 차이가 있겠어? 어려서부터 영리하던 네가 그런 것을 모르지는 않을 텐데?"

소평정의 뺨에 떠오른 웃음기가 점점 짙어지고 눈동자는 환하게 빛났다.

"정말 네 말대로야. 똑같이 세상을 살아가는 평범한 사람들이니 천리를 두려워하지 않는 사람이 어디 있겠어?"

예전에 랑야각에서 함께할 때도 그는 기묘한 생각을 떠올릴 때마다 이런 웃음을 짓곤 했다. 이미 여러 차례 이런 모습을 본 적이 있는 당성이지만 이번에는 캐물을 생각이 전혀 없었다. 대량과 대유의 전쟁은 중대한 사안이고 소평정이 떠올린 기묘한 생각들은 군사 기밀일 수 있기 때문이었다. 당성은 북연 사람으로서 그 기밀을 알아서는 안 되었고, 벗으로서는 더욱더 적당한 선을 지켜야 했다.

석양이 내려앉고 낙조는 짧았다. 풀과 물을 먹은 말들이 다시 끌려나오자 두 사람은 언덕 밑에서 힘껏 끌어안으며 작별을 나누었다. 소평정은 말하지 못한 걱정거리가 많았고, 당성 역시 말할 수 없는 비밀이 많았다. 두 사람 모두 상대의 망설임을 읽는 동시에 스스로도 다음을 기약할 수밖에 없었다. 지난날의 우정은 아직 마음 깊숙이 스며들어 있지만, 못할 이야기가 없던 어린 시절은 이미 지나가고 없었다. 어른의 세계에서는 신분이 다르고 입장이 다르고 나라가 다르고 선택이 달랐다. 그들은 그 변화를 받아들이고 서로의 우정을 새로이 맞추어나가야만 했다.

당성 일행과 헤어진 후 소평정은 홀로 밤새 말을 달렸다. 말에게 꼭 필요한 휴식과 식사 시간 외에는 한 번도 멈추지 않고 달리자 마침내 다음 날 오후, 약속한 백가역참에 도착했다. 비록 역참이라고 불리는 곳이지만 나중에 닦인 관도에서 떨어져 있기 때문에 일찌감치 낡고 쇠락하여 운영하는 사람도, 관리하는 사람도 없이 지명만 남아 있었다.

먼저 도착한 동청 일행은 옛 역참을 손질하여 잠시 쉴 곳을 마련한 뒤 조마조마하게 하루를 기다렸고, 마침내 주장의 모습이 나타나자 안도의 숨을 내쉬었다. 소평정은 하루종일 달리면서 한시도 생각을 멈추지 않았다. 덕분에 어제 석양이 질 무렵 반짝 떠올랐던 생각은 당장 진행할 완벽한 계획이 되어 있었다.

"노소, 하얀 속적삼으로 이만한 크기의 천을 만들어라. 세 장이면 된다. 동청은 평평한 탁자를 가져와."

두 부장에게 분부를 마친 그는 방 모퉁이로 살짝 시선을 돌리며 눈을 내리깔았다.

"임해, 당신은…… 항상 식물 모양을 그리기 위해 붓과 먹을 가지고 다녔지, 그렇지 않소?"

임해는 먼저 다가가지도 일부러 피하지도 않은 채 줄곧 그늘진 구석에 조용히 서 있었다. 소평정의 물음에 그녀는 돌아서서 침상에 놓인 보따리를 열고 정교하게 만들어진 붓과 먹을 꺼냈다.

반 시진 후, 소평정은 미리 생각해둔 그림 세 장을 그려 사람들, 특히 석개에게 자세히 보여주었다.

첫 번째 그림에는 강왕이 갑옷에 창을 갖추고 무수한 백골을 밟고 서 있었다.

두 번째 그림은 구름을 타고 온 천신의 발밑에서 천구 한 마리가 하늘에 떠오른 태양을 삼키려는 모습이었다.

세 번째 그림에는 강왕이 무릎 꿇고 하늘 위의 검은 해를 향해 애원하고 있었다.

"10월 초하루는 랑야각 노각주께서 일식이 있을 거라고 셈한 날이고 북쪽 전장에서 모두 볼 수 있을 거라고 했다."

소평정은 사람들을 둘러보며 자신에 찬 목소리로 말했다.

"내가 살펴본 황속군의 군비 상황을 보면 그들은 딱 그때쯤 움직일 것이다. 담릉석이 감히 전군을 이끌고 남하하여 우리 대량의 땅으로 들어온다면 우리 장림군 장병들은 쉽사리 그를 돌려보내지 않을 것이다."

장내의 사람들 중에서는 오랫동안 첩자 생활을 해온 석개가 가장 눈치가 빨랐다. 그는 대략적인 계획을 짐작한 듯 눈동자를 또르르 굴리며 물었다.

"장군께서는 이 현상을 이용하여 강왕에게 계략을 꾸밀 생각이십니까?"

"그렇다."

소평정은 찬탄하는 눈길로 그를 바라본 뒤 분부했다.

"내일 헤어지면 곧바로 대유에 있는 사람들을 모두 소집해 이런 소문을 퍼뜨리게 해라. 강왕 담릉석이 포악하고 싸움을 좋아하여 하늘이 노한 나머지 대낮에 해를 감추는 기현상을 통해 경고할 것이니, 그 현상이 나타났을 때 성심성의껏 빌고 뉘우치지 않으면 하늘이 반드시 대유를 벌할 것이라고, 알겠느냐?"

석개는 다시 한 번 세 그림을 자세히 들여다본 뒤 다소 흥분한 목소리로 대답했다.

"알겠습니다. 이런 그림이라면 글을 모르는 사람이라도 대강은 알 수 있겠군요."

"사방팔방으로 유언비어를 퍼뜨리고 그 출처를 찾아내지 못하게 해야 한다는 것을 명심해라. 주로 작업할 곳은 계도와 반성 두 곳이다. 우리의 최종 목표는 담릉석의 마음과 황속군 군영 전체에 불안의 씨앗을 심는 것이다."

"저희 같은 첩자들이 잘하는 일이니 문제없습니다. 걱정 마십시오, 장군!"

그제야 깨달은 동청이 황급히 물었다.

"둘째 공자, 만일 퍼뜨린 소문이 효과가 너무 좋아 담릉석이 압박을 못 이겨 정말 겁을 먹고 물러나면 어떡합니까?"

"전쟁이란 결국 상서롭지 못한 일이고 우리 장림군은 싸움을 좋아하는 군대가 아니다. 그가 정말 거기서 멈춘다면 좋지 않을 이유가 없지. 하지만……."

빙그레 웃는 소평정의 눈동자에 차가운 빛이 어렸다.

"나는 이미 강왕의 주 영채 군비 상황을 확인했다. 그는 이미 우리 대량을 공격하기로 결심했으니, 결코 유언비어 몇 마디 때문에 마음을 돌리지는 않을 것이다."

가을에 치는 천둥

—

12

—

중추절이 가까워지면서 하늘은 높고 구름은 옅었다. 소원계는 떠
난 지 오래인 금릉성 북문 앞에 서서 여전히 우뚝한 성벽을 올려다
보았다. 가슴속에서 감개가 무럭무럭 피어올랐다.

열흘 전쯤, 적군을 살피러 대유에 잠입했던 소평정이 소리 없이
감주로 돌아왔고, 곧이어 번개 같은 비밀 행동이 시작되었다. 장
림군 각 영채의 주장들은 잇달아 사흘간 열린 군사회의에 나누어
참석했는데 떠날 때는 하나같이 엄숙한 얼굴에 흥분한 기색을 감
추지 못했다. 두 번의 회의에 참석한 소원계는 비록 소평정의 군사
배치를 완전히 이해하지 못했지만, 최소한 큰 싸움을 준비하는 움
직임만은 확인할 수 있었다. 다음으로 실행할 그의 계획에서는 이
정도 정보면 충분했다.

소평정이 올해 여름 경성에서 준비해둔 군비는 당시의 예측에
불과했기에 소정생이 상세히 조정하고 마련할 필요가 있었다. 각
영채의 주장들이 떠난 후, 소평정은 심혈을 기울여 부왕에게 전쟁
의 규모와 전방에 필요한 군수품을 상세히 나열하는 동시에 정식

으로 장림군령을 사용하기로 결심했다는 것을 보고하는 서신을 썼다.

먹을 불어 말리고 종이를 접어 봉투에 넣어 봉한 소평정은 이 중요한 서신을 우편주머니에 넣어 직접 단단히 꿰맨 뒤 일어나서 문을 열고 나갔다. 노소를 부를 생각이었지만 정원에는 소원계가 기다리고 있었다.

"회화장군께서 금릉으로 서신을 전할 사람을 찾으실 것이라 생각했습니다."

소원계가 손을 모아 예를 갖추면서 진지하게 말했다.

"장군께서도 아시다시피 저보다 더 적임자는 없습니다."

젊은 래양후의 신분과 재주라면 평범한 호위병보다는 그를 경성에 보내는 것이 알맞았다. 소평정이 미리 생각해둔 사람도 소원계였기 때문에 곧바로 서신을 내주고 몇 마디 당부한 뒤 그날 밤에 출발하도록 명했다.

떠나온 지 두 해 만에 소원계는 다시금 인파가 넘치는 주작대가를 통과하여 곧바로 장림왕부로 향했다. 상점 거리의 번화한 풍경은 변함이 없었지만 그의 심정과 목표는 훨씬 분명해져 있었다. 가슴속에 뜨겁게 타오르는 욕망이 당장이라도 피부를 뚫고 솟아오를 것 같았다.

소정생은 안채 서재의 남쪽 방에서 감주에서 온 사자를 맞이했다. 부모의 죄를 제외하고 보면, 공손하고 예의바른 소원계는 어른들의 환심을 살 만한 아이였다. 멀리 변경의 군대에 있는 동안에도 그는 한 달에 한 번 꼭 문안 글월을 올리며 연병에만 몰두하는 소평정보다 더 정성을 보였다. 그가 보낸 서신에는 일상적인 문안

인사와 변경의 근황 외에도 군무의 어려움에 대한 가르침을 청하는 내용도 종종 있었다. 소정생의 나이쯤 되면 후손들이 열심히 배우고 익히는 것을 좋아하게 마련이어서 매번 자세히 지도해주었고, 조금씩 발전하는 것을 보면서 조카에 대한 인상도 점점 좋아졌다. 그가 공손하게 큰절을 올리고 나자 소정생은 손을 들어 일으킨 뒤 부드럽게 물었다.

"너는 어려서부터 귀하게 자랐는데 군에서 경험을 쌓는 것이 견딜 만하더냐?"

"저는 아버지 없이 태어났으나 백부님께서 버리지 않고 서신을 통해 가르쳐주신 덕분에 다행히 버틸 수 있었습니다. 안타깝게도 자질이 부족하여 다른 부분에서 큰 진전은 보지 못했습니다만 마음은 훨씬 차분해졌습니다."

소원계는 공손히 허리를 숙이며 대답했다.

"앞으로 백부님을 실망시키지 않도록 더욱 노력하겠습니다."

소정생은 눈에 띄게 흐뭇한 얼굴로 수염을 쓰다듬으며 허허 웃었다.

"젊은이들이 열심히 배우려 하는데 이 늙은이가 어떻게든 가르쳐야지. 네 일부러 감주에서 금릉까지 달려온 것을 보면 북경에 이변이라도 발생할 모양이구나?"

소원계는 직접 대답하지 않고 품에서 서신을 꺼내 똑바로 눌러 편 뒤 두 손으로 바쳤다.

소정생의 눈빛이 약간 무거워졌다. 그는 서신을 받은 후 펼쳐보기 전에 말했다.

"긴 여정에 지쳤겠지. 집으로 돌아가 푹 쉬도록 해라."

소원계는 급히 허리를 숙이며 대답한 뒤 다시 한 번 절을 하고 뒷걸음질로 물러나왔다.

여건지의 정성어린 치료 덕분에 입추에 즈음하여 소정생의 몸 상태는 크게 좋아졌지만, 여전히 무리할 수준은 아니었다. 서신을 받은 뒤로 내내 울적한 얼굴로 날이 어두워져도 등을 켜지 않고 깊이 생각에 잠긴 그를 보자 원숙은 걱정이 되어 물었다.

"전하, 북쪽 국경에 무슨 좋지 않은 일이라도 있습니까? 어찌 그리 수심에 잠겨 계십니까?"

소정생은 가볍게 고개를 저으며 탁자 위에 놓아둔 서신을 원숙 쪽으로 내밀었다.

"자네도 보게. 담릉석이 움직일 것이라 예측은 했네만 그자의 야심이 이토록 큰 줄은 몰랐네."

원숙은 서신을 받아 재빨리 읽어본 후 의아한 듯 눈썹을 치켜세웠다.

"둘째 공자께서 서신에 상세한 전략을 쓰시지는 않았지만 황속 군을 일망타진할 자신이 있으신 것 같은데, 전하께서는 어찌 그리 근심하십니까?"

"이번 전쟁은 예상을 훨씬 뛰어넘는 규모가 될 터, 국경 방어 싸움 정도로는 끝나지 않을 것이야."

소정생은 관자놀이를 매만지며 한숨을 길게 내쉬었다.

"선제의 국상이 아직 끝나지 않았네. 평정이 어떤 전략을 세웠든 나중에는 공수(攻守)가 뒤바뀌게 되겠지. 예법을 따지자면 어느 정도 문제가 생길 수밖에……."

국상으로 인한 문제를 생각지 못했던 원숙도 그 말을 듣자 움찔하며 걱정스럽게 말했다.

"하긴 그렇군요. 국상이 아직 해를 넘기지 못했으니 아무래도 국경에서 병사를 일으키는 것을 꺼리겠지요. 방어는 다른 문제지만, 대유의 주력군을 포위하여 섬멸하려면 각지에서 큰 싸움을 해야 하는데 조정에 넘치는 것이 모략가니 만에 하나 둘째 공자가 국상 기간에 함부로 병사를 움직였다고 누명을 씌우려는 사람이 나오면……."

국상 기간에 병사를 일으키는 것은 대죄지만 국경에서 국토를 지키는 것은 반드시 필요했다. 이 두 가지를 어디까지 구분하는지는 딱 정해진 규칙이 없어 각자의 상황과 생각에 따라 결정하는 것이 대부분이었다. 하지만 원숙은 지금 금릉성 조정에 아무래도 믿음이 가지 않았다.

"전하, 사사로이 드리는 말씀이니 다소 불경할 수는 있습니다만, 태후마마께서 사리에 밝지 못하시니 전하께서 어린 군주를 보좌하시는 것만으로도 아주 힘든 일입니다. 그런데다……."

그는 주저주저하며 말을 멈추었다가 답답한 듯 다시 말했다.

"제 짧은 소견으로는 역시 둘째 공자께 근신하고 조용히 있는 것이 최선이라고 답신을 보내시는 것이 좋을 듯합니다."

소정생은 그윽한 눈으로 서재의 벽에 걸린 주홍빛 철궁을 응시하다가 한참 만에야 비로소 가라앉은 목소리로 물었다.

"무정제께서 나를 왕에 봉하시면서 어찌하여 '장림'이라는 글자를 내리셨는지 아는가?"

"저는 장림군의 이름을 딴 것으로 생각해왔습니다만……."

희미하고 아득한 그리움의 빛 한 줄기가 미간을 스치더니 망설임에 찼던 소정생의 표정은 서서히 단호하게 변해갔다.

"선생께서는 이런 가르침을 내리셨네. 남아의 기개는 권세도 아니요, 부귀도 아니며, 원만하게 세상과 타협하며 보내는 안온한 삶은 더더욱 아니라고 말일세. 장림의 중책은 바로 국경을 지키고 백성을 편안하게 하는 것일세."

원숙은 저도 모르게 입술을 바르르 떨며 불안하게 말했다.

"하지만 전하……."

"자네도 군에서 연륜을 쌓았으니 황속군의 주력을 무너뜨리면 북쪽 국경이 적어도 10년은 평화로울 것임을 잘 알 거야."

소정생의 두 눈은 맑고 고요했으며 희디흰 백발은 바람도 없이 나부꼈다.

"10년…… 그동안 흘리지 않아도 될 장병들의 피가 얼마이며, 백성들이 얻게 될 평화가 얼마인가? 선제께서는 언제나 인자한 분이셨으니 살아 계셨다면 내가 예법에 구애되어 평정의 발목을 묶는 것을 결코 바라지 않으셨을 게야."

원숙은 눈물로 뿌예진 눈을 들고 힘껏 고개를 끄덕였다.

"예, 전하."

마음의 결심이 서자 전방의 움직임에 협력하기 위한 전비 조정 문제는 오랫동안 북쪽 국경을 책임진 장림왕에게는 어려울 것이 없었다. 더욱이 원숙이라는 뛰어난 조력자 덕분에 소정생은 그날부터 며칠간 다소 바빠지기는 했으나 크게 지칠 정도는 아니었고, 진맥을 하러 온 여건지도 상황을 보고 매우 만족했다.

소원계는 군에서 직위가 높지 않은데다 이번에도 서신을 전하러 온 것뿐 별달리 해야 할 일이 없었기에 이튿날에도 래양부 일을 적당히 정돈한 뒤 장림왕부로 달려가 문후를 드렸다.

"평정에게 보낼 답신은 조금 더 생각해보아야 할 것 같구나. 오랜만에 돌아왔으니 벗들을 만나면서 즐기도록 해라."

조카가 예의를 지키자 소정생은 무척 기뻐했지만, 평소 시원시원한 성품 탓에 아들들에게도 저녁 문후를 생략했던 그인 만큼 소원계를 불편하게 하지 않으려고 웃는 얼굴로 다정하게 말했다.

"꼭 시킬 일이 생기면 사람을 보내 부를 것이니 이렇게 꼬박꼬박 예의를 차리지 않아도 된다."

"예."

소원계는 허리를 숙이고 대답한 뒤 잠시 머뭇거리다가 주저하며 말을 꺼냈다.

"제게 여태 판단이 서지 않는 일이 한 가지 있어 백부님께 가르침을 받고자 합니다."

소정생은 다소 뜻밖인 듯 눈썹을 세웠다.

"어떤 일인지 어디 들어보자꾸나."

"사람은 자신을 잘 알아야 한다고 했습니다. 2년 가까이 군에서 지내는 동안 군령을 받들고 싸움터에 나가는 것은 괜찮았지만 병사를 지휘하라고 할 때마다 어색하고 불편했습니다. 심지어 때로는…… 하는 일 없이 군공을 얻는 기분도 듭니다."

소정생은 손을 내젓고 고개를 흔들었다.

"지난번 평정이 돌아왔을 때 네가 병기를 분배하고 군량과 은전을 조달하는 일을 무척 잘한다고 하더구나. 그 역시 쉬운 일이 아니니 군공으로 여길 수 없다 생각지 말아라."

"그렇다면 백부님께서는 제가 계속 감주에 남아 있어야 한다고 생각하십니까?"

이 질문에 소정생은 사뭇 진지하게 생각에 잠겼다가 천천히 대답했다.

"네 앞길이 달려 있으니 네 스스로 결정을 내려야겠지. 허나 네가 정말로 경성으로 돌아와 병부에서 일하고 싶다면 이 백부가 힘써 지지해주마."

그 말에 소원계는 한결 편해진 얼굴이었다.

"솔직히 말씀드리면, 병부가 담당하는 여러 업무에 관해 노장군들로부터 가르침을 받아왔으나 아무래도 아는 것에 한계가 있다는 생각이 많이 들었습니다. 어떤 것은 알아듣지만 어떤 것은 들어도 잘 이해가 가지 않았습니다."

오랫동안 군을 이끈 장림왕은 사람을 보는 눈이 있었고, 또 소원계가 감주에서 자주 서신을 보내 군무에 관해 가르침을 청한 덕에 기본적인 그의 장점과 약점을 파악하고 있었기 때문에 그가 전선의 장군보다는 관아의 관리에 더 적합하다고 생각하던 차였다. 지금 들어보니 스스로도 그런 생각을 하고 있는 것 같아, 소정생은 흐뭇한 마음으로 일어나 그를 서재로 불러들인 뒤 관아의 업무에 관련한 책 몇 권을 골라 건네주었다.

성실하게 노력하는 점만 보면 소원계는 그 누구에게도 지지 않았다. 장림왕에게 가르침을 받는 일이 쉽게 오는 기회가 아니라는 것을 잘 아는 그는 래양후부로 돌아간 뒤 세 끼 식사와 잠시 눈을 붙이는 시간을 제외하면 열심히 공부했고, 이해가 가지 않거나 의

문이 드는 부분이 생기면 기록해두었다가 다음 날 왕부로 문안인사를 드리러 가서 물어보곤 했다. 소정생은 어려서부터 책 읽기를 좋아하여 액유정에 있을 때도 몰래 책을 숨겼다가 채찍질을 당한 적이 여러 번 있었다. 이 때문에 열심히 묻고 공부하며 이번 기회를 소중하게 여기는 조카를 보자 자연히 기분이 좋아져 숫제 매일 저녁 무렵 한 시진씩 시간을 내어 진지하게 그의 질문에 답하며 의혹을 풀어주었다.

소원계는 아버지의 얼굴조차 본 적이 없는 유복자로, 어려서부터 궁학에 들어가 학문을 익혔다. 어머니는 누구보다 그를 아끼고 사랑했지만 아무리 해도 아버지의 가르침을 대신할 수는 없었다. 장림왕 밑에서 보낸 며칠은 비록 짧은 시간이었지만 여태 겪어보지 못한 신기한 경험이라 저도 모르게 푹 빠졌다. 그 때문에 그는 원숙이 등불을 켜 시간을 알려주면 그제야 한 시진이 훌쩍 지났다는 것을 깨닫고 허둥지둥 절을 올리며 사죄하곤 했다.

"오늘도 이렇게 오랫동안 백부님을 피곤하게 해드리다니, 다 제 잘못입니다."

"젊은이가 배움을 좋아하는 것이 무슨 잘못이겠느냐."

소정생은 빙그레 웃으며 눈을 가늘게 뜨고 소원계의 얼굴을 살폈다.

"몇 년 전에 비하면 확실히 많이 변했구나. 가끔 보면 그 눈매가 희미하게나마 무정제 폐하를 닮은 것 같기도 하고."

소원계는 그 과분한 칭찬에 몸 둘 바를 몰라 하며 다소 감격에 찬 목소리로 대답했다.

"늘 황조부님을 모범으로 삼고 있었는데 백부님께 그런 말씀을 들은 것만으로도 평생 만족하고 살 수 있겠습니다."

소정생은 그를 가만히 바라보다가 정색을 하고 말했다.

"무릇 황실의 자손이라면 처음 배움을 시작하여 부중을 열어 독립할 때까지 읽는 책이나 배우는 도리는 기실 크게 다르지 않다. 허나 한 뿌리에서 나도 그 품성은 저마다 다른 법, 최후의 결과는 그로 인해 달라지는 것이다. 이 때문에 선제와 나는 부자의 길이 세습된다는 말을 믿은 적이 없다."

소원계는 입술을 살짝 떨며 고개를 숙였다.

"예."

"네 부모의 일이 네 처지에 영향을 미치는 것은 당연한 일이나, 속으로 무엇을 믿고 무엇을 중시하고 어떤 사람이 되고자 하는지는 네 자신만이 결정할 수 있다. 그 이치를 알겠느냐?"

그 말이 소원계의 마음을 정확히 짚은 바람에 그는 일시적으로 모든 잡념을 잊고 진심을 다해 물었다.

"백부님, 처지는 자연히 성품에도 영향을 미칩니다. 성품이 변한다면 본심도 변하게 될까요?"

"처지에 관해서라면 네 황조부를 곰곰이 생각해보아라. 동궁으로 책봉되기 전 수십 년간 그분의 처지가 어떠했더냐?"

소정생의 눈빛이 아득해졌다. 오래되었지만 그 모습이 여전히 선명하게 눈앞에 떠올랐다.

"네 지금 세상이 몰인정하다고 느낀다면 이는 네가 진정한 지옥을 보지 못했기 때문이다. 본심이 선량한 사람이라면 뜨거운 지옥불 속에 들어갔다 오더라도 그 순수한 마음은 영원히 죽지 않는 법이야."

장림왕부에서 돌아오는 길에 갑작스러운 폭우가 퍼붓듯이 쏟아져 미처 대비하지 못한 행인들은 머리부터 발끝까지 흠뻑 젖었다. 뒤따르던 하성이 문으로 들어서자마자 하인을 불러 깨끗한 옷을 준비하게 했지만, 소원계는 어두운 얼굴로 사람들을 꾸짖어 물리치고 얼굴을 닦을 수건조차 거부한 채 홀로 비틀비틀 안채로 달려갔다.

봉쇄된 지 오래인 태부인의 옛 거처는 잡초가 무성하게 자라고 거미줄이 그득했다. 그날 그가 힘껏 부딪혀 부수었던 문짝은 여전히 그곳에 쓰러져 있었고, 음산하게 무너진 대청 상공에는 환영이 둥실둥실 떠다니는 것 같았다.

소원계는 잡초 속에 서서 가을비가 몸을 마구 때리도록 내버려두었다. 마치 스스로에게 벌을 주는 것처럼, 그리고 억지로 스스로를 깨우려는 것처럼.

"죄송해요, 어머니, 죄송해요. 흔들려서는 안 되는데. 어째서 장림왕부에 다녀올 때마다 이렇게 마음이 흔들리는지 모르겠어요."

소원계는 얼굴에 묻은 빗물을 손으로 훔치며 혼잣말을 중얼거렸다.

"그분이 하신 말씀을 믿을 사람은 소평장밖에 없을 거예요. 하지만 그 결과는 어땠지요? 결국 목숨을 잃었어요. 아무리 많은 사람이 그를 그리워하고 눈물 흘린다 한들 무슨 의미가 있겠어요. 그건 아무 의미도 없어요."

반 시진 가까이 찬비를 흠뻑 맞은 뒤 다시 바깥채로 돌아간 소원계는 훨씬 차분해져 있었다. 하성 등 심복들의 의아한 눈빛을 보고도 그는 설명할 기색조차 없이 뜨거운 물을 준비하라 분부한 뒤 간단하게 씻고 편한 옷으로 갈아입고는 집사를 불러 도롱이와 삿갓을 가져오게 했다.

"시간도 늦었고 비도 쏟아지는데 어디를 가려고 하십니까?"

집사는 의아한 마음에 별생각 없이 물어보았다.

그런데 별안간 소원계가 눈빛을 날카롭게 번쩍이며 칼날처럼 서늘한 목소리로 말했다.

"명심해라. 내가 네게 일을 시킬 때가 아니라면, 시간이 늦었건 내가 외출을 하건 어디로 가건 언제 돌아오건 너는 아무것도 몰라야 한다, 알겠느냐?"

그는 이번에 호위병 스무 명을 데려왔고, 래양후부로 돌아온 첫날 게으름 피우던 하인 한 명을 때려 죽였다. 집사 역시 래양후부의 노비였기 때문에 약간 으름장을 놓자 화들짝 놀라 무릎을 꿇으며 떨리는 목소리로 대답했다.

"아, 알겠습니다. 소인은 아무것도 모릅니다."

"너는 우리 래양후부의 집사다. 네가 모르는 일인데 다른 사람이 알게 된다면 어떻게 될까? 시험해볼 테냐?"

그 말과 함께 하성이 요도의 손잡이를 톡톡 퉁기자 집사는 식은 땀을 뻘뻘 흘리며 연신 고개를 저었다.

"아닙니다. 소인이 감히 어떻게……."

그와 길게 말할 생각이 없던 소원계는 도롱이와 삿갓을 쓰고 하성 한 사람만 딸린 채 말에 올랐다. 그들은 길 가는 사람 하나 없는 거리를 내달려 금세 순부의 문 앞에 이르렀다.

순월이 래양후의 명첩을 들고 서재에 도착했을 때 순백수는 구리거울 앞에서 귀밑머리에 새로 난 백발을 살피느라 곧바로 반응하지 못했다.

"누구라고? 소원계? 그가 언제 돌아왔더냐?"

순월인들 존재감 없는 말단 후의 행적을 알 까닭이 없어, 주인의 질문에 대답하지 못하고 멍청하게 서 있기만 했다. 다행히 순백수도 정말 알고 싶어 물은 것은 아니어서 눈을 찡그리며 생각에 잠겼다가 말했다.

"소평정을 따라 2년이 되어가도록 감주에 있다가 돌아와서 나를 찾다니…… 당연히 만나봐야겠지. 들여보내거라."

순월은 물러갔다가 오래지 않아 옷자락이 비에 살짝 젖은 소원계를 안내하여 돌아왔다. 장림왕부에서의 공손한 태도와는 달리 순백수에게 인사를 하는 소원계의 표정은 다소 쌀쌀했고, 눈빛도 다소 오만했다.

"순 대인께 인사드립니다."

순백수는 손을 들어 반례를 했다.

"래양후 나리께서 이렇게 찾아오시다니 뜻밖입니다. 앉아서 차라도 드시지요."

하인이 들어와 차를 올리자 두 사람은 주인석과 손님석에 나누어 앉아 각자 잔을 입으로 가져갔다. 소원계는 말을 돌리지 않고 찻잔을 내려놓자마자 지난번 보낸 서신 이야기를 먼저 꺼냈다.

"몇 달 사이 경성의 우림영을 재편하시다니 실로 번개 같은 움직임이셨습니다. 하지만 목전의 상황은 여전히 암류가 준동하고 있습니다. 단단히 준비하여 때를 기다려야 하는데 이토록 느긋하게 여유를 부리고 계시니, 정말 초조하지 않으신 겁니까?"

순백수는 태연했다.

"래양후께서 지나치게 속을 숨기시니 이 늙은이, 무슨 뜻인지 도무지 알아들을 수가 없습니다."

"그렇다면 조금 더 확실히 말씀드리지요."

소원계는 꺼리지 않고 자신의 찻잔을 왼쪽으로 밀어냈다.

"안으로는 유지를 받들어 정사를 보좌함으로써 조야가 머리를 조아리고……."

그리고 이번에는 순백수의 잔을 오른쪽으로 밀었다.

"밖으로는 수십만 군사를 호령하고 있습니다. 이것이 어떤 상황인지 폐하께서는 당연히 모르시겠지만, 수보 대인께서는 누구보다 더 잘 아시겠지요?"

순백수는 몸을 앞으로 기울이고 한참 동안 그를 응시했다.

"래양후께서 그런 생각을 하고 계신 줄은 몰랐군요."

"종친으로서 마땅히 폐하께 충성을 다해야지요. 설마 대인께서는 이런 생각이 내 본분에 맞지 않는다고 생각하십니까?"

순백수는 싸늘하게 웃음을 흘렸다.

"물론 본분이기는 하지요. 허나 안타깝게도 너무 나가신 것 같습니다. 지금 조정은 평온해졌고 이른바 정무 보좌 역시 겉치레일 뿐, 장림왕께서 조정 일에 왈가불가하실 일은 거의 없습니다. 하물며 경성에 계신 분께서 어찌 머나먼 변경의 군사와 쉬이 연락할 수 있겠습니까?"

"대인께서 이토록 태연하신 것은 변경의 군사와 연락이 닿기 어려워서가 아니라 소평정이 너무 젊고 그 명망이 아버지와 형보다 한참 못 미치기 때문이겠지요?"

소원계도 그의 흉내를 내어 앞으로 몸을 기울이고 똑바로 눈을 들여다보았다.

"만에 하나 그 회화장군께서 갑자기 모든 사람이 우러러보게 될 불세출의 공을 세운다면 어떨까요?"

그때 창밖에서 번개 한 줄기가 번쩍 하더니 곧이어 묵직한 천둥이 울렸다. 가을 들어 내리는 비는 아무리 거세어도 여름날처럼 심하지 않았지만, 올해는 무슨 까닭인지 이상 기후가 여러 번 나타나 순백수를 다소 불안하게 만들었다.

소원계는 다시 차를 한 모금 마셨다.

"내 이번에 경성으로 온 까닭은 겉으로는 문안 서신을 전하기 위해서이나 사실은 소평정이 북쪽 국경에서 큰 싸움을 벌이기로 결심했기 때문입니다. 두 부자간에는 이미 합의가 이루어졌지요. 이 싸움에서 승리하면 장림부 둘째 공자는 더 이상 그 아버지와 형이 쌓아올린 영광의 덕을 보지 않아도 될 것입니다."

"그 서신을 보셨습니까?"

"구태여 볼 필요도 없지요."

소원계는 빙그레 웃었다.

"회화장군이 북쪽에서 무엇을 하는지 내가 모를 것 같습니까?"

순백수는 그래도 의아한 눈빛이었다.

"이 늙은이도 소평정이 장림군령을 받았다는 것은 압니다. 당연히 위엄을 갖추려고 몸이 달아 있겠지요. 허나 선제의 국상이 아직 1년을 채우지 못했는데 그자가 어찌 감히 북쪽에서 병사를 일으킬 수 있겠습니까?"

"할 말은 다 했으니 믿느냐 안 믿느냐는 대인에게 달려 있습니다. 훗날 소평정이 공을 세워 그 명성이 높아졌을 때 후회하지 않으시기를 바랄 뿐입니다."

소원계는 아무 상관 없다는 태도로 잔에 든 차를 비우고 일어나 작별인사를 한 뒤 곧장 문 쪽으로 걸어갔다. 그는 일부러 걸음을 늦추지 않고 빠른 속도로 병풍을 돌아 나갔다. 마음이 조마조마해질 때쯤에야 드디어 등 뒤에서 순백수의 목소리가 들려왔다.

"래양후, 잠시 기다리시지요."

소원계는 천천히 걸음을 멈추고 태연하기 짝이 없는 얼굴로 돌아섰다.

순백수의 표정은 눈에 띌 정도로 무거워져 있었다. 그는 소원계를 아래위로 한참 살피다가 물었다.

"래양후께서는 소평정과 감주에서 함께 일하셨으니 당연히 내막을 잘 아시겠지요. 오늘 이렇게 찾아와주셨으니 투신하실 뜻이 있으시다 여겨도 되겠습니까?"

"투신?"

소원계는 두 눈썹을 세우고 그를 바라보더니 느닷없이 고개를 젖히고 껄껄 웃었다.

"대인, 오해를 하셨군요. 나는 종친으로 작위와 직위가 있는 몸이고 지금은 또 군공까지 쌓았습니다. 대인과 똑같은 조정의 신하인 내가 대인에게 투신이라니 그 무슨 말입니까?"

"이토록 자신만만해하시면서 오늘은 어찌 찾아오셨습니까?"

"신하로서 폐하께 충성하는 것은 당연하지만, 폐하가 아닌 다른 누구를 주군으로 삼을 뜻은 없습니다. 귀에 거슬리겠지만, 대인의 발밑에서 그 명을 받고자 하는 자에게 군공을 무기로 군주를 핍박하는 권신과 맞설 힘이 있을까요?"

"래양후의 말씀은…… 이 늙은이에게 소식을 전한 까닭은 단순히 장림왕부가 조정을 좌지우지하고 병권을 농단하는 것에 분노했기 때문이라는 뜻입니까?"

소원계는 다시 한 번 너털웃음을 터뜨리고 비웃는 투로 말했다.

"순 대인, 그렇게 과장되게 말씀하실 것까지야. 나는 장림왕께서 조정을 좌지우지한다고 생각한 적이 한 번도 없고, 소평정이 병권을 농단하려 한다고 느낀 적도 없습니다."

순백수는 눈썹을 살짝 올리고 안색을 굳혔다.

"그리 생각하지 않으신다면 어찌……."

"선제 때문입니다."

소원계의 망설임 없는 대답에 순백수는 저도 모르게 움찔했다.

"선제께서는 생전에 그토록 장림부 둘째 공자를 아끼셨고 그가 무슨 잘못을 저질러도 무조건 보호하셨지요. 지금은 국상 중이고 선제의 능묘가 채 다듬어지지도 않았는데 그는 오직 자신의 공로와 장림군의 명성만 생각하고 있습니다. 우리 대량의 지엄한 국상도 선제의 은총도 그의 눈에는 아무것도 아닌 것을 보니 간담이 서늘해지더군요. 바로 그 때문입니다."

그가 마지막으로 한 감개무량한 말에 순백수의 눈에 어렸던 짙은 의혹은 도리어 옅어졌다. 천천히 몸을 돌리고 방 안으로 들어가는 그의 입가에 차가운 비웃음이 어렸다.

"래양후는 소평정과 똑같은 무정제의 황손이신데 예전에…… 그를 질투한 적이 없으십니까?"

벽 구석에서 높이 타오르는 촛불이 비스듬히 흔들리며 소원계의 얼굴 반쪽에 그림자를 드리웠다. 그는 아무 표정 없이 굳은 듯이 그 자리에 서 있다가 마침내 싸늘한 목소리로 대답했다.

"솔직히 말하면 '예전에' 라는 단어는 제외해도 됩니다."

순백수는 손을 흔들며 분위기를 부드럽게 해보려는 듯이 웃음을 지었다. 그리고 소원계에게 다시 자리를 권하고 손수 뜨거운 차를 따랐다.

"래양후께서 진실을 듣고 싶으시다면 이 늙은이도 돌려 말하지 않겠습니다. 솔직하게 털어놓자면, 래양후께서 가져오신 소식은 무척 중요하나, 아무래도 래양후와 소평정은 감주에서 함께 일한 사이가 아닙니까? 무슨 증거가 있어 장림왕부를 위해 대신들을 떠보는 것이 아니라 폐하께 충성을 바치신다는 것을 믿을 수 있겠습니까?"

"순 대인의 말씀도 일리가 있습니다."

소원계는 찻잔을 만지작거리며 싱긋 웃었다.

"내가 먼저 묻지요. 우리 대량에는 충신이 수없이 많으나 폐하께서는 아직 보령이 어리시고 왕부의 세력이 커 민심이 뒤숭숭할 수밖에 없습니다. 장림왕부에서 딴마음을 품는 순간 폐하를 위해 그 무엇도 돌보지 않을 사람은 태후마마와 순 대인뿐이겠지요, 그렇지 않습니까?"

순백수는 그가 이런 말을 하는 저의를 알 수 없었지만 본능적으로 불안한 마음이 들어 즉답을 하지 않았다.

소원계는 찻잔을 내려놓고 소매 주머니에서 반 자 길이의 나무상자를 꺼내 일언반구도 없이 탁자에 놓고 순백수 쪽으로 밀었다.

순백수는 의아한 표정으로 상자를 열었다. 안에는 하얀 손수건에 쓴 글월과 누런 비단으로 만든 두루마리가 들어 있었다. 글월을 들어 자세히 읽어보던 그의 얼굴은 점점 창백해졌고 두루마리를 펼쳐 훑어볼 때에는 손가락마저 떨리기 시작했다. 그는 눈을 질끈 감고 겨우 마음을 가라앉힌 뒤 물었다.

"언제 이것을 얻으셨습니까?"

"당연히 복양영이 죽던 날이지요."

소원계는 빙그레 웃었다.

"금릉성에 번진 역병으로 시체가 산처럼 쌓였습니다. 내가 마마와 대인께 악의가 있었다면 당시 이 물건을 선제께 바치기만 해도 되었지요. 그 결과가 어땠을 것 같습니까?"

순백수는 얼굴에 핏기가 싹 가시고 숨소리마저 급박해졌다.

"태후마마와 순 대인께서 쓰러지셨다면 설사 폐하께서 순조로이 등극하시더라도 장림왕에게 완전히 장악되어 몸부림칠 틈조차 없었을 것입니다."

소원계는 눈썹을 치키며 순백수를 바라보았다.

"대인, 내가 오로지 장림왕부를 생각했더라면 당시 이렇게 좋은 기회를 손에 넣고도 그들에게 알리지 않고 쉽게 포기했을까요?"

순백수는 눈을 내리뜨고 이뿌리에 힘을 주었다.

"마마와 제게 좋은 뜻을 품고 계시다면 어찌하여 이 물건을…… 여태 남겨두셨습니까?"

소원계는 소리를 내어 웃었다.

"성의를 보이기 위함이지요. 성의라는 것은 언제나 그렇듯 입에 올리기는 쉬우나 그 실체가 없지요. 그런 것을 누가 믿겠습니까?"

소원계는 몸을 앞으로 기울이고 순백수의 눈을 진지하게 마주 보았다.

"대인께서는 믿으시겠습니까?"

새로운 동맹

—

13

—

보기 드문 가을날의 폭우로 인해 함안궁의 전각 회랑 앞 높은 처마에도 쏟아지는 물줄기가 폭포를 이루었다. 창가에 서서 비를 구경하던 순안여는 이마를 살짝 들고 정원에서 바람에 꺾일 듯이 흔들리는 자귀나무 가지를 바라보며 혼잣말을 했다.

"가을이 코앞인데 뇌성이 어쩜 저리도 무섭게 울릴까?"

순 태후의 긴 의자 옆에 꿇어앉아 다리를 주무르던 소영이 그 말을 듣고 웃으며 말했다.

"아가씨께서 천둥번개를 그토록 두려워하시는 줄은 정말 몰랐습니다."

순안여는 머리카락을 쓸어내리며 잠시 생각하다가 고개를 가로저었다.

"두려워하는 것은 아니에요. 어려서부터 번개는 하늘의 눈이요, 천둥은 하늘의 소리라고 들어왔기 때문에 천둥번개가 칠 때면 스스로 언행을 되돌아보곤 하는 것이지요. 하늘을 거스르는 일을 하지 않았다면 귀신 한 무리가 와도 나를 해칠 수 없으니 두렵지 않아요."

그 말이 끝나기 무섭게 번개가 창밖을 힘껏 때렸고, 순 태후는 저도 모르게 화들짝 놀라 의자의 팔걸이를 힘껏 움켜쥐었다.

소영은 다소 굳은 안색으로 억지로 대답했다.

"순 아가씨께서는 참으로 천진난만하시군요. 그러니 태후마마께서 이처럼 아끼시겠지요."

별 뜻 없이 생각한 대로 말한 순안여는 전각 안의 굳어진 분위기를 알아차리지 못했다. 창가를 벗어난 그녀는 평소처럼 순 태후를 위해 향을 피우고 머리를 풀어준 뒤 옷을 갈아입고 침수 드는 것을 도왔다.

이튿날 아침, 날이 맑게 개었다. 아무래도 한창 때의 소녀인 순안여는 비 온 뒤 씻은 듯 환해진 정원 풍경에 매료되어 일찍 일어나서 아롱아롱 물방울이 맺힌 가지를 몇 개 꺾어 병에 꽂았고, 덕분에 전각에는 그윽한 향이 감돌았다.

순 태후마저 마음이 동해 아침 식사를 마치고 어화원으로 가서 계수나무를 구경하겠다고 분부했다. 셋째 황자 소원우는 돌림병에 걸려 태후에게 옮길까봐 감히 밖으로 나오지 못했기 때문에 이날은 여(麗) 태비만 둘째 황자 소원가를 데리고 문후를 올리러 왔는데, 순 태후는 그들에게도 함께 가자고 청했다.

마침 창랑지 주변에는 은계(銀桂)가 한창 필 시기인데다 계수나무 사이사이 심은 금국(金菊) 덕분에 금빛과 은빛이 뒤섞여 보기 좋게 일렁였다. 순 태후는 느린 걸음으로 연못가로 걸어가 찰랑이는 물결을 바라보다가 고개를 돌리고 웃으며 말했다.

"어젯밤에 내린 폭우로 물가에 핀 계화가 더욱 향이 짙어진 것 같구려."

그녀의 시선이 닿은 곳에 서 있던 여 태비가 황급히 대답했다.

"태후마마 말씀대로입니다."

둘째 황자 소원가도 모비(母妃, 중궁이 아닌 후비의 자녀가 그 어머니를
높여 부르는 말-옮긴이) 뒤에서 머리를 빼꼼 내밀어 연못 쪽을 바라보
더니 숨을 크게 들이마셨다. 순 태후가 그의 머리를 쓰다듬으며 칭
찬했다.

"원가는 갈수록 생김새가 훤해지는구나. 조그만 얼굴이 참 튼실
하기도 하지."

그 말에 소원가는 함박웃음을 지었다.

"모비께서도 늘 소자가 튼튼하다고 칭찬하십니다. 경성에 역병
이 돌았을 때에도 소자는 아무렇지도 않았거든요."

비록 당시의 내막을 모르는 여 태비지만 그때 태자가 크게 앓아
몇 번이나 위기에 처했다는 것은 알고 있었기에 아들이 이런 말을
하자 놀라 가슴이 철렁했다.

과연 순 태후는 안색이 싹 변해 냉소를 터뜨렸다.

"듣고 보니 원가가 폐하보다 복이 많구나."

누가 들어도 그냥 던진 말이 아니어서 여 태비는 바닥에 털썩
엎드리며 떨리는 목소리로 말했다.

"어린아이가 별 뜻 없이 한 말이니 부디 너그러이 봐주십시오."

그녀는 사죄를 올리면서 소원가를 붙잡아 옆에 꿇어앉혔다.

하지만 순 태후의 눈빛은 여전히 날카로웠고 말투 또한 누그러
질 기미가 없었다.

"어린아이가 철이 들었는지 아닌지는 어른이 어떻게 가르치느

냐에 달렸지. 내 일찍이 의지를 내려 궁 안에서 다시는 그해의 일을 입에 담지 말라 했건만, 자네는 귓등으로 흘려들은 모양이군?"

"신첩이 어찌 감히 마마께서 내리신 의지를 어길 수 있겠습니까? 결코…… 결코 한 마디도 입에 담은 적이 없습니다."

계속해서 돌바닥에 이마를 찧는 통에 여 태비의 이마는 푸르게 멍이 들고 검붉은 자국이 돌을 물들였다.

순 태후는 그제야 눈을 찡그리며 꾸짖었다.

"됐네, 무얼 그렇게까지 하는가? 원가를 데리고 돌아가서 석 달간 궁 안에서 반성하며 잘 가르치게."

여 태비는 전전긍긍 다시 한 번 머리를 조아린 뒤, 고개도 들지 못하고 일어나 소원가를 데리고 겁먹은 모습으로 물러났다. 어린 태감 두 명이 재빨리 달려와 손수건으로 바닥에 묻은 핏자국을 싹싹 닦아냈다.

자주 입궁하는 순안여도 신분 높은 태비가 말 한 마디 잘못하여 목숨 걸고 죄를 청하는 모습을 본 것은 처음이었다. 놀란 그녀는 그 자리에 얼어붙어 계수나무 숲으로 들어가는 순 태후를 따르지도 못했다.

소영이 넋이 나간 그녀를 보고 걸음을 멈춰 잡아당기면서 담담하게 말했다.

"궁이란 본래 이렇답니다. 가장 높은 자리에 올라야만 아무도 함부로 굴지 못하지요. 아가씨께서도 하나씩 배우십시오."

비 온 뒤 정원을 거니느라 풍한이 들었는지, 그날 오후 순안여는 안색이 몹시 나빠지며 열이 오르기 시작했고, 저녁에는 상태가 더욱 악화되어 양 볼이 빨갛게 달아오르고 정신마저 혼미해졌다.

소식을 듣고 달려온 순 태후가 그녀의 뜨거워진 이마를 만져보
며 눈을 찡그렸다.

"아무 일 없던 아이가 병이라니? 시중을 어찌 들었기에 이런 것
이냐?"

순안여를 따라 입궁한 순부의 두 하녀는 그 말을 듣자마자 바닥
에 엎드렸다. 소영이 황급히 나아가 웃으며 위로했다.

"마마, 염려하지 마십시오. 열이 심하긴 하지만 태의 말로는 큰
병은 아니니 약을 먹으면 좋아질 거라고 합니다."

"내 궁에서 무슨 수로 마음 편히 쉴 수 있겠느냐?"

순 태후는 조카딸의 이마를 쓰다듬으며 가엾은 듯이 말했다.

"내일도 차도가 없으면 사람을 시켜 순부로 돌려보내고 병이 낫
거든 다시 입궁하게 하거라."

소영은 알았다고 대답한 뒤 순 태후를 부축하여 밖으로 나갔다.
문가에 이르자 그녀는 문득 뒤를 돌아보며 탄식했다.

"아가씨는 참으로 마음이 여리시군요. 그 조그마한 충격도 견뎌
내지 못하시다니."

순 태후는 움찔 걸음을 멈추더니 멍한 얼굴로 한참을 서 있다가
탄식어린 목소리로 중얼거렸다.

"그래, 누구나 다 그렇지 않겠느냐. 천진하고 겁 많던 어린아이
에서 하루하루 자라 어른이 되는 것이지."

이튿날이 되자 순안여의 상태는 다소 좋아졌지만 완전히 낫지
는 않았기 때문에 소영은 태후의 분부대로 마차를 준비해 그녀를
조심조심 옮기고 담당 여관을 딸려 순부로 보냈다.

함안궁 손님의 출입과 호송은 당연히 금군이 맡고 있어서 마차가 길을 가는 동안 행인들이 차례차례 길을 비켜주었다. 경성에 돌아와 며칠을 보낸 소원계는 돌아갈 때가 다가오자 틈을 내어 예전에 가까이 지내던 벗들과 주작방의 한 주루에서 만났다. 금군이 빈틈없이 호위하는 화려한 마차가 누각 아래를 지나는 것을 보자 그는 다소 의아해했다.

"이상하군. 황실의 마차도 아닌데 어째서 금군이 호위를 하지?"

함께 있던 사람 중 하나가 창밖으로 목을 빼고 바라보더니 웃으며 말했다.

"자네 너무 오래 나가 있어서 모르는 것이 많겠군. 순씨 집안 큰 아가씨일세. 태후마마의 총애를 듬뿍 받아 궁궐을 출입하고 있으니 금군이 호위하는 게 당연하지."

"듣자니 한 고승이 저 아가씨의 운세를 짚어보더니 운이 왕성하여 훗날 말할 수 없이 귀해질 거라 했다지."

또 다른 귀공자가 흥미롭게 끼어들었다.

"그 말만 들으면 마마가 된다는 것 같은데, 안타깝게도 폐하와는 나이가 맞지 않으니 어떻게 해석해야 할지 모르겠어."

소원계는 살짝 마음이 흔들려 저도 모르게 마차가 달려간 쪽을 멍하니 바라보았다. 옆에 있던 벗이 그를 쿡 찌르고 웃으면서 농을 걸었다.

"래양후께서 1년 넘게 군에 계시더니 아주 노련해져서 우리같이 한가로운 사람들과 술을 마시는 것이 재미가 없어진 모양이군, 안 그런가?"

"무슨 말인가? 군무로 늘 바쁘다보니 이런 여유가 다소 어색한 것뿐이야. 다 내 잘못이니 벌주로 한잔 하겠네."

정신을 차린 소원계는 급히 술잔을 들어 단숨에 비웠다.

다른 사람들도 함께 잔을 비웠다. 그 중 한 명이 말했다.

"솔직히 나는 아직도 이해가 가지 않네. 이 경성은 번화하고 즐길 거리도 많아. 장림부도 세자를 한 번 잃었으니 가만히 왕위나 이어받으며 살면 될 일인데, 대체 회화장군은 무엇 하러 변경에 나가 고생을 자초하는 건가?"

소원계는 까닭 없이 불쾌해져 빈 잔을 내려놓고 그를 흘겨보며 차갑게 말했다.

"모든 사람이 경성에서 안락한 생활을 보낼 생각만 한다면 이 경성의 평온이 얼마나 갈까?"

술자리의 분위기는 순식간에 부자연스러워졌다. 누군가 수습해 보려고 애썼지만 아무래도 예전같이 가까운 사이가 아니다보니 마음대로 되지 않았고, 결국 억지로 반 시진 정도 버티다가 뿔뿔이 흩어졌다.

소원계가 울적한 마음으로 홀로 거리를 거닐고 있는데 래양후부를 지키던 하성이 허겁지겁 달려와 장림부의 장사(長史)가 와서 찾는다는 소식을 전했다. 장림왕의 답신이 준비되었다고 짐작한 그는 옷매무새를 가다듬고 서둘러 달려갔다.

"내일 이 서신을 가지고 감주로 출발하거라."

소정생은 밀봉한 서신을 그의 손에 쥐여주면서 살짝 힘주어 잡았다.

"평정에게 내가 승전보를 기다리고 있노라고 전해다오."

소원계는 정중하게 고개를 숙였다.

"안심하십시오, 백부님. 한시도 지체하지 않고 밤낮없이 달려가 겠습니다."

서신을 받아들고 돌아온 소원계는 방문을 닫아걸고 혼자서 서신을 꺼내 한참 동안 갈등에 빠졌다. 봉랍을 한 곳은 손댈 수 없지만 봉투 아래쪽 풀을 칠한 부분은 손을 써볼 만했다. 하지만 밀서를 훔쳐본다는 것은 아무래도 위험했다. 밤이 깊을 때까지 망설이던 그는 결국 결심을 하고 화로를 가져오게 하여 물을 끓였다. 증기를 쐬어 풀을 녹이고 약한 불을 쬐어 틈을 만든 다음 얇은 칼로 조심조심 벌려 마지막으로 그 안에 든 서신을 끄집어냈다. 소평정이 보낸 두툼한 서신에 비해 장림왕의 답신은 겨우 두 장뿐이었다. 그는 서둘러 읽은 다음 소매 주머니에 넣고 밤을 틈타 순부로 달려갔다.

순백수는 이 새로운 동맹의 방문을 몹시 중요하게 여겼는지 순월에게 정원을 지키게 하는 한편 몸소 그를 서재 맨 안쪽의 다실로 안내했다.

"조심히 보십시오. 위험을 무릅쓰고 열었지만 감주로 전해야 하는 서신입니다!"

소원계는 서신을 건네면서 미소를 지어 보였다.

"홧김에 찢어버리시면 안 됩니다."

순백수는 반 농담 반 조롱조의 그 말을 무시하고 황급히 서신을 펼쳐 읽었다. 그러잖아도 무겁던 얼굴은 점점 더 어두워졌다.

"그들 부자는 안팎에서 호응하도록 상의를 끝마쳤으니 순 대인 께서도 필히 대응법을 마련하셔야 합니다."

소원계는 입가에 지었던 웃음을 거두고 표정을 가다듬었다.

"허나 소평정의 움직임은 아직 시작되지 않았고 대인께서 장림왕이 처리하는 군무에 간섭할 수도 없으니 어떻게 대응해야 할지는 저도 모르겠습니다. 대유의 강왕에게 사람을 보내 장림군이 준비를 마쳤으니 조심하라고 알릴 수는 없지 않습니까?"

순백수는 화들짝 놀라며 단호하게 말했다.

"그런 행동은 적국과 내통하는 짓입니다. 당연히 안 될 말씀이지요!"

"따지고 보면 정말로 황속군의 주력을 꺾을 수 있다면 우리 대량에게는 아주 좋은 일입니다."

소원계는 옆으로 몸을 돌리며 그를 흘끗 보았다.

"어차피 손을 쓰지 못하는 일이라면 차라리 마음대로 하도록 내버려두는 것은 어떻겠습니까?"

장림군이 마음대로 하도록 내버려두지 못하는 까닭은 소원계도 당연히 짐작하고 있었다. 일부러 이런 말을 한 것은 순백수의 분노를 부채질하기 위해서일 뿐이었다. 금릉성의 주인은 아직 어린데, 장림왕은 어전에서 정무를 보좌하고 소평정은 밖에서 군을 이끌고 있었다. 정치와 군사를 모두 손에 쥔 그들이 안팎으로 호응하면 누가 뭐라 해도 지극히 위험한 상황이었다. 조정이 겉으로나마 억지 평화를 지키고 있는 것은 결국 두 가지 이유 때문이었다. 그 첫 번째는 장림왕이 연세가 많은데다 평소 정무에 깊이 간섭한 적이 없었고, 또 소평장이 죽음으로써 조정에서 장림왕부의 힘이 절반으로 줄었기 때문이다. 두 번째 이유는 소평정이 본래 군에 몸담은 사람이 아니어서 비록 몇 차례 전쟁에 나가 공을 세우기는 했지만 아버지와 형에 비해 명망이 한참 부족하다는 것이었다. 이 때문에 그들이 안팎으로 미치는 힘에는 한계가 있었고, 두 부자가 경성과 변경에서 서로 호응한다는 것은 이론에 불과할 뿐 사실상 그렇게 할 힘이 없었다.

"지금 하지 못한다 해서 영원히 하지 못하는 것은 아니지요."

소원계는 탁자에 놓인 서신을 조심스레 집어넣고 고개를 들어 순백수를 바라보았다.

"소평정이 지금 그 첫걸음을 옮길 준비를 하고 있지 않습니까? 그가 정말 적국의 주력부대를 꺾는다면 대량의 조정이 어떤 모습이 될 것 같습니까?"

장림부 둘째 공자의 명성이 정말 그 아버지와 형의 뒤를 잇는다면, 그 후로는 북쪽의 전투에 얽매이지 않고 대규모 인마를 마음대로 부릴 수 있게 될 것이다. 순백수는 끔찍한 생각을 도중에 멈추고 이를 악물어 표정을 가다듬었다.

"불행히도 그리된다면 조정 안팎은…… 장림왕부의 눈치만 보겠지요."

소원계는 싸늘하게 비웃었다.

"순 대인께서는 참으로 태평하시군요. 내가 보기에는 조정 안팎뿐만 아니라 폐하께서도 눈치를 보시게 될지도 모릅니다."

"태평한 것이 이 늙은이뿐이겠습니까? 소평정이 이 싸움에서 승리하면 래양후께서 평생 발버둥을 쳐도 결코 그의 명성을 따라잡지 못할 것입니다. 두 분 다 무정제 폐하의 황손이나 따지고 보면 장림왕은 양자입니다. 래양후처럼 자부심 강한 분께서 평생 그런 자에게 고개 숙이고 지내는 것을 기꺼이 받아들이실 수 있겠습니까?"

가시처럼 뾰족한 그 말이 소원계의 심장을 정확히 찌르자 그의 얼굴은 순식간에 보기 흉하게 일그러졌다. 하지만 순백수는 오래 정치를 해온 노련한 대신답게 이렇게 서로 찔러대기만 하는 것은 아무 이득이 없다는 것을 깨닫고 목청을 가다듬어 분위기를 부드럽게 만들려 했다.

"자자, 구태여 서로 화기를 상할 것이 무엇입니까? 기운을 차리고 이 우세한 위치를 어찌 이용할 것인지 생각해봅시다."

소원계는 눈썹을 추켜올렸다.

"순 대인께서는 우리가 우세하다고 생각하십니까?"

"지금은 장림왕부든 감주영이든 우리가 북쪽의 동정을 살피고 있다는 사실을 모르니 크건 작건 선기를 잡은 것은 사실이지요."

순백수는 한 손으로 이마를 짚고 한 손으로는 탁자를 톡톡 두드리며 생각에 잠겼다.

"그들 부자가 서신을 통해 사사로이 논의하는 까닭은 아무래도 국상 기간이 꺼려지기 때문일 것입니다."

"그것을 누가 모르겠습니까? 하지만 움직이기로 결심한 이상 필시 국상 중에 병사를 일으키는 데 대한 핑계는 생각해두었을 것입니다."

"병사를 일으킬 핑계라……."

순백수는 그 말에 무언가를 깨달은 듯 눈썹을 움찔했다.

"그들이 이 진퇴양난을 어물쩍 넘어가려고 한다면 이 늙은이가 이를 명확히 짚어 소평정에게 핑계를 댈 여지조차 주지 않아야겠군요."

소원계는 무슨 뜻인지 알아차리지 못하고 황급히 캐물었다.

"어떻게 할 생각이십니까?"

순백수는 뒷짐을 지고 방 안을 천천히 걸으며 반복해서 생각을 다듬었다.

"래양후께서 아는 소평정이라면 어떤 핑계를 댈 것 같습니까?"

"음…… 아마도 대유가 먼저 도발했다고 하겠지요. 그런 부분은 확실하게 밝히기가 어려울 테니……."

"그렇습니다. 그자가 밝히지 못한다면 쉽게 밝힐 수 있도록 기준을 제시하면 되는 것이지요."

방향을 정하자 순백수의 생각은 점점 명료해졌다.

"이 늙은이가 내일 입궁하여 폐하께서 성지를 내려 명확히 밝히시도록 만들겠습니다. 선제께서 꿈에 나타나 군의 운이 흉흉하다 하셨으니 굳게 문을 닫아걸고 지키며 먼저 도발하거나 성을 나가거나 군영 간에 연합하여 싸우지 말 것이며, 특히 마음대로 전쟁을 벌이지 말라고 각 군에 명하는 것입니다. 결국 그자에게 큰 싸움을 벌일 기회를 주지 않는 것이지요."

황제라 해도 누군가의 아들이니 국상 중에 변경의 전쟁을 금하는 것은 누가 보아도 '효심'이었다. 더욱이 국경 네 곳에 똑같이 명을 내리면 소평정 한 사람을 노렸다는 것도 알아차리지 못할 것이다. 경성에 있는 장림왕을 속여 한 발 앞서 성지를 발표하기만 하면 누구도 반박할 수 없게 되므로 그야말로 화근을 뽑아내는 좋은 방법이었다.

"그 성지가 소평정에게 이르면 그자는 성지를 따르거나 그렇지 않으면 항명을 하고 국상 중에 병사를 움직이는 죄를 저지르는 것 말고 달리 방법이 없겠군요."

생각하면 할수록 좋은 방법이어서 소원계 역시 짧은 시간에 반격 방법을 생각해낸 수보 대인에게 감탄을 금할 수 없었다. 그가 찬탄을 하려는 순간 정원에서 일부러 큰 소리를 낸 듯한 순월의 목소리가 들려왔다.

"아니 순 통령, 어쩐 일이십니까?"

방 안에 있던 두 사람은 동시에 안색이 싹 변했고 순백수는 다급하게 주위를 둘러보며 어쩔 줄 몰라 했다. 북쪽 벽에 높은 창이 있는 것을 발견한 소원계는 발을 살짝 굴러 번개처럼 밖으로 몸을 빼쳤다.

순비잔은 순부에서 자랐지만 출사한 뒤로는 독립했기 때문에 보통은 이런 한밤중에 찾아오지 않았다. 그러나 오늘은 일을 마친 뒤 사촌누이인 순안여가 병으로 출궁했다는 소식을 듣고 염려가 되어 저녁을 먹자마자 살펴보러 온 것이다. 순비잔을 아들처럼 아끼는 순 부인은 한 달에 많아야 한두 번밖에 만나지 못하는 그가 찾아오자 쉽게 놓아주지 않고 한참 동안 한가로이 이야기를 나누었고 어느덧 밤이 깊었다.

"시간이 늦었으니 숙모님도 그만 쉬셔야지요."

순비잔은 창밖을 살피며 의아한 듯이 물었다.

"숙부님께서는 어찌 아직도 안채로 돌아오지 않으십니까?"

순 부인은 웃으며 말했다.

"나리께서는 서재에서 손님을 만나고 계시는 것 같으니 신경 쓰지 마라."

순비잔은 이 깊은 밤에 찾아올 손님이 누구일까 하는 호기심에 숙모와 작별한 뒤 곧장 서재로 향했다. 정원 문밖에는 시동 두 명이 돌계단에 늘어지게 앉아 있다가 그가 오는 것을 보고 깜짝 놀라 허겁지겁 일어나 인사를 올렸다.

"나리께서는 아직도 서재에서 손님을 맞고 계시느냐?"

원락 안에서 벌어지는 일에 대해 아무것도 모르는 시동들은 멍한 얼굴이 되었다. 그 중 하나가 고개를 저으며 대답했다.

"나리께서 서재에 계시기는 하지만…… 손님이 오셨다는 말은 듣지 못했습니다."

순비잔은 더욱 이상한 느낌이 들었다. 빠른 걸음으로 꽃 덩굴이 늘어진 월량문을 통과하여 정원으로 들어서자 순월이 마중 나와 예를 올리더니 큰 소리로 인사를 했다.

조용한 밤에 이렇게 큰 소리를 내는 것도 이상하고 서재 안에서 창살이 흔들리는 소리까지 들리자 순비잔은 눈을 잔뜩 찡그리고 나는 듯이 섬돌을 넘어 들어가 병풍을 돌아갔다.

다실의 탁자에는 찻주전자와 잔 하나가 놓여 있었다. 순백수는 탁자를 짚고 고개를 들며 몹시 놀란 얼굴로 물었다.

"비잔? 어쩐 일이냐?"

금군통령의 예리한 시선이 방 안을 훑다가 북쪽 벽의 반쯤 열린 창문에 고정되었다. 그는 훌쩍 몸을 날려 꽃나무 한 무더기를 지나 구불구불 밖으로 이어지는 회랑에 내려섰다. 회랑에 걸어놓은 도자기 등에서 희미하게 흘러나오는 빛을 제외하면 사방은 온통 깜깜했고 의심스러운 소리조차 들리지 않아 어느 쪽으로 쫓아가야 할지 갈피가 잡히지 않았다.

눈을 찡그린 채 방으로 돌아온 순비잔은 어두운 얼굴로 거리낌 없이 물었다.

"또 어떤 손님을 청하셨기에 제게 숨기십니까?"

순백수는 억울한 표정이었다.

"술이라도 마신 것이냐? 내 줄곧 이곳에 혼자 있었는데 손님이라니?"

"다른 것은 모르지만 방금 창문을 열고 나간 움직임은 확실히 느꼈습니다."

"밤바람이 심해서 창문이 흔들리는 것마저 의심을 하느냐?"

순백수는 고개를 젖히고 껄껄 웃더니 태연한 표정으로 말했다.

"우리 금군통령 앞에서 이토록 빨리 달아날 수 있는 자가 어디 있겠느냐? 설마 이 경성에 또 랑야방의 고수가 방문한 것은 아니겠지?"

반박하기가 쉽지 않은 말이었다. 순비잔 역시 직접 본 것은 아니어서 반신반의하는 얼굴로 입을 우물거렸지만 결국에는 별수 없이 사과하고 돌아갔다.

다음 날 아침 당직이던 순비잔은 조례가 끝나고 통령부로 돌아와 한 시진 정도 권각을 연마했다. 그는 무인인데다 독신이기 때문에 시중드는 사람은 있었지만 아무래도 꼼꼼하게 챙기지는 못했다. 어젯밤 순 부인은 그가 입은 장포가 낡고, 머리에 쓴 관이나 허리띠, 주머니, 신발의 색이 각기 달라 어울리지 않는 것을 보자 무척 안타까워했고, 아침이 되자마자 손수 일상용품들을 골라 마차를 반이나 채워 보내주었다. 아랫사람으로서 이런 호의를 거절할 수 없는 순비잔은 대강 훑어보기만 하고 집사를 불러 받아놓게 했다. 마차에 실린 것은 대부분 옷가지와 음식이었고, 계절에 꼭 맞는 금귤로 담근 술도 몇 단지 있었다. 드물게 시간 여유가 생긴 그는 하인을 시켜 술 한 단지를 개봉하고 정원 나무 그늘에서 간단하게 한잔 마실 준비를 하게 했다.

그런데 미처 술이 데워지기도 전에 부통령 당동이 급히 사람을 보내, 황제 폐하께서 흥이 나서 남쪽 들판의 사냥터로 나가시기로 했다는 소식을 전했다. 평소 천자가 거동하는 궁궐들은 호위하는 데 무리가 없지만 남쪽 들판은 따로 떨어져 있어 그곳까지 호위하는 것은 보통 일이 아니었다. 소식을 들은 순비잔은 즉시 옷을 갈아입고 서둘러 수행하러 달려갔다.

소원시는 병치레가 잦던 부황보다 훨씬 건강한 편이었다. 하지만 나라의 후계자로서의 무예란 무엇보다 안전이 가장 중요했기 때문에, 검술이나 궁술도 겉모습만 그럴듯하게 익히게 했고, 타고 다니는 말 역시 까다롭게 골라 조금이라도 거친 구석이 있으면 절대 앞에 대령하지 않았다. 더욱이 사냥터를 질주하는 것 같은 활동은 순 태후가 엄격하게 금지한 위험 행동이었다.

그런데 이번에는 어찌된 일인지 함안궁에서 어린 황제의 갑작스러운 흥취에 이의를 제기하지 않았고, 황제가 '자전(紫電)'이라는 말을 타겠다고 지목했는데도 전혀 저지하지 않았다. 순비잔은 몹시 의아했다.

자전은 황제가 동궁으로 책봉된 해에 장림왕이 선물한 말로 무척 팔팔했다. 어렵사리 모후의 허락을 얻은 소원시는 출발할 때부터 흥분한 표정을 감추지 못하고 특별히 장림왕부로 사람을 보내 황백부에게 남쪽 들판으로 와서 자신의 기마술을 구경하라는 말까지 전했다.

남쪽 들판의 궁술 연습장은 완만한 언덕에 있고 가장 가까운 과녁은 십 장 밖에 세워져 있었다. 오늘은 팔심이 부족한 어린 황제를 위해 그보다 삼 장 앞에 과녁을 하나 더 세웠다. 소원시는 자전을 몰아 종종걸음으로 두어 바퀴 돈 뒤 활을 쏘았으나 화살은 비뚤비뚤 날아가 과녁 끝에 꽂혔다. 결과를 살핀 그는 실망스러운 얼굴로 돌아와 말에서 내려 지켜보고 있던 소정생의 곁으로 갔다.

소정생이 웃으며 위로했다.

"과녁을 맞히셨으니 많이 느신 것입니다."

"아직 더 열심히 연습해야겠어요."

소원시가 시중드는 이가 내민 촉촉한 수건으로 얼굴을 닦자, 태감이 재빨리 깨끗한 수건으로 바꾸어주면서 가볍게 헛기침을 했다. 아직 볼이 발갛게 달아오른 어린 황제는 그 소리에 생각이 난 듯 소정생에게 한 발 더 다가서며 물었다.

"참, 황백부님, 짐이 오늘 병부에서 올린 간략한 보고를 받았는데 한 가지 이해가 가지 않아서 여쭤보고 싶어요."

소정생이 허리를 살짝 숙였다.

"말씀하시지요, 폐하."

"선제의 상중에는 예에 따라 성문을 닫고 굳게 지키며 피를 흘리거나 무기를 잡지 않음으로써 경의를 표한다고 들었어요. 그런데 어째서 최근 들어 북쪽 국경의 군자금과 군량이 평소보다 3할이나 늘었을까요?"

장림왕이 미처 반응하기도 전에 옆에 있던 순비잔이 안색을 살짝 굳히며 예의에 벗어남을 무릅쓰고 끼어들었다.

"폐하, 병부에서 일부러 올린 보고입니까?"

"짐도 처음에는 병부상서에게 하문했는데 이유는 잘 모르는 듯했고, 황백부께서 친히 하신 일이라 했어요."

소원시는 말을 멈추고 예민하게 소정생의 안색을 살폈다.

"짐이 물으면 안 되는 일이에요?"

"폐하께서는 강산의 주인이신데 무릇 나랏일이라면 하문하지 못하실 일이 어디 있겠습니까?"

소정생은 손을 들어 예를 갖추면서 차분한 말투로 설명했다.

"우리 대량은 홀로 있는 나라가 아니며, 강력한 이웃 나라에 둘러싸여 있고 각국의 정세는 서로 다릅니다. 선제께서 붕어하시고 폐하께서는 아직 어리시니 다른 나라들이 보기에는 더없이 좋은 기회지요. 하여 국경이 위험해져 평소보다 경계를 강화하는 것입니다. 생각해보십시오, 폐하. 우리가 가만히 있더라도 상대방이 도발을 하면 어찌해야겠습니까?"

소원시는 잠시 생각하다가 눈을 살짝 내리떴다.

"황백부님 말씀은…… 최근 북쪽 국경에 여러 가지 방비를 하신 것이 방어를 위해서라는 뜻이군요?"

소정생은 잠시 망설이는 듯했지만 결국 고개를 끄덕이며 확실하게 대답했다.

"그렇습니다."

어린 황제는 입을 우물거렸지만 더는 묻지 않고 돌아서서 다시 자전에 올라 더욱더 힘껏 배를 걷어찼다.

순비잔은 곤혹스러운 얼굴로 멀리 달려가는 어린 황제의 뒷모습을 바라보다가 고개를 돌려 생각에 잠긴 늙은 왕을 살폈다. 가슴 속에서 저도 모르게 의심이 무럭무럭 피어올랐다.

사방에 조서를 내리다

—

14

—

순백수는 붉은 기와에 금빛 문양을 입힌 함안궁의 회랑 밑에 홀로
서서 소매에 두 손을 찔러넣고 남쪽 들판 사냥터에서 돌아오는 어
린 황제를 기다렸다.

자세히 살피고 물을 것도 없이, 태감을 물리치고 직접 어가에서
내리는 소원시의 힘찬 발걸음만 보아도 이 어린 황제의 기분이 좋
지 않다는 것을 알 수 있었다. 순백수는 속으로 기뻐하면서 턱수염
을 매만지며 입술 끝을 올렸다.

순 태후는 소영의 부축을 받아 창가의 긴 의자에서 천천히 일어
나 조롱조로 물었다.

"어떻더냐? 어미와 네 외숙부의 말이 옳았지? 장림왕께서 내각
을 무시하는 것이야 그렇다 쳐도, 폐하께서 친히 하문하시는데 핑
계를 대어 넘어가려고 하니 그분 눈에 황제는 아직도 신경 쓸 필요
없는 어린아이에 불과한 게야. 다른 것은 차치한다 한들 선제께도
이리했더냐?"

소원시는 울적한 얼굴로 한참 동안 앉아 있다가 뺨을 팽팽히 당

기며 말했다.

"모후, 그런 말씀 마세요. 강적이 바깥에 있으니 경계해야 한다는 황백부님의 말씀에도 일리가 있어요."

순백수는 빙그레 웃으며 허리를 숙이고 온화하게 말했다.

"새 군주가 등극했을 때 평소보다 국경을 강화하는 것은 당연한 일입니다. 허나 북쪽 국경의 움직임은 그리 간단하지 않습니다. 후방에서 조달한 보급품이라면 큰 싸움을 일으키고도 남을 양이지요. 장림왕 전하의 결정이 옳은지 틀린지는 나중에 생각하더라도 이처럼 국운이 걸린 큰일을 조정 대신들과 상의하지도 않고 폐하의 승인을 받지 않아도 되는 것일까요?"

소원시는 입술을 깨물고 아무 말이 없었다.

"황제도 똑똑히 보지 않았느냐. 장림왕은 선제 때의 관례에 따라 혼자 군무를 틀어쥐고 있단다. 이번 일에 대해 네게 고하지도 않으니 반대할 기회조차 없지 않느냐."

순 태후는 오라버니와 눈짓을 주고받은 뒤 차가운 목소리로 덧붙였다.

"권신이 홀로 권력을 쥐면 이렇게 되는 법이지. 이래도 경계하지 않을 생각이냐?"

두 사람이 좌우에서 한마디씩 몰아붙이자 소원시는 점점 더 마음이 어지러워졌다. 그는 아직 소정생이 부적절한 일을 꾸민다는 의심을 하지 않았고, 순백수 역시 지나침이 모자람만 못하다는 것을 잘 알기에 의심을 부추기려 하지는 않았다. 지금 이 내각 수보의 목적은 장림왕이 어린 군주를 무시하고 소홀히 한다는 것을 반복적으로 짚고 강조하는 것이었다.

아직 심성이 굳어지지 않은 열세 살 소년은 자신의 정치력이 부족하다는 것을 느낄 때마다 다른 사람들의 눈이나 평가에 신경 쓰게 마련인데, 장림왕이 북쪽 국경의 일을 독단적으로 처리한 것은 황제에게 믿음이 없다는 표현임이 분명했다.

"장림왕께서 짐에게 보고하지 않으려고 하는데…… 내각은 어떻게 생각하십니까?"

순백수와 순 태후가 기다리던 것도 이 한마디였다. 순백수는 입가에 미소가 피어오르는 것을 숨기지 못해 황급히 허리를 숙여 표정을 가렸다. 선제가 꿈에 나와 병사를 움직이지 말라는 명을 내렸다는 핑계는 이미 여러 차례 검토하고 어떤 식으로 풀어나가야 할지도 꼼꼼히 다듬었기 때문에 어린 황제가 묻기만 하면 술술 대답할 수 있었다.

"사방에 공포를 하자고요?"

소원시는 이런 제안을 꿈에도 생각하지 못한 듯 망설이는 표정을 지었다.

"짐은 아무래도…… 황백부를 만나 진지하게 이야기를 나누는 것이 좋을 것 같습니다. 부황께서 임종 전에 황백부를 존경하고 따르라고 당부하셨는데 이렇게 몰래 성지를 내리는 것은…… 다소 부적절한 처사 같아요."

순백수는 살며시 고개를 가로저으며 부드럽게 말했다.

"장림왕 전하를 존경하기 때문에 만나서 이야기하지 못하는 것입니다."

"무슨 뜻이지요?"

"잘 생각해보십시오, 폐하. 장림왕께서는 고집이 세어 선제와

227

의견이 맞지 않을 때도 결코 쉽게 물러서지 않으셨는데 하물며 폐하 앞에서는 말할 것도 없겠지요. 독단적으로 군무를 처리하는 데 익숙하신 그분이 폐하께서 말씀하셔도 듣지 않으시면 어찌하겠습니까? 그런 다음 성지를 내리면 장림왕 전하의 체면이 더욱 떨어지지 않겠습니까?"

순 태후가 적절하게 소원시에게 몸을 기울이며 오라버니의 편을 들었다.

"그 말이 맞다. 장림왕의 연세를 생각해보려무나. 최근에는 안색도 좋지 않으시더구나. 선제의 형님으로서 무거운 은혜를 입으신 분이야. 군주와 신하의 구분이 중요하다 하지만 아무래도 황제가 손아랫사람이니, 만에 하나 뜻이 어긋나 충돌이 생기고 장림왕이 화병이라도 나면 더욱더 큰일이 아니겠느냐?"

소정생은 최근 반년 가까이 병으로 휴가를 냈기 때문에 어린 황제도 염려하던 차여서 저도 모르게 고개를 끄덕였다.

"모후 말씀이 옳습니다. 선제께서 떠나신 지 채 1년도 되지 않았는데 황백부께 무슨 일이라도 생기면 짐의 마음도 편치 않습니다."

순백수가 한 걸음 다가서서 계속 권했다.

"국상의 예는 나라의 근본에 관련된 중요한 일이나 장림왕 전하의 체면을 고려하지 않을 수도 없습니다. 모든 상황을 살펴볼 때 이것이 가장 좋은 방법입니다."

"하지만 황백부께서는 성지를 받들어 정무를 보좌하고 계시니 부절령을 시켜 옥새를 찍으려면 그분께 알려야 하는데……."

순 태후가 나지막이 말했다.

"부절령을 입궁시켜 옥새를 찍게 하거라. 조정에 들를 필요도

없고 소부(少府, 황실의 일상생활을 담당하는 기구—옮긴이)에도 입조심하
도록 명을 내리면 된다. 그 후 내각에서 문서를 만들고 사방에 공
포하는 일은 네 외숙부가 알아서 하실 것이다."

소원시는 눈을 내리뜨고 한참 망설였지만 마침내 결심을 한 듯
고개를 끄덕였다.

황제의 지지를 받은 이상, 오랜 정치 경험으로 얻은 순백수의
능력과 효율성이라면 정무를 보좌한 지 오래지 않은 무신을 속이
고 성지를 공포하는 것은 쉬운 일이었다. 이틀도 지나지 않아 사방
의 국경으로 성지를 전할 사람들이 출발 준비를 끝냈다.

일은 순조롭게 진행되었지만 언제나 안전을 중시하는 순백수는
여전히 완벽하지 않은 느낌이 들어 밤새 생각에 잠겨 잠을 이루지
못했고, 성지를 전하는 사자가 출발하는 날에는 북쪽으로 가는 견
시랑을 붙잡아 세웠다.

"오라버님께서 무엇을 염려하시는지 도무지 모르겠습니다. 소
평정이 아무리 경솔하더라도 성지가 내려지면 돌이키기 힘듭니
다. 설마 그자가 감히 성지를 거역하겠습니까? 한 발 양보하여 설
령 그렇다고 해도, 북쪽의 장수들 역시 조정의 신하인데 선제가 가
신 지 얼마 지나지도 않은 지금 아무도 황실의 명을 따르지 않으려
할까요?"

순백수는 무거운 눈빛으로 고개를 저었다.

"성지를 거역하지 못하게 하려면 최소한 사자가 소평정을 만나
야 하지 않겠습니까?"

순 태후는 그 점은 전혀 생각지 못한 듯 움찔 당황했다.

"북쪽 국경은 장림군의 기반이니 언제든지 속임수를 써서 사자의 발을 묶어놓을 수 있습니다. 그리고 딱 잡아떼면 누가 사실을 밝혀낼 수 있겠습니까?"

여기까지 말한 순백수는 결심을 한 것 같았다.

"감주에 성지를 전하는 것은 무척 중요한 일이니 누가 가더라도 안심이 되지 않습니다."

순 태후는 깜짝 놀랐다.

"오라버님께서 몸소 다녀오시겠다는 말씀입니까?"

"그렇습니다. 이 중요한 시기에 실수가 있어서는 결코 아니 됩니다. 신이 고생을 하더라도 피할 수는 없지요."

그는 결정을 내렸지만 순 태후는 망설였다. 예전 장림세자는 확실히 꺼려지는 인물이었으나 성격이 온순하고 행실도 단정했다. 하지만 소평정은 형과는 달리 어려서부터 구애받는 것 없이 충동적으로 행동하고 세상 무서운 줄 모르는 성품으로, 상식으로는 재단할 수 없는 인물이었다. 그가 제멋대로 굴기 시작하면 어디로 튈지 아무도 예상하지 못했으니 마음이 놓이지 않았다.

"회화장군의 일처리 방식에 대해서는 우리가 아는 바가 없습니다. 조정을 안정시키는 것도 중요하지만 오라버님의 안위도 보통 일은 아닌데, 만에 하나……."

"심려 마십시오, 태후마마."

순백수는 웃으며 위로했다.

"신이 경성을 떠날 때 폐하께 말씀드려 동호 우림영의 정예 3백 명을 딸려달라 할 것입니다. 북쪽 국경 또한 대량의 천하이고 세상이 평화로우니, 소평정이 아무리 제멋대로라고 한들 신과 3백 명

의 정예병을 한꺼번에 몰살시킬 수는 없지 않겠습니까?'

순 태후는 다시 생각에 잠겼다. 하지만 황제의 이익이 더욱 중요하다는 결론을 내렸고 순백수의 말투도 확신이 넘쳐 억지로 반대하지 않고 신신당부를 했다.

소정생도 그날 남쪽 들판 사냥터에서 어린 황제의 실망한 기색을 보지 못한 것은 아니었다. 하지만 당시에는 상세히 이야기할 수도 없었고, 소식이 새어나간 것도 모른 터라 그 자리에서 캐물으려 하지 않았다. 그저 차후 기회를 보아 상세하게 설명해주어야겠다고 생각할 뿐이었다.

그 후 며칠 동안 소원시는 별다른 말이 없었고 금릉성 전체가 조용했다. 장림왕은 예전에도 정무에 깊이 관여하지 않았기 때문에 병을 이유로 휴가를 쓴 순백수를 제외하고 조례에 늘어선 대신들 가운데 몇 사람이 줄었다는 것을 전혀 알아차리지 못했다. 도리어 아무것도 모르는 순비잔이 가장 먼저 이 수상한 상황을 알아차렸다.

장림왕이 북쪽 국경에 미리 소식을 전하지 못하도록 순백수는 몰래 성지를 받아 경성을 나섰고, 바깥에는 돌림병에 걸려 외출할 수 없다고만 알렸다. 순비잔은 누가 뭐라 해도 순부에서 자란 데다 아무리 의견이 달라도 숙부였기에 이튿날 틈을 내어 찾아가보았다. 후원의 중문으로 들어서자마자 순 부인이 멀리서 마중을 나왔다. 순 부인은 평온한 목소리로 나리는 방금 약을 드시고 잠드셨는데 큰 병은 아니라고 위로하며, 그를 곁채로 데리고 나가 경성에서 나이가 찬 규수들 이야기를 귀에 딱지가 앉도록 늘어놓았다.

순비잔은 그 화제가 몹시 불편하여 숙부가 깨어나기도 전에 핑계를 대고 황급히 물러났다. 직접 환자를 보지는 못했지만 마음 편한 숙모를 보면 큰 병은 아닌 것 같았다. 그 후 궁성에서 갑작스레 여러 일을 맡기는 바람에 바삐 처리하느라 한동안 병문안 가는 것을 까맣게 잊었다가 겨우 여유가 생기자 큰 병이 아니라던 숙부가 이레 가까이 조례에 나오지 않았다는 것이 생각났다.

"네가 그리 걱정해주니 되었다."

다시 병문안을 온 조카를 향해 순 부인은 여전히 활짝 웃으며 말했다.

"네 숙부께선 괜찮으시단다. 허나 의원이 바람을 맞으면 좋지 않아 자꾸만 사람이 드나들면 심해질 수 있다는구나. 너는 한가족이니 이런 허례허식은 신경 쓰지 말려무나. 네 숙부가 일어나시면 곧바로 사람을 보내 알려주마, 응?"

의심스럽기는 하지만 반박할 수도 없어 하릴없이 숙모에게 이끌려 곁채로 가는데, 뒤쪽 문에서 순안여가 몸을 반쯤 내밀고 그를 향해 고개를 저으며 눈짓을 해 보였다.

순비잔은 이 눈짓이 무엇을 의미하는지 당장 알아차리지는 못했지만, 적어도 무언가 이상한 것은 분명했다. 그는 눈을 찡그린 채 짐짓 원락 바깥쪽으로 한 걸음 내디뎠다가 홱 몸을 돌려 섬돌로 올라갔다. 문을 열고 안으로 들어가자 침상에는 이불이 평평하게 깔려 있고 사람 그림자는 찾아볼 수도 없었다.

뒤쫓아온 순 부인은 조카의 잇단 질문을 견뎌내지 못하고 남편이 떠난 지 며칠 되었다고 털어놓았다. 다만 어디로 갔는지, 무슨 일로 갔는지는 전혀 알지 못했다.

순비잔은 숙모에게서 아무것도 알아낼 수 없다는 것을 알고 있었다. 순백수가 경성을 비웠다면 반드시 황제의 허가가 있어야 했기에 그는 곧바로 궁성으로 달려가 양거전의 어린 황제에게 알현을 청했다.

솔직히 말해 소원시는 이런 비밀스러운 방식이 마음에 들지 않아 시간이 지날수록 점점 불안해하고 있었다. 그런 와중에 순비잔이 들어와 묻자 차라리 시원하게 털어놓는 게 낫겠다 싶어 금군통령을 직접 장림부로 보내 성지에 관한 일을 장림왕에게 알리게 했다.

북쪽 국경에서 지금 어떤 싸움을 계획하고 있는지, 소정생은 경성의 그 누구보다 잘 알고 있었다. 사방 국경의 병마를 움직이지 못하게 하는 성지는 그 계획을 거의 무너뜨리는 악수였기에 그는 의자에 털썩 주저앉아 한참 동안 정신을 차리지 못했다.

사방에 성지를 내리는 것은 천하에 공포하는 것이나 다름없었다. 순백수가 경성을 떠난 지 이레가 지났으니 이제 와서 북쪽 국경에 소식을 전하려 해도 늦은 때였다. 고민을 거듭하던 소정생은 결국 어쩔 수 없다는 것을 알고 이마를 짚으며 장탄식을 했다.

순비잔은 군무에 어두웠지만 장림왕에게서 소평정이 대승을 거둘 호기라는 말을 듣자 추호도 의심하지 않았다. 그는 몹시 안타까워하면서도 이해가 가지 않아 고개를 갸웃하며 물었다.

"장림군이 나라를 위해 적을 막는 것은 나쁜 일이 아닙니다. 국상의 예가 중요하다 해도 상의하여 조절할 수도 있는 일인데, 평정이 그만한 자신이 있다면 어째서 조정에 통보하지 않았습니까?"

소정생은 낙심한 얼굴에 쓴웃음을 띠고 고개를 저었다.

"군사 기밀은 말할 것도 없고 변경의 전란이 얼마나 고된지 진정으로 공감하는 사람이 이 경성의 조정에 몇이나 있겠느냐? 우리 부자가 전횡을 부리려는 것이 아니라 이 안건이 조정에 올라가면 필시 논의가 길어져 결론을 내리지 못할 것이다. 본 왕이 이 일을 강행한다면 전권을 휘두른다는 오명을 벗을 수 없겠지만, 그렇지 않으면 백 년 만에 온 좋은 기회를 애석하게 놓치게 된다. 우리 부자에게는 이 싸움에서 이겨 변경을 안정시킬 수만 있다면 거친 비바람을 맞게 되더라도 견뎌낼 가치가 있느니라."

순비잔은 멍하니 생각에 잠겼다가 다소 우울한 표정이 되었다.

"확실히 지금 내각은 조금…… 마음이 놓이지 않는 데가 있기는 합니다. 허나, 허나 그날 폐하께서 하문하셨을 때 어찌하여 한 마디 암시라도 하지 않으셨습니까?"

소정생은 탁자를 짚고 천천히 몸을 일으켜 북쪽 벽에 걸린 주홍빛 철궁에 다가가 한참을 응시했다.

"하나는 나라의 귀중한 예법이 걸린 일이요, 다른 하나는 천재일우의 기회가 걸린 일이니, 실로 이러지도 저러지도 못하는 상황이지. 본 왕은 벌써 일흔이 가깝고 평생 전쟁터에서 말을 달리며 세상사를 두루 겪었다. 그럼에도 이런 결정을 내린 뒤로 늘 마음이 무겁고 선제께 죄송하다는 생각이 드는데 하물며 폐하께서는…… 폐하께서는 아직 열네 살도 되지 않으셨느니라. 이제 막 어린 티를 벗고 갓 황위에 오르신 분이다. 내 마음 편하자고 선택하기 어려운 이 문제를 폐하께 알리고, 어린아이로 하여금 그 무거운 책임을 지게 할 수야 없지 않겠느냐?"

소흠이 살아생전 소평정을 편애한 것처럼 장림왕 역시 군신의 관계를 넘어 소원시를 진심으로 아꼈다. 순비잔은 가슴이 뜨겁게 끓어오르는 것을 느끼면서 씁쓸하게 말했다.

"부절령이 입궁하던 것을 저도 알고 있었습니다. 당시에는 내각에서 옥새를 찍어 문서를 보관하기 위해 불렀을 뿐 당연히 전하께 미리 알렸다고 생각했습니다. 그런데 이런……."

"이제 와서 그런 이야기를 한들 무슨 소용이겠느냐."

소정생은 무력하게 그의 팔을 두드렸다.

"황권이란 무시할 수 있는 것이 아니다. 내가 처음부터 막지 못하는 바람에 성지가 경성을 떠나 사방에 전해졌으니 평정의 눈앞에는 두 가지 길밖에 남지 않았구나."

장림왕이 말한 두 가지 길이 어떤 것인지, 순비잔은 묻지 않아도 알 수 있었다. 그는 더욱 마음이 불안해졌다.

"전하, 만부득이한 경우…… 평정이 어떤 길을 선택하리라 생각하십니까?"

서재 안의 공기는 본래도 무거웠지만 그 질문이 나오는 순간 더욱더 착 가라앉았다. 소정생은 고개를 돌리고 그를 흘끗 보더니, 늙고 메마른 손가락으로 벽에 걸린 활의 팽팽한 시위를 쓰다듬을 뿐 허연 눈썹을 아래로 축 늘어뜨린 채 대답하지 않았다.

9월 초이렛날, 쉬지 않고 달린 소원계는 열흘 동안의 여정 끝에 자신의 임무를 완수하여 장림왕의 답신을 소평정의 손에 건네주었다. 그가 감주성에 도착하기 이틀 전, 전의를 불태우는 강왕 담릉석이 선봉 3만을 보내 예측한 대로 막남에서 대량의 국경을 침입해왔다. 소평정이 부왕에게 서신을 보낸 주요 목적은 후방 군량 조달이었기 때문에 답신을 받은 뒤 움직일 필요는 없었다. 막남영은 미리 정해진 전략대로 먼저 남쪽 언덕에서 맞서 싸우다가 패한 척 적을 유인하면서 질서정연하게 물러나 미리 정해둔 북쪽의 막음곡(莫蔭谷)으로 영채를 물렸다.

북쪽 국경의 싸움은 경성의 답신과 상관없이 진행되었지만 그래도 장림왕의 명확한 답은 무척 중요했다. 소평정은 봉투를 여는 칼도 쓰지 않고 곧바로 봉한 곳을 뜯어 내용을 살피면서 봉투를 회의실 앞 정원에 아무렇게나 떨어뜨렸다.

당시 임해는 사람들을 따라 대유를 떠나 감주로 온 뒤로 성안에 거처를 마련하여 혼자 지내며 약전을 정리하고 있었다. 싸움에 임한 소평정의 마음이 흔들리지 않도록 그녀는 군이나 관아에 거의 모습을 드러내지 않았고, 이따금씩 진맥을 해도 대상은 늘 민간의 환자들이었다.

그런데 바로 며칠 전, 위광이 무슨 일인지 자다가 화들짝 놀라 깼고 이를 걱정한 호위병들이 몰래 두중을 부르는 일이 있었다. 하지만 이 늙은 장군은 병을 숨기려고 손목을 내어주기는커녕 도리어 의원을 쫓아냈다. 가만히 생각하던 두중은 임해는 여자이니 그녀에게 진맥을 맡기면 위광도 차마 밀어내지는 못할 것이라 생각하고 도움을 청했다.

임해도 일찍이 위광을 만난 적이 있어 그의 성품 역시 알고 있었다. 그녀는 급히 준비를 마치고 두중을 따라 군아로 향했다. 위광에게는 가족이 없어 동이항(東二巷) 옆의 곁채에 묵고 있었다. 두 사람이 바삐 안으로 들어가보니 방과 정원은 텅 비어 있었다. 소식을 듣고 몰래 달아난 것이 분명했다.

"찻잔에 든 물이 아직 뜨겁군요. 동쪽으로 돌아가면 회의장이 나오니 그리로 가면 찾을 수 있을 거예요."

두 사람은 환자의 행동에 기가 막혀 웃음이 났지만, 재빨리 좁은 동이항을 지나 길을 나누어 회의장으로 가는 앞뒤 문을 막았다. 마침 그때 소평정은 서신을 다 읽고 후당에서 소원계를 불러 경성의 근황을 묻고 있었다. 호위병 몇 명을 데리고 정원을 지키고 서 있던 노소는 위광이 이상한 기색으로 슬그머니 숨어들어오는 것을 보자 참지 못하고 물었다.

"위 노장군, 뭘 하십니까?"

위광은 황급히 조용히 하라는 손짓을 했다.

"누가 물으면 못 보았다고 하게. 자넨 나를 보지 못한 거야!"

노소는 대답 없이 눈만 껌뻑껌뻑하며 그의 뒷모습을 바라보았다. 늙은 장군이 황급히 몸을 돌리는데 원락 문에서 얼마 떨어지지 않은 곳에 생글거리며 서 있는 임해가 보였다. 다시 반대편으로 고개를 돌렸지만 그쪽으로는 두중이 득의양양해하며 다가오고 있었다. 위광은 곧 어깨를 축 늘어뜨리고 힘없이 변명했다.

"벌써 몇 번이나 말하지 않았는가. 나이가 들어서 밤잠이 없어진 것뿐이지 아무렇지 않대도!"

그 말을 들은 노소는 걱정스러운 눈길로 그를 살피며 조심조심 물었다.

"노장군께서 병이 나셨습니까?"

위광은 화가 나 두 눈을 부릅떴다.

"헛소리! 네놈이나 병에 걸렸겠지!"

"노장군, 너무 걱정 마세요."

임해가 부드럽게 위로했다.

"우선 두 의원에게 진맥을 받으신 후 이야기하시지요. 장군의 동의 없이 함부로 회화장군께 알리지는 않을 겁니다."

사실 위광이 두려워한 것은 병이 아니라 큰 싸움을 앞두고 의원의 말 한 마디에 전장에 나아가 적을 무찌를 기회를 잃는 것이었다. 임해의 말이 위로가 되었는지 그는 곧 표정을 누그러뜨렸다.

"그러면 먼저 약속하게. 흔한 병쯤이야 장군께 알릴 필요가 없지, 암."

그가 협조를 하겠다는데 약속하지 못할 것도 없어 두중은 재빨리 고개를 끄덕였다.

"예예, 그렇게 하겠습니다."

그때 정원 안에 회오리가 일면서 조금 전 소평정이 버렸던 서신 봉투가 바람에 팔랑거리며 날아올라 임해 옆의 나뭇가지를 때렸다. 임해는 허리를 숙여 봉투를 주웠지만 겉면에 아무 글자도 쓰여 있지 않아 별생각 없이 물었다.

"이건 뭐죠?"

당당한 감주영 주장의 군아 회의장 밖에 쓰레기가 있다는 사실에 부장인 노소는 민망해진 나머지 허둥지둥 변명을 했다.

"장림왕 전하의 답신이 들어 있던 봉투입니다. 장군께서 급히 열어보느라 찢어서 던지셨는데 아직 치우지를……."

임해는 어두운 얼굴로 봉투를 이리저리 뒤집으면서 살피다가 눈썹을 찡그리며 말했다.

"노소 장군, 이 봉투는 누군가 한번 열어본 것 같은데 알고 계셨나요?"

장림왕이 경성에서 보낸 답신을 누군가 열어본 적이 있다니, 이는 결코 보통 일이 아니었다. 임해의 말에 옆에 있던 위광마저 눈이 휘둥그레져 허둥지둥 그녀를 후당으로 데리고 들어가 주장에게 보고했다.

답신을 읽느라 바빠 자세히 살피지 못했던 소평정은 그 말을 듣고 깜짝 놀라 황급히 봉투를 받아 자세히 살폈다. 그의 얼굴 위로 점점 그늘이 졌다.

그때 후당에 있는 사람들 중 가장 놀라고 당황한 사람은 다름 아닌 소원계였다. 그의 얼굴에서 핏기가 싹 가시고 손가락도 바르르 떨렸다. 다만 서신을 전한 당사자가 그였으니 이런 상황에서 놀라는 것이 당연했기에 아무도 이상하게 여기지 않았다. 그와 동시에 서신을 전한 당사자였기 때문에 서신을 어떻게 보관했는지, 여정이 어떠했는지, 이상한 일이 있지는 않았는지 등의 질문을 받은 사람도 자연히 그밖에 없었다. 질문과 대답이 이어진 짧은 일각 사이 래양후의 속곳은 식은땀에 축축이 젖어들었다.

"네가 보낸 서신은 원숙이 친히 확인했고 아무 문제가 없었어. 백부님께서 보내신 답신은 매, 맹세컨대 한 번도 몸에서 떼어놓은 적이 없어. 평정, 믿어줘. 오는 동안 잠을 잘 때도 서신을 베개 밑에 넣고 잤는데 대체 언제…… 언제 누가 열어보았는지 정말 모르겠어."

그는 소평정을 따라 종군해 감주에서 2년 가까이 지냈으니 답신이 궁금하다면 소평정에게 전한 후 정정당당하게 보면 되지 이렇게 몰래 열어볼 필요가 없었다. 이 때문에 소평정을 포함하여 이 자리에 있는 사람 누구도 그를 직접적으로 의심하지 않았고, 그의 대답에 각자 생각에 잠겨 어디에서 문제가 생겼는지 추측하기 바빴다.

"아무리 생각해도……."

소원계는 혀를 깨물어 마음을 가라앉히려 애썼다.

"대유의 첩자가 계략을 꾸미려고 그런 건 아닐까?"

소평정은 잠시 생각하다가 고개를 저었다.

"금릉성을 출발할 날은 너 자신도 당일에 알았고 지체 없이 길을 서둘렀어. 대유의 첩자가 아무리 대단해도 결국 타국 사람이니 그 정도까지 알아내지는 못했을 거야."

떠넘기기에 실패하자 소원계는 뉘우치면서 자책하는 수밖에 없었다.

"모두 내 탓이야. 내가 경솔하고 우둔해서 일을 망쳤어. 솔직히 말해 나는 아직도 그 봉투에 무슨 문제가 있는지 모르겠어."

"확실히 대단한 솜씨니 네가 알아보지 못한 것도 무리는 아냐."

소평정은 눈동자를 두어 번 굴렸다.

"봉투를 열었다가 다시 봉하려면 시간이 필요한데 여행 중에 하기는 어려워. 내 생각에는…… 경성을 떠나기 전에 열어본 거야."

"겨, 경성?"

소원계는 심장이 쿵쿵 뛰어 겨우 회복했던 얼굴에 다시금 핏기가 싹 가셨다.

"그, 그러면 큰일이야? 수습할 방법은 없어?"

소평정은 가볍게 한숨을 쉬었다.

"다행히 부왕께서 상세한 내용까지 쓰지는 않으셨기 때문에 예정된 일에 영향을 미칠 정도는 아니야. 최악의 상황은 피했어."

노소가 머리를 긁적이며 이해가 안 된다는 듯이 끼어들었다.

"소장은 잘 모르겠습니다. 누가 한 짓인지는 모르지만 몰래 서신을 열어보았다고 해서 뭘 할 수 있을까요?"

"예전에 누군가 이런 말을 했다. 적의 화살이 어디서 오는지, 무엇을 노리는지 모른다면, 가장 먼저 자신의 약점이 무엇인지 생각해야 한다고……."

소평정은 입구로 걸어가 무거운 눈빛으로 먼 곳을 바라보았다.

"이번 일에서 가장 중요한 것은 그들이 앞으로 하려는 일을 밝혀내는 것이 아니라 그들이 무엇을 해야 우리가 가장 힘들어지는지 찾아내는 것이다."

시위에 얹힌 화살

—

15

—

9월 열흘, 소원계보다 겨우 사흘 늦게 출발한 순백수는 육로에서 수로로 옮긴 뒤, 원주를 지나 대릉 운하를 타고 북쪽으로 꺾어 마침내 북쪽 국경 다섯 개 주의 최남단인 면주에 이르렀다.

　면주의 청양도(青羊渡)는 대릉 운하의 끝으로, 단순히 배가 정박하는 나루터가 아니었다. 주부와 장림군 모두 이곳에 전속 관리를 주둔시켜 군수물자의 접수와 조달을 맡겼고, 이 때문에 관아의 사람이나 군호, 뱃사공, 짐꾼을 비롯하여 그 외의 자잘한 업무를 돕는 사람들이 몰려들어 중간급 성시만 한 규모를 자랑했다.

　순백수의 배는 기슭에 닿자 깃발을 걸거나 현지 관아에 통보하지 않고 매우 비밀스레 움직였다. 하지만 3백이나 되는 정예병의 움직임은 아무리 해도 숨기기가 쉽지 않았다. 관선을 선거에 넣고 첫 번째 널판을 내려놓았을 때 짐꾼으로 가장한 장림군의 호위병은 이미 이를 알아보고 미리 와서 기다리던 노소에게 나는 듯이 달려가 보고했다.

　경성에서 북쪽 국경으로 오는 길목을 모두 지키며 싸움이 벌어지기 전에 경성에서 오는 사자를 피하라는 것이 소평정이 노소에게 몰래 내린 명령이었다. 순백수의 어마어마한 행차에 부장은 찔끔 겁을 먹었지만, 주장이 내린 명을 어김없이 실행하는 데 방해가 되지는 못했다.

"경성에서 먼 길을 왔고 변경의 도로가 좋지 않으니 아마 마차 바퀴에 균열이 많이 생겼을 것이고, 말을 탔다 하더라도 쉽게 지쳤을 것이다."

노소는 높은 언덕에 올라 몰래 그들을 살피다가 눈동자를 굴리며 말했다.

"저 속도로 보아 오늘 저녁이면 곡산역에서 보내야 할 테니 먼저 가서 준비해야겠다."

곡산역에 머물던 날 밤, 순백수는 역참의 관리 둘을 불러 상세히 물은 뒤 아직 싸움이 벌어지지 않았다는 소식을 알아냈다. 다소 마음이 놓인 그는 단잠에 푹 빠져 장장 네 시진이나 잠이 들었다.

그런데 그날 밤만 해도 아무 일 없었는데 다음 날 눈을 뜨자 순월이 구겨진 얼굴로 들어와 보고했다. 청양역에서 조달한 마차 세 대가 모두 바퀴가 갈라지고 몸체가 비뚤어져 수리를 해야 한다는 것이었다.

순백수는 어쩔 수 없이 여정을 미루고 사람을 보내 마차와 목수를 찾아오게 했다. 반나절을 바삐 움직였지만 소득이 없자 결국 신분을 드러내고 곡산현승을 부른 다음에야 충분한 마차를 준비하여 출발할 수 있게 되었다.

관도를 따라 수십 리를 달리는 동안 새로 조달한 마차에도 계속해서 문제가 생겼다. 바퀴가 빠지거나 축대가 틀어지는 것은 일상이고, 심하게는 끌채가 부러지기도 했다. 주변에 마을 하나 없어 도움을 청할 수도 없던 그들은 어쩔 수 없이 마차를 버리고 말에 올라 고생 끝에 묵을 곳에 도착했다.

그 다음 날에는 말이 병이 나서 먹이를 먹지도 않고 축 늘어졌 다. 수의(獸醫)가 와서 살펴보더니 아주 낙관적인 목소리로 열흘이 면 완전히 치료할 수 있다고 했다.

"마차 축대가 부러지고 말이 쓰러지고 역참에도 바꾸어 탈 말이 없다니, 결코 우연한 일이 아니다!"

순백수는 노기등등해서 이를 악물고 순월에게 말했다.

"우리 금군통령께서 나더러 공연히 걱정을 한다더니, 이것이 정 말 공연한 걱정이더냐? 설령 소평정이 이 늙은이가 사자로 온 줄 모른다 하더라도 어찌 폐하의 사자에게 수작을 부릴 수가 있느냐? 그자에게 조정과 황실의 위엄은 대체 무엇이란 말이냐?"

그러나 화를 낼 때 내더라도 눈앞의 문제는 해결해야 했다. 순 백수는 이를 악물고 탈 수 있는 말을 구해 자신이 먼저 출발하고 나머지는 남아서 마차를 마련한 뒤 뒤따라오게 했다.

명령을 받은 순월이 직접 움직였지만 곧바로 출발할 수 있는 말 은 채 백 마리가 되지 않았다. 하지만 순백수는 도리어 마음을 굳 게 먹고 차갑게 말했다.

"그래보았자 남몰래 이런 수작이나 쓰지, 감히 이 늙은이를 죽 이기야 하겠느냐?"

수보 대인은 화가 나서 수염까지 바르르 떨었기 때문에 그 자리 에 있는 누구도 더는 권하지 못했다. 곧 먼저 출발할 인마가 정해 져, 대오를 가다듬고 순백수를 호위하며 바삐 길을 떠났다.

뜻밖에도 그 후의 여정은 훨씬 순조로워 더 이상 사고가 일어나지 않았다. 반백이 넘은 문신이 말을 타고 움직이니 아무래도 속도를 올릴 수 없었기에 순백수가 마침내 감주성의 얼룩덜룩한 돌벽을 보게 된 것은 청양도에서 예상한 날보다 닷새가 늦은 때였다.

짧디짧은 닷새였지만 그사이 상황이 바뀌었는지 관아의 대문에서 허리를 숙이고 영접하러 온 사람은 행실이 경솔한 회화장군이 아니라 만면에 웃음을 가득 띤 예의바른 래양후였다.

"수보 대인께서 친히 오시는 줄 모르고 실례가 많았습니다!"

순백수는 굳은 얼굴로 소원계를 흘긋 바라보았다.

"회화장군은 어디 있습니까?"

"장군은 이미 성을 나간 지 며칠 되었습니다. 저도 방금 사람을 불러 물어보았지만 안타깝게도 어디로 갔는지 아무도 모르고 있으니 대인이 오셨다는 소식을 전할 방도가 없습니다. 부디 용서하시지요."

"래양후께서는 명을 받아 이곳을 지키고 계신데 어찌하여 주장의 행방을 모르실 수 있습니까?"

"대인께서도 아시다시피 회화장군은 주장이자 부원수이십니다. 순찰을 나가실 때 누군가에게 꼭 알릴 필요는 없지요."

소원계는 빙그레 웃으며 공손한 말투로 대답했다.

"하지만 안심하십시오. 장군께서 순찰을 나가시면 짧게는 며칠에서 보름, 길게는 한 달이면 돌아오시니까요. 절대 그보다 더 걸리지는 않습니다. 여봐라, 어서 성 내의 가장 좋은 역관을 정리해 수보 대인께서 쉴 곳을 마련해드려라."

그때 이미 성으로 돌아와 있던 노소가 웃음을 참으며 큰 소리로 대답했다. 순백수는 화가 나서 얼굴이 시퍼레졌지만 뾰족한 수가 없어 이만 부득부득 갈며 소원계를 노려보다가 돌아섰다. 천자의 사자가 머무는 역관은 장림군에서 호위를 하지만, 골이 난 순백수는 모두 꾸짖어 물리치고 자신이 데려온 호위병들을 둘러 세워 경계를 하게 했다.

그날 저녁에는 구름이 두껍게 쌓이고 하늘이 무겁게 내려앉았다. 채 삼 장 앞도 보기 힘든 칠흑 같은 밤이었다. 명을 받고 정원을 지키던 순월은 삼경을 알리는 경고가 울린 뒤에야 문을 두드리는 소리를 듣고 황급히 달려가 원락 문을 열고 흑의를 입은 소원계를 안으로 들였다.

"소평정 곁에 있으면서 어찌 붙잡아두지 않으셨습니까?"

순백수는 그를 보자마자 눈썹을 세우고 화난 목소리로 물었다.

"말은 참 쉽게 하십니다만 대관절 어떻게 붙잡으란 말입니까?"

소원계는 눈썹을 추켜올리며 차가운 얼굴로 자리에 앉았다.

"내가 일부러 남아 있지 않았다면 대인 홀로 이 감주성에 고립되어 한두 달이 지나도록 소평정의 행방을 알아내지도 못했을 겁니다."

"천자의 검이 본 관의 손에 있건만 감히 묻는 말에 대답하지 않을 자가 있겠습니까? 설마하니 이 감주성은 우리 대량의 땅이 아닙니까?"

"일단 노여움을 거두시지요. 황제 폐하는 멀리 계시니 군에서는 그런 말이 통하지 않습니다. 사람을 죽여 위엄을 세우는 것으로 해결될 문제라면 이 한밤중에 내가 오기를 기다리지도 않으셨을 텐데요?"

지금이 시간을 다투는 가장 중요한 순간이라는 것을 잘 아는 순백수는 억지로 화를 누르고 물었다.

"래양후께서 이리 찾아오셨으니 시원하게 말씀해보십시오. 소평정이 어디로 갔는지 알기는 하십니까?"

소원계는 뜸들이지 않고 고개를 끄덕였다.

"녕관보(寧關堡) 서쪽입니다."

"녕…… 뭐라고요?"

제법 큰 주부나 군영이 있는 마을 외에 북쪽 국경 내 다른 지명들은 경성의 고관대작들에게는 무척 낯설었다. 소원계는 순백수의 이런 반응을 이미 짐작한 듯 비웃음을 띠며 소매 속에서 간략한 지도를 꺼내 펼치고 구체적인 위치를 보여주었다.

"소평정은 요 며칠 안에 움직일 것 같습니다. 수보 대인께서 아침 일찍 출발하시면 어찌어찌 시간에 댈 수 있을 것입니다."

순백수는 고개를 들고 헤아려보다가 그제야 얼굴이 약간 풀어졌다.

"녕관이 이쪽 방향이라 다행이군요. 가는 길에 이 늙은이가 두고 온 의장과 호위병을 수습하면 되겠습니다. 장림부 둘째 공자는 상리(常理)가 통하지 않으니 그자를 상대하려면 기세라도 밀리지 않아야겠지요."

"소평정이 나를 의심하지 않도록 대인께서 출발하신 후 곧바로 그에게 달려가 알릴 생각입니다. 시간을 지체하는 데는 한계가 있으니 순 대인께서도 내게 너무 뒤처지지 않도록 빨리 움직이셔야 합니다."

"이 늙은인들 뒤처지고 싶어 뒤처지겠습니까?"

연일 이어지는 여정에 몹시 지친 순백수는 조급한 마음에 불쾌한 듯 코웃음을 쳤다.

"허나 북쪽 국경은 길도 낯선데다 소평정이 곳곳에서 발목을 잡으니……."

소원계는 신경 쓰지 않고 빙그레 웃었다.

"노소가 감주를 지키러 돌아왔으니 앞으로는 내가 주도하여 처리할 수 있습니다. 또다시 대인을 괴롭히러 갈 사람은 없을 것입니다. 길을 모르신다지만 마침 하성이라는 내 심복이 이곳에 오래 지내면서 샛길을 많이 알고 있습니다. 그를 데려가시면 순조롭게 녕관보까지 안내해줄 것입니다."

이 새로운 동맹이 이처럼 큰 도움이 되리라곤 생각지 못했던 순백수는 기쁨에 겨운 나머지 방금 화를 낸 것이 미안해져 허허 웃으며 찬탄을 했다.

"래양후께서 이토록 세심하게 준비를 하시다니, 실로 다시 보게 되었습니다. 이번 일이 성공하면 이 늙은이가 반드시 폐하께 말씀드려 래양후의 공을 으뜸으로 기록해두겠습니다."

이익 때문에 동맹을 맺은 것이기 때문에 소원계도 공연한 겉치레는 하지 않고 감사인사를 하며 그 약속을 받아들였다.

이튿날 아침, 감주의 서쪽 성문이 반쯤 열리자 미리 준비하고 있던 순백수 일행이 갑작스레 거리에 나타났다. 조정의 이품 고관인데다 천자의 검을 들고 있으니 성문을 지키는 참령이 막을 계제가 아니었다. 순백수 일행이 나는 듯이 떠나가는 것을 두 눈 빤히 뜨고 지켜볼 수밖에 없던 그는 사람을 보내 서둘러 군아에 소식을 전했다.

"순백수가 단호하게 떠나간 것을 보면 평정의 행방을 알 가능성이 높다."

소식을 받은 소원계는 몹시 초조한 얼굴로 정원 안을 왔다갔다했다.

"당장 달려가서 알려 대비하도록 해야겠군."

노소는 자신의 공이 물거품이 되는 것을 받아들일 수가 없는지 안타까워 발을 동동 굴렀다.

"말이 안 됩니다! 사자는 경성에서 왔고 감주에도 단 하룻밤밖에 묵지 않았는데 어떻게 주장의 행방을 알 수 있겠습니까?"

"평정은 장림군의 부원수이니 그의 행방을 아는 사람이 적은 수는 아니지. 더욱이 지금 그 문제를 따져본들 무슨 의미가 있느냐? 당장 출발해야겠으니 감주를 부탁한다."

주장이 맡긴 일이 어그러지자 노소는 낙담한 나머지 혼란에 빠져들었다. 소원계는 감주영 사람이니 당연히 믿을 만했고, 더욱이 별달리 떠오르는 방법도 없어 그 제안에 따를 수밖에 없었다.

"알겠습니다. 이곳은 제가 맡을 테니 조심히 다녀오십시오."

소원계는 초조함과 걱정스러움을 드러내려고 간소하게 차린 뒤 친위대 스무 명만 데리고 바삐 길을 나섰다. 노소가 지켜보는 가운데 말을 채찍질한 그는 이삼십 리 정도 질주하다가 고삐를 당겨 빠르지도 느리지도 않은 속도로 행군했고, 밤에도 역참에 들어가지 않고 들판에서 야영했다.

때는 이미 9월 열아흐렛날로, 청명한 밤하늘에는 금빛 갈고리 같은 하현달이 떠 있었다.

소원계는 군수품에 관계된 두 차례의 회의에 참석해 전쟁 전의 준비 상황은 확인할 수 있었지만, 각 영채의 주장들만 아는 10월 초하루라는 날짜는 기밀에 부쳐 전혀 알지 못했다. 그는 시든 풀이 무성한 들판에 서서 하늘에 걸린 달을 올려다보며 머나먼 금릉성과 세상을 떠난 어머니를 생각하고 자신의 앞날에 있을 변수를 생각했으나, 점점 이지러지는 달이 사실은 세상을 깜짝 놀라게 할 싸움의 초읽기라는 사실은 전혀 알아차리지 못했다.

똑같은 달이 뿌리는 달빛 아래에서 순백수는 북쪽 국경의 황량한 오솔길을 필사적으로 내달리고 있었다.

그리고 수백 리 밖의 녕관보 고지대에서는 영채를 지으라는 소평정의 명이 떨어졌다.

모든 이의 마음속에서 활시위를 팽팽하게 당긴 상태였지만 그 화살 끝이 노리는 것은 서로 완전히 달랐다.

9월 스무날, 약 20만의 황속군 주력부대가 승리의 유혹에 넘어가 차츰차츰 남하했다. 강왕 담릉석은 막남영을 격파한 후 비산영의 방어선마저 순조롭게 무너뜨려 득의만만해하고 있었다. 소평정의 다음 계획은 장림군이 매령을 봉쇄하고 동남쪽 날개를 서서히 연 뒤 주 영채의 현갑철기로 고지대에 진을 치는 것이었다. 그렇게 하면 결전 장소는 미리 계획한 대로 지세가 가장 이로운 녕관서쪽이 될 것이었다.

두 달 전 위험천만한 대유행을 통해 소평정은 적군의 준비 상황뿐만 아니라 황속군 내부 깊숙이 자리한 군심을 동요시킬 도화선도 알아냈다. 유언비어를 퍼뜨려 흔들어놓은 군심은 완전히 돌이키기가 쉽지 않았고, 해가 사라지는 보기 드문 천문 현상이 나타나는 순간 큰 혼란에 빠질 것은 자명했다. 아무리 강왕같이 수완 좋은 장수라도 두려움에 빠진 전군의 마음을 다잡을 수는 없었다. 하물며 담릉석 본인이 바로 유언비어에 언급된 당사자이니 믿지 않으려 애를 쓰면 쓸수록 실제로 일이 벌어졌을 때 받는 충격은 더욱 커질 것이다. 흩어진 군심을 바로잡는 것이 문제가 아니라 그들 중 가장 놀라고 당황해할 사람이 바로 원수 자신인 것이다.

물론 전쟁의 승리를 불러오는 요소는 다양했다. 랑야산에서 자란 소평정은 노각주가 틀릴 리 없다고 믿어 의심치 않았지만 모든 승부를 곧 다가올 천문 현상에만 맡길 수는 없었다. 대규모 전쟁은 작은 접전과는 달라서, 아무리 교묘하게 계획을 세운다 해도 결국 실력과 협력, 후방의 지원이 무엇보다 중요했다.

북쪽 국경에 수십 년째 뿌리를 내리고 있는 군대의 전력이야말로 이 젊은 부원수에게 가장 큰 힘이었다. 준비가 충분하고 계획도 완벽한 와중에 하늘을 찌르는 듯한 전군의 사기가 더해져, 소평정은 이제 통쾌하게 결전을 치를 준비가 되었다. 설령 노각주가 날짜를 잘못 헤아렸더라도 국경을 침범한 적의 목을 단숨에 꿰뚫을 자신이 있었다.

9월 스무사흗날 밤, 녕관의 대영채 안 무수한 장막에 등불이 켜지자 멀리서는 마치 무수한 별이 반짝이는 것처럼 보였다.

동청이 전보(戰報)를 들고 주장의 장막으로 달려들어오더니 예를 갖출 겨를도 없이 높이 외쳤다.

"장군! 녕주와 매령에서 온 전보입니다!"

장막 안의 모래판을 바라보며 깊은 생각에 빠져 있던 소평정은 재빨리 일어났다. 전보를 펼치고 몇 줄짜리 보고를 훑어보는 그의 얼굴에 희미하게 웃음이 떠올랐다.

"역시 승전보였군요!"

동청이 안도의 숨을 내쉬었다.

"황속군의 주력이 막산을 넘은 이래 처음 맛본 패배입니다. 지금쯤 대유 강왕의 기분이 어떨지 궁금하군요."

옆에 있던 위광도 흥분했지만 아무래도 완전히 이해가 가지 않아 황급히 물었다.

"장군, 담릉석이 남하하자 장군께서는 비록 쉽게 길을 터주지는 않았지만 그래도 열심히 승리를 안겨주셨지요. 교만해진 군대는 반드시 패하는 법이니 쭉 득의양양하며 내려오도록 내버려두는 편이 좋지 않습니까? 어째서 녕주와 매령의 영채에 협공하라는 명을 내려 저들을 패배시키셨습니까?"

"이 싸움에는 두 가지 목적이 있소."

소평정은 두 사람에게 모래판을 가리켜 보이며 차근차근 설명했다.

"첫째는 담릉석이 매령으로 남하하는 것을 막고 그 주력을 우리가 준비해둔 녕관으로 움직이게 하기 위해서이고, 둘째는 때가 다가오고 있으니 뿌리를 흔들어놓지는 못하더라도 줄곧 승리만 해온 그들의 사기를 떨어뜨릴 필요가 있기 때문이오. 군심이 낙담해 있을 때 하늘에서 해가 사라지면 그 위력은 더욱 커질 것이오."

동청이 다급하게 물었다.

"그렇다면 이제……."

소평정은 고개를 끄덕였다.

"그렇다. 각 영채에서 전보가 도착했으니 곧 대유 담릉석의 은룡 깃발을 볼 수 있을 것이다."

9월 스무이렛날, 황속군 오갑철병(烏甲鐵兵)이 수비가 견고한 녕주성을 지나쳐 길게 진을 이루며 서쪽을 향해 까맣게 밀려들었다.

9월 스무여드렛날, 매령의 군영과 비산영이 성공적으로 북쪽을 포위했다.

9월 서른날, 담릉석은 녕관 서쪽으로 진군하여 전방 고지대에 철기병이 영채를 쳐놓은 것을 발견했지만 물러나지 않았다.

"여태 위기를 느끼지 못하고 돌아갈 생각을 않다니…… 이것이 강왕과 완영의 차이점이오."

소평정은 언덕 위에 서서 바람에 소매를 펄럭이며 여전히 사방으로 빛을 뿌리는 붉은 해를 올려다보았다. 연일 부족한 잠으로 눈동자에 핏발이 가득하고 양쪽 콧방울도 거무스름해졌지만, 큰 싸움을 일으킬 풍운이 모여들면서 흥분이 사지로 뻗어나가자 몸의 피로는 아무것도 아니었다. 그의 머릿속에는 잡념 하나 없고 오로지 곧 일어날 싸움으로 가득 차 있었다.

그러나 현실은 역시 현실, 언제까지나 행운이 따르고 바람대로 흘러가지는 않았다. 오히려 영원히 맑은 하늘을 보기 어려울 만큼 겹겹이 먹구름이 낄 기세였다.

녕관의 대영채 밖에 말발굽 소리가 울리고 풀풀 이는 먼지가 점점 원문에 가까워졌다. 초소 두 곳의 검사를 통과한 소원계 일행이 마침내 영채로 들어섰다.

보고를 받은 동청이 황급히 마중 나갔는데 소원계의 표정을 보는 순간 가슴이 철렁해 상세히 묻지도 못하고 곧바로 주장에게 데려갔다.

"내각 수보가 직접 성지를 전하러 왔다고?"

비록 마음의 준비는 했지만 이 소식에 소평정도 깜짝 놀랐다.

"우리 장림왕부가…… 꽤 주목을 받고 있군."

"성지는 국경 네 곳에 모두 공포하기로 되어 있고 내용도 같아. 결과적으로 네 발목을 잡아 싸움을 치르지 못하게 하려는 거야."

소평정은 치밀어오르는 분노를 억누르며 냉소를 흘렸다.

"결국 조정은 우리가 큰 공을 세워 군주보다 명성이 높아지는 게 싫은 것이군. 아무래도 선제 시절과는 다르니……."

소원계는 관심어린 얼굴로 부드럽게 권했다.

"세상사가 마음대로 되는 것은 아니야. 순 수보가 직접 왔으니 목표를 이루기 전에는 돌아가지 않을 텐데, 다른 곳으로 숨은들 언제까지 피할 수 있겠어?"

소평정은 차가운 눈길로 들판을 뒤덮은 장막들을 훑어보더니 표정 없이 말했다.

"황속군이 손아귀에 들어왔고 내일이면 싸움이 벌어질 거야. 주장으로서 이 기회를 놓칠 수는 없어."

"내일?"

소원계는 아차 싶어 저도 모르게 찬 숨을 들이켰지만 곧 표정을 감추었다. 그는 감주에서 이곳까지 오는 여정을 세밀하게 계산했다. 순백수보다 조금 빨리 도착하여 보고하고 호의를 보이는 동시에 너무 일찍 와서 소평정이 달아날 시간을 주지 않는 것이 그의 목적이었다. 하지만 싸움이 눈앞에 닥쳤음을 알지 못한 것이 문제였다. 소평정의 운이 조금만 더 따라준다면 한 달 동안 이리저리 뛰어다닌 노력이 무색하게 순백수가 한 발 늦어 결국 실패하고 말 것이다.

언덕 아래에서 전령 두 명이 달려오자 소평정은 두말없이 돌아서서 성큼성큼 자신의 장막으로 사라졌다. 소원계는 그를 따라 두어 걸음 걷다가 무슨 생각인지 눈을 찌푸리며 멈추었다. 상황이 이렇게 된 이상 결과는 성지를 가져오는 사자의 속도에 달려 있었다. 소평정은 내일 전투를 시작할 예정이고 순백수는 내일이면 반드시 도착하겠지만 어느 쪽이 먼저일지는 오리무중이었다. 소원계는 지금 자신이 할 수 있는 일은 몰래 기도하는 것밖에 없다는 사실을 깨달았다.

해가 지고 다시 뜨고, 새로운 하루가 시작되었다. 바람도 구름도 없는 하늘에는 아침 해가 따사로운 빛을 뿌리며 떠올랐다. 대영채의 장수들은 처음 떠오른 서광을 밟고 주장의 장막 안에 모여, 모래판을 둘러싸고 마지막 지령에 귀를 기울였다.

"명심하십시오, 예언의 징조가 나타나면 각 영채가 동시에 움직여야 합니다. 비록 대낮의 싸움이지만 야습이나 다름없으니 병사들을 잘 단속하고, 호기심 때문에 해를 보다가 눈을 다치지 않도록 하십시오."

"예!"

"걱정 마십시오, 장군!"

전략은 이미 정해져 여러 차례 강조할 필요는 없었다. 소평정은 손에 든 작은 깃발을 모래판 위 황속군의 영채에 가지런히 꽂은 뒤 주장의 자리로 돌아가 장수들을 향해 정중하게 두 손을 모았다.

"황속군 주력 20만이 일제히 남하하고 있습니다. 그 쇠발굽이 짓밟고자 하는 것은 우리 대량의 금수강산입니다. 변경의 자제들은 시시때때로 전란에 시달려왔고 싸움터에서 꺾인 장림의 남아는 그 수를 헤아릴 수 없을 정도입니다. 오늘 녕관의 결전에서는 우리 감주영이 공격의 중심이니, 장수들께서는 부디 이 소평정과 한마음이 되어 북쪽의 전화(戰火)를 잠재우고 백성의 안전을 지켜주십시오!"

"죽어서도 장군을 따르겠습니다!"

요란하게 울리는 격앙된 함성 속에서 소원계는 저도 모르게 피가 뜨겁게 끓어오르는 것을 느꼈다. 한순간 그는 몹시 기묘한 기분이 되어 순백수가 때맞춰 오지 못하더라도 상관없다는 생각마저 들었다. 정말로 이 세상을 놀라게 할 싸움에 몸을 던질 수 있다면, 훗날 과거를 추억할 때 결코 후회하지 않으리라고 확신했다.

하지만 그런 기분은 오래가지 못했다. 명령이 떨어지기 무섭게 장막 밖으로 소란스러운 소리가 들리기 시작한 것이다. 뜨겁게 달아올랐던 소원계의 머리는 순식간에 차갑게 식었다. 그는 고개를 돌려 소평정을 가만히 응시했다.

순백수. 결국 한 발 앞선 것은 그 사람이었다.

찬란한 해가 중천에 떠오르기 전부터 쏟아져내리는 햇빛은 희미하게 붉어지고 있었다. 금테를 두르고 보석을 박아넣은 천자의 검이 높이 허공에서 눈부신 빛을 뿌려댔다.

순백수는 한 손에 검을 쥐고 다른 손에 누런 비단에 쓴 성지를 든 채 장막들을 가로질러 다가왔다. 그를 호위하며 따르는 우림영 정예병들의 번쩍이는 은빛 갑옷과 술을 단 투구는 반쯤 낡은 변경 장수들의 전포들과 대비되며 유난히 이목을 끌었다.

　중군 원수의 장막 앞에 이르자 길 안내를 한 동청이 허리를 숙이고 예를 올렸다.

　"순 대인, 들어가시지요."

　순백수는 걸음을 멈추고 장막 밖으로 쫓겨난 장수들을 향해 냉소를 짓더니 높은 소리로 말했다.

　"회화장군은 나와서 성지를 받으시오."

　주위에 있던 장수들은 어두워진 얼굴로 아무런 말도 하지 않았다. 정적과 팽팽한 기운이 퍼져나가는 가운데 장막 앞에 축 늘어져 있던 깃발이 무슨 징조라도 느낀 듯 살며시 펄럭이며 움직이기 시작했다.

　순백수가 세 번째로 성지를 받으라고 외쳤을 때 장막의 두꺼운 가리개가 안에서부터 열리고 마침내 소평정이 나타났다. 그는 목소리를 차분하게 가라앉히려 애쓰며 말했다.

　"순 대인, 장막 안으로 들어와서 이야기하지 않으시겠습니까?"

　순백수는 준엄한 얼굴로 말했다.

　"조정의 명에 천자의 옥새가 찍혀 있으니 신하 된 몸으로 공경을 표함이 마땅하거늘 이야기할 일이 뭐가 있소?"

　"수보 대인께서도 20만 황속군이 눈앞에 주둔하고 있는 것을 목격하셨을 것입니다. 상황이 급박하니 하루 뒤에 성지를 받도록 해주시는 것이 어떻겠습니까?"

"어찌하여 하루 미루어야 하오? 그대가 군공을 탐하여 병사를 크게 일으키고 제멋대로 피를 흘려 선제의 영령을 모독하도록 말이오?"

그 한마디가 주위에 있던 장수들의 화를 부추겨 순간 장내가 들썩거렸다. 소평정은 성질을 누르고 손을 들어 장수들을 달래고 스스로도 심호흡을 했다.

"이곳 변경의 장병들은 강산을 지키는 자들입니다. 전쟁터에서 피를 뒤집어쓰고 이 한 목숨 바치는 것조차 두려워하지 않는 그 마음이 대인의 눈에는 그저 '군공을 탐하는 짓'으로만 보이십니까?"

순백수는 추호도 물러서지 않고 매섭게 다그쳤다.

"사방에 황명이 닿은 지금 군공을 탐하는 것이 아니라면 어찌 이 북쪽 국경에서만 성지를 거부하는 것이오?"

그 말이 떨어짐과 동시에 슬슬 불어오던 바람이 급작스럽게 강해지며 원수의 깃발과 사자가 든 누런 의장이 다 함께 펄럭펄럭 소리를 내며 휘날렸다. 순백수가 흠칫 놀라 고개를 드니 하늘에는 해를 가리려는 듯 먹구름이 밀려들고 있었다.

소평정은 초조한 얼굴로 다시 한 번 간청했다.

"순 수보, 장림왕부는 황제 폐하께 깊은 은총을 받았습니다. 선제의 국상 기간에 우리 부자인들 왜 평화를 지키고 싶지 않겠습니까? 허나 대유가 병사를 몰아 남침해왔고 백 년에 한 번 올까 말까한 천기(天機)가 눈앞에 있습니다. 이 싸움에서 승리하면 북쪽은 적어도 10년은 태평하게 지낼 수 있는데, 나라를 지키는 대국의 관점에서 한 발 양보하는 것이 그리 어려우십니까?"

"천기라……."

평범한 사람이 아닌 순백수는 잠시 그 자리에 굳었다가 곧 깨달았다.

"일식…… 일식이구려. 그대가 말한 천기란 바로……."

"순 대인……."

"하늘이 해를 감추는 것은 예로부터 대흉의 징조였소! 그대가 신하 된 몸으로 불경을 저질러 하늘이 노했는데도 아직도 잘못을 깨닫지 못하겠소?"

순백수는 입술을 바르르 떨더니 성지를 확 펼쳐 높은 소리로 외쳤다.

"회화장군은 성지를 받으시오!"

하늘 위로 구름이 둥둥 떠가고 밝던 해가 차츰차츰 먹히기 시작했다. 머리 위로 높이 들어올린 누런 비단을 바라보던 소평정의 안색이 점점 차가워졌다.

내내 그를 뚫어지게 바라보던 순백수는 상황을 깨닫고 더욱 날카로운 소리로 외쳤다.

"소평정! 너희 장림왕부의 권세가 아무리 드높아도 결국은 폐하의 신하이다. 성지를 거역하는 것은 곧 역모나 다름없으니, 조정과 종실과 천하는…… 너의 이런 방자한 행동을 결코 용납지 않을 것이다!"

하얗게 빛나던 해는 어느새 반이나 모습을 감추었고 사방에서 하나둘 횃불이 피어올랐다. 일렁이는 불빛 속에 비친 소평정의 옆얼굴은 점점 더 단단하게 굳었다.

"순 대인께서는 조정에 높이 계시는 분이지요. 허나 천하 사람들이 무엇을 바라는지 정녕 알고는 계십니까?"

순백수는 이를 악물고 수염을 바르르 떨었다.

"성지가 이르렀으니 교활한 변명은 그만두시오. 이 늙은이가 다시 한 번 말하겠소. 회화장군은 성지를 받으시오!"

그 순간 긴장된 소평정의 눈빛이 도리어 차분해졌다. 그는 번쩍이는 황금색 비단에서 시선을 떼고 옆을 돌아보며 불렀다.

"동청."

동청은 눈물을 머금고 다가가 손에 움켜쥔 장창을 내밀었다. 창자루, 창날, 붉은 술. 그 자리에 있는 장림군의 오랜 장병들은 누구나 저 창을 알고 있었다. 한때 소정생의 손에, 그리고 소평장의 손에 쥐어져 있던 장창. 전화가 끊이지 않는 북쪽 국경에서 저 장창이 있는 곳은 언제나 그 불길이 가장 뜨겁게 달아올랐다.

소평정은 창을 손에 쥐고 자루 끝으로 땅을 힘껏 찍어 누르며 낭랑하게 외쳤다.

"오늘 장림군의 모든 장병은 오로지 내 군령에만 따른다. 이 싸움이 끝난 뒤 그 어떤 죄도 이 소평정 혼자 감당할 것이다!"

순백수의 안색이 눈처럼 하얗게 질렸다. 그는 덜덜 떨리는 손으로 소평정을 가리켰지만 목이 콱 막혀 아무 말도 할 수가 없었다.

"장병들은 들어라!"

"예!"

"천기가 나타났으니 나를 따라 출정한다!"

"쳐라! 쳐라! 쳐라!"

천지를 진동하는 함성이 사방으로 퍼지고 장림군의 깃발은 바람을 머금고 활짝 펼쳐졌다. 시커먼 구름이 뒤덮은 하늘에서는 마지막 남은 한 줄기 햇살마저 빠르게 사라지고 있었다.

무엇이 가볍고 무엇이 무거운가

—
16
—

장막 안에는 불빛이 없었다. 마치 한밤중처럼 칠흑 같은 어둠이었다. 두꺼운 소가죽 가리개에 가려 멀리서 울려 퍼지는 함성은 다소 희미해져 있었다. 가리개 틈 사이로 새어든 횃불 빛이 순백수의 어두운 얼굴 위에서 끊임없이 어른거렸다.

성지를 전하러 온 사자와 함께 장막 안에 남아 있는 사람은 소원계뿐이었다. 그는 옆문의 가리개를 살짝 걷어 먼 곳의 동정에 귀를 기울이다가 한참 만에야 차분한 목소리로 입을 열었다.

"축하드립니다, 대인."

순백수가 고개를 들었다.

"축하?"

"모두가 보는 앞에서 성지를 거역하지 않았습니까? 평범한 백성이라면 웃으며 넘어갈 수 있을지 모르나 소평정은 조정의 무신이고 병권을 쥐고 있으니 그 무엇보다 꺼려야 할 행동이지요. 대인께서 끝까지 물고 늘어지신다면 누가 감히 변명을 하겠습니까?"

소원계는 가리개를 내리고 천천히 돌아섰다.

"대인께서 이 먼 곳까지 달려오신 목적이 바로 그것이 아니었습니까? 그러니 축하할 일이지요."

순백수는 잔뜩 찡그린 눈을 꿈틀하더니 다소 아득한 눈빛을 지었다.

"하긴, 제아무리 큰 공을 세워도 그 죄를 상쇄할 수는 없겠지요. 래양후도 나도 잘 아는 일을 소평정이 어찌 모르겠습니까? 저자는…… 대체 무엇을 위해 저런……."

소원계는 천천히 모래판 앞으로 걸어가 어둠 속을 더듬어 가장 높은 곳에 꽂힌 조그만 깃발을 뽑아냈다.

"직접 말하지 않았습니까? 북쪽 국경의 10년 평화를 위해서라고. 경중을 헤아린 끝에 선택할 수밖에 없었던 것입니다. 대인께서 어찌 생각하시든, 최소한 저는 그 말을 믿습니다."

순백수는 느끼는 바가 있는지 고개를 들고 눈을 감은 채 한참 가만히 있었다. 하지만 다시 눈을 떴을 때 그의 눈빛은 여전히 차가웠다.

"소평정이 무엇을 위해 그리했건 북쪽의 병사들이 그의 명만 따르고 조정은 안중에도 두지 않은 것은 사실입니다! 군주의 위엄이 서야 나라가 안전한 법, 폐하께서는 선제가 아니시니 훗날 강산을 안정시키려면 장림왕부가 계속 이렇게 방자하게 굴도록 내버려둘 수는 없습니다."

소원계는 빙그레 웃음을 짓고는 손가락을 퉁겨 깃발을 내던진 뒤 돌아서서 허리춤의 패검을 쥐었다.

"어떻게 죄를 물을 것인지는 나중 일이고 경성에 돌아가야만 할 수 있습니다. 이제 이곳에서는 더는 내가 필요하지 않겠지요?"

순백수는 흠칫했지만 곧 깨달았다.

"그, 그 말은……."

"대량의 자제로서 당연히 북방을 지켜야지요. 나는 감주에서 두 해 동안 저들과 동고동락해왔습니다. 마지막으로 저들과 함께 싸움에 나서는 것쯤은 개의치 않으시겠지요?"

그때쯤 바깥의 빛은 점점 밝아지고 있었다. 순백수는 고개를 푹 숙이고 굳은 표정으로 아무 대답도 하지 않았다. 소원계도 정말 허락을 구하려고 한 말은 아니었기에 말을 마치자마자 몸을 돌려 가리개를 걷고 성큼성큼 밖으로 나갔다.

녕관보는 서쪽이 높고 동쪽이 낮았지만 경사가 완만하고 수십 리에 걸쳐 들판이 펼쳐져 있었다. 담릉석이 대담하게 대량의 영채와 마주한 곳에 병사를 주둔시킨 것은 병력의 우위를 믿고 중갑병으로 밀어붙이면 그 정도 지세의 불리함은 극복할 수 있다 여겼기 때문이다. 얼마 전의 패배가 영채 전체에 적지 않은 영향을 미친 탓에 당장의 패색을 씻어낼 새로운 승리가 간절했다.

진시 초에 하늘이 차차 어두워지기 시작했을 때에도 대유의 강왕은 갑작스러운 먹구름이라고만 생각했다. 하지만 하늘에서 해가 사라진다는 예언이 병사들 사이에 쫙 퍼진 지 오래였고, 곧 누군가 하늘의 변화를 발견했다. 예언 속에 나온 가장 무시무시한 이상 현상이었다.

"해가 어디 갔지? 해가 사라졌어!"

"흉조다! 하늘이 경고를 내리는 흉조야!"

"큰일 났다! 하늘이 노해 천벌을 내리시는 거야, 어서 달아나자!"

칠흑같이 깜깜한 어둠이 내려앉고 장림군의 공격을 알리는 효시 소리가 허공을 갈랐다. 사방에서 화살이 비 오듯 날아들면서 적군의 함성이 쩌렁쩌렁 울렸다. 창졸간에 주간의 방어 병력을 야습에 대비한 병력으로 전환하려니 아무리 고르고 고른 정예병이라도 어지러워질 수밖에 없었다. 더군다나 유언비어로 인해 전체적으로 혼란에 빠진 황속군은 첫 번째 공격도 막아내지 못한 채 철저히 무너지고 말았다.

검은 연기, 뜨거운 불길, 핏빛 안개, 번뜩이는 칼 빛. 담릉석은 뻣뻣하게 굳은 채 고개를 들었다. 가려진 해가 마치 깊이를 알 수 없는 어두운 동굴이 되어 그의 머릿속에 겨우 남은 정신마저 빨아들이는 듯했다. 놀란 비명과 참혹한 외침, 지시를 청하는 소리가 여기저기에서 쏟아졌지만, 혼란에 빠진 그는 부장의 부름도 알아듣지 못했고 효과적인 군령 하나 내리지 못했다. 핵심 지휘 계통이 마비되자 싸움의 양상은 거의 판가름 났다. 장림군은 첫 번째 공격으로 적의 주 영채를 손에 넣었는데 그때까지 걸린 시간은 채 두 시진도 되지 않았다.

소원계가 호위병을 이끌고 나는 듯이 전장에 뛰어들었을 때 하늘은 이미 환하게 밝아 있었다. 강왕은 친위대들에게 이끌려 말에 올라 겨우 후퇴한 뒤였다. 사방은 온통 무너진 장막과 찢어진 왕의 깃발, 곳곳에 나뒹구는 시체들로 가득하고 소수의 부대만 남아 겨우 버티고 있었다.

패잔병을 추격하던 동청은 전방으로 달려가며 꿋꿋하게 지휘하던 적장을 단칼에 베었으나 뒤에서 찔러 들어오는 장창을 알아차리지 못했다.

마침 옆에서 검이 날아들어 창 자루를 날려보냈다. 소원계가 말을 타고 달려와 눈썹을 살짝 추켜올렸다.

"조심하게. 장군은 어디 계신가?"

동청은 황급히 감사인사를 한 뒤 동쪽을 가리켰다.

"적군의 좌우익이 완전히 끊겨 장군께서는 갈자령(蝎子岺)으로 가셨습니다."

소원계는 이곳 지리에 익숙지 않았지만 대강의 방향은 알고 있었다. 말을 몰아 동쪽으로 몇 리 정도 달리자 어느새 적진을 완전히 헤집어놓은 소규모 부대가 마중 나와 원수의 깃발 쪽으로 안내했다.

갈자령은 이름은 고개지만 실제로는 키 작은 나무가 울창한 언덕이었다. 멀리서는 아무도 없는 것 같아 보였는데 가까이 가니 눈썹 높이까지 자란 띠 덤불 속에 보병들이 빽빽하게 늘어서서 기다리는 것이 보였다.

그때쯤 각 영채에서 보낸 전령이 속속 도착했다. 소평정은 시간을 헤아리다가 붉은 술을 단 장창을 단단히 거꾸로 움켜쥐었다.

반 각 정도 지나자 주 영채를 휩쓰는 역할을 맡은 동청이 나는 듯이 달려와 보고했다.

"장군, 담릉석은 주 영채를 나가 서쪽으로 갔는데 대략 한 시진이 지났지만 아직 돌아오지 않았습니다."

"상관없다. 서쪽에 있는 비산영을 넘지 못하니 이쪽으로 방향을 틀 수밖에 없을 것이다."

옆에 있던 위광이 참지 못하고 말했다.

"장군, 어째서 직접 공격하지 않으십니까?"

"서두를 것 없소. 강왕께 패잔병을 수습할 시간을 드리는 것이 더욱 좋지 않겠소?"

소평정은 태연하게 대답했다.

"완영이 여전히 그가 장병들을 데리고 돌아오기를 기다리고 있으니, 한 번 더 목숨 걸고 싸울 기회를 주는 것쯤 괜찮지 않소?"

주장이 침착하자 숲속의 복병들도 차분하게 때를 기다렸다. 그후 한 시진 동안 바람에 흔들리는 나뭇잎 소리와 이따금씩 날아오르는 새들의 날개 소리를 제외하면 숲은 더없이 조용했다.

미시 정각 즈음 해 그림자가 서쪽으로 기울자 마침내 서쪽의 포위를 뚫지 못한 황속군 잔병들이 시야에 나타났다. 진형은 엉망으로 흩어져 있었지만 행군 속도는 빠른 편이었다.

소평정은 선봉 천여 명을 보내 그 잔병들의 지휘자가 강왕인 것을 확인한 뒤에야 장창을 높이 쳐들고 출격 명령을 내렸다. 동청과 소원계가 맨 먼저 반응했다. 효시가 날카롭게 귀를 때렸을 때 두 사람은 벌써 언덕을 반쯤 내려가고 있었다. 젊은이들에게 뒤처진 위광도 승부욕에 불타 재빨리 말을 걷어차며 뒤를 쫓았다.

막다른 골목에 처한 황속군은 놀라운 전투력을 발휘했지만 그래도 압살당할 수밖에 없었다. 일식에 시력이 손상된 담릉석은 주변 상황을 명확히 감지하지 못했고 백반과 검은 그림자만 눈앞에 어른거리는 것 같았다. 뺨에 튄 핏방울만이 화끈거릴 정도로 뜨겁게 느껴지자 그는 절망적으로 포효하며 손에 든 장도를 춤추듯이 휘둘러댔다.

대유에서 혁혁한 명성을 날리는 용장 강왕의 전투 실력은 일반 병사들에 비할 바가 아니었다. 그가 필사적으로 베고 쓰러뜨리자 포위망에 조그만 틈이 생겨났고 그는 10여 명의 부장과 함께 그쪽으로 돌격했다.

전투에서 힘을 아낄 필요가 없던 소원계는 통쾌하게 적을 베다가 우연히 그 장면을 목격하고 다급히 말머리를 돌려 쫓아가려 했다. 그런데 별안간 옆에서 긴 창 자루가 불쑥 튀어나와 앞을 가로막았다. 언제 다가왔는지 소평정이 살짝 고개를 저어 보였다.

멈칫한 소원계는 점점 멀어지는 담릉석의 뒷모습을 바라보며 어리둥절한 목소리로 물었다.

"저자를 놓아줄 생각이야?"

"황속군의 주력이 꺾였으니 담릉석의 목을 취하든 아니든 우리 대량에 큰 차이는 없어."

이론적으로는 그렇지만 적 원수의 목을 베는 일은 분명 다른 일이었다. 소원계는 그의 뜻을 헤아리지 못하고 경악한 얼굴로 눈을 휘둥그레 떴다.

소평정은 빙그레 웃으며 간략하게 설명해주었다.

"담릉석은 누가 뭐라 해도 대유의 일품 친왕이야. 패배를 한들 조정에서의 영향력은 무시할 수 없지. 그자의 세력을 뿌리 뽑아 완영의 앞길을 편안하게 해주고 싶지는 않아."

그때 멀리서 녕주영의 깃발을 든 전령이 달려와 소평정도 말머리를 돌려 마중 나갔다. 홀로 남겨진 소원계는 제자리에 선 채 몹시 복잡한 눈빛을 지었다.

"내분…… 균형…… 이제 보니 너도 그걸 몰랐던 것이 아니구나. 몰랐던 것이 아니었어."

매령과 비산영이 적군의 좌우 날개를 꺾었다는 승전보가 차례로 전해지면서 세상을 놀라게 할 이번 싸움은 마침내 막을 내렸다. 대영채의 원수 장막에 남았던 순백수는 반나절을 기다리는 동안 분노가 거의 가라앉아, 다시 눈앞에 나타난 소평정을 보고도 울분을 터뜨리기는커녕 도리어 냉랭한 눈길로 바라보며 설레설레 고개를 저었다.

"이 늙은이는 반백년을 살아오면서 세상일을 두루 겪었다고 자부해왔으나 이처럼 백주대낮이 한밤중처럼 변하는 것을 본 적도 없고, 둘째 공자같이 제멋대로 굴며 군주를 업신여기는 신하는 더더욱 본 적이 없소."

소평정의 표정은 여느 때와 다름없고 미간에는 한 짐 내려놓은 듯한 느긋함이 묻어 있었다.

"순 수보께서는 성지를 내릴 생각이 없으신 것 같군요?"

"북쪽에 먹구름이 뒤덮이고 핏빛이 해까지 가렸소. 그대 눈에는 선제도 없고 폐하는 더더욱 없구려. 이런 마당에 성지를 내리건 아니건 무슨 차이가 있겠소?"

"그럼 어찌하실 생각인지 명확히 말씀해보십시오."

순백수는 냉소를 터뜨렸다.

"우리 대량에는 율법이 있고 그 율법에 조목조목 명시되어 있소. 회화장군이 지은 죄를 어찌 처결할지는 조정이 결정할 문제지, 내가 결정할 일이 아니오."

소평정은 천천히 고개를 끄덕였다.

"알겠습니다. 경성으로 돌아가 심문을 받아라 그 말씀이군요?"

장막 안의 분위기가 미묘하게 가라앉았다. 이 말에 즉각 대답하려던 순백수는 별안간 긴장하여 등과 이마에 슬며시 식은땀이 흘렀다. 내각 중신의 신분과 채 내리지 못한 성지, 그리고 황실 우림영의 정예병 3백 명…… 이치대로라면 그의 안전을 보장해줄 요소들이지만 지금은 큰 의미가 없어 보였다.

"장림왕께서 경성에서 정무를 보좌하고 계시오."

오랜 침묵 끝에 순백수가 천천히 입을 열어 '경성'이라는 단어를 강조하며 말했다.

"둘째 공자는 존귀한 신분이니 이 늙은이는 당연히 체포할 권한이 없소. 스스로 경성으로 돌아가겠소, 아니면 내 금릉성에 가서 다시 황명을 받아와야겠소?"

"폐하의 장래를 위해 이번 일을 깔끔하게 끝내야겠지요."

소평정은 눈동자에 비웃음을 띠면서도 그를 곤란하게 만들지는 않았다.

"순 대인께서 고생스레 왕복하실 필요 없습니다. 전쟁 후속 조치가 끝나면 제 발로 경성으로 돌아가지요."

"이 늙은이가 둘째 공자를 믿지 못하는 것은 아니나 기다려야 한다면 대략적인 시일은 알려주어야 하지 않겠소?"

"한 달입니다."

"좋소. 한 달의 말미를 주리다."

순백수는 마침내 웃음을 띠며 때를 보아 덧붙였다.

"참, 우리 대량의 군사 제도에 따르면 회화장군이 경성으로 돌아올 때 그 수행원은 4백을 넘길 수 없소. 그 중 백 명은 성안에 들어올 수 있고 3백 명은 성 밖에 머물러야 하오."

소평정은 가만히 그를 바라보았다.

"그 규칙은 저도 압니다."

순백수는 눈썹을 치키며 차갑게 코웃음을 쳤다.

"장군이 알고 있다는 것은 물론 아오. 허나 오늘의 행실을 보면 미리 당부하는 것도 나쁘지 않을 것 같구려."

두 사람이 장막 안에서 독대하고 있을 때 장림군 각 영채의 주장들도 차례차례 소식을 듣고 바깥에 모여들었다. 녕주영의 도 장군은 직위가 꽤 높은데다 성미도 급해서 몇 차례나 뛰어들어가려 했으나 동청이 필사적으로 가로막았다.

"경성에 장림왕께서 떡 버티고 계시니 필시 해결할 방법이 있을 것입니다. 장군들께서는 부디 너무 초조해하지 마십시오."

순백수가 이 자리를 떠나지 못할까 걱정스러워진 소원계가 황급히 그들을 위로했다.

"이럴 때 분을 터뜨려봐야 평정에게 무슨 이득이 있겠습니까?"

위광은 눈을 잔뜩 찌푸리고 물었다.

"나도 조정 일은 잘 모르지만, 녕관의 싸움은 분명 적이 먼저 도발했기 때문이니 우리 장군께서 큰 화를 입을 일은 없지 않겠소?"

"아무렴, 당연하지요."

소원계는 억지웃음을 지었다.

"폐하께서 성지를 내리셨을 때는 이곳이 어떤 상황인지 모르셨습니다. 잘 설명하면 조정에도 분명 말이 통할 것입니다."

그의 거듭된 권유가 어느 정도 효과가 있었는지 장막 밖은 잠시 안정을 되찾았다. 얼마 지나지 않아 소평정이 순백수와 함께 나와 냉담한 태도로 예의를 갖춘 뒤, 의장을 수습하여 조용히 떠나는 순백수를 눈으로 배웅했다.

"대체 무슨 이야기를 하셨습니까? 둘째 공자께 무슨 일이 생기지는 않겠지요?"

도 장군은 초조한 나머지 예전 호칭까지 쓰며 물었다. 몹시 걱정스러운 표정이었다.

소평정은 직접적으로 대답하지 않고 장수들을 향해 정중하게 두 손을 모았다.

"북쪽 국경에 온 뒤로 장군들께서 힘을 다해 보좌해준 덕분에 여기까지 왔습니다. 오늘 일은 나 혼자의 책임이니 내가 직접 경성으로 돌아가 폐하께 사실대로 보고해야 합니다. 다만 이런 우여곡절로 인해 여러분의 오늘 세운 공적을 명확히 밝히기 어려울 수도 있으니, 먼저 사과를 드리겠습니다."

각 영채의 주장 대부분은 오랫동안 북쪽에 주둔해온 장수들로, 많아야 몇 년에 한 번 업무 보고를 위해 경성을 찾았기 때문에 아직도 조정을 선제 생전과 똑같이 생각하고 있었다. 소평정의 차분한 목소리가 그들에게 위로와 착각을 불러일으킨 까닭인지, 그 말을 들은 장수들은 깊이 생각해보지 않고 일제히 손을 모아 반례를 했다.

"우리 장림군이 싸움을 벌인 것은 애초에 조정에서 상을 받기 위해서가 아니었습니다."

도 장군은 허허 웃으며 말했다.

"이곳 국경에 10년의 평화를 가져왔으니 본전은 찾은 게지요."

큰 싸움에서 승리한 흥분이 새로이 끓어오르자 그 자리에 있던 장수들이 차례차례 화답하면서 분위기는 훨씬 가벼워졌다. 기쁨의 웃음소리 속에서 동청과 소원계 두 사람만 서로 바라보다가 말 없이 고개를 숙였다.

　하늘의 위세를 빌려 20만에 가까운 적군의 주력부대를 섬멸한 장림군의 녕관 전투는 백 년 전에 있었던 삼월만도와 같이 그 자체만으로도 다시 이루기 힘든 기적이었다. 이 놀라운 소식은 공식적으로 보고되기도 전에 날개 돋친 듯 방방곡곡으로 퍼져나갔다. 알록달록 물든 랑야산의 숲에는 당연히 가장 먼저 하얀 비둘기가 날아들었다.

　"녕관보의 일은 내 이미 알고 있네."

　노각주는 차를 따라 대나무 발 너머로 천천히 잔을 밀었다.

　"낭자는 무슨 일로 이리 급하게 달려왔는가?"

　임해는 발 바깥의 마룻바닥에 꿇어앉아 공손하게 허리를 숙였다. 북쪽 국경의 싸움이 정식으로 시작되기 전, 소평정은 그녀에게 감주에 남아달라고 분명하게 말했다. 임해 역시 변경의 성에서 치료하는 것과 종군하는 것은 다르다는 것을 잘 알았고, 아무리 뛰어난 의술로도 남녀가 유별한 데서 오는 갖가지 성가신 일을 상쇄할 수는 없었기에 반대하지 않고 묵묵히 그가 시키는 대로 했다. 녕관의 결전 내용이 상세히 알려지자 그녀는 뛸 듯이 기쁘면서도 근심에 잠겨, 그날로 행장을 꾸려 황급히 랑야각으로 달려왔다.

　"노각주께서는 천하의 난제를 해결하시는 분입니다. 평정이 처한 어려움을 해결할 방법이 없으신지요?"

　"그 질문은 낭자가 하는 것인가, 아니면 평정이 시킨 것인가?"

　"녕관의 싸움이 끝난 뒤로 저는 평정을 만나지 못했습니다."

노각주는 잠시 눈을 내리깔고 있다가 느긋하게 대답했다.

"천하의 도리는 그 순리를 따르는 데 있고, 사람의 도리는 스스로의 마음에 부끄럽지 않은 데 있는 법. 랑야각은 속세의 부침을 지켜볼 뿐 조정의 일에는 나서지 않네."

이 대답이 너무나 뜻밖이었는지 임해는 한동안 말을 잃었고 눈동자에는 실망한 기색이 떠올랐다.

"랑야각이 조정의 일에 나서지 않는다는 것은 저도 압니다. 하지만 노각주께 평정은 남들과는 다른 사람이 아닌지요?"

"그렇지, 그 아이는 물론 남들과 다르네. 무슨 일이 벌어지든 우리 랑야각이 있는 한 그 아이에게 마지막 안식처는 되어줄 걸세."

노각주는 긴 눈썹을 살짝 올리며 숙연한 표정으로 말했다.

"허나 낭자, 정녕 장림왕부가 내 도움을 원하리라 생각하는가?"

임해는 저도 모르게 움찔했다.

"장림왕 소정생은 결코 보통 사람이 아닐세. 그는 어려움 속에 태어나 뛰어난 스승을 모셨고, 어려서부터 총명하고 책 읽는 것을 좋아했네. 그의 능력으로 조정에서 권력을 잡고 대신들을 장악하는 법을 배우지 못하거나 해내지 못하리라 생각하는가?"

찻잔을 쥔 노각주의 손가락이 가볍게 미끄러지면서 목소리가 길게 늘어졌다.

"뜻이 없는 것이지 능력이 없는 것이 아닐세."

곰곰이 생각하던 임해는 맑은 두 눈에 서서히 깨달음을 떠올리고 다시 한 번 허리를 숙였다.

"잘 알겠습니다. 알려주셔서 감사합니다, 노각주."

노각주는 그녀가 마시지 않은 찻잔을 가져와 물받이에 버리고 새로 끓인 차를 따라 내밀면서 빙그레 웃었다.

"세자비도 오셨습니까?"

몽천설이 발 바깥의 회랑 모퉁이를 돌아 힘찬 걸음으로 나타났다. 긴 머리카락을 높이 올리고 소매를 질끈 묶고 어깨에 잿빛 바람막이를 두른 그녀의 차림은 누가 보아도 먼 길을 떠나는 모습이었다. 린구가 곁에서 새근새근 잠든 소책을 안고 있었다.

"세자비께서도 소식을 듣고 금릉성으로 돌아가실 모양이지요?"

몽천설은 차 탁자 옆에 꿇어앉아 두 손을 무릎 위에 모으고 이마를 대며 큰절을 올렸다.

"예, 2년간 보살펴주신 은혜에 감사드립니다. 오늘 찾아온 것은 말씀대로 노각주께 작별인사를 드리기 위해서입니다."

"책이는 어찌할 생각이십니까?"

옆에 있던 린구가 대신 대답했다.

"책이는 아직 어리기 때문에 남겨두기로 하셨습니다."

노각주는 두 눈을 살짝 찌푸렸다.

"아무리 그래도 여자의 몸이니 조정에 나가 맞설 수도 없는데 돌아간들 무슨 도움이 되겠습니까?"

"가족을 지키고자 하는 마음은 남녀가 다르지 않습니다. 확실히 저는 능력이 부족하지만 전력을 다해 부왕, 평정과 어려움을 함께 이겨내고 싶습니다."

노각주는 그녀를 한참 동안 바라보다가 추억에 잠긴 표정을 지었다.

"세자비는 작은할아버지처럼 심성이 단순해서 그 누구보다 믿고 의지할 수 있는 분이지요."

몽천설은 눈시울이 뜨거워지는 것을 꾹 참았다.

"과분한 칭찬에 감사드립니다."

"그리하십시오. 함께 금릉성으로 가시거든 대신 평정에게 한마디 전해주십시오."

임해와 몽천설은 서로 마주 보았다가 허리를 숙였다.

"남을 대할 때든 자기 자신을 대할 때든 정의(情義)가 무너지지 않는 한 진심을 다하면 그뿐, 내려놓아야 할 때는 내려놓고, 완벽하지 못했다 하여 미련을 갖지 말라고 말입니다."

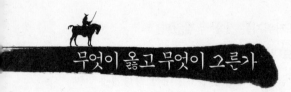

무엇이 옳고 무엇이 그른가

초겨울에 접어든 금릉성은 어느덧 이슬이 서리로 변해 있었다. 싸늘한 빗줄기에도 눈송이가 언뜻언뜻 섞이고, 성을 둘러 흐르는 해자에도 얄팍하게 살얼음이 꼈다.

순 태후의 명에 따라 입동 이후로 양거전에는 화로를 피우기 시작했다. 숯을 너무 많이 넣은 탓인지 어탁에 엎드려 넋을 놓고 있는 소원시의 이마에는 송골송골 땀이 맺혔다. 초조한 얼굴을 한 그는 시녀들이 덮어주는 외투를 수차례나 밀어냈다.

태감 두 명이 각각 상주문 한 다발을 들고 허리를 숙인 채 줄지어 들어와 조심조심 어탁에 내려놓았다. 소원시는 아무렇게나 하나를 잡아 펼쳐본 뒤 획 집어던졌고, 다시 다른 것을 잡아 대강 훑어보고는 다시 집어던졌다. 그러다가 결국 성질을 부리며 어탁에 가득 쌓인 상주문을 팔로 와락 쓸어 바닥에 쏟아버렸다.

미시 초 조례를 위해 때맞추어 어가를 호위하러 온 순비잔은 내전으로 들어서다가 이 광경을 보고 당황했다. 다가가 무슨 일이냐고 물으려는데, 뒤 전각의 가리개가 걷히더니 순 태후가 순안여의

276

부축을 받으면서 들어와 미소를 지으며 위로했다.

"황제가 정무를 돌보느라 고생이 많다는 것은 안다마는 천하의 주인으로서 백성들을 위해 조금은 참을 줄도 알아야지."

소원시는 바닥에 뒹구는 상주문을 노려보며 입을 삐죽였다.

"평, 아니, 회화장군이 어떤 사람인지는 짐이 잘 압니다. 그런 일을 한 데에는 분명히 그만한 이유가 있었을 거예요. 아직 경성에 와서 해명하지도 않았는데 내각에서 수없이 탄핵 상소를 올리고 있으니 보고 싶지 않습니다."

순 태후는 차갑게 콧방귀를 뀌었다.

"소평정이 성지를 거역한 것은 황제의 낯을 짓밟은 것이고, 국상 중에 병사를 일으킨 것은 선제의 영령을 모독한 것이다. 하늘과 사람이 모두 노여워할 죄인데 해명할 것이 어디 있느냐?"

사자가 경성을 나갔는데도 성지를 내리지 못한 사건으로 황실의 권위가 크게 손상된 것은 말할 필요도 없는 일인데다 그 사건을 일으킨 사람이 가장 좋아하는 사촌형이기 때문에 이 어린 황제는 분노를 넘어 실망하고 슬퍼하기까지 했다.

순 태후는 황제가 어두운 낯빛으로 말없이 고개를 숙이자 도리어 기뻐하며 한마디 덧붙였다.

"회화장군의 오만방자한 행실은 말할 것도 없고, 원수의 명만 따르고 군주의 명을 무시하는 장림군의 행위도 반드시 엄하게 바로잡아 일벌백계해야 한다."

"어쨌든 북쪽 국경에서 대승을 거두었잖습니까?"

소원시도 다소 원망스러운 마음은 있었지만 태후가 이렇게 몰아붙이자 도리어 엇나갔다.

"짐은 모르겠습니다. 어째서 이렇게 많은 상소 가운데 회화장군을 용서하라는 글은 단 하나도 없는지요?"

순 태후가 안색을 굳히며 반박하려는데 아래쪽에 있던 순비잔이 갑자기 두 손을 모으며 끼어들었다.

"폐하의 말씀이 옳습니다. 경성과 변경은 멀리 떨어져 있으니 성지를 거역했다는 것은 한쪽의 주장일 뿐 무슨 오해가 있는지도 모릅니다. 회화장군이 경성에 돌아와 해명하지도 않았고 정무를 보좌하는 장림왕께서 한 마디도 않으시는데 조정에서 벌써 죄가 결정된 양 요란스럽게 떠드는 것은 부적절하다고 생각됩니다."

"그게 무슨 뜻이냐?"

순 태후가 분노를 터뜨리며 그를 향해 돌아섰다.

"성지를 거역하고 군주를 거스른 것이 죄가 아니라면, 설마하니 모반할 때까지 기다리기라도 하란 말이냐?"

"용서하십시오, 마마."

순비잔은 무릎을 꿇었지만 눈초리에서 두려움은 찾아볼 수 없었다.

"소신은 그런 뜻이 아닙니다. 옳고 그름을 떠나, 적어도 소신은 회화장군을 용서해달라는 청을 올렸는데 폐하께서 어찌하여 신의 상소를 받지 못하셨는지 모르겠다는 말입니다."

"순 경이 상소를 올렸다고요?"

소원시는 깜짝 놀라며 방금 태감들이 가져온 문서를 뒤졌지만 찾을 수가 없었다. 잠시 생각하던 그는 곧 어떻게 된 일인지 알아차리고 저도 모르게 굳은 얼굴로 모후를 돌아보았다.

그 시선을 받은 순 태후는 얼굴을 붉으락푸르락하다가 결국 조카에게 분풀이를 했다.

"순비잔! 네 집안이 어디인지 잊지 마라! 너는 폐하의 신하더냐, 아니면 장림왕부의 앞잡이더냐? 네 숙부가 어려서부터 너를 키워주었건만 한낱 은혜도 모르는 늑대를 키웠던 게냐?"

이 지독한 욕설에 어린 황제마저 놀라 벌떡 일어났고 순안여는 더욱더 기겁하여 몸을 바들바들 떨었다.

"짐은 몸이 좋지 않아 조회에 나가지 않겠습니다. 순 경은 먼저 물러가세요."

신하 앞에서 어머니에게 반박하기가 어려운 소원시는 상황을 수습하기 위해 순비잔을 먼저 내보낼 수밖에 없었다. 잠깐 흥분하여 욕을 퍼부은 순 태후도 말이 심했다고 생각했는지 입을 다물고 순안여에게 고개를 돌리며 따라나가 달래라는 눈짓을 했다.

양거전을 나온 순비잔은 분노가 끓어올라 절로 걸음이 빨라졌고, 그 때문에 순안여는 치마를 말아쥐고 종종걸음을 쳐도 따라잡지 못해 결국 겁먹은 소리로 불러야 했다.

"오라버니! 오라버니!"

순비잔은 어려서부터 온순하고 선량한 이 사촌누이를 무척 아꼈기 때문에 그 목소리를 듣자 비록 말할 기분은 아니었지만 결국 걸음을 멈추고 기다렸다.

"태후마마는 화가 나신 것뿐이지 정말 그런 뜻은 아니셨어요. 너무 마음 쓰지 마세요, 오라버니."

군신 관계인데다 태후는 집안의 고모이기도 하여 순비잔은 그녀가 한 말을 꽁하게 마음에 새길 수는 없었다. 분노가 가신 후 남은 것은 원망보다는 무력감과 슬픔이었다.

"태후마마는 심마(心魔)에 너무 깊이 빠지셨다. 언젠가…… 언젠가는 후회하게 되실 것이다."

"마마께서 다소 서두르신 부분은 있지만, 사실대로 말해 폐하께서 아무리 어리시다 해도 성지는 성지잖아요. 숙부님께서도 말씀하셨듯이 이런 일을 내버려두면 훗날 다른 신하들마저 이를 본받아 황실의 위엄이 완전히 무너질 수도 있어요."

눈을 잔뜩 찡그린 순안여는 정말 막막한 것 같았다.

"궁에서 들었는데 북쪽 소식이 전해진 뒤 여러 대신이 경악하고 격분했다는 말이 모두 거짓은 아니에요."

"허나 상황이 이 지경까지 된 것이 누구 탓이냐? 이번 일이 잘못이긴 하지만 뿌리를 따라가보면 애초에 그 성지는 경성을 나가서는 안 되는 것이었어."

순비잔은 화를 내며 반박하다가 별안간 무슨 생각이 들었는지 순안여를 조용한 곳으로 데려가 소리 죽여 물었다.

"알려다오. 숙부님께서 경성에 돌아오신 후 태후마마께서 어떤 사람들을 만나셨느냐?"

녕관 전투의 보고가 도착한 뒤 장림왕 소정생은 병이 났다며 왕부의 문을 닫아걸고 아무도 만나지 않았다. 순백수가 돌아와 큰 파란이 일었을 때에도 그는 못 들은 척하며 마치 아무 일 없었던 것처럼 태연했다. 바깥에서는 그를 두고 이런저런 소문이 분분했는데 장림왕이 사전에 충돌을 일으키는 것을 최대한 피한다는 추측이 대다수였다. 순비잔 역시 속으로는 그렇게 생각하고 방해가 되지 않으려고 찾아가지 않았다. 하지만 사촌누이에게서 몰래 이야기를 들은 지금은 몹시 불안해져 궁을 나오자마자 옷을 갈아입고 서둘러 장림왕부로 달려갔다.

소정생은 평소 손님을 맞을 때 공무에 관한 일이면 앞 정원의 다실에서 접대하고, 개인적인 일이면 서재로 청했다. 왕부의 구조에 익숙한 순비잔은 중문을 들어서자마자 자연스럽게 서재로 향했으나 뜻밖에도 원숙이 마중을 나와 곧장 침소로 안내했다.

안으로 들어가자 코를 찌르는 약 냄새가 풍겼다. 때마침 몽천설이 여 노당주를 안내하며 나오고 있었다. 그녀는 순백수보다 며칠 늦게 경성에 돌아왔지만 왕부에서 나가지 않았기 때문에 순비잔은 전혀 모르고 있었다. 갑작스레 그녀와 마주친 그는 몹시 당황한 나머지 꿈이 아닌가 하는 생각에 맞은편에서 인사해오는 두 사람에게 대답하는 것조차 까맣게 잊고 말았다.

다행히 여건지는 약방문 생각만 하느라 정신이 없었고, 몽천설도 그에게 부왕의 병세를 묻고 싶은 마음에 순비잔의 실례를 알아차리지 못했다. 길을 안내하던 원숙만이 눈치 채고 걸음을 멈추며 헛기침으로 알려주었다.

순비잔은 얼굴이 벌게진 채 황급히 병풍을 돌아 들어갔다. 소정생은 모피 옷을 걸치고 창가 긴 의자에 앉아 있었는데 다행히 표정이 차분하고 정신도 맑아 보여 다소 안심이 되었다. 그는 소정생에게 다가가 예를 올렸다.

"폐하께서 아직 조회를 하고 계실 시간인데 어찌 왔느냐?"

순비잔은 양거전에서 태후와 부딪친 일을 이야기할 수 없어 대충 둘러댔고, 다행히 소정생도 캐묻지 않고 앞에 놓인 푹신한 의자를 가리키며 앉으라는 손짓을 했다.

"전하께서 요양하시는 동안 경성은 크게 어지러워졌습니다. 태후께서 빈번하게 신하들을 불러들이고 내각을 더욱더 선동하느라 바쁘십니다. 완고하고 낡아빠진 이들이야 말할 것도 없으나, 진심으로 평정을 돕고자 하는 사람들조차 전하께서 나서지 않으시니 성지를 거역했다는 죄명 앞에서 쉽사리 입을 열지 못하고 있습니다. 전하, 불길은 이미 번졌으니 무엇이라도 하셔야 하지 않겠습니까?"

소정생은 옷깃의 부드러운 모피를 여미며 태연하게 물었다.

"내가 어찌해야 한다고 생각하지?"

순비잔은 성정이 단순해서 순씨라기보다는 몽씨에 가까웠고, 울분을 넘어 원망스러워하면서도 실제로 어찌해야 할지 곰곰이 생각해보지 않았기 때문에 그런 질문을 받자 움찔 당황했다.

"그것이…… 그러니까 적어도……."

"태후께서 신하들을 불러들이시는데 본 왕마저 사람을 모으면 조정이 두 갈래로 갈라져 서로 싸우지 않겠느냐?"

순비잔은 어쩔 줄 모르고 눈을 껌뻑껌뻑했다.

"그, 그런 뜻은 아닙니다."

"본 왕이 그리하면 조정 대신들을 장림의 깃발 아래로 끌어들이는 것과 다르지 않다. 조정에서 일하면서 정치적 의견이 다르고 생각이 다른 사람을 만나는 것은 두려운 일이 아니니라. 두려운 것은 눈앞에 두 세력이 있어 어쩔 수 없이 둘 중 하나를 선택해야 하는 것이지."

소정생의 눈빛은 깊고 그윽했으며 말투에는 처량함이 묻어 있었다.

"무정제께서 살아생전 가장 미워하신 것이 바로 당쟁이었다. 그 속에 휘말리면 부귀를 탐해서건 이상을 품어서건 종국에는 단 한 가지에 얽매일 수밖에 없다. 바로 입장이라는 것이지. 본 왕은 이제 나이를 많이 먹어 부황과 선조들을 뵈러 갈 날이 얼마 남지 않았다. 죽기 전에 아들을 구하겠다고 이 손으로 장림당(長林黨)이라는 당파를 세워야겠느냐?"

순비잔은 잠시 멍하게 있다가 눈시울을 붉혔다.

"하지만 지금 이 상황은 전하께서 만드신 것이 아니지 않습니까? 평정을 위해 사람들의 지지를 얻는 것일 뿐, 무언가를 하려는 것이 아닙니다!"

소정생은 손을 뻗어 그의 어깨를 가볍게 두드렸다.

"일단 양쪽이 대립하게 되면 어찌 다른 이들이 휘말리지 않겠느냐? 그 초심이야 어떠하든 끝까지 싸우다보면 당파의 입장이 옳고 그름보다 앞서게 마련이지. 잡념을 깨끗이 버리고 시류에 따라 이리저리 흔들리지 않을 사람이 이 세상에 몇이나 되겠느냐? 비잔, 너는 천자를 지척에서 모시는 신하이고 폐하께서 가장 의지하는 사람이다. 본 왕이 네게 이런 말을 하는 것은 네가 자신만의 판단을 가지기를 바라서이다. 네 마음이 확고하다면 폐하께도 결코 나쁘지 않은 일이지."

경성에서 장림왕의 마음속 깊이 품은 이 생각을 아는 사람은 많지 않았다. 하지만 그가 움직이지 않음으로써 얻은 효과는 시간이 흐를수록 점점 눈에 띄게 드러났다. 순백수가 막 경성으로 돌아왔을 때 조정에는 한바탕 소란이 일었다. 진심으로 격분했건 대세를 따랐건 결과적으로 탄핵 상소가 빗발쳤다. 하지만 장림왕부는 아무런 반응이 없었고, 회화장군은 해명을 위해 경성으로 오는 중이었기 때문에 그들이 아무리 떠들어도 소용이 없었다. 엄히 벌하라는 상소에 대한 반박이 없는 지금 다시금 상소를 올릴 수도 없는 노릇이었다. 조회에서 의분에 차서 따끔하게 질책하는 것도 한 번이면 족했고 매일처럼 따지고 야단칠 수도 없었다. 지나침은 모자람만 못하다는 것은 누구나 아는 이치였으니 일시적인 소란은 오래가지 못했다. 덕분에 11월 초 소평정이 경성에 들어왔을 때에도 금릉성은 처음처럼 소란스럽지 않았다.

죄를 지은 몸으로 조서도 없이 입궁할 수는 없었기 때문에 소평정은 병부를 찾아 보고하고 인장을 넘긴 뒤 곧바로 왕부로 돌아갈 수 있었다. 소식을 들은 소정생은 미리 약을 마시고 수염과 머리카락을 정리한 후, 정신을 가다듬기 위해 관복으로 갈아입고 단정하게 안채 대청에 앉아 아들을 기다렸다.

"소자 평정이 부왕께 인사 올립니다."

아들이 까만 머리카락을 묶어 올린 이마를 바닥에 대는 것을 보고, 청석 바닥이 가볍게 울리는 소리를 듣는 소정생은 절로 가슴이 벅차올라 한참 동안 마음을 가라앉힌 뒤에야 손을 들며 부드럽게 말했다.

"일어나거라."

소평정은 다시 한 번 머리를 조아린 뒤 천천히 일어났다. 눈시울이 새빨갛게 물들고 눈동자에도 물기가 반짝였다.

"녕관의 대승으로 20만 황속군 주력을 물리친 것은 아비도 네 형도 이루지 못한 일이다. 참으로 자랑스럽구나. 선제께서 살아 계셨다면 역시 자랑스러워하셨을 게다."

막중한 책임도, 고된 풍상도, 스물세 살의 이 젊은이는 이를 악물고 버텨냈다. 하지만 이 부드럽고 자상한 한마디는 순식간에 그의 껍데기를 무너뜨리고 뜨거운 눈물이 넘쳐흐르게 만들었다. 그는 어릴 때처럼 부왕의 무릎에 엎드려 받아 마땅한 따뜻함과 보호를 한껏 누렸다.

형은 없지만 그에게는 아직 아버지가 있었다. 아버지가.

소정생은 막내아들의 어깨를 어루만졌다.

"아비도 안다. 몸도 지쳤지만 마음은 더욱 지쳤겠지. 오냐, 이제 집으로 돌아온 게야."

가장 민감한 시기의 금릉성에서 회화장군의 도착은 모두가 주목하는 소식이었다. 소평정이 돌아온 첫날 저녁, 소원계는 자신의 서재에서 예상했던 손님을 맞이했다.

"이제 막 숨을 돌리려던 차인데 수보 대인께서는 마음이 참 급하셨나봅니다."

순백수는 그의 조롱에 아랑곳없이 눈을 찌푸리며 캐물었다.

"어서 말해보십시오. 소평정이 북쪽 국경에 무슨 준비를 해두었습니까? 장림군 각 영채에 이상한 움직임은 없습니까?"

소원계는 등 덮개를 열고 손수 심지를 자르며 복잡한 표정으로 대답했다.

"없습니다."

"어, 없다고?"

"소평정은 한 달간 녕관 전투가 끝난 뒤의 군무로 바빠 경성을 상대할 어떤 준비도 하지 않았습니다."

순백수는 의심스러운 듯 눈을 가늘게 떴다.

"확실합니까? 그자가 벌써 래양후께 의심을 품어 일부러 숨긴 것은 아니고요?"

소원계는 등 덮개를 닫고 돌아서서 두 손을 펴 보였다.

"믿건 안 믿건 장림부 둘째 공자는 적어도 이번 일만큼은 당당하게 자신이 한 일을 책임질 생각입니다."

다음 날 래양후가 내린 그 평가가 순백수의 입을 통해 함안궁에 전해졌을 때, 순 태후는 노기를 참지 못하고 조그만 탁자를 집어던져 찻잔을 여러 개나 깨뜨렸다.

"당당하긴 무엇이 당당하다는 말입니까? 분명 오만방자하게 으스대는 것이지요! 설령 장림세자가 살아 있었어도 이런 죄명 앞에서 이토록 태연하지는 못했을 겁니다. 장림왕의 비호만 믿고 우리가 저를 어쩌지 못하리라 생각하는 것이 아니겠습니까?"

순백수는 태후처럼 분노한 표정이 아니라 고개를 반쯤 숙이고 묵묵히 생각에 잠겨 있었다.

"말씀 좀 해보세요! 소평정은 호위병 백 명만 데려왔고 왕부에는 규칙에 따라 병사 2천밖에 거느리지 못하는데 대체 무엇을 망설이십니까? 설마하니 그자가 왕부에서 며칠 푹 쉬다가 길일을 골라 희희낙락 조정에 나오도록 내버려두시려는 것은 아니겠지요? 폐하의 체면은 어찌하고요?"

순백수는 가만히 한숨을 쉬더니 위로하듯 손을 살짝 들어 아래로 누르는 시늉을 했다.

"마마도 아시다시피 둘째 공자의 성정은 그의 형과는 사뭇 다릅니다. 어찌 나란히 거론할 수 있겠습니까? 더욱이 그곳은 군의 원수이자 정무를 보좌하는 장림왕이 있는 곳입니다. 고작 몇 사람만으로 강다짐할 수 있는 간단한 일이 아닙니다. 허나 마마의 말씀도 일부 일리는 있지요. 소평정에게 죄를 묻는 일을 조정 안팎의 많은 이가 지켜보고 있습니다. 적어도 기세만큼은 장림왕에게 마음대로 휘둘릴 수 없지요."

"오라버님 말씀은……."

"소평정은 죄를 지은 몸인데 어찌 왕부에 편안히 있을 수 있겠습니까?"

순 태후가 원한 것도 바로 그 말이었기에 그녀는 즉시 고개를 돌리고 분부했다.

"소영, 금위영 당 부통령과 오 부통령을 부르거라."

대량의 금위군은 통령 밑에 네 명의 부통령을 두었는데, 각 부통령은 사품의 관직으로 별도의 부대를 이끌며 번갈아 당직을 섰다. 당동과 오민정(吳閔汀)은 경성의 권세가 출신으로 내각과는 복잡한 이익 관계로 얽혀 있었다. 순비잔은 성품이 고집스러워서 신뢰는 하지만 심부름을 시키기에는 아무래도 마음이 편치 않았다. 그래서 순 태후는 자주 그를 거치지 않고 직접 그 부통령들을 불러 일을 시키곤 했다. 대량은 효를 중요시 여기는 나라로 태후마마를 떠받드는 것은 당연한 일이었다. 더욱이 황제 폐하의 묵인까지 있었기에 두 부통령도 상을 받을 수 있는 기회를 기꺼워하며 정성을 다해 분부를 받들었고, 이를 황실의 총애와 신임으로 여겼다.

하지만 세상에 평생 순탄한 길은 없는 법, 행운이 반복되다보면 언젠가는 큰 불운이 닥치는 것이 세상일이었다. 함안궁의 명을 받고 물러난 두 부통령이 속으로 죽는소리를 하면서 금위영으로 돌아와보니 순 통령이 대청 입구에 떡하니 서서 싸늘하게 노려보고 있었다. 큰일 났구나 생각한 두 사람은 눈 딱 감고 모든 것을 털어놓았다.

"순 통령, 소장이 일부러 월권을 하려던 것이 아닙니다. 궁에서 부르시어 그 자리에서 명을 내리시는데 저희가 명을 받들지 않고 어찌 배기겠습니까?"

순비잔은 비웃듯이 말했다.

"회화장군은 변경에서 대유군을 크게 물리친 사람인데 금위영이 그를 체포할 수 있다면 아주 영광이겠구나."

당동은 부끄러워 얼굴조차 들지 못하고 억지웃음을 지었다.

"어찌 그런 말씀을…… 저희가 원해서 이번 일을 맡은 것도 아닌데……."

"금위영의 네 부통령 가운데 너희 둘만이 명을 받았으니 태후마마의 신임과 총애를 충분히 알 수 있지. 참으로 축하할 일이다."

순비잔은 그 말을 남긴 채 홱 돌아서서 떠나갔고 두 사람은 차마 쫓아가 변명할 수도 없어 한동안 제자리에 멍하니 서 있었다. 그렇지만 결국 정신을 차리고 일단 이 까다로운 일을 완수하고 보자는 마음에 정예병 5백 명을 선발했다.

장림왕부는 평범한 저택이 아니었기에 순백수는 내각의 이름으로 순방영에 포위에 협조하라는 명을 내렸고, 총 천 명에 가까운 인마가 동원되었다. 끝에서 반대편 끝을 보기 힘들 만큼 새까맣게 몰려든 병사들이 부채꼴을 이루어 왕부 문 앞을 둘러싸자 제법 기세가 당당해 보였다.

왕주 일곱 개의 친왕이 거느릴 수 있는 2천 병마는 왕부 안이 아
닌 성 남쪽 영채에 머물면서 명에 따라 움직이게 되어 있었다. 따
라서 장림왕부의 꼭 닫힌 주홍빛 대문 앞에는 10여 명의 호위병만
엄숙하게 서 있을 뿐이었다. 파도같이 에워싼 정예 병사들을 보고
도 호위병들은 당황한 기색이 없었고, 그 중 한 사람이 재빨리 대
문을 열고 안으로 들어갔을 뿐 나머지는 어깨를 나란히 하고 대열
을 이루어 겹겹이 선 금군과 대치했다.

당동이 검을 쥐고 섬돌 앞으로 나아가 심호흡을 한 뒤 목소리를
높였다.

"태후마마의 의지와 내각의 명을 받들어 왔네. 회화장군 소평정
은 죄를 짓고 경성으로 돌아왔으니 별도로 구금하여 심문을 기다
리라는 명이네. 공무로 찾아왔으니 안에 통보해주게."

장림왕부 호위병들은 얼굴에 노기를 떠올린 채 대답도 하지 않
았고 움직임도 없었다.

당동은 화가 치밀었지만 성질을 꾹 눌렀다. 그가 잠시 기다렸다
가 다시 말하려는데 별안간 주홍빛 대문이 반쯤 열리더니 어둡게
가라앉은 얼굴을 한 몽천설이 검을 들고 나타났다. 열린 문은 그녀
의 뒤에서 다시 닫혔다. 장림왕부의 호위병들은 그녀를 향해 일제
히 허리 숙여 예를 표했다.

대문 앞을 구름처럼 에워싼 병사들을 보고도 몽천설은 태연하
게 눈길 한 번 주었을 뿐 고개를 돌리고 호위병들만 꾸짖었다.

"전하께서 병중이시라는 것을 모르느냐? 무슨 일로 이리 시끄
럽게 구느냐?"

3층짜리 섬돌 밑에 서 있던 당동이 그 말을 듣고 황급히 나섰다.

"부디 용서하십시오, 세자비. 소장은 후궁과 내각의 명을 받들어……."

"무슨 명이오? 나를 잡아가기라도 하겠다는 것이오?"

"아니…… 무, 물론 세자비를 찾아온 것은 아닙니다."

"나를 찾아온 것이 아니라면 듣고 싶지 않으니 그만 말하시오."

당동은 입가를 실룩이다가 돌아서서 오민정에게 눈짓을 했다.

태후의 의지를 받았으니 오민정 또한 수수방관할 수는 없어 재빨리 웃음을 지으며 온화하게 말했다.

"세자비께서는 명을 받으실 필요가 없으나 부디 안에 통보해주시면 감사하겠습니다. 장림왕 전하나…… 혹은 회화장군이……."

"전하께서는 와병 중이시고 회화장군은 곁에서 시중을 드느라 바쁘시오. 자식이라면 마땅히 해야 할 효도를 하고 있으니 방해해서는 안 되오."

몽천설은 사정없이 그의 말을 끊고는 좌우를 둘러보았다.

"장림부 호위들은 들어라. 아무도 들이지 말고 함부로 통보하지도 말라."

호위병들은 입을 모아 대답했다. 비록 10여 명밖에 되지 않지만 하늘을 찌를 듯 기세등등한 목소리였다.

오민정도 입술을 실룩였지만 당동을 돌아보며 하는 수 없다는 듯이 두 손을 펴 보였다.

"명도 듣지 않고 통보도 하지 않으시겠다니 지나치게 사리에 맞지 않는 처사입니다."

"아, 이제 보니 이 금릉성에도 사리가 있긴 있나보구려. 사리를 따지자면, 내게 내린 명이 아니니 나는 한 글자도 들을 필요가 없소. 그리고 나는 왕부에 시집온 그날부터 이곳 사람들을 단속하고 다스릴 권한을 얻었소. 왜, 전하께서 내게 맡기신 일을 외부인인 그대가 이래라저래라 할 생각이오?"

당동은 말문이 막혀 얼굴이 하얗게 질렸지만 이를 악물고 목소리를 높였다.

"소장이 백 번 양보했건만 어찌 이리도 사람을 업신여기십니까? 또다시 이런 억지를 부리시면 소장도 더는 예의를 차리지 않겠습니다!"

"어머나, 무섭기도 해라. 예의를 차리지 않으면 어찌할 셈인지 어디 한번 해보시오."

몽천설은 검을 뽑아들고 서리가 내린 듯 싸늘한 표정을 지어 보였다.

"미리 말해두지만, 장림왕부에서 한 사람이라도 나서서 돕는다면 내 그대를 업신여긴 것으로 쳐주겠소."

이렇게까지 부추김을 받자 당동은 참지 못하고 두어 걸음 다가섰지만, 동료가 쫓아오지 않는 것을 깨닫고 어쩔 수 없이 노기등등하여 돌아서서 눈을 부라리고 오민정을 노려보았다.

"뭘 하는 것인가? 그렇게 지켜보기만 할 참인가?"

오민정은 굳은 얼굴로 목소리를 죽였다.

"자네도 알다시피 나는 몽씨 문하이니 차마 이 싸움에 나설 수가 없네. 게다가 자네가 나보다 관직이 조금 높지 않나."

당동은 화가 머리끝까지 솟아 눈앞이 까매지는 기분이었다. 한참 기가 막혀 하던 그는 주위를 둘러보며 외쳤다.

"손 통령! 손 통령은 어디 있는가?"

뒷줄에 숨어 있던 손 통령은 할 수 없이 앞으로 나와 어색하게
웃었다.

"우리 순방영은 바깥 포위에 협조하러 왔을 뿐이오."

그는 팔을 뻗어 열심히 바깥쪽을 가리켰다.

"저, 저 바깥 포위 말이오."

마지막 가르침

—

18

—

금군과 순방영을 보내 소평정을 잡아들이게 한 후 주도면밀한 순 백수가 다음으로 생각한 것은 심문 전에 그를 어디에 가두는가 하 는 문제였다. 녕관 대첩으로 얻은 명성 덕분에 이 젊은 회화장군은 이미 일반적인 죄인이 아니었다. 천뢰 한자호에 가두면 사람들의 불만을 야기할 수 있으니 대리시 감옥은 알맞은 선택이 아니었다. 생각에 생각을 거듭하다보니 지난날 증인과 물증이 경성에 도착 하기 전 래양왕을 심문할 때 황성 동쪽 오악묘(五岳廟)를 사용한 기 억이 났다. 꼭 들어맞는 곳이라 생각한 순백수는 곧바로 제형사 상 문거를 불러 준비를 시켰다.

하지만 백방으로 생각하고 빈틈없이 준비했다 여긴 수보 대인 도 금군의 두 부통령이 이런 민망한 결과를 가지고 돌아올 줄은 전 혀 생각하지 못했다.

"뭐라고 했소? 안으로 들어가지도 못했다고?"

당동은 얼굴을 잔뜩 일그러뜨리고 변명했다.

"아무리 그래도 왕주 일곱 개의 친왕부가 아닙니까? 세자비께서 통보를 해주지 않으시는데 억지로 쳐들어갈 수도 없고……."

"태후의 명이 있지 않았소?"

"세자비께서는 당신께 내리는 명이 아니라면 듣고 싶지도 않으
시다고……."

두 사람이 어찌나 똑같은 꼴로 말을 하는지 순백수는 화가 나서
몸이 덜덜 떨릴 지경이었다. 분노가 폭발하려는 순간, 직방의 문
이 '끼익' 소리를 내고 열리면서 순비잔이 들어와 차가운 눈으로
숙부를 바라보았다.

순백수는 저도 모르게 그의 시선을 피하며 목청을 가다듬고 당
동과 오민정을 향해 말했다.

"알겠으니 이만 물러가시오."

힘만 들고 소득이 없는 이 진흙탕에서 어서 빨리 빠져나가고 싶
었던 두 사람은 안도의 숨을 쉬며 서둘러 인사를 올리고 물러갔다.

시선을 엇갈리고 선 숙부와 조카는 아무 말이 없었고, 직방 안
은 정적에 잠겼다. 그렇게 대치한 지 반 각이 족히 지나자 마침내
순백수가 먼저 한숨을 쉬며 물었다.

"상황이 이렇게 되었는데도 네 아직도 이 숙부를 탓하는 게냐?"

"그러게 말입니다. 상황이 이렇게 되었는데도 숙부께서는 아직
도 잘못인 줄 모르십니까?"

"너도 보았을 게다. 장림왕부가 입만 열면 폐하께 충성을 다한
다고 하더니 실제 행동은 어떠하더냐? 이제 막 군을 맡은 소평정
이 무얼 믿고 성지를 거부할 수 있었겠느냐? 부왕이 나라의 일을
돕고 있고 군주가 어리기 때문이 아니더냐? 선제께서 건재하셨다
면 그자가 감히 그런 짓을 할 수나 있었겠느냐?"

"선제께서 건재하셨다면 애당초 그런 황당한 조서를 내리지도 않으셨을 겁니다."

순백수는 울컥 화가 치밀어 목소리를 높였다.

"선제의 국상을 지키는 것은 올바른 일인데 황당하다니, 그 무슨 말이냐?"

순비잔은 그의 눈을 똑바로 쳐다보았다.

"숙부님께서 진정 무엇을 위해 그리하셨는지는 스스로 잘 아실 겁니다."

"그, 그것이 무슨 뜻이냐?"

"이제 와서 그 목적을 따지는 것이 무슨 의미가 있겠습니까? 그 배경이 어떠하든 다른 사람들 눈에 당시 숙부님께서는 분명 천자의 성지를 가지고 계셨습니다. 평정이 이를 거부해 폐하의 위엄이 무너졌지요. 또한 성지에는 선제의 국상에 관한 이야기도 있었으니 아들로서 폐하의 '효심'까지 걸려 있었습니다. 숙부님께서는 말끝마다 주군의 장래를 위함이라 하시지만, 숙부님 바람대로 되지 않았을 때 해를 입는 것은 폐하의 이익과 명성이었습니다. 그런데도 폐하를 위한다 하실 수 있습니까?"

여기까지 말한 순비잔의 눈동자가 슬픔에 젖고 눈시울도 붉게 물들었다.

"태후께서는 본디 식견이 짧으시니 모르시겠지요. 숙부님의 가장 큰 밑천은 입으로 외치는 대의명분도 아니고, 숙부님께서 끌어들인 대신들도 아니라는 것을 그분은 모르실 겁니다. 하지만 숙부님께서는 잘 아시겠지요. 소평정이 스스로 경성으로 돌아와 심문을 받기로 한 것은 다른 누구도 아닌 폐하와 황실의 체면을 위해서라는 것을 말입니다. 제 말이 틀렸습니까?"

순백수는 서리처럼 싸늘한 얼굴로 이를 악물고 되물었다.

"그래서 어떻다는 게냐?"

순비잔은 멍하니 그를 바라보았다.

"온 힘을 쏟아 장림왕부를 억누르는 것이 권신의 세력이 너무 커져 군주를 뛰어넘는 것을 방지하기 위해서라 하시지만, 그 목적을 이루기 위해 폐하를 지지하는 소평정의 충성을 이용하시다니…… 스스로도 너무 모순이라 생각지 않으십니까?"

순백수는 두 눈을 질끈 감고 억지로 말투를 누그러뜨렸다.

"비잔, 어찌 그리도 모르느냐? 사람의 마음이란 결코 믿을 수 있는 것이 아니다. 네가 그리도 믿어 마지않던 소평장만 해도 그렇지 않더냐? 평소에는 그토록 분수를 지키고 나아갈 때와 물러날 때를 잘 알며 조정에서도 추호의 실수조차 하지 않던 그가, 아우가 위험에 처하는 순간 어찌하더냐? 감히 황실의 우림영을 동원하지 않았느냐! 이 숙부 또한 세상을 두루 겪었으니 누구에게나 가장 중요한 것이 다르다는 것은 안다. 장림왕부에 가장 중요한 것이 반드시 폐하라고 보장할 수 있겠느냐? 선제께서 떠나신 지 얼마 되지 않았으니 장림왕께서도 지금은 다른 생각이 없으시겠지만 나중에도 그렇겠느냐? 크나큰 권력에 익숙해지고 단속을 받지 않는 것에 익숙해지면 그 누가 상황을 돌이킬 수 있겠느냐? 그 누가 기꺼이 황권에 고개 숙이려 하겠느냐?"

순비잔의 눈동자에 희미하게 눈물이 비치고 입술은 바르르 떨렸다.

"그러니 장림왕부의 죄는 훗날의 죄라는 말씀이군요?"

순백수는 얼음장같이 굳은 얼굴로 단호하게 내뱉었다.

"갈삿갓 만드는 동안 날이 갠다 하였으니 미리 준비하는 편이
낫다."

"좋습니다."

순비잔은 눈을 내리뜨고 천천히 고개를 끄덕였다.

"숙부님께서 그토록 나쁜 쪽으로만 생각하시니 더는 권할 말이
없습니다. 허나 평정이 경성으로 돌아온 이상 달아날 생각은 하지
않을 것입니다. 하루 이틀 정도 기다리면 될 일인데 어찌하여 사람
을 보내 핍박하다가 이런 민망한 결과를 자초하십니까?"

기가 꺾여 돌아온 두 부통령을 떠올리자 순백수의 안색도 절로
어두워졌다. 한참 저울질하던 그는 결국 한 발 양보하기로 하고 이
를 악물고 대답했다.

"오냐, 네 말대로 기다리마."

금군이 찾아와 소평정을 체포하겠다고 소란을 피운 일은 깊이
잠들었던 장림왕을 제외한 왕부 내 모든 사람이 알고 있었다. 소평
정은 바깥의 소란에는 전혀 신경 쓰지 않고 안채 회랑 아래에 놓인
붉은 진흙으로 만든 화로 앞에 앉아 조심조심 부채질하며 불길을
살폈다.

화로에 놓인 자사(紫砂) 약탕관이 보글보글 소리를 내며 하얀 김
을 뿜어내자 그는 뚜껑을 열고 탕약의 색을 살피더니, 아직 덜 달
였다고 생각했는지 재빨리 뚜껑을 덮고 손에 든 부채를 흔들었다.

정원 밖에서 나타난 원숙이 옆에서 한참을 바라보다가 물었다.

"세자비께서 밖에 계십니다. 둘째 공자, 정말 괜찮으시겠습니까?"

"형수님께서 가족을 보호하려 하시는데 내가 방해할 까닭이 없지요."

아무래도 옛날 사람인 원숙은 눈을 찡그리며 말했다.

"허나 각박한 이들이 넘치는 게 세상입니다. 세자비께서 나서시면 치맛자락 뒤에 숨는다는 말을 들을 수도 있는데……."

소평정은 웃음을 터뜨렸다.

"그런 말을 하는 사람은 진짜 남자도 아니니 신경 쓸 필요 없습니다. 제가 형수님의 보호를 받으니 부러워서 그럴 겁니다."

당사자가 아무렇지 않다고 하자 원숙도 더는 권하지 않고 앞뜰로 돌아가 계속 바깥의 동정을 살폈다. 소평정은 반 시진 더 회랑을 지키다가 마침내 잘 달인 탕약을 그릇에 따르고 찌꺼기가 가라앉도록 잠시 놓아둔 뒤 먼저 한 모금 마셔보았다.

침실에 있던 소정생도 때마침 잠에서 깨어났다. 일어나 앉아 아들이 건넨 탕약을 다 마신 그는 기색이 훨씬 좋아 보였다.

"임해와 여 노당주가 상의해서 지은 약입니다. 부왕의 병도 분명 차츰차츰 좋아지실 겁니다."

소정생은 그 말에 맞장구치듯 허허 웃었다.

"약이 효험이 좋아 이틀 정도 더 마시면 괜찮아지겠구나."

소평정은 빈 그릇을 탁자에 내려놓고 슬픈 얼굴로 말했다.

"억지로 저와 함께 조정에 나가지 않으셔도 되니 편히 쉬고 계십시오. 제가 알아서 하겠습니다."

"아비는 네 성미도 잘 알고 속으로 어떤 준비를 하고 있는지도 안다. 하지만 반드시 사람들에게 보여주어야 하는 일도 있는 법이야. 우리 부자가 이 자리까지 온 것 또한 뜻한 바를 이룬 셈이니 억울해할 것 없다."

소정생은 그의 손등을 툭툭 두드렸다.

"폐하께서는 아직 어려 심성이 굳지 못하다보니 남의 말에 쉽게 흔들리신다. 폐하의 장래를 위해서도 반드시 직접 뵙고 속말을 명확히 밝혀야 한다. 이런 때는 당연히 아비가 네 곁에 있어야지."

소평정은 멍한 얼굴로 잠시 생각하다가 눈동자를 반짝였다.

"예."

그때 바깥에서 문소리가 들리고 여건지와 임해가 차례로 들어왔다. 소평정은 재빨리 일어나 인사하고 침상 옆자리를 내주었다. 두 사람은 인사를 한 뒤 다가와 장림왕의 눈과 혀를 살피고 진맥을 하더니 소리 죽여 상의하기 시작했다. 마침 문밖의 소란을 잠재운 몽천설도 안채로 돌아왔지만 부왕을 방해할까 두려워 들어오지 못하고 창가에서 소평정에게 나오라고 손짓했다.

심기를 다스리며 마지막 싸울 힘을 비축해놓고 싶었던 소정생은 두 사람이 정원에서 수군거리는 것에는 관심을 갖지 않고 도리어 사부와 진지하게 약방문을 상의하는 임해에게 시선을 돌렸다. 눈동자에 사랑이 듬뿍 어렸다.

"애야, 이리 오너라."

그 말에 임해는 흠칫 당황해하며 황급히 다가왔고 늙은 왕이 하라는 대로 침상 앞에 앉았다.

"셋째 아우가 살아서 가족에게 돌아가지 못해 나를 많이 원망했겠지?"

놀란 눈길로 돌아보는 제자를 마주 본 여건지도 뜻밖이었다.

"내 아무 말도 하지 않았다."

소정생은 빙그레 웃었다.

"내 나이쯤 되면 오래된 일일수록 선명해지는 법이야. 언젠가부터 서서히 알게 되더구나. 그 눈이며 생김새가 아버지를 많이 닮았다는 것을."

임해는 눈물을 글썽이며 고개를 숙였다.

"아버지께서 전쟁터에서 돌아가신 일로 전하를 원망한 적은 한 번도 없습니다. 사실 어머니께서도 마찬가지셨어요. 다만 너무 상심하셔서……."

상심하는 것은 정이 깊었기 때문이다. 임심의 부인은 딸만은 군인에게 시집가지 않기를 바랐고 그 문제에 집착했다. 하지만 피하고 또 피해 인연은 끊어질망정 정은 끝내 풀어낼 수 없었다.

"사람에게 마음이 있는 한 상심하지 않을 수야 있겠느냐?"

소정생은 자상한 눈길로 임해의 고운 얼굴을 바라보며 부드럽게 말했다.

"얘야, 우리 평정이를 잘 부탁한다."

11월 초이렛날, 조정 안팎이 모두 주시하는 회화장군 항명 사건에 마침내 새로운 움직임이 생겨났다. 오래 병을 앓던 장림왕이 입궁하여 다음 날 아들을 데리고 조회에 나와 직접 해명하도록 허락해달라 청한 것이다. 활시위를 팽팽히 당긴 다음에는 잠시 멈추게 마련이고 폭풍우가 찾아오기 전에는 정적이 감돌게 마련이듯, 이 소식이 사방으로 퍼져나가자 음으로 양으로 바삐 오고 가던 금릉성의 모든 움직임도 뚝 그쳤다. 모두가 숨을 죽인 채 내일이 지나면 조정이 어떤 방향으로 흘러갈지 불안한 마음으로 기다렸다.

밤새 뒤척이며 잠을 이루지 못한 소원시는 일어나 씻은 뒤에도 정신이 맑지 못했다. 전각을 지키는 내관이 조회 시간을 알리는 소리도 전에 없이 짜증스럽게 느껴졌다. 내관의 손을 잡고 가마에 올라앉는 순간, 소원시는 모든 것을 팽개치고 뛰어내려 아무도 없는 구석으로 달아나 꼭꼭 숨고 싶은 충동에 휩싸였다.

앞에서 행차를 이끄는 순비잔은 잠시 기다렸지만 어린 황제의 출발 명령이 떨어지지 않자 급히 돌아서서 가마로 다가가 물었다.

"폐하, 출발할까요?"

소원시는 입술을 깨물고 나지막하게 말했다.

"짐은 줄곧…… 황백부와 평정 형님과 언제까지나 예전 같은 사이로 남기를 바랐어요. 하지만 그와 동시에 그분들에게 늘 어린아이처럼 보이고 싶지도 않아요. 어쨌든 짐은 이제 선제와 똑같은 대량의 군주잖아요. 이런 마음이 모순일까요?"

순비잔은 위로하고 싶었지만 결국 적당한 말을 찾지 못하고 한숨을 쉬었다.

"오늘 조정에서는 분명 논쟁이 벌어질 것입니다. 폐하께서는 양쪽의 말을 진지하게 경청하신 뒤 마음이 가는 대로 하시면 됩니다."

내관이 '출발' 하고 높고 길게 외치는 소리가 텅 빈 전각 회랑 끝까지 메아리쳤다. 가는 길에 놓인 금종이 양거전의 섬돌 앞에서부터 조양전의 금빛 지붕까지 차례로 울려 퍼지며 어가의 도착을 알렸다.

붉은 계단 아래에 선 군신들이 소리 높여 만세를 부르며 엎드렸다. 처음 등극했을 때처럼 긴장하지 않게 된 소원시는 무표정하게 그 소리를 들으면서 오랫동안 입궁하지 않은 소정생에게 주의를 기울였다. 줄의 맨 앞에서 공손하게 예를 갖추는 장림왕은 훨씬 수척해져 있었고 검은 바탕에 붉은 무늬를 넣은 왕포를 바짝 여몄지만 어깨 부위는 눈에 띄게 홀쭉해져 한때 그를 번쩍번쩍 안아올리던 힘은 찾아볼 수가 없었다.

여전히 소년인 어린 황제는 황백부의 허연 백발을 보자 슬프다 못해 자못 억울하기까지 했다. 온 힘을 다해 부황의 유언을 지키고 따랐는데 어째서 어느덧 이 지경까지 왔는지, 어떻게 이 일을 마무리 지어야 할지 도무지 알 수가 없었다.

"모두 일어나세요."

소원시가 손을 들며 말했다. 입맛이 씁쓸했다.

"장림왕은 앉으시지요."

소정생은 허리를 숙여 감사인사를 한 뒤 관례에 따라 계단 앞에 놓인 팔걸이의자에 앉았다. 곧이어 대전 전체가 정적에 싸이고 어색한 침묵이 머리를 짓눌렀다. 수많은 대신이 한껏 허리를 굽히고 고개를 숙이는 바람에 무신들 대열에 우뚝 선 소평정이 더욱 눈에 띄었다.

순백수는 자신이 이 침묵을 깨뜨려야 한다는 것을 알고 먼저 두어 걸음 나아가 용좌를 향해 허리 숙여 예를 올렸다.

"폐하, 회화장군이 녕관보 밖에서 성지를 거역했으나 오랫동안 심문이 지연되어 조정 안팎으로 의론이 분분합니다. 이대로 간다면 필시 황실의 위엄이 상하니 더는 관용을 베풀 수 없습니다."

소원시는 자신이 처한 이 상황이 갈수록 괴롭고 소평정에 대한 원망도 점점 강해져 얼굴을 굳히며 물었다.

"내각은 어떻게 생각하십니까?"

"이 자리에서 회화장군을 심문할 수 있도록 윤허해주시기를 청합니다."

이어진 짧은 침묵은 장림왕에게 이의를 제기할 시간을 주기 위함인 듯했으나 소정생은 편안하게 앉은 채 아무 움직임이 없었다. 그래서 소원시는 고개를 끄덕이며 대답했다.

"좋습니다. 순 수보가 짐을 대신하여 심문하세요."

어명이 떨어지자 소평정은 스스로 앞으로 나아가 순백수의 옆에 섰다. 두 사람은 서로 마주 보았다.

기세를 높이기 위해 순백수는 일부러 시작부터 몹시 엄한 목소리로 따졌다.

"회화장군, 10월 초하루에 본 관이 녕관보의 군영으로 찾아갔으나 장군의 휘하들이 앞을 가로막고 안으로 들어가지 못하게 한 것이 사실이오?"

소평정은 태연하게 대답했다.

"군은 본디 엄하게 다스려야 하는 법, 신분을 확인하기 전에 어찌 함부로 군영에 출입시킬 수 있겠습니까? 순 대인께서 천자의 검을 꺼내신 뒤로는 순조롭게 안으로 들어오지 않으셨습니까?"

"좋소, 그 일은 잠시 접어둡시다. 본 관이 천신만고 끝에 장군을 만나 천자의 성지를 꺼내었을 때 장군은 뭐라고 하셨소?"

"대인께 며칠 후에 성지를 읽으면 안 되겠느냐고 했습니다."

순백수는 코웃음을 치며 소평정을 노려보았다.

"군주와 신하의 관계는 삼강(三綱, 군주와 신하, 부모와 자식, 남편과 아내 사이에 지켜야 할 도리-옮긴이) 중에서도 으뜸이거늘 무슨 까닭으로 미루어달라는 요청을 했소? 변경의 대군을 부릴 수 있는 장림군령

303

을 믿고 그런 것이오?"

상당히 심각한 고발이었기 때문에 전각 내의 대신들은 아무도 끼어들지 못했으나 여기저기서 웅성거리는 소리가 들렸다.

소평정은 흔들림 없는 표정으로 의심에 찬 주위 대신들을 천천히 훑어보고는 눈썹을 세우고 낭랑하게 말했다.

"순 대인, 황속군 주력의 남하를 막기 위해 병력을 얼마나 동원해야 하는지, 군수품을 얼마나 소비해야 하는지 생각해보신 적이 있습니까? 큰 싸움을 앞두고 각 영채 간의 연합이 흐트러지면 북쪽 국경 방어선이 얼마나 위험해지는지 대인께서는 진정으로 알고 계십니까?"

이 두 질문은 당연히 순백수가 명확히 대답할 수 없는 것이었다. 하지만 이 중요한 때 상대방의 술수에 말려들 수는 없었기에 그는 즉각 매섭게 반박했다.

"본 관은 어명을 받아 심문하는 것이지 군사 전력을 논하자는 것이 아니오. 그러니 어물쩍 화제를 돌리지 마시오."

소평정은 '어명을 받아'라는 말에 몸을 돌리고 소원시를 살짝 올려다보며 나지막이 물었다.

"신은 폐하께서 북쪽 국경의 군사 상황을 미리 아셨더라면 결코 그런 성지를 내리지 않으셨으리라 믿습니다. 그렇지 않습니까?"

녕관보의 소식이 전해지기 전부터 그런 성지를 내린 것을 남몰래 후회하기 시작했던 소원시는 갑작스레 이런 질문을 받자 저도 모르게 입을 우물거렸다.

"그, 그때 짐은 분명 모르고 있었습니다."

순백수는 이야기가 어긋나는 것을 두고 볼 수 없어 재빨리 옆으로 눈짓했다. 견 시랑이 지시를 받고 나서서 큰 소리로 말했다.

"폐하, 회화장군의 그 말은 본말이 전도된 변명입니다. 소신이 알기로 적군의 주력이 남하한 것은 사실 회화장군이 일부러 유인했기 때문입니다."

그 한마디에 소원시와 군신들은 대경실색하여 일제히 찬 숨을 들이켰다.

줄곧 조용히 듣고 있던 소정생도 살짝 눈을 찌푸리며 팔걸이를 잡고 일어났지만 직접적으로 견 시랑에게 묻지 않고 앞줄에 선 병부상서 진훈을 돌아보았다.

"견 대인은 병부 시랑이 아니오? 진 상서, 방금 그 말이 병부의 의견인지 알고 싶소."

조정에서 전형적인 중립파인 진훈은 아직 이 일에 관해 자신의 입장을 결정하지 않고 있었다. 부하의 과격한 발언에 불쾌해하던 그는 눈을 찌푸리며 대답했다.

"병부는 녕관 싸움에 대해 합의한 적이 없으니 견 시랑 자신의 견해일 것입니다."

소정생은 그제야 견 시랑을 돌아보았다.

"견 대인은 순 수보께서 본래 지목한 죄를 뒤집고 회화장군이 대유와 결탁하여 나라를 배신했다고 고발하는 것이오?"

얼마 전 적군의 주력을 몰살시킨 장군을 매국노로 고발하는 것이 얼마나 황당한지 잘 아는 견 시랑은 황급히 해명했다.

"그런 뜻이 아닙니다. 다만…… 군사 보고를 조사한 결과 시간상 회화장군이 병력을 배치하고 군수품을 조달한 것이 먼저요, 적군이 국경을 침입한 것은 나중의 일이었습니다. 전쟁 초기에 장림군은 분명히 막산 이남의 영채를 연합하여 황속군을 요격할 수 있었으나 구태여 적군이 남하하도록 유인하여 녕주까지 끌어들였고, 사전에 몇몇 변성의 군민들을 일부러 철수시켰습니다. 이런 행동을 조목조목 따져보면 회화장군은 먼저 이번 싸움을 일으킬 생각이었지, 단순히 적의 공격을 방어한 것이 아닙니다."

소평정은 눈썹을 치키고 그를 잠시 바라보다가 얼굴에 비웃음을 떠올렸다.

"이제 보니 병부의 대인들께서는 국경의 싸움이란 계략도 전술도 필요하지 않고, 쌍방이 국경선만 지키다가 서로 마주치면 난투극이나 벌이는 그런 것이라 생각하는 모양이군요?"

그가 병부를 걸고넘어지자 진훈은 일개 시랑이 자신의 견해를 대표하는 것을 용인하지 못하고 한 걸음 나아가 소원시를 향해 허리를 숙였다.

"신은 회화장군이 장림군령을 가진 이상 북쪽 국경의 각 영채를 움직일 권한이 있다고 생각합니다. 적군이 국경을 넘어 남하했을 때 성에 들어앉아 지키든 적을 유인하여 포위해 섬멸하든 이 모두 전술의 범위에 속하는 일입니다. 머나먼 경성에 있는 신들은 상세한 사정을 모르니, 자세히 연구하지도 않은 상황에서 함부로 판단할 수는 없습니다."

견 시랑이 아무리 우둔해도 상사의 노여움을 샀다는 것은 알 수 있었다. 본래 기민하고 눈치 빠른 그는 더 말하지 않고 순백수에게 도와달라는 눈짓을 했다.

"진 상서의 말씀이 옳고 견 대인의 말씀은 지나친 듯하오. 오늘 이 자리는 심문을 하는 자리지 장림군의 전법을 따지는 자리가 아니니, 회화장군이 어떻게 병력을 움직이고 어떻게 포진했는지에 대해서는 깊이 논할 필요가 없소.”

순백수는 중재하듯 이렇게 말한 뒤 다시 말투를 바꾸어 서슬 퍼렇게 따졌다.

“본 관이 묻고자 하는 것은 한마디뿐이오. 성지가 내렸을 때 장군은 받지 않겠다고 확실히 말하지 않았소?”

“순 대인께서 영채에 오셨을 때⋯⋯.”

“회화장군, 대답부터 하시오. 그렇소, 아니오?”

소평정은 입꼬리를 살짝 당기며 차갑게 대답했다.

“그렇습니다.”

이 대답을 듣자 소원시의 눈빛이 눈에 띄게 어두워졌고 그에 따라 대신들의 표정도 바뀌었다.

“본 관은 당시 여러 번 권하고 이해관계를 설명했고, 억지로 성지의 내용을 읽으려 했소만 장군은 끝내 들은 체 만 체하고 영채를 나가 싸움을 벌이려고 했소. 그렇소, 아니오?”

“그렇습니다.”

순백수는 냉소를 지었다.

“장군은 성지를 거역하고 선제께 불경을 저지른 죄를 이 자리에서 인정할 생각이구려?”

그가 쉴 틈 없이 밀어붙인 것은 이런 결론을 내리기 위해서가 분명했다. 미리 대비하고 있던 소평정은 살짝 몸을 돌려 다시 용좌를 올려다보며 온화한 투로 말했다.

“성지에 따르면 폐하의 꿈에 선제께서 나오셨다지요?”

반년 동안 꿈에서 선제를 본 것은 사실이지만, 선제가 병사는 흉하니 움직이지 말라고 했다는 말은 사실이 아니었다. 소원시는 얼굴이 새빨개져 자리로 돌아가 앉은 소정생을 흘끔거리며 더듬 더듬 말했다.

"지…… 짐은……."

소평정은 캐묻지 않고 그리운 얼굴로 말했다.

"선제께서는 온후하신 분으로 널리 인정을 베푸셨습니다. 하늘이 북쪽 국경에서 계속되는 환난을 해결할 호기를 내리셨음을 아셨다면 그분께서 정말로 그 기회를 막으려 하셨을까요?"

어린 황제의 눈동자가 부드러워지자 순백수는 초조한 마음에 버럭 화를 냈다.

"회화장군, 선제의 영령에 감응할 수 있는 분은 오직 폐하 한 분뿐이건만 어찌 함부로 억측하는 것이오?"

"소신은 성지를 받지 않았다는 것은 인정하지만, 불충한 마음이나 불경한 마음을 품었다는 것은 인정할 수 없습니다."

소평정은 마침내 소원시에게서 시선을 거두고 돌아서서 대신들을 마주했다.

"이 궁성의 대전에 서 계신 분들은 모두 변경과는 아득히 먼 분들입니다. 어쩌면 여러분에게는 북쪽 국경이 무너져 경성이 위험에 빠지지 않는 한 적군의 주력이 전멸하건 그냥 물러가건 큰 차이가 없을지도 모릅니다. 하지만 저 멀리, 여러분이 볼 수 없고 들을 수도 없는 곳에 있는 수십만의 병사와 변성의 백성들은 대량의 백성이 아닙니까? 그들의 생사와 안위는 거론할 가치조차 없는 것입니까?"

전쟁터에서 적과 싸우고 돌아온 이 젊은 장군의 눈동자는 뜨겁게 활활 타올랐고, 눈초리에는 아직도 살기와 혈기가 묻어 있는 듯했다. 내심 깊은 곳에 품은 생각이 어떠하든, 사람들을 훑는 그의 환한 눈빛을 마주하자 대신 대부분은 저도 모르게 시선을 피했다.

"소평정! 대신들 앞에서 네 뜻은 이미 명확히 밝혀졌다."

순백수는 이를 악물고 애써 목소리를 높였다.

"군주가 어리고 성지가 네 뜻에 맞지 않는다 하여 받지 않다니, 그것은 충성이 아니라 교만이다! 모든 옳고 그름의 기준을 너로 삼는다면 대관절 이 천하의 주인이 누구란 말이냐? 폐하께서 조정을 꾸려나가실 날이 길고도 길거늘, 앞으로 내리시는 어명이 네 마음에 들지 않으면 폐하마저 끌어내릴 셈이더냐?"

그가 기세등등하게 을러대자 소평정도 마침내 화가 치밀어 빰을 팽팽히 당기며 돌아섰다. 그때 한참 동안 말이 없던 소정생이 먼저 팔걸이의자를 두드리며 다시금 몸을 일으켰다.

"순 수보의 그 말씀, 아주 불가능한 것도 아니오."

영원한 헤어짐

—
19
—

조양전에서 벌어지는 심문에 순 태후는 아들보다 훨씬 더 신경을 쓰고 긴장했다. 일단 발각되면 반드시 책임을 져야 하겠지만, 한시라도 빨리 전각 안의 상황을 알기 위해 그녀는 소원시의 곁과 전각 옆문 밖에 어린 태감들을 심어놓았다.

오랜 세월 꺼리던 마음과 좁은 식견이 쌓이고 쌓여 장림왕부를 향한 태후마마의 편견은 그 오라버니보다 훨씬 깊었다. 결과가 나오기까지 한 시진 가깝게 마음을 졸이던 그녀는 온갖 날카로운 말로 격렬한 논쟁을 일으키는 장면을 수없이 상상했지만, 뜻밖에도 어린 태감이 맨 먼저 전해준 소식은 그녀의 머릿속에 떠올랐던 최악의 상황보다 더 충격적이었다.

"뭐라고? 장림왕이 감히 폐하를 폐하겠다고 했다고?"

순 태후는 온몸에 힘이 쭉 빠져 똑바로 서 있지도 못하고 조카딸의 부축을 받아 겨우 몸을 가누었다.

"그, 그렇습니다. 장림왕 전하의 한마디에 전각 안에 있던 사람들이 모두…… 모두 넋이 나갔습니다."

순 태후는 소영이 한참 동안 가슴을 어루만져준 뒤에야 겨우 숨을 가다듬고 본래 목소리로 돌아왔다.

"그래서?"

어린 태감은 움찔했다.

"소인은 그 말만 듣고 큰일 났다 싶어 재빨리 마마께 보고하러 달려오느라 그 다음은…… 그 다음은 모릅니다."

순 태후는 버럭 화를 내며 그에게 찻잔을 집어던졌다.

"멍청한 것! 어서 가서 계속 살피지 못하겠느냐!"

조양전의 상황은 당연히 어린 태감들이 왜곡해 알린 것처럼 심각하지는 않았다. 하지만 장림왕이 차분한 말투로 입을 뗐을 때 순간적으로 대전 전체가 얼어붙은 것은 분명했고, 순백수마저 입을 떡 벌리고 한동안 말을 하지 못했다.

소정생은 부축하려는 아들의 손을 밀어내고 가슴을 문지르며 두어 번 기침을 하더니, 고개를 들고 소원시의 창백한 얼굴을 바라보았다.

"노신은 선제의 유조를 받아 폐하를 보좌하고 있습니다. 이런 이야기는 신이 하지 않으면 다시는 누구도 감히 폐하께 직언을 올리지 못할 것입니다."

이런 상황에서 채 열네 살이 되지 않은 어린 황제의 태도는 대전을 가득 채운 대신들보다 훨씬 차분했다. 그는 탁자를 짚고 일어나 천천히 대답했다.

"가르침을 주십시오, 황백부."

"신하의 권력이 지나쳐 단속할 수 없으면 군주를 위협할 수 있습니다. 이를 방비하는 것은 큰 잘못이 아니지요."

소정생은 여기까지 말한 뒤 일부러 순백수를 흘끔 돌아보았다.

"장림왕부의 왕위와 병권은 모두 무정제와 선제께서 내리신 것이니, 이 때문에 폐하께서 불안하시다면 우리 부자는 두말없이 기꺼이 내놓겠습니다. 허나 신이 가장 두려워하는 것은 폐하께서 그것만이 군주의 도리라고 오해하시는 것입니다. 황권을 손에 쥐고, 조당을 견제하고, 균형을 맞추어야만 강산이 안정되고 편안히 주무실 수 있다는 생각 말이지요."

소원시는 마음이 아파 눈시울을 붉히며 말했다.

"황백부께서는 짐이 어찌 생각하는지 알고 싶지 않으십니까?"

소정생은 부드러운 눈길로 그를 바라보았다.

"말씀하시지요."

"선제께서 계실 때에도 선제와 황백부의 의견이 늘 일치했던 것은 아닙니다. 짐은 어리고 배움이 부족하여 앞으로는 더 많은 부분에서 황백부님 기대에 미치지 못할 것입니다. 만약 앞으로 그런 일이 생길 때마다 회화장군처럼 하신다면 짐은……."

어린 황제는 여기서 잠시 멈추고 눈물을 머금은 채 호칭을 바꾸어 말했다.

"이 원시는 선제처럼 포용하고 침착하게 대처하지 못하고 무척 황공해할 것입니다."

예로부터 군주의 근심은 신하의 오욕이라 했으니 군주를 황공하게 만드는 신하란 그 어떤 죄명보다 더 짊어지기 힘든 것이었다. 소원시가 이렇게 말하자 여러 대신의 안색이 변했고, 순백수는 내심 안도하며 소매 속에서 손바닥을 꼬집어 표정을 드러내지 않으려 애썼다.

"군주가 황공함을 느끼는 것은 신하의 죄입니다."

소정생은 여전히 차분한 눈빛으로 정중하게 허리를 숙여 예를 갖추었다.

"허나 폐하, 지금 북연에서 어떤 일이 일어나는지 아십니까?"

질문이 워낙 뜻밖이었는지 소원시는 저도 모르게 멈칫하며 잠시 생각한 뒤 대답했다.

"듣자니 곧 강산의 주인이 바뀔 것이라고……."

소정생은 한 손을 들어 단정하게 그의 뒤를 가리켰다.

"폐하께서도 아시다시피 그 용좌에 앉는 일은 결코 쉽지 않습니다. 예로부터 천년만년 변함없이 이어지는 것이란 존재하지 않았습니다. 그러니 군주가 장래에 대해 항상 근심하고 두려워하는 것은 당연한 일이지요. 허나 신은 폐하께서 근심하고 두려워할수록 만민을 포용하시기를 바랍니다. 조정에서 균형을 이루는 것도 물론 중요하나, 그 뿌리를 따라가보면 모든 수단과 계략에서 가장 중요한 것은 역시 군주 자신이 아니겠습니까? 폐하께서는 반드시 그 자리에 탄탄하게 앉아 흔들리지 않으셔야 합니다."

오늘 입궁하기 전에 탕약을 마셨으나 벌써 두 시진가량이 흘러 약효가 다한 데다 말도 많이 하는 바람에 소정생은 기혈이 뒤집히는 것 같았다. 그는 소매로 입을 가리고 억지로 참으면서 소평정이 내민 팔에 기대었다.

"본디 폐하께서 조금 더 나이가 드신 후에 드렸어야 하는 이야기지요. 허나 애석하게도 노신이 무능하여 오늘 이 자리에 서는 것도 어려운지라 그때까지 기다릴 수가 없을 것 같군요."

목구멍으로 울컥 올라오는 피비린내를 느끼면서 소정생은 입가를 훔쳐 가능한 한 똑바로 섰다.

"신은 장림군의 원수이니 녕관의 싸움은 결코 회화장군 혼자 한 일이 아닙니다. 군수품을 마련할 때부터 신 역시 모든 것을 알고 있었고 그 일을 허락했습니다. 그 후 일어난 파란은 여러 대신도 잘 알 것입니다. 과정과 결과가 눈앞에 있으니 어찌 처결할지는 폐하께서 결정하시면 될 일, 평정이 더 변명할 필요도 없습니다."

여기까지 말하고 나자 연로한 장림왕은 더는 버티기 힘들었는지 가슴을 부여잡고 격렬하게 기침을 했다. 손수건을 입에 갖다 대기 무섭게 입에서 새빨간 피가 쏟아졌다.

"부왕!"

아버지의 목소리가 이상하다고 느낀 소평정은 머릿속이 하얗게 비어 휘청거리는 아버지의 몸을 힘껏 부둥켜안았다. 주위에 있던 대신들도 혼란에 빠졌고, 심문을 듣고 있던 소원계도 자리를 박차고 달려왔다. 소원시도 어좌를 돌아 가까이 달려오며 떨리는 소리로 외쳤다.

"태의! 태의를 불러라!"

"순 수보께서는 그간 고생이 많으셨소. 이제 더는…… 더는 우리 부자의 한계를 시험하려 애쓰실 것 없소."

소정생은 아들의 손을 꽉 잡으며 뜨거운 시선으로 놀라고 당황한 소원시의 얼굴을 똑바로 보았다.

"다시 한 번 말씀드리지만, 폐하께서 불안하시다면 장림왕부의…… 그 누구도 권력에 미련을 두지 않을 것입니다."

많은 이가 고대하던 이 어전의 심문은 결국 늙은 장림왕이 실려 나가면서 허겁지겁 끝이 났고, 명확한 결론은 잠시 미루어졌다. 성지를 받고 살피러 간 태의는 밤중이 되도록 소식이 없어 소원시는 불길한 예감에 홀로 휘장 속에 들어앉아 고통스러워했다. 누가 권해도 듣지 않았고 순 태후마저 아무 말도 못 한 채 아들이 어서 빨리 이 격렬한 감정을 털어버리기만 기원했다.

소정생이 지병이 깊어져 일어나기 힘들다는 사실을 그 누구보다 잘 아는 사람은 여건지였다. 부자가 입궁한 후 그는 임해를 데리고 시간에 맞추어 준비를 단단히 하고 있었다. 인사불성이 되어 실려온 늙은 왕을 보자 왕부 전체가 놀라 허둥거렸고, 소평정과 몽천설은 제정신이 아니어서 아무 명령도 내리지 못해 모든 것은 두 의원의 손에 맡겨졌다. 그들은 준비해둔 탕약을 먹이고 침으로 기혈을 억누른 뒤 전력을 다해 일시적으로 병세를 안정시켰다.

어명으로 찾아온 태의 두 명 외에, 종친과 중신들, 그리고 개인적인 벗들이 직접 방문하거나 사람을 보냈으나 모두 원숙이 앞 대청으로 안내해 차를 대접했다. 조카라는 가까운 사이인 소원계조차 안채에 잠시 들렀다가 돌아가는 수밖에 없었다.

집으로 돌아온 래양후는 홀로 서재에 들어가 앉아 한참 동안 탁자 위에 놓인 소정생이 준 서책을 바라보았다. 무엇 때문에 이렇게 슬프고 마음이 아픈지 그 자신도 알 수가 없었다.

동쪽 벽으로 난 커다란 창문이 제대로 닫히지 않았는지 삭월의 차가운 바람이 방으로 스며들었다. 등골이 오싹하는 한기를 느낀 소원계는 순식간에 온몸을 긴장시키면서 벌떡 일어나 창문을 홱 열어젖히는 동시에 검을 뽑았다. 전력을 다한 동작이었기 때문에 그 공세는 폭포처럼 격렬하고 광풍처럼 날카로웠다. 검은 뽑히기 무섭게 여섯 개의 환영을 만들어냈다.

칠흑같이 검은 흑수정검이 그의 검과 몇 번 겨룬 뒤 마지막으로 손쉽게 공세를 흩뜨리고 나자, 검은 옷자락이 천천히 바닥에 늘어졌다.

"몇 달 보지 못한 사이 배우는 속도가 점점 빨라지는구나."

소원계는 검을 거두어 검집에 넣고 무표정하게 물었다.

"외당숙께서 금릉성까지 왕림하시다니, 이번에는 또 무슨 가르침이 있으십니까?"

묵치후는 빙그레 웃고는 자연스럽게 서재로 들어갔다. 한때 이곳에 오래 숨어 있었던 그는 이 방이 무척 익숙했지만, 그 후로 배치가 많이 바뀌었기 때문에 흥미롭게 방 안을 서성이며 살피다가 마지막으로 탁자 위의 서책에 시선을 주었다.

"네가 장림왕부에서 태어났다면 더 좋았을 것이라고 생각한 적이 있느냐?"

소원계는 심장을 찌르듯 아파 싸늘하게 대답했다.

"장림왕부에 태어나는 것이 무엇이 좋다는 말씀입니까? 분명히 우세한 위치에 있고, 분명히 모든 것이 손안에 있는데도, 진부하고 가소로운 이유로 헛되이 흘려버리는 것을요. 제가 만약…… 제가 만약 정말 그분의 아들이었다면 이 금릉성 조정은 결코 지금 같은 모습이 아니었을 겁니다."

묵치후는 눈썹을 세우고 말없이 바라보다가 소매를 펼치고 차 탁자 옆에 앉았다. 그의 이런 방식에 익숙해진 소원계는 따라서 맞은편에 앉아 풍로에 차를 끓였다.

"쌍방이 서로 싸워야 네가 어부지리를 얻을 수 있다. 이제 소정생은 죽음이 임박했고 그 아들은 싸울 마음이 없으니 장림왕부가 금릉성의 조정에서 물러나면 순백수에게 네 쓸모는 그리 크지 않다. 앞으로는 몰래 힘을 기르기가 점점 어려워지겠지."

이 분명한 사실은 묵치후가 말하지 않아도 소원계 역시 짐작하고 있었기 때문에 차갑게 코웃음을 치며 대답하지 않았다.

"허나 소원시는 아직 어리고 너를 억누를 장림왕부도 없으니 크게 솜씨를 발휘하여 높이 오를 기회이기도 하지. 이 기회를 놓치면 너무 아깝다고 생각하지 않느냐?"

소원계는 차를 끓이던 동작을 멈추고 느릿느릿 물었다.

"외당숙께서 천 리 길을 마다않고 금릉성까지 오신 것을 보면 무슨 제안이 있으신 모양이군요?"

아직 물이 끓지 않아 쇠주전자는 조용했고, 화로에서 숯이 탁탁 튀는 소리만 들렸다. 묵치후도 이번에는 비웃지 않고 소매 속에서 둘둘 만 얇은 종이를 꺼내 차 탁자에 내려놓은 뒤 소원계에게로 밀었다. 종이에는 조그마한 해서체로 글이 몇 줄 쓰여 있었다.

"동해에서 가장 가까운 대량의 주부로군요."

소원계는 의아한 얼굴로 고개를 들었다.

"무슨 뜻입니까?"

"대량 동쪽 국경에 있는 이 주부들을 지키는 병력에 대해 상세히 알고 싶다. 성의 방어 지도와 병력 배치, 고급 장수의 상황, 그리고 후방 보급까지…… 상세한 정보 말이다."

묵치후의 말투는 매우 태연해서 마치 날씨 이야기라도 하는 것 같았다.

"너는 총명하니 필시 손에 넣을 방법이 있겠지."

소원계는 벌떡 일어나다가 그만 차 탁자와 풍로를 한꺼번에 뒤집어엎을 뻔했다. 그가 사나운 목소리로 물었다.

"제가 왜 그 정보를 드려야 합니까?"

"내가 말을 꺼낸 이상 네게도 그만한 이득이 있지 않겠느냐?"

묵치후는 서두르지도 초조해하지도 않고 종이 위로 손가락을 미끄러뜨렸다.

"대량은 지금껏 우리 동해를 나쁘지 않게 대해주었으나 아무래도 상국(上國)이랍시고 오만을 부렸지. 이런 어려운 기회가 찾아왔는데 대유가 할 수 있다면 우리 동해인들 못할 까닭이 있느냐?"

소원계는 한참 동안 그를 응시하다가 다소 허망한 목소리로 말했다.

"방금 하신 말씀이 동해 국왕의 뜻입니까?"

묵치후는 눈썹 끝을 살짝 추켜올리더니 별안간 고개를 젖히고 껄껄 웃었다.

"국왕은 아직 그 자리에 앉아 있으나 그자가 어떤 생각을 하는지는 중요하지 않다. 솔직히 말해주마. 이제 동해의 일은 모두 내가 결정한다."

"외당숙께서요?"

소원계는 이를 악물고 냉소를 흘렸다.

"대유가 이번에 얼마나 처참하게 패했는지는 아시겠지요?"

"물론 안다. 그래서 참을성 있게 지금까지 기다린 것이다."

묵치후는 손가락으로 탁자 위의 종이를 누르며 매우 홀가분한 얼굴로 말했다.

"장림왕부에 들러 상황을 살폈을 테니 대유에 비해 내 운이 얼마나 좋은지는 알겠지."

소원계는 단호하게 고개를 저었다.

"틀리셨습니다. 대량의 사방 국경은 각기 맡은 곳이 달라 모두가 장림왕부에 기대고 있는 것은 아닙니다. 게다가 외당숙께서 어떻게 생각하시든 저도 대량 사람이니 적과 내통하여 나라를 팔아먹는 일은 할 수 없습니다."

"어째서 내 말을 끝까지 듣지 않고 서둘러 결정하느냐?"

묵치후는 가볍게 말하더니 입꼬리를 살짝 올려 사람을 홀리는 듯한 웃음을 지어 보였다.

"정말 내 말을 듣기 싫은 것이냐, 아니면 마음이 흔들릴까 두려워 들을 용기가 없는 것이냐?"

소원계의 입술이 저도 모르게 바르르 떨렸다. 그는 떨림을 억누르며 피가 날 정도로 이뿌리를 꽉 깨물었다.

"어서 떠나십시오. 이곳에는 찾아오지 않았다 생각하시는 게 가장 좋을 것입니다."

금릉성에 잠입한 묵치후는 몸소 장림왕부를 염탐하지는 않았지만, 소정생의 목숨이 막바지에 이르렀다는 판단은 정확했다. 태의령 당지우는 어명을 받아 장림왕부를 찾아간 후 하루 밤낮 동안 자리를 비우지 못했다. 이튿날 저녁나절 여건지와 함께 한 번 더 진맥을 해본 그는 더욱 확실하게 결론을 내리고, 차마 옆에 있는 소평정을 바라보지 못한 채 슬픈 얼굴로 살그머니 바깥마루로 물러났다.

"이제 와서 전하의 병세를 숨길 이유는 없으니 돌아가시거든 사실대로 고하십시오."

그가 오랫동안 자리를 지킨 이유를 짐작한 원숙이 다가와 담담하게 말했다.

"의원으로서 할 일은 다 하셨습니다. 멀리 배웅하지 않겠습니다."

당지우는 위로할 말을 찾지 못했다. 그는 왕부 사람들이 마지막 밤에 외부인들이 있는 것을 원치 않는다는 것을 깨닫고 우물우물 몸조심하라는 말을 남긴 채 고개를 숙이고 떠나갔다.

한밤중이 되자 정신을 잃었던 소정생이 갑자기 몸을 뒤척이며 눈을 떴다. 여건지는 황급히 소평정에게 아버지의 머리를 살짝 들게 했고, 몽천설은 데운 탕약을 가져와 은수저로 떠먹여주었다. 몽롱한 상태로 약을 두어 모금 삼키자 소정생도 약간 정신이 들었는지 더는 마시지 않겠다고 고개를 저었다.

그의 마음을 읽은 임해가 눈물어린 얼굴로 위로했다.

"안심하세요. 이 약에는…… 잠들게 하는 효과가 없어요."

그러자 늙은 왕의 꽉 다물었던 입이 살짝 풀렸다. 그는 탕약을 다 마신 후 눈을 감고 잠시 쉬다가 일어나 앉고 싶다는 손짓을 했다. 소평정이 황급히 베개를 가져와 조심조심 아버지의 목과 등 뒤에 받쳐주었다.

"살고 죽는 것은 피할 수 없는 일이다."

소정생의 노쇠한 눈동자는 고열로 인해 맑게 깨어 있었다. 그는 침상 곁에 선 사람들을 한 명씩 바라보다가 마지막으로 소평정의 얼굴에 시선을 고정하고 그의 창백한 뺨을 쓰다듬었다.

"그래도 너희 형제 둘이…… 적어도 내가 떠난 후 서로 의지할 수 있을 줄 알았건만, 인생이 무상하여 결국 너 혼자 이 세상에 남겨두고 가는구나."

몽천설은 얼굴을 가리고 흐느낌을 내뱉지 않으려 안간힘을 썼다. 소평정은 힘껏 고개를 저으며 떨리는 목소리로 애원했다.

"부왕, 버티셔야 합니다. 랑야산에 있는 손자가 부왕의 얼굴도 기억하지 못한다고 생각해보세요."

소정생은 어렵게 숨을 들이쉬며 아들의 손을 꼭 잡고 느릿느릿 말했다.

"아비는 액유정에서 태어나 보통 사람들이 겪지 못한 고초를 겪고 세상에서 가장 차가운 얼굴들을 보았다. 하지만 이 삶에서 남들이 얻기 힘든 지극한 행복을 세 가지 얻었지. 하나는 좋은 스승을 만나 가르침을 받음으로써 마음속에 있던 어린 시절의 원한과 분노를 지워낸 것이고, 하나는 부황의 은혜를 받아 두 분의 명군을 모시며 공을 세우고도 한 번도 시기질투를 받지 않은 것이며, 다른 하나는…… 가족이 화목하고 슬하에 평장과 너같이 좋은 아들을 둔 것이다."

소평정은 늙은 아버지의 가슴팍에 쓰러져 눈물을 쏟았다.

"너는 자유를 사랑하는 아이였으나 안타깝게도 장군 가문에 태어나 그러지 못했구나. 아비가 떠난 후에 '장림'이라는 이름이 더 이상 네 손발을 묶어서는 안 된다."

아들의 뒷머리를 살며시 쓰다듬는 소정생의 눈빛은 맑고도 투명했다.

"평정, 네가 해야 할 일은 다 했으니 앞으로는 형수와 어린 조카를 돌보되 다른 것에는 집착할 필요 없느니라."

"예…… 명심하겠습니다."

"……아비의 상을 어찌해야 하는지는 기억하고 있겠지?"

소평정은 온 힘을 다해 고개를 들고 한 자씩 힘주어 대답했다.

"기억하고 있습니다. 왕릉에는 의관만 묻고 유골은 매령으로 가져가라고 하셨습니다."

"매령……."

소정생은 머리를 베개에 뉘었다. 동공이 살짝 풀리고 목소리도 점점 희미해졌다.

"바깥에서 찬바람 소리가 들리는구나. 북쪽 국경에는 벌써 몇 차례나 폭설이 내렸겠지. 매령……."

창밖으로 찬바람이 쌩쌩 소리를 내고 컴컴한 밤하늘 아래로 흩어지기 시작한 눈송이가 창틀을 두드렸다. 그 눈송이는 마치 이 전설적인 장림왕을 그 파란만장한 인생을 거슬러 오랜 세월 너머 그에게 몹시 중요했던 또 하나의 눈 내리던 밤으로 안내하고 그가 마땅히 누려야 할 고요함과 평온함 속으로 돌려보내는 것 같았다.

소평정은 부왕의 메마른 손바닥에 뺨을 댄 채 그 몸의 온기가 서서히 흘러나가 얼음처럼 차가워질 때까지 꼼짝도 하지 않았다. 한때 그토록 많았던, 그 넘치는 사랑과 그 두터운 정이 이렇게 조금씩 사라지고 있었다. 붙잡아둘 수도, 돌이킬 수도 없는 그 사랑은 추억을 소중히 하면 할수록 견디기 힘든 고통이 되어 뼛속으로 스며들었다.

세상 만물이 아무리 변화하더라도, 세상에 수천수만의 행복이 기다리고 있다 하더라도 이제 그들은 볼 수 없었다.

그의 형은, 그리고 그의 부왕은 그것을 볼 수 없었다.

몽롱한 새벽빛이 동쪽 하늘의 두꺼운 구름을 뚫고 흘러나왔다. 눈 내린 거리는 지나는 사람 하나 없이 고요했다.

장림왕부의 대문이 '끼이익' 열리더니 소복을 입은 하인 몇 명이 걸어나와 사다리를 놓고 흰 종이로 싼 등롱을 처마 밑에 걸린 등과 바꾸어 달고 편액에도 상장을 걸었다.

궁성과 종실, 대신, 금군…… 각처에서 소식을 들으려고 보낸 사람들이 문 앞을 지키고 있다가 상황을 파악하고 벌떡 일어나 각기 다른 방향으로 달려갔다.

어젯밤에 입궁한 당지우에게 보고를 들은 뒤 소원시는 벌써 몇 차례나 울음을 터뜨렸다. 확실한 부음이 전해졌을 때에는 울 힘조차 없어 고개를 숙이고 완전히 풀이 죽은 채 앉아서 눈물을 닦아주려는 순 태후의 손을 밀쳐내곤 했다.

그 순간 순 태후의 진짜 속마음은 당연히 기쁨으로 가득했지만, 그저 순수한 기쁨은 아니었다. 이따금씩 오래전 옛일들이 떠올라 공허한 기분도 들었다. 하지만 그녀는 지금 가장 중요한 것이 무엇인지 잊지 않았다. 소원시가 억지로 정신을 차리자 그녀는 곧바로 사람을 시켜 앞 전각의 직방으로 소식을 전했다.

순백수는 언제나 사람의 기분을 잘 읽는 사람이었고 급할수록 돌아가라는 말도 깊이 체득했기에 감히 어린 황제를 몰아붙이지 못했다. 그는 이튿날 오후에야 입궁하여 종실과 예부에서 장림왕의 상을 어떻게 준비하고 있는지 조목조목 보고하고 어린 황제 곁에서 함께 눈물도 흘린 뒤 마침내 부드럽게 권했다.

"폐하께서 이렇게 슬퍼하시면 구천에 계신 장림왕께서도 죄송하게 생각할 것입니다. 더욱이 조정의 대사는 서로 분리하여 다루어야 하니 회화장군에 대한 처결도 결론을 내리셔야 합니다. 장림왕께서도 생전에 폐하께서 스스로 결정하시기를 바라지 않으셨습니까?"

그가 깨우쳐주지 않아도 소원시 역시 혼자서 수없이 반복해 생각한 일이었다. 때로는 황백부를 이렇게 떠나보낸 일로 선제께 죄송한 마음이 들었고, 때로는 극단적인 상황으로 이끈 소평정의 잘못이 훨씬 크다는 생각도 들었다. 마지막까지 고민을 거듭한 그는 여전히 망설이면서도 간신히 입을 열었다.

"짐은…… 소평정을 회화장군에서 파직하고 병권을 거둔 뒤, 경성을 떠나 부왕의 상을 지키게 하기로 결정했습니다."

순 태후는 흠칫 놀라며 불만스럽게 되물었다.

"그것뿐이냐?"

순백수 역시 불만스러웠으나 그 자리에서 반박하지는 못하고 공손하게 대답한 뒤 한 걸음 다가서며 여전히 부드러운 목소리로 권유했다.

"폐하께서 조정과 사사로운 정을 분리하실 줄 아시니 구천에 계신 장림왕께서도 분명히 기뻐하실 겁니다. 폐하께서도 잘 아시겠지만 조정 대신들이 입을 모아 엄벌을 내리라는 상소를 올린 이유는 단순합니다. 언제 어떤 이유에서든 원수의 권한은 결코 군주의 권한을 넘어서는 아니 됩니다. 한데 폐하께서 처벌하기로 결정하셨다면 어찌하여 그 껍데기만 손을 보시고 뿌리는 내버려두려 하십니까?"

어전에서 심문이 있던 그날부터 소원시는 하룻밤도 편히 잠들지 못해 지금도 몹시 피곤했다. 외숙부가 끊임없이 같은 말을 반복하자 다투기도 지친 그는 한동안 넋을 놓고 앞만 바라보다가 천천히 고개를 끄덕였다.

"장림군의 각 영채는 원수를 맹목적으로 따랐으니 죄가 있지만 녕관 대첩에서 세운 공으로 그 잘못을 상쇄할 것입니다. 병부에 명하여…… 장림군의 편제를 없애고 북쪽 군대에 새로운 깃발을 세우게 하세요."

'편제를 없앤다'는 가장 중요한 말이 떨어지자 긴장했던 순백수의 얼굴도 마침내 홀가분해졌다. 그는 황급히 허리를 숙이고 대답했다.

"폐하의 넓으신 은혜에 감사드립니다. 신, 명을 받들겠습니다."

그는 끼어들려는 순 태후를 손짓해 막고 소원시가 혼자 있도록 함께 밖으로 나가자는 눈짓을 보냈다.

전각 회랑을 따라 한쪽 구석까지 물러나자 순 태후는 숨을 혹 불어내며 다소 자신 없는 목소리로 물었다.

"이렇게 되면…… 우리가 이긴 것일까요?"

순백수는 겉으로는 기쁜지 슬픈지 드러나지 않는 얼굴로 말했다.

"장림왕이 세상을 떠났으니 소평정은 본디 사직하고 상을 지키는 것이 마땅합니다. 이를 빌미로 그의 손에서 병권을 빼앗는 것도 순조로울 터, 장림왕부를 비호하는 사람이 제아무리 많아도 트집을 잡지 못할 것입니다."

"하지만…… 소평정은 항명하고 군주를 거역하는 대죄를 저질렀는데 이렇게 쉽게 보내주어도 되겠습니까? 이리하면 황실의 체면이 어찌되겠습니까?"

"장림군을 해체하고 그 휘하의 옛 부대를 해산하거나 옮기면 목적은 달성한 셈입니다."

안전한 것을 무엇보다 우선시하는 순백수는 병권에 관계된 일은 더욱더 조심하지 않을 수 없어 누이를 타일렀다.

"때로는 느슨한 것이 팽팽한 것보다 나은 일도 있지요. 구태여 막다른 곳까지 몰아붙일 필요가 어디 있겠습니까? 이대로 놓아주지 않으면 어찌하고 싶으십니까? 이 중요한 순간에 정말 대장들을 죽이기라도 하시겠습니까?"

순 태후는 단순히 부족하다고 느꼈을 뿐 구체적인 생각이 있던 것은 아니어서 입을 삐죽였다.

"이렇게 처리하면 세상 사람들이 하나같이 폐하께서 너무 연약하여 장림왕부 하나 다스리지 못한다고 떠들어대지 않겠습니까? 듣자니 군에서는 원수만 알고 군주는 몰라보기가 쉽다지요. 이번 일로 저들이 더욱 오만해지면 무슨 힘으로 북쪽에 새로운 깃발을 세우시렵니까?"

"마마, 사람의 마음은 조종할 수 있습니다. 민간이든 군이든 마찬가지지요. 우리가 알려주는 대로 받아들이는 것이 세상 사람들입니다."

순백수는 몸을 돌려 길고 조용한 전각의 회랑을 지나 궁궐 담장 너머 저편으로 시선을 던졌다.

"이번 일도 그 속사정이야 어찌되었건 적어도 겉보기에는 단 한 가지로 설명될 뿐입니다. 폐하께서 장림왕의 훙서로 인해 은혜를 베풀어 회화장군의 죄를 사면했다는 것이지요. 그리되면 황실의 넓은 아량을 보여줄 수 있으니 소인배들이 입방아를 찧지는 못할 것입니다."

결국 그 말에 설득된 순 태후는 잠시 망설이다 울적하게 말했다.

"오라버님께서 그리 생각하신다면…… 그리하시지요."

—
20
—

장림왕이 세상을 떠나던 날 밤 눈송이가 내리기 시작했다. 한번 시작된 눈은 강해졌다 약해졌다를 반복하며 끊임없이 이어져, 빈소를 마련하여 조문을 받는 기간 내내 계속되었다. 소원시는 예에 따라 사흘간 조회를 중단하고 이튿날 친히 조문을 가려고 했지만 발인 준비를 보고하러 온 예부상서 심서가 간곡히 만류하자 도움을 청하는 눈빛으로 옆에 있던 금군통령에게 시선을 던졌다.

당연히 장림왕부를 다녀온 순비잔은 그곳 상황을 대강 알고 있었기에 한숨을 쉬며 권했다.

"전하께서 떠나신 지 하루밤이 되지 않아 왕부가 여러 가지로 혼잡할 것입니다. 어가의 행차는 보통 사람들과는 다릅니다. 종실과 예부의 준비에 따라 며칠 후 발인 때 방문하시면 평정도 다소 안정된 모습으로 맞이할 수 있을 것입니다. 부디 헤아려주십시오, 폐하."

고집스럽거나 제멋대로 하는 성품이 아닌 소원시는 그 말을 듣자 울적하게 자리에 앉았다.

"방금 모후께서 말씀하시기를, 황백부께서 북쪽 국경에 장사를 지내달라는 유언을 남기셨고 평정 형님은 영구를 모시고 떠나 다시는 돌아오지 않는다고 하더군요. 정말인가요?"

순비잔은 멈칫하다가 물었다.

"폐하께서는 장림왕 전하께서 주신 사랑과 나라를 지킨 장림부 사람들의 공을 계속 기억해주실는지요?"

"그럴 겁니다."

"훗날 그가 돌아오든 아니든 폐하께서 그것을 기억해주신다면 충분합니다."

계속 마음에 걸려하는 어린 황제와는 달리, 순백수는 소정생이 유언으로 어떻게 장례를 지내고 어디에 묻어달라고 했는지 추호도 관심이 없었다. 어명을 받은 후로 그는 적당한 사람들을 소집하여 북쪽의 군대를 어떻게 재편하면 좋을지 상의하느라 하루종일 바빴다. 소평정을 만나 결정을 전하기 전에 반드시 충분히 준비를 해두어야만 했다.

하늘이 어둑어둑해질 때까지 바삐 일한 수보 대인은 온몸이 쑤시고 아팠다. 다음 날도 해야 할 일이 산더미인데 그 나이에 너무 무리할 수는 없기에 곧 시종을 시켜 마차를 준비하게 한 다음 순월의 부축을 받아 천천히 직방을 나섰다.

짚신에 상복을 입은 소원계가 우연인 듯 회랑 모퉁이를 돌아 나오다가 그를 발견하고 다가와 고생이 많았다며 말을 건넸다. 순백수도 별수 없이 걸음을 멈추고 반례를 하며 상투적인 인사말을 나누었다.

"장림왕께서 세상을 떠나시던 날부터 폭설이 내리기 시작했는데 지금까지 그치지 않아 하늘과 땅이 함께 슬퍼하는 것이라는 소문이 돌고 있습니다. 순 대인께서도 들으셨습니까?"

"장림왕께서는 나라에 공이 크신 분이니 슬플 만도 하지요. 소문이야 난들 어떻습니까?"

순백수는 태연하게 말하며 거짓 미소를 지어 보였다.

"참, 장림군의 편제가 사라지니 래양후께서도 감주에 돌아가지 않아도 되겠군요. 이번에 여러 가지로 도와주신 일은 절대 잊지 않겠습니다. 경성에는 직위는 높고 한가한 업무가 많으니 그 중 무엇이든 골라 이 늙은이에게 말씀하십시오."

이 정도면 충분히 예의를 갖추었다 생각했는지 순백수는 이 말을 끝으로 공수를 한 뒤 바삐 떠나갔고, 남겨진 소원계의 일그러진 표정은 보지 못했거나 숫제 관심도 없는 듯했다.

굳은 얼굴로 돌아온 소원계는 분노와 함께 슬픔에 빠져 어깨에 걸친 마옷을 벗어 하성에게 던져주며 내보낸 뒤 홀로 울적하게 서재로 들어갔다. 병풍을 돌아 들어간 그는 별안간 우뚝 멈추었다. 언제부터 와 있었는지 차 탁자 옆 팔걸이의자에 묵치후가 몸을 반쯤 기대고 앉아 조그마한 월자(越瓷, 중국 고대에 남방 도자기 산지에서 생산하던 청자의 일종—옮긴이) 사발로 뜨거운 차를 홀짝이고 있었다.

"그만 떠나시라고 말씀드리지 않았습니까?"

묵치후는 고개를 숙이고 잔에 든 차 빛깔을 살피며 미소 지었다.

"어차피 나와 손잡지 않겠다고 결심했다면 내가 며칠 더 머무르며 금릉성을 구경하는 게 어떻다고 그리 신경을 곤두세우느냐?"

"이곳은 대량의 경성입니다. 남몰래 들어오신 것도 위험한데 오래 머무르다가 발각될까 두렵지도 않으십니까?"

"물론 두려운 것이 전혀 없다고 할 수는 없겠지. 하지만 발각당하는 것은……."

묵치후는 오만하게 웃음을 터뜨렸다.

"내가 두려워하는 것 중에서도 우선순위가 한참 떨어진다."

소원계는 정신을 가다듬고 그의 맞은편에 가서 앉으며 엄숙하게 말했다.

"외당숙께서는 누구도 건드리지 못하는 절정의 고수시지만 전쟁을 일으켜 성을 빼앗는 것은 완전히 다른 일입니다. 누가 뭐라고 해도 동해의 능력에는 한계가 있으니, 설사 제가 돕는다 하더라도 대량의 주부 열 곳을 얻는 것은 허황된 꿈에 불과합니다."

"자신을 그리 낮추어 좋을 것이 무엇이냐?"

묵치후는 또다시 품에서 열 개 주의 이름이 적힌 종이를 꺼내 그 앞에 펼쳐놓았다.

"너는 지금 조정에서 얼마간은 힘이 있다. 우리 동해는 오랫동안 준비해왔으니 네가 남몰래 돕는다면 단번에 열 개 주를 손에 넣는 것은 결코 불가능한 일이 아니다."

"손에 넣은 다음에는요? 설사 허를 찔러 빼앗는다 하더라도 그 커다란 땅을 집어삼킬 힘도 없지 않습니까?"

묵치후는 얼굴을 활짝 펴고 찻잔을 내려놓은 뒤 박장대소했다.

"한참을 기다렸다만 이제야 제대로 짚는구나. 확실히 나는 그 커다란 땅을 집어삼킬 능력이 없다. 그러니 그 열 개 주 가운데 단 세 곳만 손에 넣고 나머지 일곱은 네게 선물로 주마."

소원계는 저도 모르게 온몸을 부르르 떨며 한참 동안 상대를 노려보았다. 그 모습은 마치 그 말을 전혀 알아듣지 못한 것 같기도 하고 한편으로는 너무 잘 알아듣고 놀란 것 같기도 했다. 한참 후에야 정신이 돌아온 그는 찻주전자를 들고 차를 따르려 했으나 손가락이 덜덜 떨려 물이 사방으로 튀는 통에 결국 주전자를 힘껏 내려놓을 수밖에 없었다.

묵치후는 그런 모습을 보지 못한 양 여전히 차분한 목소리로 말했다.

"옛 병법에 이르기를 지피지기면 백전불태라고 했다. 네가 대량 열 개 주의 방어 상황을 낱낱이 알려준다면, 동쪽 국경 주 영채의 방어선을 어찌 무너뜨릴지는 내 알아서 할 자신이 있다. 한 번에 열 개 주를 잃으면 금릉성 조정은 반드시 혼란에 빠지겠지. 동쪽 국경을 지키는 군대는 병사가 꺾이고 장수를 잃었으니 조정에서 가장 먼저 할 일은 구원군을 보내는 것이다. 그때 네가 나서서 출정하겠다 청하면 내 다시 퇴각하여 일곱 개 주를 돌려주마."

소원계는 힘들게 침을 꿀꺽 삼켰다.

"조정에 다른 장수가 많습니다. 만에 하나 뜻대로 되지 않는다면요?"

"어쨌든 금릉성에서 네가 내응을 해준다면 뜻대로 되지 않더라도 안팎으로 힘을 합쳐 한 번 더 물리치면 될 일이다."

묵치후는 서늘한 목소리로 말하며 하얗게 질린 그의 얼굴을 차갑게 노려보았다.

"아직도 망설이는 까닭이 무엇인지 도무지 모르겠구나. 생각해보아라. 동쪽 국경에서 전쟁의 불꽃이 일어나 정세가 급박해졌을 때 네가 나서 그 위험한 상황을 바로잡고 일곱 개 주를 되찾는다면

그 얼마나 크나큰 영광이겠느냐? 설령 장림군이라는 선례가 있다
해도 나라를 지킨 공과 그것이 가져다줄 명예는 적어도 너 한 사람
지탱할 기반은 되어줄 것이고, 그 후로 대량의 조정 중심에 든든하
게 설 수 있게 해줄 것이다."

동해에서 온 손님의 이런 설명은 소원계가 온 힘을 다해 간절히
이루고자 했던 장래의 모습이었다. 그러나 그와 동시에 그의 이성
이 이번 일이 극도로 위험하고 일단 들어서면 다시는 돌이킬 수 없
다고 경고해왔다. 두 가지 생각이 머릿속에서 서로 밀고 당기며 싸
우는 통에 그는 어쩔 수 없이 몸을 일으키고 창가로 걸어가 차가운
공기를 한껏 들이켜 냉정을 찾으려 애썼다.

"설마 처음 금릉성에 오셨을 때부터 이런 생각을 하신 겁니까?"

묵치후는 조소를 흘리며 가볍게 고개를 가로저었다.

"그럴 리가 있겠느냐? 그해 나는 분명히 복양영에게 유인을 당
해 이곳에 왔을 뿐 이런 장기적인 계획은 생각지 못했다. 게다가
본래는 이 대량의 경성에서 치열한 싸움이 벌어지리라 생각했다.
장림왕부에 권력을 차지할 생각이 추호도 없어 이토록 빨리 금릉
성의 정치판에서 물러날 줄은 전혀 몰랐지."

싸늘하게 얼었던 창틀은 소원계가 힘주어 움켜쥐는 바람에 금
이 가기 시작했다. 그는 오늘 만난 순백수의 냉담함을 떠올리고 여
전히 희미하기만 한 자신의 앞길을 생각하며 갈팡질팡했다. 차 한
잔 마실 시간이 꼬박 지난 뒤 비로소 그가 다시 입을 열었다.

"동해는…… 정말 외당숙의 손아귀에 완전히 들어갔습니까?"

"그것이 걱정이었더냐? 그만한 자신도 없이 내 어찌 천 리 먼 길
을 달려 여기까지 왔겠느냐?"

"일단 외당숙께서 원하는 군사 기밀을 넘긴 후에 약속을 지킨다는 보장은 어찌하시겠습니까?"

"삼키지도 못하는 것은 언젠가는 뱉어내게 마련, 누구에게 뱉어낸들 뱉어내기는 마찬가지가 아니겠느냐? 다른 사람에 비해 너는 누가 뭐라 해도 반은 동해 사람이다. 내 어찌 너를 돕지 않고 다른 사람을 돕겠느냐?"

소원계는 별안간 자기모순으로 인한 분노가 치밀어올라 벌컥 화를 내며 고개를 저었다.

"비록 동해의 피를 이어받았지만 잊지 마십시오. 저의 뿌리는 대량의 황실입니다!"

"그래, 너는 당당한 황족이자 적손이지. 허나 근 2년간 천신만고 끝에 얻은 것이 고작 이 정도다. 설마하니 여기서 그만두고 소원시의 발밑에 엎드려 한가로운 귀족 노릇이나 하고 싶으냐?"

묵치후는 비웃듯이 차갑게 껄껄거린 뒤 손가락으로 탁자에 놓인 종이를 톡 짚었다.

"너는 영리한 아이니 내가 내민 이 기회가 다시는 오지 않는다는 것을 잘 알 것이다. 어떤 결단을 내려야 하는지 내가 더 말할 필요는 없겠지?"

창밖에는 눈이 소리 없이 내리고 있었다. 가슴속의 쿵쿵거림은 그를 감싼 살과 피부를 뚫고 터져나올 만큼 격렬했다. 소원계는 벽을 따라 스르르 미끄러지며 얼음같이 차가운 청석 바닥에 앉아 머리를 무릎 사이에 묻었다. 목소리가 점점 무기력해졌다.

"모든 것이 순조롭게 진행된다 하더라도 제가 병사를 이끌고 나아가 아무 의심도 받지 않고 일곱 개 주를 되찾은들 결국 세 개 주는 잃는 셈입니다. 금릉성에서 계속해서 공격하라고 명하면 어떻게 해야 합니까?"

묵치후는 그 점도 미리 생각해두었는지 어깨를 으쓱하며 대답했다.

"그렇지. 대량이 세 개 주의 땅을 쉽게 포기하지는 않을 것이다. 허나 순백수 역시 너 혼자 공을 독차지하는 것을 바라지 않겠지. 나를 믿어라. 때가 되면 너는 필시 제재를 받고 멈추게 될 것이다. 어쨌든 그 편이 단숨에 해치우는 것보다 훨씬 보기 좋겠지."

이는 확실히 순백수의 방식에 부합하는 판단이었다. 동해에서 온 이 손님이 대량의 조정을 자세히 파악하고 있다는 증거였다. 최근 몇 년간 식견과 능력이 빠르게 발전한 소원계는 묵치후의 계획이 성공 가능성이 전혀 없지는 않다는 것을 알았다. 그 역시 가슴 가득한 야심을 이루기 위해 위험을 무릅쓰는 것은 두렵지 않았다. 지금 이 순간 내심 깊은 곳에서 극복해야 하는 것은 국토를 팔아넘긴다는 한계를 넘음으로써 오는 불안과 거부감뿐이었다.

"너같이 주도면밀한 사람이면 잘 알 것이다."

묵치후는 단단하던 그의 방어가 풀어지는 것을 느끼고 마치 주인인 양 두 잔 가득 차를 따르며 자리에 앉으라는 손짓을 했다.

"이처럼 큰일을 급작스럽게 도모할 수는 없는 법, 적어도 일이 년은 준비해야 할 것이다. 오늘 이렇게 찾아온 것은 맹약을 맺기 위해서일 뿐이다. 어찌되었든 네가 수락해야 앞으로 연락을 주고받으며 상세한 사항을 상의할 수 있지 않겠느냐?"

마지막 한마디와 함께 그는 찻잔 하나를 소원계 앞에 밀어주고 자신도 잔을 들어 가만히 기다렸다. 소원계의 눈동자가 망설이듯 몇 차례 흔들렸지만, 마침내 그도 이를 악물고 찻잔을 들었다. 하늘빛 박태(薄胎, 달걀껍데기처럼 얇고 매끄러운 도자기—옮긴이) 찻잔이 공중에서 살짝 부딪치자 찻물이 찰랑 흔들렸다.

래양후부에서의 밀약이 있던 다음 날, 마침내 필요한 준비를 마친 순백수는 정신을 가다듬고 흰 관복으로 갈아입은 뒤 장림왕부로 조문을 갔다. 왕부 앞 대청에 빈소가 마련되었고 윗자리에 하얀 초와 과일이 놓여 있었다. 문 안으로 들어서자 검은 띠를 두른 하인들이 조문객들을 맞이했다.

빈소를 차린 지 나흘째지만 여전히 조문객이 끊이지 않아 바깥 천막에서 대기하다 빈소에서 한 무리가 나오면 그제야 다른 무리가 들어가는 장면도 종종 보였다. 하지만 순백수는 아무래도 신분이 달라, 정원에서 눈을 맞으며 옷매무새를 가다듬는 그를 보자 먼저 와서 조문하던 대신들이 알아서 물러났다.

흰 천이 겹겹이 늘어진 빈소 입구를 통과하니 희미한 연기가 얼굴을 훅 덮쳤다. 순백수는 동자가 건네준 가느다란 향 세 개를 가슴 앞에 세우고 위패 앞에 깊이 절을 한 뒤, 향을 피워 이마 위로 높이 들어 세 번 머리를 조아렸다. 그런 다음 일어나 엄숙하게 허리를 숙이고 위패 앞 향로에 향을 꽂았다. 위패 옆에 서 있던 소평정은 무표정한 얼굴로 다른 조문객과 다름없이 대하며 살짝 몸을 숙여 반례했다.

절이 끝나자 순백수는 위패 앞에 한참을 서 있다가 장탄식을 한 뒤 돌아서서 소평정을 향해 공수를 하며 말했다.

"적당한 자리는 아니나 구천에 계신 장림왕께서도 마지막 결과를 궁금해하실 것이라 생각하오."

얼굴을 반쯤 가린 거친 수질(首絰) 아래로 드러난 소평정의 눈빛은 전혀 개의치 않는 듯 차분했다.

"말씀하시지요."

"폐하께서는 둘째 공자의 삼품 장군 직책을 박탈하고 경성을 떠나라고 명하셨소. 음…… 그리고 장림군을 해산하고 새로 편제하기로 하셨소."

순백수는 말투를 온화하게 하려고 애썼다.

"장군의 행위를 이 정도로 처벌하는 것은 지나친 관용이지만 장림왕께서 돌아가신 지 오래지 않아 그 이상의 처벌을 원치 않으셨소. 장림군의 편제를 바꾸는 문제는 조정에서 보낸 사람이 순조롭게 군무를 이어받기 위함일 뿐이오. 회화장군께서는 총명한 분이니 이미 일어난 일은 어떻게든 책임을 져야 한다는 것을 알 것이오. 각자 한 발씩 양보하여 파란을 일으키거나 피를 부르지 않는 것이 폐하께 가장 유리한 방식이라 생각지 않소?"

소평정의 시선이 천천히 올라가 아버지의 위패에 선명하게 새겨진 '장림'이라는 글자 위로 떨어졌다. 한참을 뚫어지게 보던 그가 입을 열었다.

"오늘부터 이 세상에 장림이라는 이름은 존재하지 않겠군요."

"장림왕께서도 생전에 말씀하지 않으셨소? 천년만년 변하지 않는 것은 없다고 말이오."

순백수는 굳은 얼굴로 목청을 가다듬었다. 어쩐지 서글픈 기분이 들었다.

"장군은 부친상을 당했으니 본시 조정에서 멀리 떠나 북쪽으로 영구를 모셔야 할 몸이오. 그러니 미련을 둘 까닭이 없지 않소?"

소평정은 가볍게 고개를 끄덕였다.

"이렇게 끝내는 것도 좋겠지요. 앞으로 순 수보께서…… 전심전력을 다해 폐하를 보좌해주시기 바랍니다."

순백수도 더는 버텨내지 못하고 얼굴에 부끄러운 빛을 띠며 살짝 고개를 숙였다. 그는 다시 한 번 위패에 예를 올린 뒤 말없이 빈소에서 물러났다.

조문객의 발길이 끊임없이 이어지는 빈소와는 달리 손님을 받지 않는 왕부의 안채는 장례 기간 동안 몹시 고요했다. 몽천설의 곁을 지키는 사람은 임해뿐이었고 두 사람은 매일 장림왕의 침전 밖 조그마한 화청에서 종이를 사르고 절을 올렸다.

그들은 조정이 어떤 결정을 내렸는지 알지 못했지만 이미 영구를 모시고 북쪽으로 가기로 결정한 뒤였다. 시동생을 잘 아는 몽천설은 그가 이렇게 경성을 떠나면 다시는 돌아오려 하지 않을 것임을 잘 알고 있었다.

"한 사람이 감당할 수 있는 슬픔에는 한계가 있지요."

훨씬 수척해진 임해의 얼굴에 근심이 떠올랐다. 그녀 역시 몽천설의 생각에 동의하는 것이 분명했다.

"짧디짧은 몇 년 사이 아버지와 형님이 떠나셨으니 이 넓은 왕부에 그가 마음 둘 곳이 어디 있겠어요?"

"하지만 그 모든 감정을 혼자 삭이는 것도 좋지 않아."

몽천설은 형수로서 시동생이 걱정되어 두 눈을 잔뜩 찌푸렸다.

"부왕과 평장이 모두 떠났으니 어쩌면 이 세상에서 평정의 속마음을 이끌어낼 수 있는 사람은 동생밖에 없는지도 몰라."

그의 속마음을 이끌어내는 것이 정말 가능할까? 임해는 도저히 자신이 없어 멍한 눈빛을 지었다.

그녀는 금릉성으로 돌아온 후 줄곧 사부를 도와 장림왕을 보살피느라 소평정과 똑같이 안채를 드나들었지만 그와 이야기를 나눈 적은 거의 없었다. 고집 센 두 사람은 마주치면 물러나고 짐짓 서로를 피했다. 일단 이야기를 나누게 되면 어쩔 수 없이 장림왕의 병세에 대해 말해야 하고, 어쩔 수 없이 가장 고통스러웠던 지난 일을 꺼내야 하기 때문이었다.

"평정 스스로는 못해. 애초에 그러려고도 하지 않으니까. 그러니 동생이 도와줘. 평정을 끌어내주어야 해."

몽천설은 뺨 위로 흐른 눈물을 닦고 임해의 손을 꼭 잡았다.

"동생은 의원이잖아. 몸에 상처가 나면 반드시 제때 치료해야 한다는 것은 알면서 어째서 마음에 난 상처는 자연적으로 아물기만을 기다려야 해?"

바람과 눈발이 점점 짙어지는 황혼과 함께 기승을 부리기 시작했고, 처마 밑의 고드름이 떨어질 것처럼 뚝뚝 소리를 냈다. 임해는 몽천설의 기대에 찬 눈빛 속에서 서서히 몸을 일으켜 약간 차가워진 그녀의 손을 힘껏 움켜쥔 뒤, 눈바람을 무릅쓰고 앞뜰로 향했다.

문을 닫고 조문객을 돌려보낸 빈소는 꽁꽁 언 얼음처럼 싸늘했고 지전을 사르는 놋쇠 그릇에도 새까만 재만 남아 온기라고는 전혀 느껴지지 않았다. 소평정은 관 앞 청석 바닥에 혼자 꿇어앉아 멍하니 부왕의 위패를 응시하고 있었다.

검은 모피로 만든 외투를 들고 섬돌 앞에 서서 입혀주어야 하나 말아야 하나 망설이던 원숙은 임해가 오는 것을 보자 겨우 안도하며 황급히 외투를 건넸다.

"부모상을 당해 괴롭지 않은 사람이 어디 있겠어요?"

임해는 고개를 저어 거절하며 나지막하게 말했다.

"지금 평정의 괴로움은 굶주림이나 추위가 아니에요."

원숙은 그만 눈물이 왈칵 솟아 고개를 푹 숙인 채 닦아내며 물러났다. 빈소 안의 소평정은 그녀의 부드러운 목소리를 들었고 그녀가 옆에 다가온 것도 느꼈지만, 얼음조각상이라도 된 양 여전히 꼼짝하지 않았다. 영전에 세운 높은 초는 반이나 타들어가 놋쇠 촛대에는 촛농이 그득히 쌓여 있었다.

임해는 위패 앞에 예를 올린 뒤 조용히 물었다.

"반성에서 그랬지요. 나를 탓한 적이 없다고. 그 말, 진심인가요?"

소평정은 움찔했지만 눈을 내리뜨고 대답했다.

"그렇소."

"정말 그렇다면 어째서 고개를 들고 나를 보지 않죠? 도저히 그렇게는 못하겠어요?"

임해는 바닥을 움켜쥐는 그의 손가락과 종잇장처럼 창백한 그의 옆얼굴을 바라보며 슬픈 목소리로 말했다.

"내가 당신의 눈에 담긴 분노를 알아차릴까봐 두려운가요? 하지만 무슨 이유로 내게 화를 내는 건가요? 평정, 그 모든 것은 당신을 구하기 위해서였어요. 몽 언니마저 나를 용서했는데 당신이 무슨 이유로 나를 용서하지 못한다는 건가요?"

"아니오, 그렇게 생각하지 않소."

소평정은 눈을 감고 고개를 한쪽으로 돌리려고 했다.

"그런 것이 아니라…… 나중에 다시 이야기하면 안 되겠소?"

임해는 그의 힘없는 부탁에도 아랑곳 않고 도리어 정면으로 자리를 옮겨 그의 손을 꼭 붙잡았다.

"당신은 계속해서 내게, 그리고 당신 스스로에게 말했어요. 임해는 잘못이 없다, 아무도 임해를 용서할 필요가 없다. 내가 정말 그토록 무고하다면 당신은 왜 이렇게 화를 내는 거죠?"

"그런 것이……."

"이성은 그렇게 말하겠지요. 나를 탓하는 것은 불공평하다고요. 하지만 마음속의 분노는 도저히 가라앉지 않았던 거예요, 그렇지 않나요?"

"아니, 아니오."

"그렇지 않다면 어째서 나를 보지 못하죠? 어째서 이대로 놓아버리지 못하는 건가요?"

"당신들은 너무 잔인했소!"

극한까지 몰아붙인 끝에 튀어나온 대답은 마치 바람을 넣은 가죽 부대에 쇠바늘을 찔러넣은 것과 같아서, 시원하게 속을 털어놓거나 완전히 폭발해버리거나 둘 중 하나였다.

"계속 말해야 해요."

임해가 그의 손등을 부드럽게 쓰다듬었다.

"그러니까 옳고 그름을 떠나서 우리가 당신에게 너무 잔인했기 때문에 견딜 수 없었다는 말이군요?"

"난 견딜 수가 없소."

소평정은 달아오른 뺨을 바닥에 대고 부왕의 관으로 손을 뻗었다.

"형님은 자신이 더 중요하다는 것을 분명히 아셨소. 장림왕부는 물론이고 부왕과 형수님께도, 나보다는 형님이 훨씬 더 살아야 할 가치가 있었소. 오늘 이 자리에 형님이 계셨더라면 부왕께서도 이토록 빨리 가시지는 않았을 것이고 북쪽 국경과 경성, 그 모든 것이 지금보다 훨씬 나았을 것이오. 형님은…… 형님은 늘 나보다 더 잘해오셨으니까……."

"하지만 평정, 그분은 당신의 형님이셨고 당신이 살기를 바라셨어요."

"알고 있소? 나는 줄곧 형님이 이런 결정을 내렸을 리 없다고 생각했소."

소평정은 고개를 들고 멍하니 임해를 바라보았다.

"그렇게 총명한 형님이, 그렇게 세심한 형님이, 어떻게 그런 터무니없고 어리석은 결정을 하실 수가 있소? 그토록 서두르지 않으셨더라면, 진지하게 한 번만 더 생각해보셨더라면, 그때 당신이 형님을 돕지 않았더라면……."

임해는 소맷자락으로 그가 자신도 모르게 흘린 눈물을 닦아주며 여전히 물처럼 부드러운 목소리로 말했다.

"하지만 평정, 그런 생각을 해도 소용없어요. 그것이 옳든 그렇지 않든, 어쩔 수 없는 일이었든 선택이었든, 당신 형님은 이미 떠나셨어요. 떠나신 지 벌써 2년이나 되었어요. 당신은 그 사실을 직시해야 하고 받아들여야만 해요."

소평정은 눈처럼 하얘진 얼굴로 온몸을 부들부들 떨면서 자신의 얼굴을 쓰다듬는 임해의 손바닥에 천천히 몸을 기댔다. 이마가 그녀의 어깨에 닿을 때까지. 임해는 가만히 그를 끌어안고 살며시 흔들었다.

"형님은 다시 돌아올 수 없소. 그렇지 않소?"

"그래요."

"부왕도 다시 돌아오실 수 없고. 그렇지 않소?"

"그래요."

"이것이 악몽이라면…… 어서 빨리…… 깨어났으면 좋겠소."

하얀 초는 점점 타들어가 어느덧 채 한 치도 남지 않았다.

놋쇠 그릇 안의 종이재가 빈소에 불어닥친 찬바람에 휩쓸려 정원으로 날아갔다가 아득하게 쏟아지는 눈송이 속에 정처 없이 나부꼈다. 흩어진 재는 이미 지나버린 세월과 떠나간 사람들처럼 찾기도 어렵고 다시 돌아올 수도 없었다.

—
21
—

밤새 눈보라가 날카롭게 울부짖다가 날이 밝은 뒤 차차 가라앉았다. 하늘에서는 자잘한 얼음 알갱이만 드문드문 떨어졌으나 완전히 그칠 기미는 없었다. 대지를 휘말아올리는 북풍은 구슬프고 나지막한 울음을 흘리고, 구름이 두껍게 내려앉아 햇살은 아직도 어슴푸레했다.

몸소 조문을 하러 출발한 소원시의 어가가 덜컹덜컹 주홍빛 궁궐 문을 지나 깨끗이 빗질해둔 텅 빈 금릉성 거리에 바퀴 자국을 찍으며 장림왕부의 대문으로 향했다. 상복을 입은 소평정이 머리를 조아리며 어가를 마중 나와 눈이 녹아 질퍽질퍽한 정원을 통과해 영전으로 황제를 안내했다.

적출의 첫 황자이자 소흠이 불혹의 나이에 얻은 후계자인 소원시는 태어난 뒤로 바람 불면 날아갈까 애지중지 키워졌고, 황실의 봄가을 사냥 같은 주요 활동을 제외한 얼마 되지 않는 외출도 장림왕부를 찾아와 논 것이 전부였다.

그렇게 신나게 웃으며 뛰어다니던 기억 속의 앞뜰에는 음침하고 스산한 빈소가 차려져 있었고, 상장과 흰 천으로 겹겹이 뒤덮여 지난 모습은 찾아볼 수 없었다. 오래지 않아 이곳이 더욱 적막하고 황량해질 것을 생각하자 소원시는 솜뭉치가 심장을 틀어막은 것처럼 가슴이 답답했다.

손에 든 향 세 개에서 타들어간 재가 손가락에 떨어지자 그 뜨끔한 온도가 어린 황제의 정신을 돌려놓았다. 그는 황급히 앞으로 다가가 긴 탁자 한가운데 놓인 자동(紫銅) 향로에 향을 꽂았다.

소평정은 위패 앞에 서서 네 번 맞절을 했다. 일어난 그의 손에는 뚜껑이 없는 나무상자가 들려 있었다. 그는 상자를 이마 위로 높이 들고 소원시 앞에 내밀었다. 상자 속 연노랑 비단 위에 놓인 것은 장림군령이었다.

소원시는 두 손을 소매 속으로 움츠리며 소리 죽여 물었다.

"나를 원망하는 거죠? 당시 짐이 조금만 더 생각했더라면 이렇게까지 되지 않았을지도 몰라요."

안색은 여전히 잿빛이지만 소평정의 표정과 말투는 어제보다는 훨씬 차분해져 있었다.

"신이 바로 얼마 전에 한 가지 깨달은 것이 있습니다. 세상에 일어난 일은 돌이킬 수 있는 것도 있지만…… 만약 이랬다면 하고 아무리 생각해도 결국에는 받아들여야만 하는 일도 있다는 것입니다. 신은 기꺼이 처벌을 받을 것이니 부디 군령을 거두어주십시오."

소원시는 한 걸음 물러나 고개를 저었다.

"북쪽 국경에 새로운 군을 세우기로 했으니 그것은 가지고 계셨으면 해요."

소평정은 잠시 망설이다가 들어올린 팔을 내렸다.

"폐하께서 하사하신다면 신도 정성을 다해 보관하겠습니다. 하지만 앞으로 다시 쓰일 일은 없을 겁니다. 폐하께도…… 더는 장림 왕부가 필요 없을 것이고요."

"영원히 돌아오지 않을 거예요? 상이 끝나도요? 혹시 몇 년 뒤쯤 짐이 다시……."

"폐하께서 이토록 마음 써주시니 감격스럽기 그지없습니다."

소평정은 한쪽 무릎을 꿇고 고개를 들어 황제의 눈을 들여다보았다.

"하지만 폐하, 신은 이미 지쳤습니다. 도저히 생전 부왕과 형님이 그러셨던 것처럼 꿋꿋하게 버틸 수가 없습니다."

벌써부터 눈물을 글썽이던 소원시는 결국 그 눈물을 쏟아내며 그의 목을 와락 끌어안았다.

"평정 형님, 몸조심하세요."

소평정은 두 팔을 단단히 조이고 어릴 때 그랬던 것처럼 소년의 허약한 등을 부드럽게 쓸며 느릿느릿 대답했다.

"원시, 너도 몸조심해."

눈물 속에 끝난 이 조문은 이른 작별이나 마찬가지였다. 부친상을 당하고 죄까지 지어 경성을 떠나는 소평정은 예에 따라 입궁하여 작별인사를 할 수가 없었다. 소원시는 그를 끌어안고 한참을 울었고, 떠날 때는 무정제의 친필로 '장림'이라고 쓴 대문의 편액을 올려다보았다. 가슴이 텅 비고 아득했다.

그가 왕부를 찾아간 것은 예부에서 정한 날짜였지만, 출발 시각을 일부러 한 시진 앞당기고 금군통령 한 사람만 대동했기 때문에 어가를 맞으러 온 내각의 대신들은 전부 주작문 밖에서 허탕을 쳤다. 소식을 들은 순백수는 크게 신경 쓰지 않고 어린 황제가 답답한 나머지 한 차례 심술을 부린 것으로 치부했으나 순 태후는 몹시 불쾌해하며 아들이 너무 어려 충신과 간신을 구분할 줄 모른다고 한참 원망을 늘어놓다가 끝내 불안한 듯 오라버니를 채근했다.

"사실대로 말씀해보세요. 지금껏 싸워 얻은 이 결과로 다시는 장림왕부를 걱정하지 않아도 되는 것입니까?"

"장림왕의 영구가 매령에 안장되니 북쪽 국경의 움직임은 당연히 계속 감시해야겠지요. 그리고 장림군의 편제도 해체해야 하고……."

순백수는 이렇게 대답하다가 문득 태후가 알아듣지도 못할 상세한 이야기는 할 필요가 없다는 것을 깨닫고 말을 돌렸다.

"예, 장림왕부에 대해서는 더 이상 염려하지 않으셔도 됩니다."

긴장으로 뻣뻣하던 순 태후의 허리도 마침내 편안하게 풀어졌다. 그녀는 길게 숨을 불어내고 얼굴에 미소를 띠며 순안여를 바라보았다.

"이 세상에서 폐하께 온전히 몸과 마음을 다하시는 분은 네 숙부밖에 없다. 몇 년이 지나면 그 아이도 알게 될 게야."

순 태후는 전에도 비슷한 말을 몇 번이나 했고 순백수는 이 말을 들을 때마다 기분 좋게 받아들이면서 웃으며 겸양하곤 했다. 태후 앞에서 물러나온 그는 앞 전각의 직방으로 돌아가 일상 업무를 계속했다.

사시 정각이 되자 소원시의 어가가 무사히 궁성으로 돌아왔다. 순비잔은 그를 양거전으로 호송한 뒤 직접 직방으로 찾아와 순백수에게 어가의 환궁 소식을 전했다.

"숙부가 걱정이 태산인 줄 알고 일부러 찾아와 알려주다니 고맙구나."

순백수는 의아한 얼굴로 갑옷에 아직 눈송이가 붙은 조카를 바라보았다. 까닭 없이 불안한 마음이 들었다.

"눈바람이 몰아치는데 사람을 보내 알려주면 될 터, 무엇 하러 직접 찾아왔더냐?"

"숙부님을 뵙고 따로 드릴 말씀이 있어서입니다."

순비잔은 평온하게 허리를 숙여 인사하더니 품에서 상주문을 꺼내 두 손으로 바쳐올렸다.

어리둥절한 얼굴로 받아 펼쳐본 순백수는 일순 놀라고 화가 나 옆에 있던 탁자를 내리치며 꾸짖었다.

"제정신이냐? 금군통령이라는 자리를 평생 바라고도 얻지 못하는 사람이 수두룩한데 사직을 하겠다고?"

"안심하십시오. 궁성의 방비와 교대에 관한 업무는 경성을 떠나기 전에 일일이 처리해놓겠습니다. 현임 부통령 네 사람은 모두 유능한 인물이니 후임 통령이 될 사람을 급히 찾지 못하더라도 큰 문제는 없을 것입니다."

조카는 고집스럽고 완고한 면은 있지만 궁성이 그의 손에 들어 있는 한 절대적으로 마음을 놓을 수 있는 터라 그런 그가 이토록 담담하게 사직을 청하자 순백수는 하마터면 펄펄 뛰며 난리를 칠 뻔했다. 하지만 불이 났는데 꾸짖기만 하는 것은 아무 소용이 없다는 생각에 순백수는 가슴속에 치미는 노기를 억누르며 부드럽게 달랬다.

"비잔아, 갑자기 이 무슨 일이냐? 지난번 태후마마께서 꾸지람을 하신 일 때문이냐? 고모의 성미를 모르는 것도 아니지 않느냐? 너무 초조한 나머지 홧김에 하신 말씀일 뿐이다. 태후마마께서도 이 숙부와 마찬가지로 이 궁성은 네 손에 맡겨야 가장 안심이 된다는 것을 잘 알고 계신다."

순비잔은 비웃듯이 빙그레 미소를 지었다.

"그렇습니까? 경성에 장림왕부가 있었을 때는 그렇게 생각지 않으셨던 것 같습니다만."

순백수는 두 눈을 부릅떴다.

"그 무슨 말이냐?"

"수보 대인께서는 이미 소원을 이루셨고 조정을 장악할 날도 멀지 않으셨습니다. 제가 떠나든 남든 신경 쓰실 까닭이 없지요."

"그 무슨 망언이냐? 너와 내가 종종 의견이 다르기는 했다만 그 뿌리를 따져보면 모두 폐하를 위해서가 아니더냐. 네가 폐하께 바치는 충성을 내 누구보다 잘 아는데 무엇이 그리 답답한 게냐? 게다가 폐하께서 너를 이토록 신임하고 의지하시는데 사직서 한 장만 덜렁 올리면 어찌 생각하시겠느냐?"

어린 황제 이야기가 나오자 순비잔의 눈빛도 약간 어두워졌다.

"폐하께서는…… 다소 슬퍼하시겠지요. 허나 금위영에는 뛰어난 인재가 즐비하여 저를 대신할 사람이 없는 것도 아닙니다. 결국 익숙해지실 것입니다."

순백수는 초조한 마음에 점점 목소리를 높였다.

"순비잔! 대체 어찌 이러는지 참으로 모르겠구나. 우리 순씨 가문은 대대로 충신을 배출하며 조정을 위해 힘써왔건만 장손인 네가 어찌……."

"사직을 청하는 것이지 모반을 하고 달아나는 것도 아닌데 어찌 그런 말씀까지 하십니까?"

"너는 다른 사람과는 다르다. 당연히 순씨 가문 자제들의 모범이 되어야지!"

"진심으로 순씨 가문 자제들이 저를 배우기를 바라십니까? 숙부님이 아니고요?"

그 말에 말문이 턱 막힌 순백수는 노기등등하여 사직서를 쫙쫙 찢어발겨 바닥에 내팽개쳤다.

"비잔, 내 너를 막는 것은 단순히 순씨 가문만을 위해서가 아니라 너 자신을 위해서이기도 하다. 정신 차리고 허튼 생각은 그만하거라. 네가 경성을 떠나 그 아이를 따라간들 어쩔 것이냐? 장림왕부와 몽씨 가문이 어떤 집안인데 그 아이가 아직도 네 마음에 응답하리라 생각하느냐?"

순비잔은 순식간에 얼굴이 하얗게 질렸다. 충격이 가신 후 그는 재빨리 문가와 창가를 훑어보고 쾅 소리가 나도록 직방의 문을 닫은 뒤 노기 띤 목소리를 억누르며 물었다.

"무슨 터무니없는 말씀이십니까?"

순백수는 차차 목소리를 누그러뜨리며 위로했다.

"안심하거라. 이곳에는 아무도 없다. 너는 어려서부터 내 손에 자랐는데 그 마음을 어찌 모르겠느냐?"

"여인의 정절을 그리 쉽게 입에 담으시다니요? 숙부님의 억측이지 그녀와는 무관합니다. 저 자신마저도 마음속에 묻고 평생 입 밖으로 내지 않기로 했습니다. 부디 앞으로 다시는 그런 터무니없는 말씀은 마십시오."

순백수는 진지하기 짝이 없는 그의 표정을 살피며 확신 없는 목소리로 물었다.

"정말 그 때문이 아니냐?"

"저는 비록 명문 출신이나 어려서 부모를 여의고 몽 노대인의 문하에 들어가 매일 고생을 마다않고 무예를 익혀 한 발 한 발 금군통령의 자리에 올랐는데 어찌 아깝지 않겠습니까?"

내리뜬 그의 눈동자에는 짙은 피로가 묻어 있었다. 순비잔은 길게 탄식을 불어내고 말했다.

"허나 숙부님도 아시다시피 사람의 마음이란 차갑게 식을 수도 있고 피로에 지칠 수도 있습니다. 이 경성의 번화함과 부귀영화의 뒷면에는 다시는 생각하고 싶지도 않고 결코 보고 싶지도 않은 일이 많습니다."

"비잔, 내 말을 들어보아라."

순비잔은 고개를 저어 그의 말을 막은 뒤 두 손을 포개어 들면서 한 걸음 물러섰다.

"용서하십시오, 숙부님. 금릉성 밖에는 장엄하고 아름다운 강산이 펼쳐져 있고 천하의 영웅들이 그득합니다. 랑야방에도 줄줄이 기재들이 오르고 있으니 저도 이제 밖으로 나갈 때입니다."

순백수는 펄펄 뛰며 화를 냈다가 좋은 말로 구슬리며 당근과 채찍을 모두 동원했지만 끝내 순비잔의 결정을 바꿔놓을 수 없었다. 궁성의 방비를 더욱 안전하게 인계하기 위해 그는 정식으로 사직서를 올리기 전에 네 부통령을 불러 사사로이 자신의 생각을 털어놓으며 미리 준비하게 했다.

순비잔은 금군통령의 자리에 오른 지 5년째였고 언제나 크나큰 신임을 받았다. 더욱이 태후와 내각 수보의 조카이기도 하여 그 자리는 반석에 올려놓은 듯 튼튼했고 앞날도 창창했는데, 그런 그가 갑자기 사직하고 경성을 떠난다고 하자 부하들도 놀라고 의아해하지 않을 수 없었다. 특히 당동과 오민정은 어전에서 심문이 벌어지기 전 그 민망하던 체포 현장을 떠올리고 더욱 불안해했다.

"순 통령, 그날은 후궁에서 부르시는 바람에 저희도 어쩔 도리가……."

"이번 일은 너희와는 무관하다."

순비잔은 손을 들고 위로하듯 빙그레 웃어 보였다.

"오랫동안 나를 따라 일했으니 잘 알겠지만 나는 출사한 뒤로 한 번도 랑야 고수방에서 내 능력이 어느 정도인지 시험해볼 기회가 없었다. 이제 북쪽에서 큰 전쟁이 끝나 경성도 평온해졌고 너희 또한 신중하고 유능하니 서로 힘을 합치면 금군의 중책을 다하지 못할 까닭이 없다. 그래서 생각 끝에 이 기회에 바람을 이루어보려는 것이다."

확실히 예전에도 이런 말을 여러 차례 한 적이 있어서 핑계로 삼을 만했다. 하지만 금군통령은 자신의 능력을 시험해보겠다는 이유로 손쉽게 던져버릴 자리는 아니어서 평범한 사람이라면 결코 내리지 못할 결정이었다. 네 부통령은 여전히 이해가 가지 않는 듯 서로 얼굴을 마주 보았다. 가장 경력이 오래된 정춘도가 가만히 생각하다가 말을 꺼냈다.

"그런 이유라면 감히 막을 수는 없겠지요. 다만 순 통령께서는 우리 금위영의 기둥이시니 궁에서 윤허하지 않을 것입니다!"

"확실히 다소 제멋대로인 결정이기는 하지. 폐하께서 이해해주시기를 바랄 뿐이다."

순비잔은 한숨을 쉬며 엄숙하게 네 사람을 둘러보았다.

"내가 사직한 후에도 부디 명심하기 바란다. 금군은 어가를 호위하는 곳이고 폐하의 마지막 방패다. 그 어떤 상황에서도 폐하를 최우선으로 생각하고 그 누구에게도 흔들려서는 안 된다."

누가 들어도 뒤를 부탁하는 말이었기 때문에 그의 마음이 정해졌다는 것을 알 수 있었다. 네 사람은 잠시 망설이다가 일제히 두 손을 포개며 대답했다.

"예!"

알릴 만한 사람에게 모두 알리고 나자 순비잔은 추호의 망설임도 없이 사직 준비에 착수했다. 다행히 금군은 네 부대의 교대제가 잘 자리 잡혀 있고 병사 훈련에도 절도가 있는데다 부통령들의 능력도 충분했다. 따라서 설사 후임 통령이 서둘러 정해지지 않아도 이삼 년 정도는 문제없이 궁성을 방어할 수 있었다.

모든 준비가 끝나자 순비잔의 사직서가 마침내 소원시의 손에 들어갔고, 예상대로 적잖은 반향을 불러일으켰다. 고작 1년이 조금 넘는 기간에 부황이 세상을 떠나고, 황백부가 떠나고, 사촌형이 경성에서 쫓겨나는데, 이제 가장 신임하던 금군통령까지 사직을 청했으니 채 열네 살도 되지 않은 소년은 버림받은 생각이 절로 들었다. 그의 첫 번째 반응은 외숙부와 마찬가지로 사직서를 쫙쫙 찢어발기는 것이었다.

그때쯤 이레 동안의 안치 기간이 끝나, 소평정은 조용히 장림왕

의 의관을 위산으로 모셔가 소평장의 묘 앞 왕릉에 묻었다. 장림왕
부는 곧바로 빈소를 치우고 대문을 닫아건 뒤 북쪽으로 영구를 호
송할 둘째 공자를 위해 떠날 준비를 했다.

왕부의 안채 남쪽에 있는 스산한 사당이 눈보라 속에 다시금 열
렸다. 소평정은 텅 빈 긴 나무상자 두 개를 들고 들어가 제사상 앞
에 큰절을 올린 뒤 자단목으로 만든 글자 없는 위패를 챙겼다.

오랜 세월 세심하게 보관한 덕분에 이 나무 위패는 세월의 흔적
이 전혀 느껴지지 않고 반들반들 윤이 났다. 위패를 상자에 넣은
후, 소평정은 다시 한 번 부드러운 천으로 조심조심 위패를 닦은
뒤에야 뚜껑을 닫고 소평장의 위패로 시선을 돌렸다.

크기가 조금 작은 이 위패는 글자에 입힌 주홍빛 칠이 여전히
검붉었고 은은하게 소나무 향을 풍겼다. 그는 위패를 손에 쥐고 처
음으로 형의 이름을 자세히 들여다보며 오목새김을 한 글자를 한
획 한 획 손가락으로 어루만졌다.

몽천설이 들어와 그의 곁에서 한참 동안 조용히 서 있다가 눈물
을 글썽이며 한숨을 쉬었다.

"장림이라는 이름이 이렇게 사라지다니 평장이 슬퍼하지나 않
을지……."

"형님 성품이라면 아무리 슬퍼도 곧 빙긋 웃으며 이렇게…… 이
렇게 말씀하실 거예요."

소평정은 목이 메어 말을 잇지 못했다.

몽천설이 그의 등을 부드럽게 쓰다듬으며 대신 말해주었다.

"그래…… 이렇게 말하겠지. 평정, 상관없다. 너는 충분히 잘해
주었어."

소평정은 형의 위패 앞에서 눈물을 흘리고 싶지 않아 심호흡을 해서 눈물을 삼키고는, 위패를 형수에게 건네고 그녀가 구석구석 조심스레 닦는 것을 지켜보았다. 그리고 마지막으로 위패를 상자에 넣고 단단히 닫았다.

넓디넓은 왕부, 왕주 일곱 개 왕의 수십 년에 이르는 부와 영광이 이곳에 있었지만, 형수와 시동생이 절대 포기하지 못하고 함께 가져가고자 한 보물은 오직 이 조그마한 나무상자 두 개뿐이었다.

12월 초이렛날, 소평장의 2주기가 되는 날 장림왕의 영구도 경성을 출발하게 되어 있었다. 보름 동안 줄기차게 이어지던 눈바람이 별안간 뚝 그치고 이튿날에는 씻은 듯이 푸른 하늘이 모습을 드러냈다.

소원계는 희미하게 동이 틀 무렵 일어나 꼼꼼하게 상복을 챙겨 입고 장림왕부의 문밖에서 영구를 기다렸다. 금못을 박고 붉게 칠한 대문 위로 상장을 단 병사 몇 명이 사다리를 타고 올라가 '장림왕부'라고 쓰인 편액을 떼어내더니 보관을 위해 안으로 옮겼다.

"한때 혁혁한 위명을 떨친 장림부인데……."

소원계는 멍하니 대문을 올려다보다가 이를 악물며 냉소했다.

"하지만 결국 신하는 신하, 군주가 위에 있는 한 아무리 공을 세우고 아무리 정이 깊어도 잠깐일 뿐이야. 결국 누군가에게 빼앗겨 물거품이 되지. 백부님, 가지고 있던 기회를 포기하시고도 억울하다고 생각한 적이 정녕 단 한 번도 없으셨습니까?"

모기 소리 같은 그 혼잣말은 아무도 듣지 못했고 따라서 아무도 대답하지 않았다. 그때 길 끝에서 말발굽 소리가 울리더니 성 남쪽의 군영에서부터 흰 갑옷을 입은 장림왕부의 병사들이 대오를 이루어 달려와 엄숙하게 문 앞에 두 줄로 도열하여 영구를 모시고 떠날 준비를 했다. 영구를 배웅하는 종친과 대신들도 진시 정각이 되기 전에 속속 도착해 순서대로 거리에 서서 평생 전쟁터를 누빈 늙은 왕의 마지막 길을 전송했다.

진시 정각하고도 일각, 종이 울리고 왕부의 모든 문이 한꺼번에 활짝 열리고 주홍 덮개에 검은 테두리를 한 영구마차가 천천히 밖으로 나왔다. 그 후 문은 다시 단단히 닫히고 자물쇠로 채워졌다. 눈바람은 그쳤지만 하늘 가득한 지전이 눈송이처럼 사락사락 날리며 사람들의 눈길을 끌었다. 지전은 영구마차를 따라 주작대로를 지나 배웅 나온 경성의 수많은 백성의 어깨로 떨어져내렸다.

궁성 앞 전각에서 가장 높은 영봉루(迎鳳樓)에는 소원시가 난간을 짚고 서서 먼 곳을 바라보고 있었다. 처마를 통과한 찬바람에 소매가 잔뜩 부풀어오르고 그의 얼굴도 푸르스름해졌지만, 주위에 있는 사람들은 누구 하나 나서서 간하지 못했다.

순안여가 시녀 두 명을 데리고 누각 계단을 올라가 황제의 뒤에 잠시 서 있다가 허리를 숙이며 권유했다.

"폐하, 이곳은 높지만 궁궐 바깥은 보이지 않습니다. 구천에 계신 장림왕께서도 폐하의 간절한 추모의 마음을 알아주실 거예요. 겨울은 바람이 차니 오래 서 계시면 안 됩니다. 태후마마께서 어서 빨리 폐하를 양거전으로 모시라 명하셨습니다."

소원시는 그 말을 듣지 못했는지 백옥으로 만든 난간을 힘껏 움켜쥐며 나지막하게 물었다.

"안여 누님, 금릉성을 나가본 적이 있으세요?"

순안여는 당황했지만 곧 진지하게 대답했다.

"소녀는 규방의 여인이라 집 안에 머물며 외출을 삼가는 것이 도리이기에 멀리 나가본 적이 없습니다."

"하지만 짐은 한 나라의 군주인데 가장 멀리 가본 곳이 구안산이에요. 진정으로 금릉성을 벗어나본 적이 없어요. 어쩌면 조정에서 일어나는 이 커다란 풍파는 짐의 견문이 너무 부족하기 때문일지도 몰라요."

순안여는 또다시 당황했지만 마음이 아파 한참 고민한 끝에 말했다.

"폐하, 어찌 그런 말씀을 하십니까? 이제 겨우 열 살이 조금 넘은 폐하시니 앞으로 견문이 크게 넓어지실 거예요."

소원시는 갑자기 화를 내면서 손바닥으로 돌난간을 힘껏 내리쳤다.

"짐이 아직 어리고 견식이 부족하기 때문에 부황이나 다른 분들은…… 이렇게 빨리 짐의 곁을 떠나서는 안 되는 것이었어요."

그는 눈시울을 붉혔지만 남들에게 보이고 싶지 않아 휙 돌아서서 누각 밑으로 달려갔다.

영봉루의 가장 높은 누각 아래층에는 널따란 백옥 노대가 있었는데 사방에 난간을 둘러 세우고 북쪽에만 긴 계단이 이어져 있었다. 순비잔은 검을 들고 그 계단 끝에 서서 무거운 눈빛으로 아래를 굽어보고 있었다. 어린 황제의 발소리가 들리자 그는 즉시 돌아서서 경계하듯 주위를 둘러본 뒤 이상이 없는 것을 확인하고서야 두 손을 포개어 들며 물었다.

"폐하, 출발하시겠습니까?"

소원시는 한동안 멍하니 그를 바라보다가 더욱 눈시울을 붉혔다.

"순 경…… 꼭 떠나야 해요?"

순비잔이 부드럽게 말했다.

"소신이나 평정 모두 어디에 있든지 항상 폐하를 생각할 것입니다."

눈꼬리에서 눈물이 방울방울 스며나오자 어린 황제는 고집스레 소매로 눈을 훔쳤다. 그는 다시 누대 구석으로 달려가 고개를 들고 더 먼 곳을 바라보려 했다. 구중궁궐 어전의 높디높은 계단은 외롭고 추웠다. 참빗처럼 빽빽한 궁궐의 담벼락이 겹겹이 밖으로 펼쳐진 가운데 해가 하늘 높이 떠올랐다.

그의 시력이 닿지 않는 먼 곳은 하얀 깃발이 펄럭펄럭 나부껴 마치 구름이 뒤덮인 듯했다. 영구를 모시는 행렬은 거리 끝까지 달려 성루를 지나 십 리 정자(십 리마다 하나씩 세운 정자─옮긴이)를 점점 뒤로한 채 갈까마귀의 슬픈 울음소리와 함께 구불구불 북쪽으로 향했다.

금릉성 황성에서 수십 년 동안 우뚝 솟았던 장림왕부는 마침내 새봄이 오기 전 가장 오래 이어진 눈바람이 끝난 뒤 대량의 조정에서 정식으로 물러났다.

전황을 바로잡다

—

22

—

랑야각은 모르는 것이 없고 박학다식하다는 것은 세상 사람이 모두 아는 사실이었다. 랑야각의 비둘기집은 모든 나라에 있고 천하에 두루 퍼져 있다는 것 또한 세상 사람이 모두 아는 사실이었다. 그러나 진정한 비둘기집, 특히 랑야산 뒷산에 있는 비둘기집이 어떤 모습인지는 외부인들로서는 엿보기 힘든 비밀이었다. 기실 만 장의 높은 누각도 땅 위에 세운 것이듯, 랑야산 뒷산에 이곳이 처음 지어질 때만 해도 이처럼 크지는 않았고 비둘기장 몇 줄이 놓인 것이 전부였지만 오랜 세월 조금씩 확장되어 지금의 규모에 이른 것이다. 랑야각주의 거처인 절벽에 아슬아슬하게 기대어 지어진 작은 누각에서 바라보면 층층이 쌓아올린 비둘기장이 산허리에서 꼭대기까지 이어진 모습을 볼 수 있는데, 엄연히 말해 조그마한 성시나 다름없었다.

소도는 방금 횟대에 내려앉은 금빛 눈의 하얀 비둘기를 잡아 잿빛 다리에서 조그마한 원통을 풀어내 곁에 있는 쟁반에 내려놓았다. 키가 훌쩍 자라고 가느다랗던 허리도 튼튼해져 자못 잘생긴 소년티가 나는 그는 높이 지어진 비둘기장에서 훌쩍 뛰어 먼지 한 톨

날리지 않고 바닥에 내려섰다.

옆에서 토실토실한 손 하나가 불쑥 튀어나와 다급하게 그의 옷자락을 잡았다. 이어서 앳된 아기 목소리가 들려왔다.

"소도 형아, 나…… 나 줘!"

네 살이 조금 지난 소책은 가장 귀여울 나이였다. 소도는 허리를 굽혀 소책을 안아올리다가 팔이 묵직한 것을 느끼고 웃음을 터뜨렸다.

"노각주께서는 꼭 당신이 드시는 만큼 너를 먹인다니까. 이건 왜? 너는 봐도 몰라."

소책은 그래도 고집을 피웠다.

"책이 글 알아."

"그래? 좋아, 그럼 같이 초록각으로 가져가서 몇 글자나 읽을 줄 아는지 보자."

소책은 매우 기뻐하며 몸을 마구 흔들어 내려달라고 한 뒤 아장아장 걸어갔다.

산골짜기는 고요하고 바람이 살랑살랑 불었다. 랑야산은 혹서에도 날씨가 쾌적한 곳이라 채 여름에 접어들지 않은 지금은 더욱 시원했다. 뒤 전각으로 이어지는 높은 회랑의 잔도에 올라 구름 낀 산허리를 멀리 내다보며 올봄에 만든 설아차(雪芽茶)를 즐기면서 천하에 이는 풍운에 관해 이야기를 나누는 것이야말로 속세를 벗어난 삶에서 누릴 수 있는 절정의 풍취였다.

"북연의 새 군주가 정식으로 황제에 등극하여 새 국호를 세웠다. 오랜 난리통도 막을 내렸구나."

노각주는 찻잔을 내려놓으며 한탄을 했다.

"보름이 조금 넘는 동안 새로운 소식이 없는 것을 보면 읍경성의 일이 순조로운 게지. 새로운 풍파가 없는 모양이야."

린구는 허리를 숙여 노각주에게 뜨거운 차를 따르며 대답했다.

"전란에서 가장 힘든 것은 누구보다 백성이지요. 우리 랑야각은 비록 세상을 지켜보는 입장이지만 그간 북연에서 일어난 일들을 보면 탄식이 절로 나왔습니다. 부디 주인이 바뀐 그 땅에도 다시 평화가 피어나기를 바랍니다."

두 사람이 한가로이 이야기를 나눌 때 작은 쟁반을 든 소책이 가슴을 쭉 펴고 걸어들어왔다. 도중에 한 번 비틀거리기는 했지만 성공적으로 차 탁자에 쟁반을 내려놓은 그는 제 솜씨가 제법이라 생각한 듯 자랑스럽게 말했다.

"오늘 거!"

린구가 그의 머리를 쓰다듬어준 뒤 쟁반에 놓인 10여 개의 말린 종이를 보며 저도 모르게 웃음을 지었다.

"책아, 말해주지 않았니? 먼저 초록각에 가져가 한 번 선별을 거친 후에 각주께 가져와야지."

소책은 진지하게 대답했다.

"갔다 왔어. 소도 형아가 모두래!"

린구는 더욱 즐겁게 웃었다.

"소도 형아의 뜻은 그렇지 않을 텐데? 무슨 일이기에 갑자기 이렇게 많은 소식이 들어오겠어?"

여기까지 말하던 그는 문득 무언가 짚이는 데가 있는 듯 눈썹을 움찔하며 재빨리 쟁반을 끌어당겨 종이를 펼쳐보았다. 보면 볼수록 그의 안색이 어두워졌다.

침착하기 이를 데 없는 린구가 이런 반응을 보인다면 보통 소식이 아니었다. 그가 펼친 종이를 받아 재빨리 훑어본 노각주는 허연 눈썹을 좁혔다.

"고작 한 달여 만에 잇달아 성을 떨어뜨리다니 동해의 전력이 언제부터 이리 강해졌더냐?"

묵치후 우천래가 비공식적으로 동해의 대권을 쥔 소식은 랑야각도 1년 전에 이미 알고 있었다. 권력이 이동하면 변화가 이는 것은 자연스러운 일이나 이 정도로 달라지다니 실로 예상 밖이었다.

"대량 조정에는 새로운 소식이 없느냐?"

"금릉성 비둘기집에서는 근 이틀간 별다른 소식이 없었습니다. 조정의 대응이 상당히 늦어 보낼 만한 소식이 없는 것 같습니다."

린구는 노각주를 흘끗 보며 망설이듯 물었다.

"이것도 평정에게 알리지 말아야 할까요?"

소정생의 유골을 매령에 안장한 후, 소평정은 묘 옆에 초막을 얽고 여섯 달을 지키다가 랑야산으로 돌아와 계속 복상 중이었다. 임해도 그와 함께 북쪽 국경에 반년 있다가 매령을 출발하여 다시 세상의 약초들을 찾아 나섰다. 산골짜기 아래에서 작별할 때 두 젊은이는 헤어지기가 몹시 아쉬워 발을 떼기 힘들었지만 그 마음을 깊이 숨기고 입 밖으로 내지 않았다.

"평정이 돌아왔을 때 말하지 않았느냐. 세상의 소식은 듣지도, 묻지도, 보지도 않겠다고 말이다. 두 해 동안 그렇게 지냈으니 오늘인들 다르겠느냐?"

소평정이 머무는 봉각으로 고개를 돌린 노각주의 눈빛은 차분했다.

"홍진 세상에는 언제나 앞의 파도가 잦아들기 전에 뒤의 파도가 일게 마련, 언제 잠시라도 멈춘 적이 있더냐? 어차피 떠나온 곳이니 깨끗이 끊어야지."

린구는 이의를 제기하지 않고 허리를 숙여 명을 받들었다. 하지만 초록각으로 돌아온 그는 다시 새로운 책자를 만들어 대량 동쪽 국경에 관련한 소식을 베껴 써서 상자에 넣었다.

옆에서 이 모습을 본 소도는 이해가 가지 않아 물었다.

"구 형, 왜 따로 책을 만드는 거예요? 북연의 강산이 바뀌는 큰 사건도 따로 책을 만들지 않았잖아요?"

린구는 붓을 놀리던 손을 멈추고 자조 섞인 웃음을 지었다.

"심심해서 이러는 것이다 생각하거라."

방관자인 랑야각은 담담하게 동해에서 시작된 위기를 바라보고 있었지만 금릉성은 그럴 수 없었다. 한 달 동안 잇달아 여러 성에 전쟁이 번지고 급보가 줄줄이 올라오자 조정은 말 그대로 야단법석이었다. 네 곳의 국경에는 늘 번갈아 소요가 일어 한시도 조용한 적이 없었지만, 이처럼 방어선이 철저히 무너져 적이 나라 깊숙이 쳐들어온 것은 최소한 오륙십 년 동안은 일어나지 않은 일이었다. 하물며 이 놀라운 싸움을 일으킨 쪽은 대량이 늘 무시해온 소국 동해였다.

"적군이 연속으로 아홉 개 주를 손에 넣어 동쪽 국경의 전선이 무너지고 장수들이 전사했습니다! 한데 조정은 이틀 내내 상의만 하면서 누구를 보내 구원할 것인지조차 정하지 못하고 있지 않습니까?"

키가 훨씬 자란 소원시는 계단 밑에 늘어선 신하들이 고개를 숙이고 자신의 시선을 피하자 초조하고 화가 나 저도 모르게 벌떡 일어나 어탁을 힘껏 내리쳤다.

금릉성 조정이 아는 대로라면 동해는 전력이 부족한 나라였고, 동쪽 국경 군영의 주요 기능 또한 유적이나 해적을 방어하는 것이었다. 따라서 싸움 초기부터 군수품이 부족하여 임시로 조달하느라 반응이 늦은 데다 적의 실력을 크게 얕보는 바람에 결국 전선이 무너지고 말았다.

하지만 전선이 무너졌다 하더라도 대량의 저력이라면 원군을 보내는 것쯤 어려운 일이 아니었고 군수품 보급에도 무리는 없었다. 진정으로 조정의 군신들을 속수무책으로 만든 것은 보낼 만한 장군이 없다는 점이었다.

순백수는 두 해 동안 북쪽 국경의 부대를 재편하고, 장수들을 이동시키고, 주둔지를 교대하고, 군호를 분할하는 일을 해왔는데 그로 인한 혼란이 채 정비되기도 전이라 적당한 장수가 없었다. 조정이 가장 적임자로 생각한 대장군 목옹(穆邕)은 남쪽 국경에 있어 길이 너무 멀다보니 동해의 공격 속도로 보아 그가 군비를 갖추어 전선으로 달려갈 때쯤에는 더욱 어려운 지경에 처할 가능성이 컸다. 병부에서 품계가 적당하고 주둔지에서 불러들일 필요가 없는 장수 몇 명을 추천했지만, 경성의 무신들은 전쟁 경험이 적고 수십 년간 이런 위기를 겪어보지 못한 터라 자신감이 떨어져 어떻게든 피하려고 안달이었다. 그리하여 대청에 늘어선 수많은 고관대신 가운데 스스로 나서서 출정을 청한 사람은 놀랍게도 아무도 예상하지 못했고 추천 인선에도 들지 못한 사람이었다.

"래양후께서 자진하여 출정을 청하시니 그 뜻은 갸륵합니다."

순백수는 의심스레 소원계를 아래위로 훑어보았다.

"허나 동쪽 국경의 싸움은 보통 전쟁과는 달라 단순히 혈기만으로 잠재울 수는 없지요. 대관절 자신은 있으십니까?"

"폐하께 아룁니다. 신은 황실의 핏줄로 태어나 오랫동안 황실의 은혜를 입었는데, 나라가 어려움에 처한 지금 어찌 목을 움츠리고 숨을 수 있겠습니까? 그러니 신이 혈기만으로 나섰다 하시는 수보 대인의 말씀은 부인하지 않겠습니다."

소원계는 차분한 눈빛으로 소매 속에서 상주문을 하나 꺼내어 두 손으로 받들었다.

"허나 안심하십시오, 폐하. 신이 비록 전공이 혁혁한 명장은 아니나 북쪽 국경의 전선에서 두 해 가까이 차근차근 경력을 쌓았습니다. 동쪽 국경에서 급보가 온 뒤로 신은 전세를 꼼꼼히 살폈고 몇 가지 방법을 생각해내어 이 상주문에 모두 적었습니다. 병부에서 검토하여 쓸 만한 부분이 있다 판단하면 부디 신이 나라를 위해 힘을 다할 수 있도록 허락해주십시오."

이틀간의 소란스럽던 논쟁 끝에 나온 소원계의 이 말은 듣기만 해도 시원시원해서, 어린 황제는 즉시 고개를 끄덕이고 병부에 어서 빨리 상주문을 검토하여 보고를 올리라 명했다.

병부상서 진훈은 소원계를 잘 알지 못해 그가 유익한 전략을 제안했으리라고는 기대하지 않았다. 그런데 돌아와서 살펴보니 다른 이들보다 훨씬 명료하게 상황을 파악하고 있어 절로 찬탄이 나왔다. 전황이 긴박하여 오래 미적거릴 수가 없었다. 병부가 지지하자 소원시는 재빨리 결정을 내려 내각의 동의를 얻은 후 즉시 래양후를 원군의 수장으로 임명하고 나는 듯이 동쪽 국경으로 달려

가라 명했다.

일찍이 국상 기간이 끝나 봉작과 상을 내릴 시기가 되었을 때 순백수는 지난 도움에 감사하는 뜻으로 황제에게 청해 소원계의 작위를 이품으로 올려주었다. 그러나 속으로는 기반이 약한 이 젊은이를 진정한 맹우로 여기지 않았고 소원계가 매파를 보내 조카딸에게 구혼을 했을 때도 추호의 망설임도 없이 거절해 물리쳤다. 사실 순 태후는 이 조카딸을 늘 궁에 불러들여 공주처럼 대하며 아꼈기 때문에 소원계는 말할 것도 없고 다른 누구도 그 짝으로 마음에 들어 하지 않았고, 이리저리 재느라 여태껏 혼사를 확실히 결정짓지 못하고 있었다.

몇몇 대신과 함께 병사를 점호하고 배웅하기 위해 성 동문으로 나온 순백수는 문득 그 일이 떠올랐다. 이 젊은이를 격려할 필요가 있다고 생각한 그는 소원계에게 다가가 전력을 다해 나라의 어려움을 해소해달라고 정중히 부탁하면서 말했다.

"래양후께서 어떤 생각을 하시는지 이 늙은이도 모르는 바가 아닙니다. 다만 태후마마께서 안여를 워낙 어여삐 여기시어 좀 더 곁에 두고자 하시기에 지난번에는 구혼을 사양할 수밖에 없었지요. 허나 생각해보니 여자는 나이가 차면 어쨌든 좋은 혼처를 마련해줄 필요가 있습니다. 이리하시지요. 이 늙은이가 이 자리에서 약속드리겠습니다. 래양후께서 승리하여 동쪽 국경의 위기를 해소하고 조정을 튼튼히 해주신다면 조카딸 안여를 맞아들이시도록 하겠습니다."

이런 약속을 하자마자 과연 순백수가 원하던 반응이 돌아왔다. 소원계는 두 눈을 별처럼 환히 빛내고 얼굴을 살짝 붉히며 격한 감정을 숨기지 못했다.

"안심하십시오, 수보 대인. 이번에 가면 반드시 전력을 다해 싸울 것이고, 승리하지 못하면 돌아오지 않겠습니다."

위풍당당한 원군이 초여름 아침 햇살을 받으며 출발했을 때 동해의 선봉이 또다시 성 하나를 떨어뜨렸다는 급보가 전해졌다. 지금까지 대량의 동쪽 국경 열 개 주가 적의 손에 들어갔다. 조야의 모든 이가 숨을 죽이고 중책을 짊어진 래양후가 승리의 깃발을 손에 넣기를, 적어도 속절없이 무너지는 상황만은 멈추어주기를 기원했다.

결과적으로 소원계가 금릉성의 조정에 선사한 것은 모든 이의 예상을 훌쩍 뛰어넘은 것이었다.

4월 중순, 래양후는 검주(欽州)를 야습하여 일거에 성을 탈환했고 이로 인해 동해와의 전쟁은 전환점을 맞이했다.

5월 초순, 동해의 좌로군 주 영채가 무너지고 대량이 습주(習州)를 탈환했다.

5월 중순, 대산(臺山) 대첩으로 동해의 최정예인 선봉 부대가 성을 버리고 달아났고 이때부터 적군은 잇달아 패배하기 시작했다.

6월 중순, 래양후는 일곱 개 주를 수복하고 곧바로 회수(淮水) 서쪽 기슭으로 달려갔으나 동해의 수군이 강력하여 도강은 성공하지 못했다.

6월 하순, 두 번째 도강 싸움에서 승리를 결정짓지 못하고 쌍방은 회수 양안에 각각 포진하여 대치 상태에 들어갔다.

7월 초순, 금릉성에서 래양후에게 원군과 본래 동해를 지키던 부대를 합쳐 방어를 맡기고 경성으로 귀환하라는 명령을 내렸다.

이렇게 해서 동해와의 전쟁은 일단락되었다.

소원계가 영광스럽게 금릉성으로 돌아온 소식이 랑야각에 전해진 다음 날, 우연히 두 사람이 동시에 산을 오르다가 뒤 전각의 난대로 통하는 조그마한 길에서 마주쳤고 서로 깜짝 놀랐다.

"임 낭자 아니십니까? 실로 오랜만에 뵙는군요. 평정을 만나러 오셨습니까?"

임해는 입술을 살짝 깨물고 백옥 같은 뺨에 홍조를 떠올렸다. 매령을 떠난 뒤 서쪽으로 향한 그녀는 인적이 드문 들판과 숲에 들어가 새로운 약초를 찾으며 세상과는 연을 끊고 있었다. 하지만 한 달 전, 식수를 보충하러 작은 마을에 들렀다가 그제야 동쪽 국경이 위태롭다는 소식을 들은 그녀는 소평정이 걱정되어 황급히 여정을 끝내고 바삐 걸음을 돌렸다. 서두르느라 오는 동안 소식을 알아보지 못했는데 랑주성에 이르러서야 전쟁이 벌써 끝났다는 것을 알았다. 약전을 준비하던 1년 동안 늘 마음이 평화롭던 그녀지만 소평정과 가까운 곳에 도착하자 그리움이 솟구쳤고, 몇 차례 망설인 끝에 결국 만나보기로 하고 산에 오르다가 우연히 아는 사람과 마주친 것이다.

"저는 몽 언니와 책이를 보러 왔어요. 통령께서도 그러신가요?"

그 질문에 순비잔은 순식간에 얼굴이 벌겋게 되어 황급히 고개를 저었다. 사직을 청하고 경성을 떠난 뒤로 그는 사해를 떠돌며 벗을 사귀면서 저도 모르는 사이 점점 대량에서 멀어졌고, 나중에는 머나먼 서북쪽의 소국인 누막에 은거한 세외고인을 찾으러 가느라 꼬박 1년간 경성과 소식이 끊겼다. 두 달 전, 동해 소식을 듣자 그 역시 초조한 마음에 밤낮없이 금릉성으로 달려갔는데 대동부에서 승전보를 들은 뒤에야 겨우 안심하여 방향을 바꾸어 사매와 소책의 근황을 살피러 온 것이다.

"도처에 벗들을 만나고 다니다가 평정을 못 본 지도 두 해가 가까웠기에 가는 길에 들러 인사나 하려던 것이지 특별히 누구를 만나러 온 것은 아니오."

공연히 쓸데없는 변명을 한바탕 늘어놓은 뒤 다소 민망해진 두 사람은 묵묵히 난대로 올라가 문밖에서 손님을 맞이하는 사람에게 봉각에 소식을 전해달라 청했다.

가장 먼저 소식을 들은 몽천설은 무척 기뻐하며 소책을 안고 마중 나와 두 사람을 가까운 다실로 안내했다. 그녀는 임해를 끌어당겨 무사한지 아래위로 자세히 살핀 뒤 소책에게 인사를 시켰다. 소책은 어머니의 다리에 찰싹 붙어 '고모', '사백님' 하고 부른 뒤 통통한 손을 입에 넣고 호기심 어린 얼굴로 두 사람을 바라보았다.

그동안 산더미처럼 선물을 보낸 순비잔이지만 직접 만나는 것은 처음이어서 감격한 나머지 아이를 안아올려 조그마한 얼굴을 어루만졌다. 생김새가 평장을 꼭 닮았다고 말하고 싶었지만 몽천설이 슬퍼할까봐 목까지 올라온 말을 꿀꺽 삼켜야 했다.

낯을 가리지 않는 소책은 안기고도 발버둥 치지 않고 사랑스럽게 그의 어깨에 기댔다가 별안간 손을 번쩍 들며 외쳤다.

"숙부!"

임해는 콩닥콩닥 뛰는 심장을 안고 천천히 몸을 돌렸다. 소평정이 문밖에 서서 빙그레 미소를 지으며 그녀를 보고 있었다.

"돌아왔소?"

"이곳은 제집도 아닌데 돌아왔다는 말은 이상하지 않아요?"

"그렇다면 당신에게는 어디가 집이라고 할 수 있소?"

임해는 얼굴을 살짝 붉히며 대답 없이 고개를 돌렸다.

몽천설은 웃음을 참지 못했다.

"네 눈에는 임해 동생밖에 보이지 않는구나. 사형도 계시는데 안 보여?"

순비잔이 여기 있다며 손을 흔들고는 웃으면 인사를 나누었다. 그때 소도가 차를 가지고 들어왔다가 어른들이 마음 놓고 회포를 풀 수 있도록 소책을 데리고 나가주었다.

본디 네 사람 중에 말이 가장 많은 사람은 소평정이었지만 최근 들어 많이 우울해졌고 산속에서 복상하는 나날이 워낙 한가로워 이야깃거리가 많지 않았기 때문에 이번에는 순비잔이 가장 말을 많이 했다. 그가 사방을 떠돌며 겪은 재미난 이야기를 들려주자 방 안의 분위기가 한결 가벼워졌다.

"소문에는 누막의 황량한 사막 깊은 곳에 몹시 은밀한 산장이 하나 있는데 달이 떠오르면 나타나고 해가 떠오르면 사라진다고 하더군. 그래서 한번 찾아가보려다가 동쪽 국경 소식을 들었다."

순비잔은 차를 한 모금 마신 뒤 걱정스레 물었다.

"랑야각에 있으니 벌써 소식을 들어 많이 놀라고 초조했겠지?"

소평정은 의아한 얼굴로 고개를 갸웃했다.

"동쪽 국경의 소식이라니요?"

순비잔과 임해는 어리둥절했다.

"모르고 있었느냐?"

소평정은 랑야산에 오르면서 아무것도 듣지도 묻지도 보지도 않겠다고 말했고, 몽천설 역시 그의 결정을 따랐다. 편안한 마음으로 복상에만 전념한 두 사람은 바깥에서 일어나는 일을 전혀 모르고 있다가 그제야 순비잔에게 대강의 설명을 듣고 깜짝 놀랐다.

"연달아 열 개 주를 잃었다니요? 동쪽 국경에서는 오랫동안 전쟁이 없어 병사들이 훈련을 게을리 하거나 장수들이 직무를 소홀히 할 수는 있지만 그렇게 무너질 정도는 아닐 텐데요!"

소평정은 심각한 표정이었지만 순비잔의 예상처럼 초조해하지는 않았다.

"전선이 너무 길어지면 동해는 그만한 힘이 없으니 오래 버티지 못할 겁니다. 그 다음에는 어떻게 되었습니까?"

"나도 한참 늦게 처음 소식을 들었는데, 오는 길에 조정의 원군이 승리했다는 소식이 속속 들려와 지금은 일곱 개 주를 회복해 방어선을 다시 세웠다는구나."

소평정은 별로 놀라지 않고 천천히 고개를 끄덕였다.

"다행이군요. 그런 전공을 세웠다면 조정에서 목옹 장군을 원군으로 보낸 모양이지요?"

순비잔은 눈썹을 추켰다.

"목옹이 아니라 래양후다."

"누구라고요?"

"래양후, 소원계 말이다!"

경악하여 말문이 막힌 소평정을 보자 순비잔은 어리둥절했다.

"이상하구나. 전쟁이 벌어졌다는 소식에는 태연하더니 상황이 안정되고 대량이 승리했다는 소식에는 왜 그리 불안해하느냐?"

"불안해하는 것이 아니라 이야기를 들어보니 시작부터 끝까지 잘 이해가 가지 않는 부분이 있어서 그럽니다."

"너도 말했다시피 동해는 그만한 힘이 없으니 우리 땅 깊숙이 들어와 반격을 당하자 버티지 못한 것이 아니겠느냐?"

"예상되는 이유가 몇 가지 있지만 상세한 정보 없이 함부로 추측하지는 말아야겠지요. 만약······."

소평정은 문득 말을 멈추고 차를 한 모금 마셨다.

"관두지요. 나라의 대사는 조정이 할 일이지, 부친상을 지키고 있는 저와 무슨 상관이 있겠습니까?"

순비잔도 처음 소식을 들었을 때 몹시 마음을 졸였지만 자신과 소평정이 없어도 조정에 문제가 없다는 사실이 증명되자 크게 공감하며 고개를 끄덕였다.

"네 말이 맞다. 우리가 나서지 않아도 이 크나큰 위험이 순조롭게 가라앉지 않았느냐? 원계가 그토록 솜씨가 늘었을 줄은 몰랐다만 너와 감주에 가서 갈고 닦은 뒤로 한몫은 하게 되었구나. 그간 그 아이를 너무 과소평가했어."

소원계가 동해 일곱 개 주를 두 달 만에 수복한 것도 소평정이 이상하게 여긴 점 중 하나였다. 하지만 구체적인 상황을 모르고 두해 동안 사촌형을 만나지 못한 상태에서 마음대로 억측할 수는 없어, 생각 끝에 아무 말 하지 않기로 하고 웃으며 화제를 돌렸다.

"그 이야기는 그만하시지요. 1년 동안 북연에 가 계셨다면 창서검에 도전을 하셨겠군요?"

순비잔이 무릎을 쓸며 웃음을 터뜨렸다.

"그래, 산 좋고 물 좋은 곳에서 옛 벗을 만났는데 금릉성이나 동해가 무슨 소용이냐. 역시 강호 이야기를 해야지! 창서검은 표홀하고 민첩하여 한해검법과는 아주 다르더구나. 그 비무에서 실로 많은 것을 얻었다!"

천생연분

—
23
—

무정제 슬하에는 공주가 두 명 있었는데 가장 어린 공주도 수십 년 전에 시집을 갔고, 선제 소흠에게는 황자 세 명밖에 없는데다 그 중 가장 나이가 많은 소원시도 채 열여섯 살이 되지 않아 대량의 후궁에는 오랫동안 혼사가 없었다. 국상 기간에는 예악을 금지하는 것이 당연하지만 국상이 끝나고도 황궁 내원의 평소 분위기는 여전히 침울했다.

중추절이 지나자 순 태후는 갑자기 후궁의 두 태비와 경성에 있는 종친 부인들을 함안궁으로 불러 조카딸 안여의 혼수 준비를 도와달라고 청했다. 오랫동안 새로운 이야깃거리가 없던 종실의 부인들은 매우 흥분했고 최소한 이 드물게 생긴 행사를 구경하고 싶어 했다.

순안여의 혼수품은 신분 규정 때문에 봉황 머리 장식이나 고급스런 금사 자수를 놓은 옷가지 같은 것은 쓸 수 없었지만, 진귀한 재료로 정교하게 제작한 덕에 민간의 부잣집은 말할 것도 없고 종실의 영애들도 따르지 못할 정도였다.

쟁반에 하나하나 놓여 줄줄이 들어오는 능라비단과 옥과 보석들을 보면서 초청받은 두 태비와 귀부인들은 감탄을 연발하는 한편 꼼꼼히 비교했다. 이것이 좀 더 좋다느니 또 저것이 고급이라느니 하며 다투는 소리에 귀를 기울이던 순 태후는 점점 더 흐뭇해하며 얼굴에 웃음이 가시지 않았다.

옆에 앉아 어깨를 주무르던 소영이 나지막이 웃으며 말했다.

"태후마마께서는 참으로 아가씨를 친딸처럼 생각하시는군요. 평범한 군주(郡主)라면 얻지도 못할 선물입니다."

"그래, 까닭은 모르겠다만 어려서부터 그 아이만 눈에 들어오더구나. 나이가 맞지 않아 이 궁에 두지 못하는 게 애석할 뿐이야."

"아가씨는 복이 많으시답니다. 래양후는 젊고 품계도 높고 외모도 출중합니다. 봉양할 시어머니도 없으니 또 얼마나 편하시겠습니까?"

오라버니가 소원계를 조카딸의 짝으로 정했을 때 순 태후는 처음에는 찬성하지 않았다. 동해를 물리친 공신이라는 후광으로는 래양 태부인에 대한 혐오를 지워내기에 한참 부족했던 것이다. 게다가 몇 년간 변경에 나가 있던 일개 후의 작위는 순씨 집안 아가씨의 고귀함에 어울리지 않았다. 그녀는 순안여의 손을 잡고 당사자보다 더 억울해하며, 순백수가 조카딸의 혼사를 너무 쉽게 정했다고 불평했다. 소영이 살그머니 소맷자락을 당기고 귓가에 몇 마디 속삭이자 그제야 그녀는 고개를 숙이고 수줍어하는 조카딸이 이 혼사가 부적절하다고 생각하기는커녕 바람과 기대에 차 있다는 것을 알 수 있었다.

어찌되었든 조카딸을 진심으로 아끼는 순 태후는 그 마음을 억지로 돌려놓을 생각은 없었다. 게다가 순백수가 직접 입궁하여 설명하고 소원시도 승리를 안고 돌아온 래양후를 좋게 말하자, 며칠 망설인 끝에 결국 반대 의견을 접고 양보하기로 했다.

"자, 이 선물들을 갖고 출궁하거라. 길시를 놓쳐서는 안 된다."

함안궁에서 하사한 혼수 선물이 성대한 혼인의 막을 열었다. 그때 소원계는 한창 위세를 떨치고 있었다. 게다가 태후의 친 조카딸까지 맞아들이게 되었으니 곳곳에서 천생연분이라는 칭찬이 높아지고, 오랫동안 아무도 걸음하지 않던 래양후부에는 선물과 축하 서신 및 명첩이 빽빽하게 날아들었다.

9월 열흘이 흠천감에 부탁하여 고른 길일인데 이를 혼례일로 삼기에는 시일이 다소 급박했다. 하지만 소원계는 몹시 서둘렀고, 순백수도 전쟁의 어두움을 씻어낼 경사가 필요하다 여겨 잠시 망설이다가 승낙했다. 다행히 황족 자제의 혼사는 모두 내정사가 맡았기 때문에 래양후부에 일할 사람이 없는 점은 문제가 되지 않았고, 순안여의 혼수도 몇 년 전부터 차곡차곡 준비해온 덕분에 보름 동안 서두르자 모든 준비가 갖추어졌다.

혼례 당일, 순 부인은 날이 밝기도 전에 일어나 신부 행차에 필요한 자질구레한 일들을 점검하느라 먹고 마실 시간조차 없었다. 정오가 지나자 그녀는 자수방으로 가서 손수 조카딸에게 화장을 해주고 머리를 올리고 붉은 치마를 입히는 등 꼼꼼하게 단장시킨 뒤, 구리거울을 가져와 앞뒤 옆모습까지 보여주며 웃는 얼굴로 말했다.

"우리 안여는 평소에도 미인이지만 이렇게 단장을 하고 보니 숙모도 눈을 뗄 수가 없구나."

순안여는 부끄러워 얼굴을 빨갛게 물들였다. 어른의 농에 대꾸를 할 수 없던 그녀는 고개를 푹 숙이고 소매만 쥐어짜며 다시는 거울을 보려 하지 않았다.

"오냐, 오냐. 어서 혼례복을 입으려무나. 시간이 다 되었단다."

순 부인이 웃으며 달래자 하녀 두 명이 벽에 걸린 비단 혼례복을 꺼내 바쳐올렸다.

순안여를 시중드는 하녀 민아(敏兒)와 패아(佩兒)는 그녀가 열세 살 때부터 데려와 함께 자랐기 때문에 사이가 무척 가까웠다. 성격이 활발한 민아가 아가씨의 치맛자락을 정돈하면서 말했다.

"저희도 들었는데 아가씨 부군 되실 분은 동해와의 싸움에서 정말 멋있게 싸우셨대요. 회수에 이를 때까지 계속 승리만 하셨다잖아요. 그분이 아니셨으면 동해에서 일으킨 전쟁이 경성까지 번졌을지도 몰라요."

순안여는 하녀의 과장된 말에 저도 모르게 생긋 웃었다.

"잘 모르면서 그게 무슨 말이야. 동해가 아무리 날뛰어도 이 경성까지 올 수는 없어."

"저야 물론 잘 모르지요. 정말 그런 거예요?"

"싸움에서 잇달아 패배를 하니 민심이 불안해져 그런 풍문이 돌았지만 래양후께서 가라앉히셨지. 그분의 충성과 용기, 통솔력은 분명 누구나 흠모할 만⋯⋯."

이렇게 말하던 순안여는 뒤늦게 자신이 한 말을 깨닫고 뺨이 확 달아올라 고개를 숙였다.

"부군을 흠모하는 것은 당연한 일, 부끄러워할 필요 없다."

순 부인이 재빨리 달래며 고개를 돌렸다.

"패아, 신부의 신발은 어찌되었느냐?"

패아가 쪼르르 섬돌 앞으로 달려가 합환목 꽃무늬를 그린 빨간 비단 꽃신을 조심조심 가져왔다. 그녀는 꿇어앉아 아가씨의 평상화를 벗기고 하얀 버선을 반듯하게 펴 솜씨 좋게 꽃신을 신겼다.

마침 고개를 숙이고 있던 순안여는 하녀의 창백해진 뺨과 붉어진 눈시울을 알아차리고 저도 모르게 한숨을 쉬었다.

"농을 하느라 네 생각을 못했구나. 동해 이야기를 들으니 분명히 괴로웠을 거야."

하녀로 태어난 민아와는 달리 패아는 동쪽 검주 출신으로 아버지는 호수에서 낚시를 하던 사람이었다. 그러다가 수해를 만나 생계가 막막해지자 열두 살 난 딸을 팔 수밖에 없었다. 다행히 영리하고 눈치 빠른 그녀는 이곳저곳을 거쳐 순부로 들어온 뒤 괜찮은 나날을 보낼 수 있었다. 가족들을 원망하기보다 무척 그리워하던 그녀는 아가씨에게 부탁하여 가족과 연락하게 되었고, 매년 서로 소식을 전하며 다시 만날 수 있기를 기원해왔다. 하지만 동해가 침략하여 가는 곳마다 살육을 자행하면서 어머니와 오라버니는 그 칼날에 목숨을 잃었다. 비보가 전해지자 그녀는 애간장이 끊어질 것처럼 울며 몇 번이나 혼절했고 지금도 그 일을 떠올리면 눈물을 짓곤 했다.

"어머니와 오라버니의 원수를 아씨 나리께서 갚아주셨어요. 아씨의 큰 경삿날에 눈물을 보이면 안 되지요."

패아는 고개를 들고 억지로 웃음을 지으면서 부드럽게 말했다.

"축하드려요, 아가씨. 세상을 뒤엎는 뛰어난 영웅에게 시집가고 싶어 하던 바람을 이루셨네요."

순안여는 마음이 쌉쌀하면서도 달콤해져, 하녀의 손을 꼭 잡고 톡톡 두드려주었다.

문밖에서 경사스러운 풍악이 울려 꽃가마가 도착했음을 알렸다. 순 부인은 아쉬운 눈길로 직접 기른 조카딸을 바라보며 그 뺨을 어루만졌다.

"누군가의 아내가 되는 것은 아가씨로 있을 때와는 다르단다. 숙모가 당부한 말 잘 알아들었지?"

순안여는 얼굴을 붉히고 고개를 끄덕였다.

"바깥에서는 순씨 집안의 아가씨가 태후의 사랑을 듬뿍 받아 공주처럼 오만할 것이라고들 하더구나. 하지만 이 숙모는 네가 누구보다 착한 아이라는 것을 잘 안다. 염려 말거라. 네 부군이 되실 분도 온화한 사람이라고 하니 앞으로 부부가 한마음 한뜻으로 살면 분명히 만사형통할 수 있을 것이다."

"좋은 말씀 감사합니다, 숙모님."

순안여는 눈물을 글썽이며 한숨을 쉬었다.

"비잔 오라버니가 혼행에 함께해주지 못해 약간 섭섭해요."

경성을 떠난 뒤로 고삐가 풀린 듯 동에 번쩍 서에 번쩍 하는 조카 이야기가 나오자 순 부인도 걱정이 되고 원망스럽기도 했다. 하지만 경삿날에 너무 슬퍼하는 것은 좋지 않아 재빨리 미소를 지으며 위로했다.

"네가 잘살면 오라버니가 어디에 있건 언제 소식을 듣건 분명히 기뻐할 게다. 자, 면사를 쓰거라. 길시를 놓치면 큰일 난다."

빨간 면사가 시선을 가리고 자수방 문이 열리자 경사스러운 가락이 귀를 때렸다. 앞으로 누군가의 아내가 된다고 생각하자 순안여는 갑자기 긴장되어 손이 바르르 떨리며 문턱을 넘기조차 어려웠다.

"걱정 말아라. 숙부와 숙모가 항상 여기 있으니 아무것도 두려워할 것 없단다."

순 부인이 조카딸의 손을 꼭 쥐며 부드럽게 위로했다.

부끄러움과 기대가 섞인 신부의 복잡한 심경과는 달리 신랑은 순수하게 득의에 차 있었다. 동해와의 계획은 상상한 것보다 훨씬 순조롭게 진행되어 반년 안에 천하를 뒤덮을 만한 찬양과 착실한 군공을 쌓게 해주었다. 그의 공적에 의문을 제기하는 사람은 아무도 없었고 조정의 지위와 아름다운 부인까지 얻게 되었다. 이따금 어두운 밤에 홀로 지난 일을 돌아볼 때면 마치 꿈을 꾸는 것처럼 비현실적인 느낌에 사로잡힐 정도였다.

꽃가마가 들어오면서 래양후부에 들여놓을 곳이 없을 만큼 어마어마한 혼수가 따라왔다. 래양후부는 신부를 맞기 위해 이웃한 원락 두 곳을 사놓았지만 혼사를 축하하러 온 손님을 맞이하기에는 모자라, 신방과 안채의 가장 남쪽에 있는 서재를 제외하고 꽃밭과 연못 위 다리 할 것 없이 술상을 펼쳐야 했다. 잘 아는 손님들은 아부와 농담을 섞어서 래양후부의 규모는 래양후가 세운 놀라운 공적에 비하면 한참 부족하니 이제 왕부로 승격해야 한다고 말하기도 했다.

진담 반 농담 반인 이야기에 소원계는 직접적으로 대답하지 않고 못 들은 척 웃으며 손님들에게 술대접을 했다. 그가 감주에서 일부러 기른 심복들도 동해와의 싸움으로 차례차례 진급한 덕에 그를 따라 부중에 가득한 손님들을 접대하면서도 저마다 얼굴에 웃음꽃을 피우고 있었다. 주인을 제대로 골라 앞길이 활짝 열렸다는 생각에 득의양양해진 것이다. 그들 가운데 가장 빨리 진급하고 가장 신임을 받는 사람은 당연히 하성이었다. 벌써 오품 참장의 장포를 입은 그가 서재 쪽에서 뛰어오더니 지나치는 손님들과 인사를 나누며 소원계에게 다가가려고 애를 썼다. 오는 내내 억지 웃음을 지은 탓인지 표정이 다소 딱딱해 보였다.

겨우 소원계의 곁으로 간 하성은 가능한 한 소리를 낮추어 귓가에 뭐라고 속삭이며 주인의 손에서 술잔을 받아들었다. 소원계의 표정은 변화가 없었지만 눈동자는 살며시 차가워졌다. 술을 주고받던 탁자를 떠난 뒤 그는 집사를 불러 몇 마디 분부하고는 소란한 틈을 타 샛문을 통해 살그머니 자리를 떴다.

태부인의 처소가 봉쇄되면서 래양후부 가장 남쪽에 있는 서재는 언제나 고요했는데, 오늘은 부중의 하인들도 모두 손님 접대에 동원되어 정원에는 사람 그림자 하나 없었다.

소원계는 노기충천한 기세로 서재의 대문을 벌컥 열었다. 그는 하성에게 바깥을 지키게 한 뒤 혼자 병풍을 돌아 들어가며 차가운 얼굴로 냉소를 터뜨렸다.

창가에 비스듬히 기댄 나긋나긋한 뒷모습이 소리를 듣고 마중 나왔다. 검은 머리, 고운 얼굴에 봄바람처럼 부드러운 미소를 띤 그 사람은 놀랍게도 서른 살가량의 우아하기 짝이 없는 미모의 부인이었다.

"래양후께 인사드립니다. 혼례를 축하드립니다."

소원계는 이를 악물고 노한 목소리로 말했다.

"척(戚) 부인, 나는 당신 주인과 분명히 약속했소. 동해의 일이 끝난 뒤에는 몹시 긴요한 일 아니면 다시는 연락하지 않겠다고 말이오. 그런데 이런 자리에 나타나다니 약속을 어긴 것이 아니오?"

척 부인은 매우 억울한 듯 눈을 깜빡였다.

"나리께서 저희 주인과 두 해에 걸쳐 대사를 꾸밀 수 있었던 것은 모두 제가 두 분 사이에서 소식을 전했기 때문이 아닌가요? 예전에는 저를 보실 때마다 무척 기뻐하셨는데 공을 세우고 돌아오시더니 완전히 변하셨군요?"

"오늘이 예전과 같소? 때와 장소를 가려야지. 만에 하나……."

"나리께서 혼례를 올리시는 것은 몹시 긴요한 일인데 약속을 어기다니요?"

척 부인은 쿡쿡 웃으며 손가락을 들어 한쪽을 가리켰다.

"누가 뭐라 해도 주인께서는 나리의 집안어른이시니 나리께서 신부를 맞이하시는데 예를 어기실 수야 없지 않겠어요?"

소원계는 성가신 듯 그녀의 가느다란 손가락이 가리킨 곳을 쳐다보았다. 병풍 옆 기다란 탁자 위에 새빨간 산호가 놓여 있었다.

"우리 동해에서만 나는 야광 산호인데 어두운 곳에서도 불꽃처럼 빨갛게 빛이 난답니다. 세상에 겨우 몇 개밖에 없어 얻기가 쉽지 않은 귀한 물건이지요. 국왕께서 신혼 선물로 드리고, 어서 빨리 귀한 아들을 얻으시기를 축원한다고 전하라 하셨습니다."

소원계는 노기를 꾹 누르며 말했다.

"선물을 전했으니 어서 돌아가시오."

"어머, 그래도 나리와 오래 알고 지낸 사이고 이렇게 멀리까지 왔는데 축하주 한잔 내주기도 아까우신가요?"

척 부인은 교태롭게 웃었지만 상대방의 이마에 푸른 힘줄이 솟는 것을 보자 재빨리 손을 내저었다.

"예예, 알았으니 그만 화 푸시지요. 제가 있는 것이 싫으시다면 당장 떠나야지요. 훗날 나리께서 천하를 호령하실 때가 오면 저희 주인의 호의를 잊지 말아주시기를……."

소원계는 더 이상 대화를 나누고 싶지 않아 성의 없이 고개를 끄덕이며 그녀를 밖으로 안내했다. 두 사람이 병풍을 돌아 나가는데 별안간 하인 하나가 허둥지둥 달려와 이마에 땀을 뻘뻘 흘리며 외쳤다.

"나리, 순 대인께서……."

하인은 말을 채 끝내기도 전에 나리와 하성이 미모의 부인과 함께 서재 밖에 서 있는 것을 발견하고 제자리에 뻣뻣하게 굳어 바보처럼 그들을 바라보았다.

척 부인이 생글생글 웃으며 말했다.

"예전에는 꼼꼼하시던 분이 공을 세우더니 단속이 많이 허술해지셨군요."

안에서 들리는 이야기에 귀를 기울이느라 바깥을 지키는 것을 깜빡했던 하성은 실수가 마음에 걸려 하인에게 재빨리 으름장을 놓았다.

"무슨 이야기를 들었느냐?"

척 부인이 비웃었다.

"그런 질문이 무슨 소용이죠? 저자가 아무것도 못 들었다고 하면 믿을 건가요?"

하성은 표정이 무겁게 가라앉은 소원계를 흘끔 보더니 허락을 구하지 않고 벽에 걸린 보검을 꺼냈다. 그제야 위험을 깨달은 하인은 허둥거리며 달아나려 했지만 문턱을 넘기 무섭게 날카로운 날이 등을 꿰뚫었다.

"큰 경삿날에 피를 보게 하다니 제가 나리를 귀찮게 해드렸군요. 부디 용서하세요."

척 부인은 부드럽게 사과하며 허리를 숙이더니 옆으로 난 회랑으로 들어가 눈 깜짝할 사이에 모습을 감추었다.

소원계는 정신을 가다듬고 하성에게 시체를 처리하라는 눈짓을 했다. 그와 동시에 서재 안 탁자에 놓인 산호를 돌아보며 분부를 내렸다.

"너무 눈에 띄는 물건이니 남겨둘 수 없다. 지금은 어려우니 저녁에 방법을 찾아 한꺼번에 처리하도록 해라."

하성은 허리를 숙여 명을 받았고, 소원계가 빠른 걸음으로 사라지자 곧바로 뜰 문을 닫고 단단히 빗장을 걸었다.

신부 측 어른인 순백수는 배례가 끝난 뒤 저녁 연회에만 참석하면 되었기 때문에 이제 막 도착했다. 앞 대청의 처마 밑에 손님을 맞이하는 주인이 보이지 않자 수보 대인은 다소 불쾌했지만 감정을 숨긴 덕분에 남들은 알아차리지 못했다.

잠시 기다리자 혼례복을 입은 소원계가 빠른 걸음으로 대청을 통과해 달려오더니 인사와 함께 몹시 미안한 목소리로 해명했다.

"밖에서 잘 살피라고 말해놓았는데 하인들이 실수를 하는 바람에 이렇게 되었습니다. 일찍 나와 대인을 맞지 못했으니 참으로 큰 실례를 범했습니다."

이마에 땀이 맺히고 숨을 헐떡거리는 것으로 보아 일부러 늑장을 부린 것은 아닌 듯했다. 순백수도 약간 기분이 풀어져 도량을 발휘하기로 하고 빙그레 웃었다.

"오늘은 래양후의 큰 경사이고 손님이 이렇게 많으니 쉴 틈 없이 바쁘시겠지요. 이제부터는 한가족이 되었으니 그리 예의 차리실 필요 없습니다."

"예, 이제부터 사사로이는 대인께서 제 집안어른이 되시지요."

소원계가 허리를 숙이며 손을 내밀었다.

"상좌는 비워두었으니 그리로 앉으십시오, 숙부님."

순백수는 미소를 지으며 그를 따라 대청으로 들어갔다. 다소 조용한 중정을 지날 때쯤 순백수는 살짝 걸음을 늦추며 말했다.

"좋은 날을 맞아 희소식을 한 가지 더 전해드리지요."

"지금까지 받은 은혜도 감당하기 어려운데 또 무슨 희소식이 있습니까?"

"래양후께서는 본디 황실의 자손이고 또 나라를 지키는 데 공을 세우셨습니다. 최근 대신들이 여러 차례 상소를 올려 왕작을 돌려주어야 한다고 청하고 있습니다."

소원계는 우뚝 걸음을 멈추었다.

"왕작이요?"

순백수는 자상한 눈길로 그를 바라보았다.

"내각에서는 이미 상의를 마쳤으나 녕왕 전하께서 세상을 뜨신 지 얼마 되지 않아 종실 쪽에서 조금 더 기다리자고 합니다. 늦어도 9월 말이면 성지가 내릴 것입니다."

소원계는 믿을 수가 없는지 잠시 멍하니 서 있었지만 감정이 들끓으면서 곧 얼굴 위로 홍조가 떠오르고 미간에도 웃음이 어렸다. 그는 흥분한 목소리로 말했다.

"제게도 이런 날이 오는군요. 이 모든 것이 폐하께서 믿어주시고 대인께서 이끌어주신 덕분입니다."

나라가 안정되고 조정도 편안해진 지금 새신랑도 시무를 잘 헤아리는 것 같아 순백수는 무척 만족스러워 그의 팔을 두드렸다.

"모두 래양후의 운과 능력 덕분이지요."

그때 대청의 다른 손님들도 순백수의 도착 소식을 듣고 나와 웃는 얼굴로 아는 척을 했다. 이런 자리에 올 만한 사람들은 당연히 신분이 높아서 순백수와 소원계도 서둘러 답례를 해야 했다. 사람들은 한 차례 인사를 주고받은 다음 자리에 앉아 술을 돌렸고, 분위기가 화기애애해지면서 주인도 손님도 모두 즐거워했다.

금릉성의 풍속에 따르면 황혼에 배례를 하고 저녁 연회는 삼경을 넘지 않아야 하며 친족들이 동방에서 소란을 피우게 되어 있었다. 소원계는 무정제의 황손으로, 혼례에 참석한 사람 중에는 그만큼 가까운 친척이 없었기에 연회가 파하고 손님들이 돌아가자 래양후부는 순식간에 조용해졌고 동방이 있는 원락 안팎에만 화려한 등불이 반짝였다.

배례가 끝나고 동방으로 안내된 순안여는 벌써 두 시진째 붉은 휘장 안에 단정하게 앉아 있었다. 소란스럽던 바깥이 차츰차츰 조용해지자 그녀는 심장이 점점 빨리 뛰는 것을 느꼈고, 긴장한 나머지 뻣뻣해진 허리의 통증조차 까맣게 잊었다.

매파가 길한 말을 읊자 머리에 쓴 빨간 면사가 사르륵 떨어졌다. 순안여는 마치 실을 매단 꼭두각시 인형이 된 기분으로 자손만

대를 의미하는 과일을 베어 물고 팔을 얽어 합환주를 마셨다. 들고 있던 여의를 누군가가 가져가고 붉은 실로 짠 동심결이 대신 쥐어졌다. 복잡한 절차가 모두 끝나자 민아와 패아가 다가와 축하 인사를 하고 물러가면서 문을 살짝 닫았다.

순안여는 마침내 용기를 내어 이마 앞에 늘어진 주렴 바깥을 내다보았다. 누군가 빨간 초의 심지를 잘라내는 것이 어렴풋이 보였다. 그 사람이 조용히 다가와 그녀 옆에 앉더니 손을 뻗어 얼굴을 가린 주렴을 걷어 금비녀 위에 걸었다.

부드러운 촛불 빛 때문인지 마음속에 품은 기대 때문인지, 순안여는 재빨리 시선을 움직여 옆을 바라보았다. 그 사람은 준수한 외모에 온화한 표정이었고 눈동자에는 웃음이 가득했다. 완전히 낯선 남자였지만 동시에 이 세상에서 그녀에게 가장 가까운 사람이기도 했다. 부군은 하늘이요, 집안의 주인이요, 평생의 의지처니, 앞으로 전심전력을 다해 모시고, 보살피고, 순종하라는 것이 숙모의 당부였다.

"부군께서는 어찌 웃으시나요?"

"문득 그대를 처음 보았을 때가 떠올랐소."

"저를 보신 적이 있으세요?"

소원계의 눈동자는 추억에 젖었다. 그는 천천히 대답했다.

"정식으로 보았다고 할 수는 없소. 찻집에 앉아 있는데 그대의 마차가 거리를 지나는 것을 보았소. 뜻밖에도 금군이 뒤따르고 있어 다소 놀랐지."

순안여는 처음에는 당황했지만, 곧 자신의 태도를 경계하는 뜻이라는 생각이 들어 재빨리 해명했다.

"안심하세요. 제가 비록 태후마마의 은총을 입고 있지만 어려서 부터 집안의 가르침을 받아 교만하거나 무례한 일을 한 적은 한 번도 없습니다."

소원계는 쿡쿡 소리 내어 웃으며 고개를 저었다.

"그런 뜻이 아니오. 어차피 내게 시집왔으니 그대가 다소 교만하고 제멋대로라 해도 나는 그대를 보살필 것이오."

세상 남자들 중에 부드럽고 순종적인 아내를 싫어하는 사람은 없다는 것이 순안여가 어려서부터 숙모에게 가르침 받은 부녀자의 도리였다. 갓 시집온 신부로서 부군의 성품을 잘 모르는 그녀는 심지어 그의 말이 진심인지 떠보는 것인지도 확신할 수가 없었다. 그래서 어떻게 반응해야 할지 몰라 그저 멍하니 눈을 깜빡깜빡할 뿐이었다.

"이 세상에서 내가 보살펴야 할 사람은 어머니밖에 없었소. 하지만 나는 그분을 잘 보살피지 못했지."

소원계는 그녀의 손을 살며시 잡아 쥐며 말했다. 목소리는 슬픔에 차 있었지만 웃는 얼굴은 여전했다.

"이제 당신은 내 사람이니 반드시 잘 보살피겠소."

순안여는 마음속의 가장 약한 부분이 사르르 녹는 것을 느꼈다. 가슴속에서 따스한 감정이 용솟음치고 잡힌 손가락에 차츰차츰 힘이 느껴졌다. 그녀는 힘껏 그 손을 마주 잡으며 떨리는 목소리로 말했다.

"저도…… 앞으로 부군과 이렇게 서로 의지하며 백년해로하기를 바라요."

연못의 밤빛

—
24
—

래양후부에서 신부를 맞이하기 위해 준비한 방은 소원계가 쓰던 침소를 확장한 곁채와 뒤쪽 원락을 합쳐 만든 것으로, 총 두 채로 이루어져 있었다. 동쪽 곁채에서 안방과 가장 가까운 곳은 새로 온 부인의 하녀들에게 주어 언제든 시중을 들 수 있게 했다.

아가씨의 신혼 첫날밤이기 때문에 민아와 패아는 동방에서 물러난 뒤에도 편히 잠들지 못하고 곁채의 뜰 문에서 기다리다가 안방의 불이 꺼지자 그제야 안도하며 자신들의 방으로 돌아갔다.

바쁜 하루을 보낸 탓에 노곤하게 졸음이 몰려와 민아는 눕자마자 잠이 들었다. 도중에 몸을 뒤척이던 그녀는 패아가 맞은편 침상에 앉아 창틀에 상반신을 기대고 버드나무 가지 끝에 걸린 약간 이지러진 달을 바라보는 것을 발견했다.

"시간이 언젠데…… 왜 안 자니?"

민아는 눈을 비비며 일어나 앉아 한숨을 쉬었다.

"내 탓이야. 오늘 같은 날에 동해 이야기를 꺼내 너를 슬프게 했잖아."

"그게 왜 네 탓이야? 동해에 빼앗긴 일곱 개 주를 되찾으신 분이 나리시니 네가 말하지 않았어도 그 생각이 났을 거야."

"이제 그만 잊어. 솔직히 경성은 너희 가족이 있는 곳과는 한참 멀어서 어차피 평생 다시 만날 수도 없었을 거야."

멍하니 있던 패아의 눈에 다시 눈물이 차올랐다.

"그건 그렇지만 적어도 내게는 아직 가족이 있고 가족들이 잘 살고 있다는 생각에 위로가 되었어."

그녀는 말을 할수록 마음이 아팠지만 아가씨의 경삿날이니 눈 물을 흘리면 안 된다는 생각에 재빨리 심호흡을 하며 일어섰다.

"먼저 자. 나가서 좀 걸으면서 기분도 풀고 마음도 가라앉힐게. 계속 이러면 내일 어떻게 아가씨 시중을 들겠어?"

민아는 농담 반 진담 반으로 대답했다.

"이곳 집사와 아주머니들에게 들으니 원락 옆에 연못이 있대. 달이 있지만 그래도 밤이니 빠지지 않도록 조심해."

"걱정 마. 우리 아버지가 어부여서 열두 살 전까지는 숫제 물속 에서 살았는걸. 연못쯤이야 아무것도 아니야."

패아는 이렇게 대답하면서 침상 옆에 둔 얇은 겉옷을 걸치고 달 빛을 밟으며 밖으로 나갔다. 곁채를 나와 수양버들 사이에 낀 좁다 란 청석 길을 지나자 과연 연못이 나타났다. 하지만 가을이라 벌써 연꽃이 지고 시든 꽃잎만 수면을 반쯤 덮고 있어서 달빛이 비치자 유난히 처량해 보였다.

쌀쌀한 바람을 맞으며 잠시 서 있었더니 기분이 한결 가벼워진 패아는 연못 옆 나무 그늘에 세운 가산의 바위 밑에 앉아 겉옷을 여민 채 달을 올려다보았다. 한로가 지나면서 밤바람이 차가워진 탓에 잠시 앉아 있었는데도 등골이 서늘했다. 그만 일어나서 돌아가려는데 시야 가장자리로 언뜻 검은 그림자가 보였다. 그녀는 화들짝 놀라 본능적으로 바위 뒤로 몸을 숨겼다.

반달 모양의 연못 한쪽에서 하성이 둘둘 싸맨 무언가를 안고 나타났다. 한밤중인데다 제집 후원이기도 하니 그다지 경계할 필요가 없던 그는 대충 주위를 살피면서 재빨리 다리로 올라가 들고 있던 것을 풀었다. 야광 산호는 어둠 속에서도 불타오르듯 빨갛게 빛을 발해 대낮보다 더 또렷하게 보였다. 하성은 손에 든 보물을 꼼꼼히 살피며 아까운 듯이 한숨을 푹 쉬더니 다시 천으로 싸서 연못에 던져넣었다.

'풍덩' 하는 소리에 패아는 찬 숨을 들이켰고, 너무 놀라 두려움도 잊은 채 꼼짝 않고 앞만 바라보았다. 다리 위에 있던 남자가 밤그림자 속으로 사라지자 그제야 그녀는 손끝에서 따끔거리는 통증을 느끼고 자신이 바위를 얼마나 세게 움켜쥐었는지 깨달았다.

그녀는 불안한 마음을 안고 방으로 돌아왔다. 일부러 켜둔 탁자 위 촛불은 반나마 타들어가 있었다. 발소리에 민아가 몸을 뒤척이며 일어났다가 그녀의 얼굴을 보고 잠이 싹 달아난 듯 물었다.

"기분을 풀러 간다더니 안색이 왜 그러니?"

패아는 자신의 침상에 앉으면서 한참을 머뭇머뭇하다가 입을 열었다.

"민아, 방금 연못에…… 누군가가 몰래 와서 무언가를 던져넣었어. 이게 대체 무슨 일인 것 같아?"

"한밤중에 연못에 뭔가 던졌다고?"

민아는 허리를 곧추세우고 눈을 찡그리며 생각에 잠겼다가 곧 고개를 저었다.

"부인 말씀을 생각해봐. 높고 귀한 집안에는 비밀스러운 일이 많으니 이상한 것을 보더라도 아무 상관 하지 말고 못 본 척하라고 하셨잖아. 그 사람이 누군지는 모르지만, 한밤중에 몰래 물건을 버린 것을 보면 아무에게도 보이고 싶지 않았던 게 분명해. 그러니 그냥 모른 척해. 이제 막 이곳에 왔으니 사달을 일으키지 않는 게 좋아."

"하지만 보통 물건이 아닌걸. 난 알아. 그건, 그건 바로……."

여기까지 말한 패아는 불안이 엄습해 또 말을 멈추었다. 그녀는 잠시 생각하다가 고개를 끄덕이며 말했다.

"네 말이 맞아. 이제 막 와서 아무것도 모르니 그냥 모르는 척해야겠어. 그만 자, 내일 또 아가씨를 모셔야 하잖아."

래양후의 혼사가 있은 지 오래지 않아 그의 공을 인정하여 왕작을 수여하는 일이 정식으로 진행되었다. 예부상서 심서는 본디 생각이 많은 인물이라 아무리 단순한 일도 복잡하게 꼬아 생각하곤 했다. 소원계는 전공을 세워 황실의 눈에 쏙 들었고 이제는 순씨 집안의 보물을 아내로 맞이했다. 지금 심서가 어떻게든 알아내려고 하는 것은 바로 조정을 관장하는 수보 대인이 조카사위를 어디까지 올리고자 하는가였다.

"심 대인, 이런 시간에 찾아오시다니 예부에 무슨 일이라도 있는 게요?"

정무로 바쁜 순백수는 하루종일 직방에서 보내는 날이 종종 있었지만 예부의 관아는 다른 곳에 있었기 때문에 황혼녘에 심서가 나타나자 의아했다.

"사소한 일이 하나 있습니다. 대인의 의견을 여쭙고 싶군요."

심서가 몸을 살짝 숙인 뒤 웃는 얼굴로 물었다.

"이달에 래양후를 왕으로 봉하게 되었는데 그 봉호를 확실히 결정하지 못했습니다."

"결정하지 못할 것이 무엇이오? 래양후를 군왕으로 올리고 왕주 두 개를 하사하면 될 일인데 봉호에 무슨 문제가 있소?"

"비록 밖에 알려지지는 않았으나 선대 래양왕께서 죄를 지어 죽음을 맞았으니 그 최후가 좋다고 할 수는 없지요. 예전처럼 이등후자리에 있으면 자연히 아무 문제도 없고 신경 쓸 사람도 없습니다만, 공을 세워 그 작위를 높이는데 계속 '래양'이라는 말을 쓰면 불길하지 않겠습니까?"

심서는 허허 웃으며 말을 이었다.

"소관은 래양후께서 대인과 인척이 되셨으니 봉호를 바꾸는 문제를 대인께 여쭈어야겠다 생각했습니다."

순백수는 별일도 아니라는 듯이 손을 휘저었다.

"불길은 무슨…… 너무 지나친 생각이오, 심 대인. 전쟁에 나갔던 래양후가 그런 것을 신경 쓰겠소?"

"예, 대인의 말씀 잘 알았습니다. 그러면 전처럼 래양왕으로 하시지요."

작별하고 나온 심서는 순백수의 마음을 확실히 알았다는 생각에 기분이 편안했다. 수보 대인은 소원계의 작위를 높여줄 생각은 있지만 진심을 다해 그의 앞날을 생각할 정도는 아니었던 것이다. 이 상서 대인이 생각이 너무 많은 것은 사실이지만 그가 최종적으로 내린 판단은 얼추 맞았다.

순백수는 소원계가 보여준 공적에 대해 적절한 격려와 상을 내릴 생각이었지만 위풍당당한 완벽한 왕부를 또 하나 세워 스스로 골칫거리를 만드는 데는 추호도 관심이 없었다. 다행히 소원계가 세운 군공과 명성은 그러기에는 아직 한참 부족했다. 지금 소원계가 추구하는 것은 단 두 가지인 듯했다. 하나는 순조롭게 왕위에 오르는 것이고, 다른 하나는 곁의 심복들에게 실권 있는 자리를 내주는 것이었다. 순백수가 보기에도 지나친 요구는 아니어서 살짝 구미를 당겨놓은 다음 당연히 주어야 할 상에는 쩨쩨하게 굴지 않고 시원시원히 내주었다.

9월 말, 황제가 파견한 내사가 왕주 두 개가 박힌 왕관을 소원계에게 전했고 드디어 '래양왕부'라는 편액이 높이 걸렸다. 때마침 동쪽 국경에 심어둔 첩자가 돌아와 척 부인이 이미 회수를 건너 동해로 돌아갔다고 보고함으로써 보름 넘게 마음 졸이던 그를 안심시켜준 덕분에 이번에는 그 역시 손에 넣은 성과의 기쁨을 만끽할 수 있었다.

"왕주 두 개의 군왕에 봉해진 것을 하례드립니다, 전하."

하성은 자리 밑에서 머리를 조아린 후 탁자에 그득히 쌓인 축하 명첩을 바라보며 빙긋 웃었다.

"인사하는 사람이 이렇게 많은데 큰 연회를 베풀어 손님들을 청해 책봉을 축하하셔야 하지 않겠습니까?"

"책봉? 순백수가 이런 허울뿐인 작위 따위에 내가 눈썹이라도 까딱할 줄 알았다면 오산이다."

소원계는 차갑게 코웃음을 치며 새로 지은 관복을 걸친 하성을 훑어보았다.

"어떠냐, 순방영 통령 자리에 오르니 기분이 좋지?"

하성은 감격에 겨운 듯 두 손을 포개어 올렸다.

"모두 전하 덕분입니다."

"마침 손 통령의 병이 무거워 자리가 비었고 순백수는 본시 순방영을 중요하게 생각하지 않기 때문에 그 자리가 네 차지가 된 것이다."

소원계는 손마디로 탁자를 톡톡 치면서 눈동자에 어두운 빛을 번쩍였다.

"하지만 너도 알다시피 본 왕이 진정으로 원하는 것은 동호 우림영이다. 다음 계획도 이번처럼 순조롭게 진행돼야 할 텐데……."

"다음 계획은 이미 준비해두지 않으셨습니까?"

"이번에 내가 할 수 있는 일은 뒤에서 부추기는 것뿐이다. 그 결과는 운에 맡겨야겠지."

소원계는 일어서서 창가로 걸어갔다. 태부인의 옛 처소 쪽을 한참 동안 응시하던 그가 불쑥 물었다.

"우천래는 본래 한가롭게 소일하던 왕족에 불과했지만 지금은 동해 전체를 장악했다. 하성, 네가 보기에는 나도 그자 같은 위치에 올라갈 수 있다고 생각하느냐?"

하성은 한 치 망설임 없이 대답했다.

"동해는 조그마한 나라일 뿐입니다. 훗날 전하께서는 반드시 그자보다 더 높아지실 겁니다."

소원계는 눈썹을 살짝 추켜올렸다.

"소원시는 나날이 자라나고 있다. 이 머리에 쓴 왕주 두 개로 만족하지 않을 요량이라면 진정으로 내게 주어진 시간은 사실 그리 많지 않다."

하성은 오직 명을 따를 뿐 그가 하는 말의 의미를 분명히 알아듣지는 못한 것이 분명했다. 소원계 역시 그에게 마음을 털어놓을 수는 있어도 대사를 논의할 수는 없다는 것을 알고 있었다. 그래서 저녁 시간이 다가오자 더 말하지 않고 안채로 돌아갈 차비를 했다.

두 사람이 앞뒤로 서재에서 나오는데 마침 패아가 굽이진 회랑에서 걸어나오다가 부딪칠 뻔했다. 놀란 하녀는 얼굴이 새하얘져 황망히 바닥에 엎드렸다.

"왕비께서 식사 준비를 알리라고 너를 보내셨느냐?"

소원계가 웃으며 묻고는 부드럽게 위로했다.

"일어나거라. 너같이 어린 하녀가 본 왕에게 부딪힌들 무슨 문제가 생기겠느냐? 그리 놀랄 것 없다. 왕비께서 보면 본 왕이 친정 하녀를 괴롭혔다고 할 게 아니냐?"

그렇게 말한 그는 패아를 내버려두고 돌아서서 성큼성큼 후원으로 향했다. 하성도 그가 멀어질 때까지 공손히 서서 기다렸다가 밖으로 나갔다.

패아는 그제야 쭈뼛쭈뼛하며 일어나 멀어지는 하성의 뒷모습을 바라보았다. 온몸이 덜덜 떨렸다. 혼례 날 저녁에는 달빛이 환하고 야광 산호도 눈부시게 빛나 하성의 얼굴을 똑똑히 볼 수 있었다. 다만 처음 보는 사람이라 누구인지 모른 것뿐이었다. 래양왕 곁에 있는 것을 보면 왕부의 심복이 분명했고, 그 사실이 패아의 마음을 혼란스럽게 만들었다. 그날 저녁 무슨 일이 있었는지 불안해진 그녀는 더욱더 아무 말도 할 수가 없었다.

소원계가 안채로 돌아갔을 때 평소 식사를 하는 곁마루에 순안여가 보이지 않았다. 무슨 일인가 싶어 물으니 순 태후가 방금 또 사람을 통해 선물을 가득 보내왔고 왕비는 화청으로 나가 감사를 전하고 있다는 소식이었다. 그는 곧 그쪽으로 향했다.

순안여가 저녁 식사 전에 하녀를 보내 서재에 있는 부군을 청하면, 부군은 늘 이각이나 삼각 후에야 나타나곤 했다. 오늘은 순 태후가 선물과 함께 이튿날 입궁하라는 명을 내린 터라 아직 시간이 있다 싶었던 그녀는 내친김에 내일 입을 옷가지와 장신구를 고르려고 침소로 돌아갔다. 그런데 궤짝을 열자마자 부군이 들어오는 것이 보여 황급히 맞이하면서 겉옷을 받아들었다.

소원계는 그녀를 맞아들이기 전 이 귀한 가문 아가씨의 성품에 대해 여러 가지로 추측했지만, 예상과는 달리 더없이 부드럽고 선량한 그녀를 알고 나자 혼례를 올린 뒤로 점점 더 좋아지고 함께하는 날도 즐겁기만 했다. 아직 죽고 못 살 정도는 아니지만 서로 존중하는 사이가 되기에는 충분한 감정이었다.

"내 평소 왕비에게 잘못한 일이 있더라도 관대히 보아주시오. 부중에서야 내게 어떻게 해도 좋지만 부디 내일 태후마마를 뵙고 하소연하지는 말아주시오."

편한 옷으로 갈아입은 뒤 소원계가 자연스럽게 그녀의 허리를 안으며 농을 했다. 그녀의 동그란 눈이 놀라 휘둥그레지는 모습에 더욱 즐거워진 그는 다급히 해명하려는 그녀의 빨간 입술을 손가락으로 살며시 누르며 웃었다.

"농인데 진담으로 받아들일 줄 몰랐소. 부인께서야 당연히 내

편을 들지 않겠소?"

순안여는 이런 농을 그다지 좋아하지 않았지만 평소 성품대로 아무 말도 하지 않고 토라진 듯 그의 손을 밀어내며 물었다.

"부군께서도 내일 함께 가실 건가요?"

"당연히 그리해야겠지만 마침 내각에 일이 생겨 내일 어전에서 상의를 한다 하오."

소원계는 장신구 상자에서 보석이 달린 비녀 하나를 꺼내 그녀의 귀밑머리에 대어보았다.

"이것으로 하시오. 당신은 이제 왕비이니 규칙에 따라 쌍두봉황 비녀를 해도 되오."

소원계가 일부러 골라준 쌍두봉황 비녀는 순 태후가 하사한 혼수 중 하나였다. 당시 순안여는 이등후 부인의 규칙에 맞지 않는다고 여겨 감사하면서도 거절했지만, 하사품을 가져온 소영은 웃기만 했고 숙부 또한 그냥 넣어두라며 소원계가 왕에 봉해진다는 암시를 했다. 혼례를 올린 후 처음 입궁한 그녀가 그 비녀를 하고 나타나자 순 태후는 말할 것도 없이 기뻐하며 래양왕이 골라주었느냐고 묻고는 빙그레 미소를 지었다.

"네 숙부가 래양왕이 총명한 사람이라 말해도 그동안은 그리 생각지 않았는데, 오늘 보니 그간 쌓은 경험이 사람을 많이 바꿔놓았구나. 솔직히 말해보렴. 그가 부중에서도 네게 잘해주더냐?"

"관심에 감사드립니다, 태후마마. 저는 왕부에서…… 아주 잘 지내고 있습니다."

갓 혼례를 올린 부인답게 수줍어서 자세히 말하지는 못했지만,

발그레 달아오른 뺨과 웃음기를 머금은 눈동자는 거짓이 아니었다. 순 태후는 만족스럽게 고개를 끄덕이며 소영에게 봉황 비녀 두 개를 더 가져오게 했다.

"내정사에 세 개를 만들게 했는데 너무 눈에 띨까 싶어 주지 못했다. 이제 성지가 내렸으니 받아두려무나."

순안여는 황급히 일어나 감사인사를 올리고, 소영에게서 쟁반을 받아 본래 자리로 물러나 왼쪽에 앉은 하녀에게 건넸다. 그때 그녀 왼쪽에는 패아가 있었는데 무슨 연유인지 넋이 나간 얼굴로 앞만 뚫어지게 보느라 부인이 물건을 건네는 것도 모르고 있었다. 민아가 눈치 빠르게 몸을 돌려 받지 않았다면 태후마마의 하사품이 바닥에 나뒹구는 일이 벌어졌을 것이다.

정신을 차린 패아는 그제야 실수했다는 것을 알고 덜덜 떨면서 민아에게 쟁반을 받아 몸을 잔뜩 웅크렸다. 다행히 순 태후는 소영과 이야기하느라 그 모습을 보지 못한 데다 순안여도 이상하게 보이지 않도록 잘 가려준 덕분에 무사히 넘어갈 수 있었다. 태후는 자질구레한 이야기를 늘어놓다가 함께 점심 식사까지 한 뒤 낮잠 시간이 되자 그제야 조카딸을 보내주었고, 배웅하면서도 아쉬운 듯 자주 입궁하라고 당부했다.

함안궁을 물러나와 긴 계단을 내려간 순안여는 주변에 아무도 없는 것을 확인하자 걸음을 멈추고 나지막이 꾸짖었다.

"패아, 방금 왜 그렇게 넋을 놓았니? 태후마마의 하사품을 떨어뜨리지 않았기에 망정이지, 그렇지 않았으면 내 힘으로도 보호해주지 못했을 거야."

패아는 다리가 탁 풀려 그 자리에 꿇어앉았다.

"동쪽 창가에 있던 야광 산호를 보다가 그만 넋이 나가서……
아가씨, 아, 아니, 왕비마마, 부디 용서해주세요. 앞으로 다시는 그
러지 않겠습니다."

순안여는 하녀를 처벌할 생각이 아니어서 눈을 찡그리며 그녀
를 잡아 일으키고 의아하여 물었다.

"너희 둘 다 나를 따라 자주 궁에서 지냈으니 함안궁의 모습이
야 익숙하지 않니?"

"소인도 왕비마마께서 하신 말씀을 기억하고 있습니다. 야광 산
호는 더없이 귀한 물건이라 세상을 통틀어 손에 꼽을 만큼 적고,
대유와 이곳 금릉성에 있는 두 벌 외에는 모두 동해 국왕의 소장품
이라고……."

"그랬지."

순안여는 잠시 생각하다가 알겠다는 듯 한숨을 쉬었다.

"아, 동해의 특산품을 보니 또 어머니와 오라버니가 생각났구
나? 그래, 큰 잘못도 아니니 앞으로는 조심하도록 해."

패아는 얼굴이 창백해져 부인하지도, 변명하지도 못하고 더욱
더 고개를 푹 숙였다. 그녀는 마음을 가라앉히려 애쓰면서 주인을
따라 묵묵히 궁궐 문을 나섰다.

이제 신분이 달라진 순안여는 금군이 사람을 붙여 호위할 필요
가 없었다. 어린 태감이 벌써 마차를 가까이 대기해놓았고, 밖에
서 기다리던 왕부의 시위 스무 명이 마차를 호위하며 가장 가까운
동화문(東華門)으로 몰고 나갔다.

궁성 동화문에서 래양왕부까지는 길목을 두 번 돌아 직진하면

되는데 오늘은 어쩐 일인지 도중에 오른쪽 왼쪽으로 여러 차례나 길을 꺾었다. 길을 잘 알고 성미도 급한 민아는 순안여가 묻기도 전에 먼저 가리개를 살짝 걷고 마부를 소리쳐 불렀다.

하녀의 질문은 곧 왕비의 하문과 마찬가지였기 때문에 마부는 재빨리 마차를 한쪽에 세우고 공손하게 대답했다.

"마마, 오늘 서쪽 길목에서 동해와 내통한 주범을 처벌한다 하여 길을 돌아가야 합니다."

마차 안에 있던 세 사람은 깜짝 놀랐다. 순안여가 가장 먼저 정신을 차리고 말했다.

"알겠네. 돌아가도록 하게."

동해 내통 사건은 소원계가 출병하고 얼마 지나지 않아 일어났다. 당시 검주가 함락되고 주장이 전사하자 오품 참장이 임시로 남은 병사를 통솔하게 되었는데, 그가 위험을 무릅쓰고 매복전을 펼쳐 적군의 주 영채를 격파했다가 검주의 방어 지도를 잔뜩 찾아낸 것이 시작이었다. 그 참장은 이 물건이 어떻게 적의 손에 들어갔는지 몰라 즉각 쾌마를 보내 경성에 보고했다. 보고를 받은 순백수는 대로하여 엄히 조사했고 최종적으로 자신의 문하인 견 시랑이 연루되었음에도 사정없이 판결을 내렸다. 이 일로 한 차례 풍파가 병부를 휩쓸었고 상서인 진훈마저 부하를 단속하지 못한 죄로 처벌을 받았다.

마차가 네 갈래 길을 지날 때쯤 옆에서 호통 소리와 시끄러운 욕설이 차례차례 울려 퍼졌다. 민아는 호기심에 바깥을 내다보았다. 멀지 않은 곳에 봉두난발한 죄인들을 실은 함거 몇 대가 지나가고 그 양쪽에서 백성들이 욕을 하거나 더러운 물건을 던져댔다.

"적국과 내통하여 나라를 팔아먹었으니 모조리 머리를 베어도 시원치 않아! 갈기갈기 찢어 죽여야 해!"

민아가 호되게 꾸짖고는 순안여에게 물었다.

"왕비마마, 우두머리인 사람은 조정의 고관인가봐요."

"그래, 병부의 시랑이었으니 조정의 사품 대신이지. 저들이 동해의 뇌물이 욕심나서 군사 기밀을 흘렸기 때문에 동해 국경의 땅이 위험에 처한 거야."

순안여도 분노한 눈으로 고개를 젓고 한숨을 쉬었다.

"그래도 저렇게 처벌받게 되었으니 하늘이 무심하지 않으셨어."

내내 말없이 구석에 웅크려 앉아 있던 패아가 문득 물었다.

"왕비마마, 저 사람들은 대체 무엇이 탐나서 패가망신할지도 모르는 일을 저질렀을까요?"

"동해의 뇌물이라면 금은보화나 진귀한 보물이겠지. 죽으면 가져갈 수도 없는 것들인데 그 도리를 모르는 사람들은 늘 있어. 몰래 받아넣으면 아무도 모른다고 생각하는 거야."

민아가 끼어들었다.

"맞아요, 들어보니 그 주범의 집을 수색할 때 동해 진주가 두 상자나 나왔는데 안에 꽉꽉 들어 있던 진주들이 하나같이 소 눈알만큼 큼직했대요. 동해에서 보낸 것이 아니면 궁에서 훔쳤을 텐데 그 많은 것을 어떻게 훔치겠어요!"

패아는 얼굴이 하얘진 채 넋을 잃고 앉아 있었다. 순안여는 손가락으로 민아의 이마를 콕 찌르며 웃었다.

"너도 참, 그런 소문은 잘도 듣는다니까."

오늘 사형당하는 병부의 견 시랑은 동해 내통 사건의 주범으로 판결이 났다. 그 죄목은 백 명에 이르는 삼족을 멸하는 데 그치지 않고 연좌 범위에 들지 않는 친척과 가까운 사람까지 모두 연루시켰고, 그 중에는 무복친(無服親, 상이 있을 때 상복을 입지 않아도 되는 먼 친척—옮긴이)인 동호 우림영의 통령 견유(甄惟)까지 포함되었다.

대량의 법제에 따르면 견유 본인의 혐의가 밝혀지지 않은 이상 먼 친척의 죄에 연좌되지 않아야 했지만, 나라를 팔아먹은 일은 아무래도 다른 죄와는 달랐다. 더욱이 경성의 병권은 워낙 예민한 문제여서 순백수도 속으로는 고심 끝에 발탁 우림 통령을 아까워하면서도 과감하게 해임하고 멀리 변경으로 유배를 보냈다.

이렇게 중요한 직책이니 경솔하게 후임자를 고를 수도 없는데다 당시 동해와의 전쟁이 한창일 때여서 순백수는 내각 중신들과 두 번 세 번 의논한 끝에 그 자리를 잠시 비워두었다가 동해의 전쟁이 끝나면 공을 세운 장수들 가운데 적당한 사람을 불러들여 앉히기로 결정했다.

이제 당시 이야기했던 사람을 경성으로 불러들일 때가 되었다.

"순백수가 고른 사람이 필시 며칠 안에 금릉성에 도착할 것이다. 직접 이부에 물어볼 수는 없으니 네가 수고를 해주어야겠다. 동쪽 성 밖에 순찰대를 늘리고 잘 지켜보다가 소식이 있으면 곧바로 보고하거라. 내가 말하는 사람이 누군지 알겠지?"

"예, 염려 마십시오, 전하."

성문 밖을 지키는 것은 본래 순방영의 주요 업무 중 하나였으니 이 명령은 하성에게는 하등 어려울 것이 없었다. 그가 걱정하는 것은 도리어 소원계가 준비해둔 다음 단계였다.

"소장도 전하께서 동호 우림영을 마음에 두고 계신 줄은 압니다.

하지만 황실의 우림영은 황명에만 따르게 되어 있는데…… 정말로 그런……."

"황명에만 따른다고?"

소원계는 고개를 들고 껄껄 소리 내어 비웃었다. 눈동자에서 차가운 빛이 번뜩였다.

"황명에만 따른다는 것이 고작 그 규칙 하나를 써내기만 하면 쉽게 이루어지는 줄 아느냐? 금군은 우리가 집어삼킬 힘도 없고 설사 삼키더라도 너무 눈에 띄니 만들어진 지 얼마 되지 않은 동호 우림영이야말로 하나뿐인 기회다."

4권에 계속

랑야방·풍기장림3

제1판 1쇄 인쇄 | 2018년 8월 27일
제1판 1쇄 발행 | 2018년 9월 3일

지은이 | 하이옌(海宴)
옮긴이 | 전정은
펴낸이 | 한경준
펴낸곳 | 마시멜로
책임편집 | 윤혜림
저작권 | 백상아
홍보 | 정준희·조아라
마케팅 | 배한일·김규형
디자인 | 김홍신
본문디자인 | 디자인 현

주소 | 서울특별시 중구 청파로 463
기획출판팀 | 02-3604-553~6
영업마케팅팀 | 02-3604-595, 583 FAX | 02-3604-599
H | http://bp.hankyung.com E | bp@hankyung.com
T | @hankbp F | www.facebook.com / hankyungbp
등록 | 제 2-315(1967. 5. 15)

ISBN 978-89-475-4356-9   04820 (3권)